Casamento Duplo

PATRICIA SCANLAN

Casamento Duplo

Tradução
Sonia Pinheiro

 Planeta

Copyright © Patricia Scanlan, 2004
Título original: *Double Wedding*
Publicado pela primeira vez na Grã-Bretanha em 2004 por Bantam Press, uma divisão de TransWorld Publishing

Preparação: Beatriz Velloso
Revisão: Giselia Costa, Carla Mello Moreira
Capa: DDT
Ilustração de capa: Helena Salgado

Dados Internacionais de Catalogação na Publicação (CIP)
(Câmara Brasileira do Livro, SP, Brasil)

Scanlan, Patricia
Casamento duplo / Patricia Scanlan ; tradução Sonia Pinheiro. – São Paulo : Editora Planeta do Brasil, 2011.

Título original: Double wedding
ISBN 978-85-7665-554-1

1. Ficção irlandesa (Inglês) I. Título.

10-09181   CDD-823

ÍNDICE PARA CATÁLOGO SISTEMÁTICO:
1. Ficção : Literatura irlandesa em inglês 823

2011
Todos os direitos desta edição reservados à
EDITORA PLANETA DO BRASIL LTDA.
Avenida Francisco Matarazzo, 1500 – 3º andar – conj. 32B
Edifício New York
05001-100 – São Paulo-SP
www.essencialivros.com.br
www.editoraplaneta.com.br
vendas@editoraplaneta.com.br

Aos meus pais maravilhosos

> Antes de morrer, todo homem deveria se esforçar para descobrir do que é que está fugindo, para onde e por quê.
> JAMES THURBER

Os Noivados

1

— Vamos fazer um casamento duplo! — exclamou Carol Logan impulsivamente, com os olhos castanhos brilhando só de pensar na possibilidade.

Ah, isso não! Jessica Kennedy sentiu o estômago revirar enquanto olhava para a amiga com espanto indisfarçado. Um casamento duplo, com Carol e Gary, era a *última* coisa que ela desejava.

— É mesmo, a ideia não é nada má — aprovou Gary, o noivo da amiga. — E vocês, o que acham?

— É uma possibilidade — comentou Mike, o namorado de Jessica, buscando com os olhos a aprovação da companheira.

— Não sei — disse Jessica sem muita convicção, secretamente morrendo de raiva dele. Com certeza, Mike deveria saber que ela não queria um casamento duplo.

— Ora, Jessica, seria divertido, poderíamos convidar todos os nossos amigos, dar uma festa de arromba e dividir o custo — insistiu Carol, entusiasmada. Jessica percebeu que ela estava levando a ideia realmente a sério. Sabia o que estava por trás da proposta e sentiu-se ressentida pelo fato de a amiga se aproveitar do casamento dela e de Mike para servir aos próprios propósitos.

Corte o mal pela raiz! disse a si mesma severamente, desejando não ser sempre tão fraca. Não era muito boa em estabelecer limites, como sempre dizia Katie, sua prima, melhor amiga e boa conselheira. Katie ficaria espantada quando soubesse disso. Katie e Carol não se davam bem.

— Hummm... não sei, Carol. Ainda falta muito tempo, e, além disso, mamãe faz questão de organizar ela mesma o casamento — desculpou-se. — Isso deu vida nova a ela.

— Tudo bem, ela pode organizar tudo. Você sabe que meus pais não vão fazer questão, já que não vão pagar pelo meu. Minha mãe provavelmente nem vai se dar ao trabalho de dar as caras. Para ir, ela teria de ficar sóbria — acrescentou Carol com uma pontada de ressentimento. — Gary e eu vamos pagar pelo nosso, é por isso que eu acho bom rachar a despesa.

— Ah, Carol, não é tão grave assim. Não somos *indigentes* — interveio Gary.

— Mas não foi *isso* que eu quis dizer! Só falei que nós mesmos vamos pagar o nosso casamento — Carol respondeu zangada. Sua expressão, antes animada, agora era de mau humor.

— Que tal dar um tempo para pensar, em vez de ir logo rejeitando a ideia? Como eu disse, é uma possibilidade. Não há nada definitivo — disse Mike tranquilamente, apertando a mão de Jessica. Ela não retribuiu o gesto. Estava com raiva dele pelo simples fato de levar a proposta em consideração.

— Bom, se Jessica não gostou da ideia, nem vale a pena pensar nisso. — Carol estava amuada. — Esqueçam.

Jessica mordeu o lábio. Carol estava ofendida, e isso era muito chato. O mau humor dela costumava durar um tempão. Jessica geralmente acabava cedendo ao final de um dia.

Gary olhou para Mike, depois olhou para o céu. — Vamos tomar mais uma, companheiro?

— Acho que não, tenho de estudar neste fim de semana. As provas começam na segunda-feira.

— Coitado de você, cara — compadeceu-se Gary. — Não queria estar no seu lugar. Você deveria ter ido para a informática, como eu.

— A empresa fornece carro e um ótimo salário — interpôs Carol, toda convencida, incapaz de perder uma ocasião para contar vantagem.

— Pois o Mike vai ter isso tudo *e* um título antes do nome. Provavelmente vai ter sua própria empresa de engenharia — retorquiu Jessica, infantilmente.

— Vamos com calma! — Mike fez uma careta. — Ainda tenho de passar nas provas.

— Você vai dar conta fácil, fácil, meu chapa — disse Gary animando-o.

— Bom, por via das dúvidas, o melhor é eu meter a cara no estudo.

Mike levantou-se e segurou a jaqueta de Jessica para ela.

— Estou com fome. Não dá para irmos ao Temple Bar, ou ao Flanagan's comer alguma coisa? — reclamou Carol.

Mike olhou de soslaio para a expressão séria de Jessica.

— Hoje não. Depois da próxima semana vou ficar às ordens de vocês. A gente se vê, pessoal. — E se afastou, misturando-se à multidão que se acotovelava no bar do andar de cima do The Oval.

— Boa noite, Gary, boa noite, Carol. — Jessica se esgueirou por trás da mesa.

Carol fez questão de não olhar para ela e resmungou um boa-noite. Gary ergueu o copo de cerveja quase vazio em sinal de despedida. Jessica percebeu que ele não parecia muito contente. Provavelmente ele sabia que teria de enfrentar uma sessão de reclamações. Jessica suspirou e desceu a escada atrás de Mike, e saíram ambos para a Abbey Street. Era uma noite movimentada de sexta-feira. Dublin estava acordada e na maior animação.

A noite estava agradável lá fora. Uma brisa cálida refrescava o ar, um alívio depois do calor sufocante dentro do pub. Dobraram à esquerda e caminharam em silêncio em direção à rua O'Connell.

— Ok, bote para fora o que você está querendo dizer. Eu sei que você está furiosa. — Mike pousou o braço sobre o ombro da namorada.

— Ah, Mike, eu *detestaria* um casamento duplo. Você sabe que eu quero que seja um dia especial para nós. Por que você foi dizer que era uma possibilidade? — exclamou ela, depois parou e ergueu os olhos para ele.

— Desculpa, Jessie. Eu não sabia que você ia se importar tanto. Nem pensei nisso. Pode ser legal e até divertido.

— *Divertido*! Com aquela família esquisita que ela tem, e todos aqueles irmãos dele mal-encarados! Você ficou louco, Mike? Seria um desastre. Não teríamos a menor chance.

— Ok. Ok. — Ele estendeu as mãos de forma conciliadora.

— Você bem que gostaria, não é? — disse ela, em tom de acusação.

— Escute aqui, Jessie, para mim tanto faz de um jeito ou de outro. Eu quero que tudo seja do seu jeito — resmungou Mike, já a ponto de perder a paciência.

— O que você quer dizer com isso, não se importa se for de um jeito ou de outro? Isso lá é coisa que se diga? Estamos falando do nosso casamento. Deveria ser o dia mais importante e mais especial de nossa vida. Isso não significa *nada* para você?

— Jessie, por favor se acalme. Ainda falta muito para o casamento. Primeiro tenho de passar nas provas e me estabelecer no emprego novo. Portanto, pare de fazer tempestade em copo d'água. Você está muito agressiva. O que é que há com você? – Mike ficou parado, olhando para ela e passando a mão no queixo, tentando suprimir um bocejo.

– É a Carol. Ela me deixa doida tentando se intrometer em tudo que fazemos. – Jessica expirou profundamente e se aconchegou a Mike. – Eu estava com tanta vontade de passar o fim de semana só com você, agora os dois resolveram ir também, e não vou ter você só para mim. – Mike e ela haviam planejado passar um fim de semana navegando no rio Shannon para comemorar o fim das provas dele. Na hora em que soube do projeto, para desgosto de Jessica, Carol sugeriu que fossem os quatro.

– Sabe por que ela quer um casamento duplo? – Jessica franziu a testa e os dois retomaram a caminhada em direção à avenida principal da cidade. – Ela tem medo de que Gary mude de ideia e desista do casamento. E seria mais difícil ele cair fora se marcássemos um casamento duplo.

– Não diga uma coisa dessas – advertiu Mike.

– Por que não? É a pura verdade – disse Jessica, sem rodeios.

– Vocês mulheres! As ideias que botam na cabeça. Que tal nos esquecermos deles e comer alguma coisa? – ele sugeriu.

– Vamos mesmo? – Ela se animou. – E o estudo?

– Posso levantar cedo e ir para a biblioteca amanhã. Seria bom jantarmos só nós dois, não acha?

– Concordo. – Ela se aconchegou ainda mais a ele, e seu mau humor pareceu evaporar. Adorava estar ao lado de Mike. Ele era tão calmo e bem-humorado que nem os piores momentos da TPM dela o irritavam, e isso não era fácil. Pensando bem, na certa ela tinha ficado tão irritada por causa da TPM; deveria tomar cotrimazol ou óleo de prímula. Sempre que passava pela loja de produtos naturais ela pensava em comprar, mas acabava deixando para depois.

– Desculpa ter sido tão chata agora há pouco. – Ela apertou a mão dele. – Acho que estou com TPM.

– Arrá, a velha TPM. Ainda bem que seus hormônios e eu nos damos bem a esta altura. – Mike olhou para ela com doçura.

– É mesmo, e vou retribuir quando você estiver ficando careca, começando a broxar e em plena crise da meia-idade – brincou ela, sentindo-se feliz por ser aceita com TPM e tudo.

Ainda de mãos dadas eles voltaram a caminhar pela Abbey Street em direção ao Temple Bar. Iam comer no Luigi Malones, um dos seus locais favoritos.

— Vou pedir as costelinhas de porco — anunciou Jessica ao se acomodarem em sua mesa preferida, perto da janela que dava para a rua movimentada, no ponto mais descolado da cidade.

— Você pede a mesma coisa toda vez que a gente vem aqui. Seja ousada. Experimente algo diferente. As fajitas aqui são ótimas — recomendou Mike.

— Eu sei, mas adoro o molho das costeletas, e posso provar um pouco do seu prato. Aproveito as duas coisas. — Jessica riu, feliz de tê-lo só para ela. Debruçou-se por cima da mesa e deu-lhe um beijo de leve na boca.

— Amo muito você — ela disse.

Os olhos de Mike franziram-se num sorriso quando pegou a mão dela. — Também amo muito você, minha rabugenta implicante.

Jessica deu uma risadinha e sentiu-se imensamente feliz. Sabia que, quando acontecesse, o dia do seu casamento seria o mais feliz da sua vida; e estava certa de uma coisa: Carol que tratasse de esquecer a ideia de um casamento duplo. Quando ela caminhasse até o altar, haveria apenas um homem esperando lá. Mike e ela teriam um casamento inesquecível. Carol e Gary podiam fazer o deles em separado e, se Carol não gostasse disso, azar o dela.

— Quer beber mais alguma coisa ou quer sair para comer? — Gary esvaziou seu pint de cerveja e olhou para Carol, sondando-a.

— Como você quiser — resmungou ela.

— Carol, não desconte sua raiva em mim. Não é culpa minha se a Jessica não quer um casamento duplo — retrucou ele.

— Às vezes ela é tão egoísta — desabafou Carol, indignada. — Tudo dá certo para ela, ela tem tudo: uma família maravilhosa, um ótimo apartamento, um emprego excelente. Tudo parece cair do céu para *ela*. Ela devia pensar nos outros de vez em quando.

— Pare com isso, Carol. — Gary franziu a testa. — Jessie é uma boa amiga para você. — Ele estava começando a perder a paciência. Percebendo a mudança, Carol se acalmou.

— Não ligue para o que eu digo, sei que ela é uma boa amiga. Mas seria tão bom casarmos os quatro na mesma cerimônia. Eu conheço minha família. Eles são um desastre. Ninguém gostaria de ter um casamento em que a mãe certamente vai ficar de porre e o pai não dá a mínima.

Ela espiou Gary e viu que ele estava de cara fechada.

— Você vai ter um bonito casamento, Carol, não se preocupe — disse ele, e o tom apático da afirmação fez com que um arrepio de medo percorresse o corpo dela. Conhecia bem aquele tom de voz. Um tom que queria dizer: "estou sendo pressionado e não quero que me aborreçam".

— Vamos deixar de lado o assunto casamento. O que você quer fazer? — perguntou ela com voz alegre, passando a mão no braço dele.

— Vamos para meu apartamento — ele sugeriu.

— Só se você prometer que não vai tentar me levar para a cama — alertou ela.

— Deixa disso, Carol. Mike e Jessica devem estar transando como coelhos. Me dê uma chance. Nós estamos noivos. Prometo usar camisinha. Você não quer começar a tomar pílula? A Jessica toma — insistiu Gary.

— Pois case-se com ela — explodiu Carol.

— Pelo amor de Deus, Carol, se você tomar pílula não vai ficar grávida — disse Gary exasperado.

— De jeito nenhum. Passei por esse susto uma vez, antes de conhecer você, e não quero passar por isso outra vez. Além disso, não vou começar a tomar pílula para ficar gorda e ter um derrame cerebral aos 40 anos.

— Não seja ridícula, você está usando isso como desculpa.

— Bom, se tudo o que você quer é sexo, vá procurar uma garota de programa. Eu vou embora. — Carol pegou a bolsa e ficou de pé.

— Faça como quiser. — O namorado deu de ombros e ela teve vontade de bater nele. Furiosa, atravessou o bar lotado e andou com ar infeliz até o ponto do ônibus. Sabia muito bem que Gary não viria atrás dela. Era teimoso demais. Ela não devia ter perdido a cabeça. Agora passaria o fim de semana aflita, esperando que ele telefonasse, com medo de que ele encontrasse outra pessoa e isso fosse o fim do relacionamento deles. O fim do sonho de desfilar pela nave da igreja.

Tudo culpa da Jessica, pensou irracionalmente, chutando com raiva uma lata de refrigerante que rolou até a sarjeta. Se Jessica não tivesse torcido o nariz para um casamento duplo, ela não teria ficado de mau humor nem teria brigado com Gary.

Jessica, que se sentia segura do amor de Mike, não tinha o mesmo problema. Os dois formavam um casal muito unido. Riam bastante e se sentiam bem na companhia um do outro. Ela e Gary eram farinha de outro saco. Ela não se sentia segura a respeito dele. Seu namorado vivia paquerando, o que a deixava noites sem dormir. Ela o surpreendia olhando para outras mulheres, flertando e piscando o olho para elas. Nem dava para compreender por que ele havia se interessado por ela, que não era uma beldade como Jessie. Era alta e forte, ao contrário da amiga sexy, cheia de curvas, e tinha cabelos pretos curtos e espetados, tão diferentes da cabeleira sedosa e cor de cobre da outra.

Às vezes, em seus momentos sombrios, Carol se perguntava se Gary não teria uma queda secreta por Jessie. Um casal à sua frente começou a rir. A risada do homem era sonora e cordial, a da garota era contagiante. Carol olhou para eles com raiva e apertou o passo para ultrapassá-los. A última coisa que queria nesse momento era ver um casal de pombinhos apaixonados. Ao dobrar a esquina da rua O'Connell, viu ao longe o ônibus 11. Conseguiria alcançá-lo se o sinal no cruzamento da rua Henry fechasse. Respirou fundo e começou a correr, desviando-se dos grupos barulhentos reunidos diante da livraria Eason's e da Agência Central dos Correios. Corria sem dificuldade, trotando com suas pernas compridas. Estava em ótima forma física e era ágil, graças às muitas horas passadas jogando tênis, e, ao olhar para trás, viu que o ônibus se aproximava, acelerou o passo e percebeu com alegria que o sinal mudava de verde para amarelo, e depois para vermelho. Correu pela rua Henry, esquivando-se para não colidir com um rapaz bêbado que atravessou seu caminho cambaleando e com os olhos turvos.

– Seu idiota! – ela xingou, já perto do ponto do ônibus, diminuindo o passo. O ambiente da rua O'Connell não lhe agradava e às vezes chegava a ser perigoso. Era impressionante a diferença que uma caminhada de dois minutos podia fazer.

Já sentada dentro do ônibus, olhando as filas para a sessão coruja dos cinemas, ela se deu conta de que estava com fome e sem a menor pressa de voltar para sua modesta quitinete na North Circular Road. O fluxo de adrenalina causado pela corrida para pegar o ônibus havia passado e ela afundou desanimada no assento. O ônibus estava quase vazio – faltava ainda uma hora para os pubs anunciarem a última rodada de pedidos da noite. Um senhor idoso cochilava num assento nos fundos do ônibus e dois adolescentes riam de alguma brincadeira entre eles, indiferentes à tristeza dela; a energia dos meninos contrastava com sua angústia. O coração de Carol estava na lama. Ele não a amava; se amasse não a teria deixado ir embora tão facilmente.

Gary não fizera esforço algum para segui-la, o filho da mãe. Ela o odiava naquele momento.

Gary examinou com prazer o pint de Guinness à sua frente: veludo negro coroado por um colarinho suave e cremoso. Ergueu o copo e bebeu lentamente, deleitando-se com o sabor. Se Carol preferia agir como criança, ele não ia tolerar isso. Estava cansado das bobagens dela e ela estava começando a lhe dar nos nervos. Por que ela não se acalmava e via as coisas nas devidas proporções? Eles eram jovens, a vida era para ser vivida e para se divertir. Havia tempo de sobra para casamentos e compra de casa própria e todas essas coisas chatas que os adultos inventam e com as quais ele não queria se incomodar. Já era ruim o suficiente estar noivo, pensou irritado. Assim que Mike e Jessica anunciaram que estavam noivos, Gary percebeu que estava encrencado. E tinha razão. Gary soltou um suspiro tão fundo que parecia ter brotado dos dedos dos pés. Carol não relaxou a pressão até que, certa noite, depois de umas cervejas a mais e cheio de tesão, ele a pediu em casamento. Eles quase chegaram aos finalmente, mas ela amarelou no último minuto e aí já era tarde para romper o noivado, uma vez que ela fizera questão de telefonar para Jessica e Mike praticamente na mesma hora em que ele fez o pedido. Ele pareceria um canalha se voltasse atrás.

Gary mordeu o lábio. Carol às vezes o deixava louco, mas o intrigava também. Às vezes era carinhosa e alegre, e era muito sexy. Ele a vira pela primeira vez quando ela jogava tênis em duplas com amigos dele, e observar suas pernas compridas correndo ágeis pela quadra havia sido uma experiência excitante em mais de um sentido.

Bebeu um gole generoso de cerveja. Não queria pensar nisso agora, era irritante demais, e sentia-se cansado depois de uma semana trabalhando duro para consertar os computadores de gente idiota que não sabia usá-los direito. Esticou as pernas, tirou o jornal do bolso do paletó e abriu-o na página de esportes. Um prazer inesperado, que ele pretendia aproveitar ao máximo. Nada de mulheres tagarelando e reclamando, ninguém pressionando-o para se casar e comprar uma casa – apenas ele, sua cerveja e seu jornal. Que mais um homem podia querer? A não ser uma boa transa. E isso Carol não lhe daria esta noite. Mas Carol não era a única mulher no mundo, refletiu preguiçosamente. Fez sinal ao barman para que lhe servisse outra cerveja e começou a ler os resultados dos jogos.

3

Jessica entrou no apartamento bocejando. Estava cansada, feliz e com vontade de cair na cama. – Tem certeza de que não quer dormir aqui? Prometo acordar e fritar salsichas com bacon para você de manhã. E vou vê-lo partir com um sorriso no rosto. – Passou os braços em torno de Mike e beijou-o profundamente.

– Pare com isso, sua assanhada. – Ele levantou a cabeça e respirou fundo, sorrindo para ela. – Eu devia estar estudando, as provas finais começam na segunda-feira, Jessie. Tenho de estar com a cabeça descansada e ainda preciso revisar alguns pontos, tenha pena de mim, Jessie, por favor. Você sabe que não resisto a você.

Ela caiu na risada. – Você é um desmancha-prazeres! Tudo bem, seu CDF, volte para casa, para seus queridos livros. Amo você. Boa noite.

– Também amo você, amanhã a gente se fala. Durma bem. – Abraçou-a com força e ela acenou em despedida, pesarosa. Adorava dormir com Mike, adorava acordar nos braços dele e amava, especialmente, a intimidade sonolenta e contente que reinava entre eles. Entrou, fechou a porta e levou um susto quando Katie, sua prima, botou a cabeça para fora do quarto e levou um dedo aos lábios, com uma cara dramática.

– A Rainha do Dramalhão está aqui! – murmurou Katie teatral, apontando para a sala.

– *Carol!* O que ela está fazendo aqui?

– O de sempre. Brigou com Gary. O romance acabou! Suicídio à vista! Boa sorte. – Katie revirou os olhos para o alto.

– Ah, não! – gemeu Jessie. Hoje não. Ela não estava com paciência para dramas. Estava exausta. A única coisa que queria era dormir. Sentiu-se frustrada. Por que Carol não era capaz de enfrentar as próprias dificuldades? Era sempre assim. Todas as vezes que brigava com Gary... o que acontecia um dia sim, outro não... Jessica tinha de aguentar e já estava cansada disso. Definitivamente, esta seria a última vez. Ia dizer à amiga que aquilo estava passando da conta. Carol podia cuidar de si mesma e cair na real. Jessica respirou fundo e entrou na sala, determinada.

Carol estava encolhida no sofá e dormia profundamente. A revista que estivera lendo escorregava-lhe entre os dedos. Jessica estacou. – Que droga! – murmurou aborrecida, depois desligou a TV e colocou a revista sobre a mesinha. Olhando para a outra garota, seu coração começou a amolecer, apesar de tudo. Pobre Carol, até dormindo parecia infeliz, com a testa franzida e os dedos cruzados, tensos e apertados, contra o peito.

Jessica suspirou e foi buscar um edredom. Carol e Gary tinham uma relação muito tempestuosa. Nunca estavam em paz ou harmonia. Saltavam de um drama para outro, ela carente, ele na defensiva. Será que valia a pena? Se fosse com ela, ficaria doida, pensou Jessica enquanto pegava o edredom na gaveta do armário. Quando soube que eles estavam noivos, ficou chocada. Sabia que Carol gostava muito mais de Gary do que ele dela. Sabia quanto isso aborrecia a amiga, e muitas vezes se perguntava como ela suportava uma relação que parecia tão desigual.

– Deixe eles, não interfira – advertia Mike quando ela tocava no assunto. Mas às vezes era difícil se omitir quando Carol confessava seus temores e incertezas a respeito do relacionamento.

– Você acha que ele me ama? – ela perguntava. – O que você acha que ele vê em mim? Eu o amo, amo mesmo, de verdade. Queria que ele gostasse de mim tanto quanto eu gosto dele. Você acha que ele me ama, mas não sabe demonstrar?

Se Jessica ganhasse um euro cada vez que Carol lhe fazia essas perguntas, já seria milionária. Isso ficara cansativo depois de um tempo, mas o pior era que Carol costumava dizer, em tom de acusação: "Você tem tanta sorte, Jessica, o Mike é louco por você", como se invejasse a felicidade de Jessica e quisesse fazê-la sentir-se culpada por ser amada e feliz.

Muitas vezes ela tinha vontade de dizer a Carol que parasse de amolar e de fazer o possível para estragar tudo, mas a amiga tinha um jeitinho especial para provocar pena, então Jessica mudava de ideia e dominava a irritação. E justamente agora, quando ela tinha resolvido botar tudo em pratos limpos, a amiga estava ali largada no sofá, impedindo que ela aproveitasse a ocasião. Bocejou. Talvez fosse melhor assim; estava cansada demais para uma discussão e, no fundo, tinha que admitir que não era boa em situações de confronto e que sua tendência era sempre pacificar e acalmar tempestades. Gostaria de ser um pouco mais como Katie, que não tinha escrúpulos em dizer o que sentia e pouco se importava se ferisse a sensibilidade de alguém.

Como não estava disposta a enfrentar mais uma maratona de Carol, daquelas de encher os ouvidos, ela cobriu Carol com todo o cuidado com o edredom macio, apagou a luz e, sem fazer nenhum barulho, se esgueirou da sala para o abrigo do próprio quarto. Só queria cair na cama e apagar. Que sorte

Carol ter cochilado no sofá. Talvez acordasse mais calma, depois de uma noite de descanso, e Jessica não teria tido que dividir o quarto com ela. Amanhã seria outro dia, pensou cansada, enquanto limpava superficialmente a maquiagem e aplicava um tonificador e um hidratante.

— E aí, tudo bem? — Era Katie batendo à porta e entrando no quarto. Sentou-se à beira da cama saboreando uma tigela de pipoca quente com manteiga. — Quer um pouquinho? — ofereceu Katie, estendendo a tigela.

— Não, obrigada, estou satisfeita. Mike e eu fomos ao Luigi Malones.

— Arrá. Mistério desvendado. Sua Alteza ficou ofendida porque não encontrou você aqui e queria saber aonde você tinha ido, já que tinha se recusado a sair para comer com ela e Gary. Eu disse que vocês deveriam estar transando a mil, mas isso também não deu certo — disse Katie com displicência, lambendo os dedos.

— Você é terrível — riu Jessica.

— Pois é. Lá estava eu, curtindo uma noite de sexta-feira em casa, uma noite ótima, assistindo ao programa do Graham Norton, quando a Senhorita Havisham* chegou chorando e se lamentando, e fazendo cara feia para a minha comilança. Para ser franca, fiquei morrendo de raiva. Havia séculos eu não fazia uma lambança, e ela apareceu bem no meio. Isso tirou o prazer da minha pizza. Será que pode fazer parte de meu contrato de aluguel a proibição de ela entrar aqui? — sugeriu Katie aborrecida e passando a língua nos dentes, num esforço para se livrar das casquinhas de pipoca.

— Ah, não fale assim, Katie. Ela tem poucos amigos.

— Isso não me surpreende nem um pouco — a prima interrompeu, mal-humorada. — Francamente, só porque ela joga tênis e faz questão de se manter em forma não significa que possa torcer o nariz para mim. Eu pelo menos tenho curvas, em vez de ângulos — resmungou Katie, indignada.

— É claro que você tem — Jessica tentou acalmá-la. Katie era uma morena escultural, cheia de curvas, que vivia lutando contra uns quilinhos a mais que eram sua perdição. As sugestões "amigáveis" de Carol a respeito de dietas e boa forma não eram bem-vindas quando Katie estava de baixo astral.

— Por que ela não acaba logo com isso, já que está tão infeliz? Aposto que o Gary ia sumir rapidinho se tivesse uma chance. Ainda bem que não estou tão desesperada por um homem — soltou Katie.

---

* Senhorita Havisham: personagem desagradável do romance *Grandes Esperanças* de Charles Dickens. (N. T.)

— Pare com isso, Katie, não seja tão maldosa — ralhou Jessica. — Gary não é bobo. Se ele quisesse dar o fora, tenho certeza de que já teria se mandado. Tem épocas em que eles se dão muito bem, e é muito divertido estar com eles.

— Como dizia minha velha avó, isso vai terminar mal, guarde o que eu estou dizendo — profetizou Katie, balançando um dedo para Jessica.

— Pois fique sabendo do melhor, Senhorita Sabe-Tudo — Jessica fez uma careta. — Carol quer um casamento duplo... imagine.

— O quê! — explodiu a prima. — Você está brincando.

— Você acha que eu ia brincar com uma coisa dessas? — Jessica arqueou as sobrancelhas.

— Que horror! E o que você respondeu?

— Dei a entender que tinha de pensar melhor no assunto. Mas o pateta do Mike não me deu força, e Gary achou que era uma boa ideia.

— Você sabe, não sabe, por que ela quer um casamento duplo? Porque, se você concordar, vai ficar mais difícil o Gary desistir... meu Deus do céu, essa Carol é uma safada bem esperta.

— Eu sei, eu sei — disse Jessica, a voz cansada. — Deixa para lá, amanhã penso nisso. Estou morta de cansaço.

— Tudo bem, meu anjo, durma bem. Você vai precisar, aquela danada vai puxar sua orelha amanhã — provocou Katie.

— Boa noite, Shakespeare — Jessica disse secamente, chutou para longe as sandálias e tirou o jeans branco. Dez minutos depois já estava encolhida na cama, os olhos quase fechados, tentando esquecer seus problemas com Carol para pensar só em Mike e em quanto ela o amava. Deu certo, ela pegou no sono depois de decidir fazer uma surpresa para ele no dia seguinte, na hora do almoço, e arrastá-lo para tomar uma cerveja e comer alguma coisa no Conway's, ou, caso ele preferisse, uma fritada de frutos do mar no Kingfisher.

CAROL SE ESPREGUIÇOU e passou a língua pelos lábios secos. Estava com calor, suada e desconfortável. Estava enrolada na própria saia e os sapatos lhe apertavam os pés. Sem saber onde estava, sentou-se, os olhos turvos de sono, tentando enxergar no escuro. O luar se infiltrava por uma nesga na cortina, então lembrou que estava na casa de Jessica.

As memórias foram reaparecendo. A briga com Gary. O fato de estar triste demais para voltar para a quitinete, de ter passado em frente e caminhado até

Phibsboro para pegar o 19 para a casa de Jessica. Ficara desapontada ao ver que a amiga não estava ali. Decidira esperar uma meia hora, mesmo tendo de ver a Katie se empanturrando de pizza e pipoca, que ela desdenhou, apesar de estar morta de fome. Não daria a Katie Johnson a satisfação de aceitar uma fatia de pizza. Carol se orgulhava de sua alimentação saudável e de estar sempre em forma. Certamente havia caído no sono e Katie ou Jessica a haviam coberto com o edredom.

A noite tinha sido um desastre total, do começo ao fim. Detestava dormir em sofás. Quando passava a noite na casa de Jessica, geralmente dormia numa cama dobrável no quarto da amiga. Agora estava tarde demais para sair por aí revirando tudo para armar uma cama. Levantou-se do sofá, acendeu a luz e olhou o relógio. Duas e quinze, tarde demais, com certeza. Jessica não gostaria, sempre ficava de mau humor quando alguém perturbava seu sono.

Carol suspirou fundo, com pena de si mesma. O estômago roncou. Foi até a cozinha e abriu a porta da geladeira. Havia três fatias de pizza fria, um pouco de queijo cottage, alguns tomates murchos e umas fatias de presunto com as pontas já ressecadas. Encontrou uma ponta de pão integral no cesto de pão, passou manteiga, pegou uma colherada de queijo cottage, uma fatia de pizza e colocou em uma bandeja. Encheu um copo de leite e levou a refeição pouco apetitosa para a sala, onde comeu sem o menor entusiasmo e foi recompensada com uma azia galopante. De péssimo humor, tirou a roupa, ficou só com a roupa de baixo e cobriu-se com o edredom, sem a menor esperança de voltar a dormir. Seu último pensamento consciente foi imaginar se Gary teria ido para casa sozinho ou se estava com outra mulher, disposta a lhe dar o que ela havia negado. Gary, com sua bela aparência morena e convidativos olhos castanhos, não teria dificuldade alguma em atrair uma mulher qualquer. Era esse o grande problema. Era muito fácil para ele arranjar mulheres. Sabia que uma das razões que o haviam atraído nela era o fato de ela não ter sucumbido a seu charme de conquistador.

E jurava que não sucumbiria, porque essa resistência era seu trunfo, se abrisse mão desse trunfo, ele seria bem capaz de ir em busca de outra. Esse era o ponto crucial do relacionamento. Ela não se sentia nem um pouco segura a respeito dele.

GARY SE ESTICOU com preguiça e sorriu para a mulher em seus braços.

— Foi muito bom — disse, acariciando o rosto dela.

— Hummm — ela murmurou sonolenta. — Você sempre foi bom na cama.

— O que você quer dizer com "foi"? – ele perguntou indignado. — *É bom de cama, Jen. É!*

— Você está ficando mais velho, está chegando aos trinta. Ela bocejou.

— Tenho vinte e seis anos, sou um garotinho — retorquiu ele.

— E por que veio bater a minha porta outra vez? — Com os longos cabelos negros caindo sobre os ombros, ela se apoiou sobre o cotovelo e baixou o olhar até ele.

— Senti sua falta — disse ele, sem muitas palavras.

— Ou sentiu falta de transar comigo? — retrucou Jen, seca. — Qual é o problema? Sua noiva não dá conta do recado?

— Não fale assim — respondeu ele, constrangido.

— É isso, não é?

— Pss... não estrague a noite.

— Você sabe que não presta, não sabe?

— Mas, assim mesmo, você gosta de mim — Gary deu um sorriso radiante e sexy.

— Você é tão arrogante, Gary, eu preferiria não gostar. — Jen franziu a testa. — Esta foi a última vez. Não se esqueça, foi você quem terminou, não eu.

— Foi um grande erro — disse ele com doçura e a fez calar com um beijo.

4

JESSICA SE ESTICOU voluptuosamente e virou a cabeça para olhar o despertador. Sete e meia da manhã. Tinha de andar rápido se quisesse chegar a tempo ao trabalho. Era radialista assistente na Central de Rádio e Televisão e já estava em cima da hora. Torcia para que o trânsito não estivesse ruim. Tinha chegado atrasada duas vezes no mês anterior, e seu chefe não ficara muito satisfeito. Então lembrou que era a manhã de sábado. Que felicidade, pensou alegremente. Dia de dormir até mais tarde. Que maravilha.

Voltou a se encolher sob o edredom de plumas e ficou satisfeita, observando o sol lançar seus primeiros raios matinais sobre os pés da cama. Gostava desse quartinho aconchegante na casinha de dois andares, feita de tijolos, que dividia com Katie – isso a fazia lembrar-se de sua cidade e do pequeno chalé em que morava com a mãe em Arklow. A casa a atraíra por ser aconchegante, uma pequena joia em comparação aos apartamentos apertados, feios, mais parecendo caixas, que Katie e ela haviam visitado.

Localizada numa ruazinha paralela à avenida Prospect, formava um pequeno enclave de sossego em Hart's Corner, a um pulo do Jardim Botânico e do sombrio cemitério Glasnevin, o que, de certa forma, conferia um clima gótico às ruas vizinhas.

Ela e Katie já moravam nessa casinha havia seis meses e adoravam o lugar. As bonitas cortinas cor de hortelã, com estampas florais, balançavam com a brisa e o sol salpicava com seus raios as paredes creme do quarto. Estava precisando espanar a poeira, refletiu preguiçosamente, à medida que o sol se refletia no pó que cobria a cômoda. O espelho na porta do armário precisava de um polimento; decidiu que faria tudo isso mais tarde, assim como lavaria toda a roupa que transbordava do cesto de roupa suja. Seu olhos foram se fechando e adormeceu novamente. A próxima coisa que percebeu foi Carol, de pé em frente da cama, exigindo saber quando ela pretendia acordar.

– Que horas são? – Jessica sentou-se meio tonta e sentiu um frio na espinha. Tinha se esquecido completamente de Carol.

– Já são quinze para as dez. Katie pediu para avisar que ela foi visitar a família e volta amanhã à noite – informou Carol, irritada. – Vou até a mercearia comprar pão fresco, deixe a chaleira fervendo para quando eu chegar. – Nem esperou que Jessica respondesse, foi saindo do quarto e descendo a escada. Jessica recostou furiosa no travesseiro. Esta era sua casa, sua manhã de sábado, quando podia dormir até mais tarde, e Carol, como sempre, tinha assumido o comando e feito o que queria. Ela vivia no planeta EU, EU, EU. Jessica fez uma careta. Bocejou e esfregou os olhos. Parecia que estava fazendo um dia lindo lá fora. Um desses dias inesperadamente quentes no começo do verão, com um céu muito azul. Não era de espantar que Katie tivesse ido ver a família; conhecendo-a como conhecia, imaginava que ela passaria o dia na praia. Era uma pena que Mike estivesse estudando, senão eles poderiam passar o dia juntos, na montanha ou na praia.

Levantou-se e caminhou para o chuveiro. Carol que botasse a chaleira no fogo quando chegasse. De pé sob o jato de água morna, percebeu que a hóspede importuna havia gastado toda a água quente. Dava para ver os cabelos pretos dela entupindo o ralo, e isso enfureceu Jessica mais ainda. Carol nunca limpava o banheiro depois de usá-lo. A água foi ficando fria, Jessica lavou-se rapidamente e secou-se com a toalha.

A campainha soou com estridência; enrolou-se na toalha e foi abrir a porta. — Você gastou toda a água quente e não limpou o boxe depois de tomar banho — ralhou Jessica, afastando-se para deixar a outra passar.

— Não ponha a culpa em mim, Katie também tomou banho — retorquiu Carol. — E não é legal ficar brava comigo já que fui comprar um bom café da manhã para nós.

— Não pretendo comer muita coisa, vou fazer uma surpresa ao Mike na biblioteca e levá-lo para almoçar — disse Jessica com certa descortesia e logo se arrependeu ao ver o lampejo ofendido nos olhos da amiga. — Desculpa — ela se retratou. — Foi grosseria da minha parte.

— Estou acostumada com a grosseria das pessoas — disse Carol num tom magoado, enquanto se dirigia para a cozinha com as compras.

Aborrecida, Jessica subiu de novo a escada até o quarto e acabou de secar o cabelo com a toalha, antes de fazer uma escova com o secador.

Carol havia arrumado a mesa e servido uma tigela de frutas frescas e iogurte para Jessica.

— Tem granola e pão preto também. Sei que você gosta de algo frito aos sábados, mas isso é muito melhor para sua saúde — disse ela com uma voz abafada.

— Obrigada por se dar ao trabalho — disse Jessica alegremente. — Desculpe não estar em casa quando você chegou ontem. Eu não sabia que você vinha. — Jessica não mencionou o fato de ter saído para jantar com Mike; Carol já estava suficientemente pronta para bancar a mártir, sem precisar de mais desfeitas imaginárias.

— Eu pensei que você viria direto para casa.

— Você pensa que sabe tudo. — Jessica baixou a cabeça para as frutas e mordeu um pedaço. — O que você pretende fazer hoje? — perguntou, para mudar de assunto.

— Não sei — respondeu Carol num lamento. — Sabe o que aquele cretino me disse ontem à noite?

Pronto, vai começar, pensou Jessica, estoica. — Quem? — ela perguntou, fingindo surpresa.

— O Gary, claro — detonou Carol.

— O que foi que ele disse? — Jessica mordeu um morango suculento, pensando na surpresa que teria Mike quando ela chegasse e o convidasse para almoçar.

Carol tomou um gole de leite. – Bem, ele queria que eu fosse para o apartamento dele, ele quer que eu durma com ele, mas você sabe que não topo. Ele disse que você toma pílula e que você e Mike transam feito coelhos, e quer que eu também tome pílula, mas eu disse que não, porque não quero engordar ou ter um derrame, ele disse que isso é desculpa, aí eu disse que se ele queria sexo que fosse atrás de alguma piranha. Ele me *ofende*, Jessica! – as palavras saíram numa torrente de frustração e ressentimento.

– Não entendo você, Carol. Você não é virgem. Por que não vai para a cama com o Gary? Como é que pode? Vocês são noivos, e sei que não tem nada a ver com suas crenças religiosas, já que você não tem nenhuma. – Jessica deu uma risada. – Eu não consigo tirar as mãos do Mike. Adoro dormir com ele.

– Não é que eu não sinta vontade – resmungou Carol. – É que o Gary é muito mulherengo, é muito fácil arranjar quem ele quiser. Conheço ele. Sei como ele pensa. Se eu der muita facilidade, ele logo vai procurar novidade.

– Você não tem certeza disso – falou Jessica delicadamente. – Por que ele a pediria em casamento se não amasse você?

– Porque achou que assim me levaria para a cama – respondeu Carol, desanimada. – Você acha mesmo que ele me ama, Jessica? Se eu tivesse certeza de que ele me ama, não esperava um minuto para dormir com ele, juro.

– Então, se você não está segura a respeito dele, você acha, honestamente, que deve casar com ele? – Pronto. Tinha feito a pergunta que vinha engolindo esse tempo todo.

– Mas, Jessie, eu *amo* o Gary. Eu *quero* casar com ele. Depois que nos casarmos vou ser muito feliz, eu sei que vou. Você não quer mesmo considerar a possibilidade de um casamento duplo? Seria maravilhoso. Você sabe a droga de família que tenho – nem me importo se eles virão ou não. Mas para mim seria muito importante estar com você e Mike. Isso reforçaria os laços entre nós – ela implorou.

– Poxa, Carol, mas eu queria tanto ser madrinha no seu casamento! – sugeriu Jessica em desespero de causa. – Um casamento duplo pode ser muito complicado.

– Você pode fazer tudo do jeito que quiser, prometo – disse Carol determinada, percebendo que a outra fraquejava. – Por favor, por favor, por favor. Seria a coisa mais linda da minha vida. Mike disse que não se importa, e Gary adoraria. Eu sei disso. Nos divertiríamos tanto – disse Carol, em tom de bajulação.

— Francamente eu não sei. Teria de falar com mamãe — disse Jessica sem convicção, odiando a si mesma por não ter coragem de dizer logo um "não".

— Tenho certeza de que ela não vai se importar. Ela ficaria muito contente se nós duas organizássemos tudo.

— Bem, ela está na maior expectativa para participar. Desde que papai morreu, é a primeira vez que demonstra um pouco de sua antiga animação. — Isso não era totalmente verdade, mas Carol não precisava saber disso.

— Entendo. — Carol mordeu o lábio. — Mas ela pode fazer tudo que quiser.

— Vou falar com ela. E quais são seus planos para o resto do dia? — Jessica mudou de assunto.

Carol mordeu uma fatia de pão integral e encolheu o ombro. — Vou voltar para casa, lavar roupa e bater umas bolas na quadra à tarde. Não vou ficar sentada ao lado do telefone esperando o Gary ligar. Você tem muita sorte, Jessie, sabe exatamente o que significa para o Mike.

E lá estava outra vez o tom ligeiramente acusatório que deixava Jessica louca. Ela tomou um gole de chá e ficou calada, mas Carol não percebeu e recomeçou a ladainha. — Por que o Gary não se esforça um pouco mais? Imagine, eu tive de lembrar a ele o dia do meu aniversário, e ele nunca tem uma atitude romântica, é incapaz de pensar em comprar flores, a não ser que eu sugira. Perde toda a graça quando a gente tem de lembrar.

— Alguns homens pensam de forma diferente — disse Jessica aborrecida. — Ele é bom para você de outras maneiras. Ele pintou seu apartamento e fez a vedação das portas.

— Sei, sei. Se ele realmente se importa com o lugar onde moro, por que não fala em procurar um apartamento para nós dois? Sempre que eu sugiro procurarmos uma casa, ele não se interessa. Pelo amor de Deus, vamos nos casar, precisamos começar a fazer planos.

A amiga não conseguia se acalmar. Jessica tinha vontade de dizer *será que o fato de ele não se interessar em fazer planos não lhe mostra nada?*, mas ficou calada. Não adiantaria. Carol só ouvia o que queria; ficaria ainda mais ressentida se Jessica dissesse o óbvio.

Tentou colocar-se no lugar da amiga. Se isso acontecesse com ela e Mike, será que ela saberia lidar com essa aparente indiferença? Ficaria presa a um relacionamento que parecia tão infeliz? Jessica sentiu um arrepio. Se Mike terminasse com ela, certamente ia querer morrer. Era louca por ele, mas tinha pelo menos a satisfação de saber que ele também era louco por ela, e isso era muito importante. Uma onda de piedade por Carol a invadiu. Era duro viver assim.

Insegura. Mal-amada. Carol, que não tinha certeza se era amada ou não, estava certa: ela, Jessica, era uma garota de sorte, muita sorte.

— Vamos fazer um casamento duplo, se é isso que você quer — disse sem pensar e, um segundo depois, mal pôde acreditar que tinha dito aquilo.

A fisionomia fechada, infeliz, de Carol se iluminou e um enorme sorriso tomou seu rosto. Ela deu um salto da cadeira. — Você está falando sério? Para valer mesmo? Jessie, muito obrigada — disse emocionada e deu-lhe um abraço que a deixou sem fôlego. — Jessie, você é a melhor amiga do mundo. Mil vezes obrigada. Será o melhor dia da nossa vida. Você vai ver.

— Com certeza — murmurou Jessie, tentando com todas as forças acreditar que havia feito o convite. Não dava para voltar atrás, agora tinha de seguir em frente.

— Tenho certeza de que vai ser tudo muito bonito e especial. Somos amigas desde crianças, morávamos uma em frente à outra, estudamos na mesma escola, viemos para Dublin trabalhar. Agora vamos nos casar juntas. Não é lindo, Jessie? — Carol não cabia em si de alegria. Seus olhos brilhavam de felicidade, Jessica não pôde deixar de sorrir. Tinha de acreditar que Carol estava certa, que seria um dia especial para ambas. Gostaria de poder ignorar a pontinha de dúvida que sentia.

5

— Você tem um coração muito mole — Mike sorriu para ela e levou à boca o garfo com salsichas e cogumelos.

— Deus do céu, olha o que eu fiz!? Fiquei com pena dela. De repente me vi dizendo uma coisa daquelas. Ela vive fazendo esse jogo comigo. Provoca pena em mim. O que ela tem que me faz sentir tanta pena? — resmungou Jessica.

— Não perca tempo pensando nisso. Não importa quem vai estar lá ou não. No final do dia, depois que fizermos nosso juramento, seremos só nós dois, olhos nos olhos, e isso é o que importa. Pelo menos Carol vai guardar boas lembranças do casamento dela, e tudo porque a garota mais linda, mais bondosa do mundo aceitou dividir com ela o seu dia especial. — Ele esticou o pescoço por sobre a mesa para beijá-la no rosto. – Eu já lhe disse hoje quanto amo você? – Ele sorriu, os olhos azuis cheios de calor e ternura.

– Também amo você – Jessica sentiu-se mais animada com as palavras dele. Mike dizia que ela tinha coração mole, mas ele também tinha e faria qualquer coisa para fazer alguém feliz. Sentia-se feliz por ter tido a ideia de buscá-lo na biblioteca para almoçar. Carol estava toda animada enquanto limpava a cozinha, reclamando do estado da pia e espalhando detergente por todo lado. Jessica deixou-a entregue a essa ocupação, contente por sair sozinha para a faculdade na rua Bolton.

Havia deixado o carro no estacionamento dos funcionários, quase vazio, já que era sábado, passou correndo pela mesa do porteiro, junto à porta lateral, e subiu dois lances de escada. Sorria ansiosa, enquanto caminhava apressada pelo piso de madeira encerada que levava até a biblioteca, e seus passos ecoavam no silêncio sepulcral que envolvia o prédio da universidade. A moça da portaria nem havia erguido a cabeça quando ela atravessou a roleta na entrada da biblioteca. O silêncio era tal que daria para ouvir uma mosca voar, e o único ruído era o estalar das páginas de um jornal que um aluno lia na sala de leitura, do lado oposto à mesa da bibliotecária. Jessica entrou na biblioteca, com paredes revestidas por estantes de mogno, e virou à direita para chegar à ala de estudo, onde alunos sentavam-se em frente a mesas enfileiradas, alguns absortos no estudo, outros olhando sonhadores pelas janelas por onde se infiltrava o sol, o que conferia à sala um ar sonolento e letárgico.

Mike estava atento a *A termodinâmica, por Rogers & Mayhew*, livro que Jessica começava a detestar tanto quanto o noivo abominava. Ela caminhou silenciosamente até ele, cercado por livros e por uma montanha de anotações.

– Oi, gatinho – ela sussurrou rouca no ouvido dele. Mike levou um susto e ergueu os olhos, surpreso. Seu rosto se abriu num sorriso.

– O que você está fazendo aqui? – ele falou baixinho.

– Vim buscar você para almoçar – retrucou ela.

– Psiuuu. – Uma garota antipática de óculos, rosto pálido e cabelos escorridos, sentada na mesa ao lado, olhou zangada para eles.

– Psiuuu você – Jessica devolveu com raiva.

Mike riu e fechou o livro. – Então vamos, estou morrendo de fome.

Saíram para o corredor e, assim que as pesadas portas da biblioteca se fecharam atrás deles com um rangido, Mike a tomou nos braços e deu-lhe um beijo estalado. – Senti sua falta ontem à noite – murmurou ele, os lábios tocando os cabelos dela.

– Também senti – disse ela ofegante, os olhos brilhando de prazer. – Mas pense só, este é seu penúltimo sábado de estudos, depois vou ter você só para mim.

– Por pouco tempo – disse ele docemente. – Depois começo a trabalhar, não se esqueça.

– Nem me fale – ela reclamou ao saírem para a luz do sol.

– Kingfisher ou Conway's? – ela perguntou, olhando para ele de soslaio.

– Sopa e sanduíche contra uma fritada de frutos do mar? Vamos para o Kingfisher – disse ele, dando a mão para Jessica e dirigindo-se para a rua lateral que dava na rua Parnell.

Enquanto comiam, ela havia contado da visita noturna de Carol e do oferecimento intempestivo de fazerem um casamento duplo. Quando ele a chamou de manteiga derretida e disse que ela tinha o coração mais bondoso do mundo, Jessica lamentou não poder se casar com ele ali, naquele minuto.

Já estavam tomando café, tagarelando sobre o futuro emprego de Mike no Conselho Municipal de Wicklow, quando Jessica sugeriu de sopetão:
– Mike, para que esperar? Sei que combinamos economizar para comprar uma casa antes de casar, em vez de alugar uma. Vamos ao Credit Union pedir um empréstimo para casar de uma vez. Para que esperar? Não faço questão de uma grande cerimônia. E você?

Ele olhou para ela, surpreso. – Não, para mim bastaria a família, Jessie. Seria bom estarmos casados, não seria? – disse ele com seu largo sorriso sexy. – Eu não estava gostando nada da ideia de morar num apartamento provisório lá em Wicklow a semana toda e só ver você nos fins de semana.

– Minha mãe já disse que você pode morar na casa dela – lembrou Jessica.

– Eu sei, mas até comprar um carro não seria nada prático morar em Arklow e trabalhar em Wicklow. Seriam uns 5 quilômetros de bicicleta, você sabe – argumentou Mike.

– O único problema é que você ia pedir um empréstimo no Credit Union para comprar o carro. Dificilmente vamos conseguir empréstimos para um carro e para o casamento – Jessica mordeu o lábio.

– Um dos caras lá da engenharia mecânica faz um bico consertando carros e está procurando um carro para mim. Posso conseguir uma banheira velha e ficar com ela por um ano até a gente se ajeitar. Podemos usar seu carro para passear e dar boa impressão aos vizinhos.

Jessica riu. O pequeno Renault dela não estava em grande forma, mas levava-a aonde quer que fosse. Ela tinha muito orgulho dele: era seu primeiro carro, cuidava dele muito bem, chegou até a fazer um curso sobre manutenção de carros depois que Mike pegou no pé dela por não saber a diferença entre uma vela de ignição e uma tampa de pia.

– Então está decidido? – perguntou ele, com um brilho nos olhos azuis.

– Vamos mesmo fazer isso? – os olhos dela espelhavam sua animação, cheios de expectativa. Com certeza, quando acordou de manhã, ela não imaginava que estaria fazendo planos para o casamento. Quando Mike e ela ficaram noivos no Dia dos Namorados, no início do ano, imaginaram que levariam dois anos para concretizar seus planos, e agora falavam em se casar naquele mesmo ano.

– Tudo bem. Vou estudar mais um pouco, ou não vamos fazer nada disso se eu não passar nas provas. E você, trate de telefonar para padres e hotéis, e para quem mais você tiver de telefonar, combine tudo – disse ele, animado.

Jessica ficou boquiaberta. – Ainda temos que conversar sobre isso, Mike, e decidir onde vamos casar. E ver se podemos pagar um hotel, coisas assim. Além do mais, todos os lugares já devem estar reservados. Não temos chance alguma assim em cima da hora – protestou ela com o bom senso começando a falar mais alto.

– Achei que você queria se casar na igreja de Kilbride. E o hotel Four Winds não fica ao lado da casa de sua mãe?

– Sim, mas...

– Telefone para o padre. Consiga uma data. Depois telefone para o hotel e pergunte quanto eles cobram. Aposto que lá pelo meio da semana você terá conseguido uma data. O Four Winds é um hotel tão pequeno que nem deve ser muito procurado para casamentos. – Ele encolheu os ombros e sorriu para ela, como quem diz "Relaxa." – Vai ser moleza. Francamente, vocês mulheres complicam tudo. Não entendo. A gente se vê depois – beijou-a nos lábios, acenou com a mão e deixou-a sentada, olhando para ele, meio impressionada, meio decepcionada.

Do jeito que ele falava, parecia tudo tão fácil. Tipicamente masculino. Pediu mais café, estava precisando de outra dose de cafeína. Se o padre da linda igrejinha campestre aninhada em Wicklow, que ela tanto amava, concordasse em casar os dois ali, e se eles pudessem pagar uma pequena recepção no hotel Four Winds, o resto se ajeitaria. Mike tinha razão até certo ponto. Dois telefonemas resolveriam as questões cruciais.

Então pensou em Carol. A amiga aceitaria se casar numa igrejinha campestre? Ou faria questão de um casamento mais glamoroso, mais sofisticado? Jessica franziu a sobrancelha. Ela não ia abrir mão das suas vontades. Se Carol não quisesse o casamento simples, para poucas pessoas, que ela e Mike pretendiam ter, problema dela, pensou com uma firmeza atípica.

Terminou o café, pegou a bolsa que estava no chão e caminhou para a porta. Havia dito a Mike que daria uma volta pelas lojas de Henry Street e pelo shopping ILAC, mas, quando chegou à rua, sentiu-se incomodada pelo barulho e pela fumaça do tráfego e, num impulso, voltou depressa para onde havia estacionado o carro. Precisava de ar puro. Seria maravilhoso ir para a casa da mãe e passar o resto da tarde na praia, mas tinha de trabalhar no dia seguinte e, além disso, pretendia fazer um jantar para Mike mais tarde. O melhor de morar em Glasnevin era estar a vinte minutos da praia.

O calor era bem-vindo depois de um inverno longo e úmido, e de uma primavera medíocre. Para todo lado havia gente de shorts e camiseta, e com vestidos floridos de verão. As pessoas estavam com o espírito leve; sorriam e comentavam que belo tempo estava fazendo, e Jessica, no fundo uma garota do interior, queria aproveitar tudo isso ao ar livre.

Guiou o carro em direção à rua Dorset, entrou na rua Drumcondra e chegou ao cruzamento da avenida Griffith, onde dobrou à direita, em direção a Clonfart e ao mar. O sol brilhava sobre a baía de Dublin, faiscando e cintilando, ouro sobre azul-safira. As palmeiras que margeavam a área verde à beira-mar balançavam suaves ao vento. Os estacionamentos estavam lotados, e parecia que todo mundo tinha saído de casa para aproveitar o sol. Ela tentou entrar em uma vaga apertada entre um Volvo e um Peugeot, orgulhosa da própria habilidade como manobrista, até que bateu no meio-fio e teve de recomeçar a manobra.

Como era bom sentir o ar salgado, a maresia. Havia muita gente deitada na grama, conversando, lendo ou simplesmente aproveitando o calor do sol sobre o corpo. Crianças andavam de bicicletas ou de skate entre os pedestres que passeavam ou caminhavam mais rápido, dependendo do preparo físico de cada um. Gaivotas davam voltas no céu, e seus gritos roucos evocavam lembranças da infância, de dias compridos passados no litoral. A brisa espalhava o cheiro forte das algas. Abelhas zumbiam preguiçosas, sinal certo de que era verão. Jessica sentia-se envolta em bem-estar. Que dia perfeito. Respirou fundo e apressou o passo. Se pretendia ser uma noiva mais cedo do que pensava, estava na hora de entrar em forma. Não queria parecer um anão rechonchudo ao lado de Carol.

Suspirou ao pensar na amiga. Era uma pena que Mike e ela não pudessem casar só os dois. Talvez, ao saber de seus planos, a outra desistisse, e ninguém sairia magoado.

– Deus – rezou em silêncio, caminhando e sentindo-se revigorada pelo ar puro –, faça com que Gary e Carol recusem um casamento simples no campo, faça com que sejamos só Mike e eu.

6

Carol deixou a casa de Jessica e caminhou rapidamente pela avenida Prospect. Estava eufórica. A amiga havia concordado com um casamento duplo. Quando ela começasse a falar em datas e financiamentos, Gary não poderia mais lhe dizer para parar de se preocupar. Na certa ele gostaria muito mais de um casamento duplo do que só eles dois casando. Jessica não se arrependeria da decisão. Certamente seria o dia mais feliz da vida delas.

Que pena que Gary e ela tivessem brigado. Às vezes ele era um chato. Só desta vez, ela ia fingir que não tinha havido nada, esqueceria o desentendimento, numa decisão magnânima. Estava louca para contar a ele a novidade. Havia tentado telefonar da casa de Jessica, mas ninguém atendera. O que não era de estranhar. Ele podia ter ido jogar squash ou malhar na academia. Não ia se preocupar com isso.

Quem sabe ele tinha telefonado para ela? Esperava que sim. Seria bom ele saber que ela não havia ficado em casa se lamentando, agarrada ao telefone, à espera de uma ligação. Nesses dois anos, Carol havia aprendido que a melhor maneira de lidar com Gary era ficar na dela.

Assim ela o atraíra. Parecia uma eternidade, pensou com pesar, mas lembrava-se até hoje de cada minuto desses dias inebriantes, quando se apaixonara perdidamente por ele.

Ela estava disputando uma partida de duplas, em um torneio de tênis, e sua parceira habitual, Amanda, não pudera jogar porque estava se recuperando de um rompimento de tendão. Lily, a parceira substituta, não era das melhores jogadoras do mundo, fazia muitas duplas faltas e não era rápida na quadra, o que fizera com que perdessem o primeiro set. Detestava derrotas, e a dupla adversária explorava com prazer os pontos fracos de Lily. Quando trocaram de lado depois de um *game* desastroso, Carol percebera que uma de suas adversárias mandava um beijo para um homem do lado de fora da quadra. Ele também vestia roupa branca de tênis e era muito atraente, pensara, cheia de inveja.

Já vira a garota, alta, esbelta, chamada Jen, no circuito. Ela tinha um Honda grande e muitas vezes chegava para os jogos vestindo elegantes *tailleurs* de executiva e carregando uma pasta. Parecia saída das páginas de *Vanity Fair* ou *Hello*, as revistas favoritas de Carol. Ela mesma teria adorado chegar ao trabalho em um respeitável *tailleur*, carregando uma pasta. Trabalhava como chefe de setor no Conselho Municipal e não precisava de uma pasta ou mesmo de *tailleurs*, pois geralmente usava uniforme. Embora não admitisse, Carol sentia inveja de Jen e de seu estilo de vida aparentemente luxuoso, e era irritante que, na primeira vez que se enfrentavam em uma partida, Jen e sua parceira estivessem ganhando. Jen era boa jogadora, mas Carol sabia que era melhor e decidira num instante que, com ou sem Lily, teria de ganhar. A elegante Jen não jogaria sua raquete para o alto em triunfo ao final da partida.

Carol jogou como se estivesse possuída e corria em torno da pobre Lily, cada vez mais nervosa e intimidada à medida que Carol passava zunindo por ela. Ao se aproximar do *match point*, Carol sentira-se mais concentrada do que nunca. Colocou um *ace* bem perto da linha e sentiu um surto de vitória quando, momentos depois, Jen sucumbiu emocionalmente e devolveu uma bola na rede. Mais um *ace* poderoso e tudo se acabara.

— Nossa, Carol, que jogo. Você jogou muito bem, sei que não ajudei grande coisa — desculpou-se Lily enquanto caminhavam para a rede, para apertar a mão das adversárias. *Ainda bem que você sabe disso*, pensou Carol, irritada, mas deu de ombros e não disse nada, seu silêncio fazia com que a pobre Lily se sentisse ainda pior.

— Bom jogo — disse Jen secamente e estendeu a mão frouxa.

— Obrigada — disse Carol, displicente. Detestava apertos de mão frouxos. Ao deixar a quadra viu o bonitão examinando-a admirado.

— Belo jogo — comentou.

— Obrigada — ela respondeu com frieza e seguiu para a sede do clube, louca para tomar um banho e com as pernas doloridas de tanta correria.

O alívio por sentir a ducha quente revigorante foi indescritível, e Carol relaxou e se ensaboou toda. Nada como uma vitória no tênis. Isso a excitava, mas hoje, por algum motivo, a sensação era mil vezes mais forte. Jen não gostara de ser derrotada. Carol sabia *exatamente* como ela se sentia. Contra alguns adversários era fácil aceitar uma derrota, mas contra outros era inadmissível. Perder para Jen teria sido péssimo. E, por alguma razão perversa, sentia-se contente pelo fato de a outra garota ter sido derrotada diante do bonitão. Até onde ela sabia, eles formavam um casal. O casal mais badalado do circuito.

Mais tarde, bebericando um Club Orange* no bar, ouviu uma voz atrás dela: – Permita-me oferecer uma bebida. Depois dessa maratona você bem que merece. – Virou-se e viu o bonitão que sorria com jeito sexy e estendia a mão: – Gary Davis.

– Carol Logan – respondeu ela e notou com aprovação que o aperto de mão dele era firme, ao contrário do da namorada.

– Muito bem, Carol Logan, você jogou como uma profissional.

– Não me interessa jogar de outra forma. – E retirou a mão, que ele continuava apertando.

– O que eu peço para você?

– Nada, muito obrigada.

– Ora, deixa disso. Que tal champanhe para comemorar?

Carol riu. *Quanto exibicionismo*. Será que ele imaginava que ela ficaria facilmente impressionada?

– Talvez outra hora, mas obrigada pelo convite. Acho que sua namorada está procurando você. – E olhou, por cima do ombro, em direção à porta, de onde Jen olhava para eles.

– Ela sabe onde eu estou – disse ele com voz arrastada.

– E sabe mesmo. Com licença. – E deslizou para fora do banquinho. – Vou encontrar meus amigos. – Deixou-o ali de pé, seguindo-a com os olhos, enquanto ela ia ao encontro de Jessica e Mike.

Durante os dois meses seguintes Carol encontrou Jen e Gary várias vezes no circuito. Manteve-o a distância, recusando os drinques que ele lhe oferecia, sabendo, instintivamente, que a única maneira de fisgar Gary era dar uma de difícil. E ela queria muito fisgá-lo. Era sem dúvida um desafio. Mulheres viviam atrás dele, com seu charme tranquilo, sexy, e ele sabia bem disso. A namorada

---

* Bebida gaseificada, à base de laranja, muito popular na Irlanda. (N. T.)

estava sempre vigilante, com olhar possessivo, como era de se esperar. Ser a namorada de Gary Davis não era para as fracas de espírito.

O momento decisivo aconteceu quando ela o enfrentou em uma partida de duplas mistas. Foi um jogo disputado, no qual ela não cedeu um centímetro; quando ficaram frente a frente, o brilho nos olhos dele emparelhava com a determinação dela, e disputaram ponto por ponto. O saque dele era respeitável, mas ela não se intimidou e, mesmo tendo perdido por um ponto, teve ao menos o consolo de saber que não tinha sido fácil derrotá-la.

— Depois disso, você tem de deixar eu lhe pagar um drinque — insistiu ele ao se encontrarem mais tarde, no bar.

— Não tenho que deixá-lo fazer coisa alguma — retrucou ela enfezada.

— Está com medo de mim? — perguntou ele.

Carol deu uma risadinha irônica, divertindo-se com a atitude dele, deliciando-se em segredo por estar conseguindo provocá-lo.

— Não seja ridículo, Gary — ela arqueou a sobrancelha. — De onde você tirou essa ideia?

— É que venho tentando lhe oferecer um drinque há um tempão, mas você continua dizendo não e fugindo de mim como se eu estivesse com a peste — queixou-se ele.

— Gary, não sou muito fã de bebida, mas, se isso é importante para você, aceito um Club Orange. — Carol estava satisfeita com sua estratégia; conseguira reforçar a ideia de que ele estava atrás dela e ela não estava nem um pouco interessada.

— Deixe disso, aceite algo mais forte — insistiu ele.

— De jeito nenhum. Tenho de jogar o fim de semana todo. Não quero ficar lenta por causa do álcool — explicou ela calmamente.

— Deus do céu, você é muito esforçada, está em todas as bolas do jogo.

— Você também... — comentou ela. — Os olhos deles se encontraram e, de alguma maneira, um vínculo intangível se estabeleceu. Gary sorriu.

— Uma alma gêmea — disse ele com suavidade e ela soube instantaneamente que era ele o homem que queria.

— Você acha? — desafiou ela.

— Tenho certeza — disse ele com voz rouca, colocando todo seu charme em ação. — Venha jantar comigo hoje e descubra.

— Não gosto de ser a outra. Você namora a Jen. — A resposta brusca o surpreendeu.

— Quanta nobreza de sua parte — o tom dele foi levemente irônico.

Ela deu de ombros. – Diga o que quiser, mas essa é minha maneira de ser. Me livra de muitas complicações.

– Você não deixa de ter certa razão – ele concordou e pediu um refrigerante de laranja para ela e uma cerveja para ele. – E qual é a sua? – Recostou-se no assento e virou-se para olhá-la firmemente com os olhos castanhos. Foi um olhar desconcertante, mas ela se esforçou por ignorá-lo.

– Eu jogo para ganhar – foi a resposta simples.

– Em tudo? – não desviava os olhos dela.

– Por que não? – disse ela despreocupada e desviou os olhos para tomar um bem-vindo gole da bebida gelada de laranja.

– E se você perder?

– Amanhã é outro dia. – Ela riu, divertindo-se com a conversa brincalhona e com a faísca de atração que se acendera entre eles.

– E você? Está namorando alguém? – perguntou ele com ar displicente.

– Agora não, já acabou. – Carol bebeu mais um gole. – Ele disse que eu gostava mais de tênis do que dele.

– E era verdade?

– O tênis é um jogo *que me satisfaz* – ela olhou firme nos olhos dele, terminou a bebida e se levantou. – Obrigada pela bebida, a gente se vê por aí. – E de cabeça erguida, costas retas, saiu do bar sem olhar para trás. Duas semanas mais tarde, ouviu boatos de que tudo estava acabado entre Jen e ele.

Quando tornou a encontrá-lo, ele lhe disse: – Estou livre e solto. As coisas não iam bem entre mim e Jen. Quer jantar comigo?

– Com certeza – disse ela, sem opor dificuldades, e notou que ele ficou boquiaberto. Certamente esperava uma batalha de forças. Ela riu, satisfeita por tê-lo surpreendido.

– Já vi que você vai me dar trabalho – ele murmurou, examinando-a dos pés à cabeça com olhos quentes.

– Eu? Eu sou um gatinho – ela brincou, depois anotou seu telefone e entregou-o a ele. – Me ligue, agora preciso ir. Tenho de estar na quadra em dez minutos e ainda preciso trocar de roupa.

– Bom jogo. – Ele sorriu.

– Com certeza vai ser – garantiu ela, sentindo-se nas nuvens por tê-lo posto em seu devido lugar. Esse havia sido um dos momentos mais satisfatórios de sua vida.

Carol suspirava ao atravessar a ponte Binn's, protegendo os olhos dos reflexos do sol que faiscavam sobre as águas do canal Royal. Tinha sido divertido, quase um jogo, um jogo que ela queria ganhar, mas, à medida que a relação deles ficava séria, e ela ficava cada vez mais apaixonada por ele, a vida começou a parecer uma montanha-russa. Gary começou a pressioná-la para dormir com ele, o que ela faria de bom grado, caso se sentisse segura a respeito dele. Isso se tornou uma batalha muda entre os dois, e cada qual estava mais decidido que o outro quanto ao resultado.

Até agora vinha conseguindo mantê-lo a distância, admitia. No entanto, era com grande dificuldade que resistia a ir para a cama com ele, o que causava a ambos grande frustração. Estavam noivos. Agora ela compreendia por que Jen vivia vigilante, pois ela também vigiava, já que ele vivia paquerando outras mulheres.

Não era fácil. Muitas vezes sentia vontade de brigar e dizer-lhe para não se comportar como um detestável pilantra, mas isso equivaleria a fazer o jogo dele, e não queria lhe dar essa satisfação. Jessica era a única para quem contava seus temores e dúvidas. Jessica era seu arrimo, quem a consolava, ombro para chorar as mágoas.

Conheciam-se desde a infância, quando moravam uma diante da outra, em Arklow, pequena cidade no litoral leste. Haviam frequentado a mesma escola, enfrentado e sobrevivido juntas à adolescência, e Carol tinha seguido o exemplo de Jessica, mudando-se para Dublin. Jessica sabia das dificuldades que Carol suportava em casa. Com ela, Carol nunca havia precisado fingir como fazia com os demais. Quando os nervos da mãe explodiam e ela recorria à bebida, era a Jessica que fazia confidências. Durante todo o tempo em que seus pais haviam brigado como cão e gato, até que o pai as deixou, era Jessica quem a consolava. Se não fosse pela amiga, Carol às vezes pensava que não teria sabido o que fazer.

Katie era a pedra no sapato de Carol. Também havia crescido com elas em Arklow e, por ser prima de Jessica, as duas eram profundamente ligadas, o que deixava Carol enciumada. Não havia dúvida de que seria madrinha de Jessica no dia do casamento. Até que não seria de todo mau. Como seria bom desfilar até o altar como noiva sabendo que Katie estaria logo atrás dela, provavelmente roxa de inveja.

Entrou na casa sombria, de tijolos vermelhos, em uma fileira de casas geminadas, onde ocupava um apartamento conjugado no primeiro andar. Quando Jessica e Katie foram morar numa casinha a cerca de dois quilômetros de distância, havia pensado que a convidariam para morar com elas, mas o convite não acontecera, o que a deixara desolada. Botou a culpa em Katie, mas ficou magoada por Jessica não ter insistido. Afinal, ela morava numa quitinete horrível, do qual a amiga vivia falando mal.

Carol poderia muito bem ter alugado um apartamento melhor, mas era paranoica em relação a gastos. O dinheiro havia ficado curto depois que seu pai deixara a mãe e ela, mesmo ele mandando alguma ajuda toda semana e pagando o aluguel; Nancy pegava o dinheiro para comprar bebida. Carol havia jurado economizar e fazer uma poupança. Dinheiro gasto em aluguel era dinheiro jogado no ralo, raciocinava, então procurou um lugar que não pesasse no bolso.

Carol suspirou ao girar a chave na fechadura e empurrou com o ombro a porta de madeira bege, suja e com a pintura descascando. Empurrou-a com força. Passeou os olhos pela casa. Não passava de um cortiço, reconheceu. Uma cama simples de solteiro ficava diante da porta. Ela a cobria com uma colcha de algodão lilás, e havia almofadas encostadas à parede, para que servisse também como sofá. A única luz natural entrava por uma janela que dava para a rua e sob a janela havia uma pia embutida velha e trincada. Perpendicular à janela e à pia, uma pequena bancada, com um fogão de duas bocas e uma geladeira gasta, que fungava e tremia como uma velha de oitenta anos. O aquecimento dependia de uma pequena lareira escura, onde cabiam apenas duas achas de madeira, e a única poltrona era velha, com as molas afundadas e braços furados de cigarro.

Um armário infestado por cupins, onde amontoava suas coisas, completava o mobiliário, e sacos pretos, com roupas e miudezas, se empilhavam em desordem num canto. Odiava tanto o lugar que jamais recebia visitas. E só continuava ali na esperança de que Gary ou Jessica ficassem com pena e a convidassem para morar com um ou outro.

Gary havia ficado horrorizado ao ver o lugar pela primeira vez. – Por que diabos você mora num muquifo destes? Deus do céu, mulher, isto é o fim.

– Nem todo mundo tem tanto dinheiro quanto você – ela retorquiu, se fazendo de coitada. – Estou economizando para comprar um carro.

– Peça uma promoção no emprego.

– Sei, sei. Eu e muitos outros.

– Pensei que você fosse uma chefona lá no seu trabalho.

– Sou chefe de uma seção. Dirijo vários subordinados – ela se gabou.

– Que bom – disse ele com admiração. – Mas este lugar é um lixo, senhora chefe de seção. Vou pintá-lo para você, se quiser – ofereceu ele. – Tem de se livrar desses repolhos na parede.

— São rosas — ela argumentou.

— Nunca vi rosas assim — retorquiu ele, examinando o cenário deprimente. — Agora entendo por que você se mata na quadra, é para chegar tão cansada que pega logo no sono. Eu teria pesadelos num lugar assim. De que cor você quer que eu pinte?

— Está falando sério? — Carol sentiu-se tocada pela oferta gentil.

— É claro que sim — ele disse com um sorriso. — Vai me tomar umas poucas horas.

— Acho melhor eu pedir permissão ao senhorio — murmurou ela.

— Vá perguntar e volte — disse ele displicente. Ela estava encantada.

— Ele não faria isso se não gostasse muito de mim, não acha? — perguntou a Jessica, que garantiu que rapazes não saíam por aí pintando o apartamento de uma garota se não sentissem alguma coisa por ela. Fiel à palavra dada, assim que o senhorio deu permissão, Gary pintou o aposento de amarelo-manteiga, cobrindo o deprimente verde-escuro anterior.

Mas, mesmo com as paredes amarelas, ela bem que gostaria de cair fora do apartamento minúsculo, era no que pensava enquanto enchia de água a chaleira para fazer um chá.

Dez minutos depois estava de cara feia, já que ligava e ligava para Gary e ninguém atendia. Ela com notícias importantes para dar, e ele não estava em casa. Nem havia recado algum para ela. Frances, uma bancária que morava no térreo, teria anotado um recado se alguém tivesse telefonado em sua ausência.

Não custaria nada ele telefonar para ela, o patife, pensou com raiva, com toda a felicidade anterior se evaporando.

GARY SEGUROU A porta do carro para Jen e olhou com aprovação enquanto ela descia do carro com toda elegância. Ele a havia levado a Dun Laoghaire e pretendiam dar um passeio ao longo do cais antes de comer alguma coisa no Roly's. Era bom passar o dia com a ex e ela parecia estar gostando muito também.

Reconhecia, sentido-se um pouco culpado, que não estava sendo justo com ela. Sabia que ela tinha esperanças de que ele voltasse, mas, por mais que gostasse dela, achava-a preocupada demais com a carreira para o seu gosto. Jen era representante de vendas da ASCO, importante empresa norte-americana de produtos farmacêuticos. Tinha atingido o posto de gerente regional e isso tinha sido, para ele, a gota d'água. Não queria namorar uma mulher com uma situação superior à dele. Além disso, ela já não tinha mistérios para ele. Nenhum desafio, ao contrário de Carol, que o deixava furioso com a mesma facilidade com que o encantava.

Jen podia fazer de conta que não pretendia mais sair com ele, mas Gary conhecia-a o bastante para saber que não era verdade. Ela estava disponível e ele queria aproveitar enquanto pudesse. Uma vez ela o chamara de *serial killer* de corações, e, secretamente, ele gostara do título, embora tivesse sido dito com o intuito de insultá-lo. Apreciava mulheres, gostava de flertar com elas, mas não tinha culpa se caíam na bobagem de se apaixonar por ele. As pessoas eram responsáveis pelas próprias emoções.

Carol era legal. Estava claro que ela queria casar, mas às vezes Gary tinha a impressão de que não era por ele que ela estava irresistivelmente atraída, e sim pela ideia do casamento. Às vezes o tratava como não se importasse com ele; por exemplo, quando o deixou sozinho no Oval. Nenhuma das garotas que havia namorado tinha-lhe dado as costas, por pior que tivesse sido a briga. Olhou o relógio. Duas e quinze; ia deixá-la esperando sentada, não telefonaria. Certamente a veria no clube, no dia seguinte. Nunca havia sido ele a dar o primeiro passo depois de uma briga. Ela que tratasse de se acostumar.

CAROL PEGOU o telefone e escutou o ruído familiar de discagem. Ao que tudo indicava, estava funcionando. Seus dedos coçavam. Desejava desesperadamente ligar para Gary. Havia passado a tarde toda no apartamento, na esperança de que ele telefonasse, mas nem um som. Quase ficou louca observando o sol por entre as árvores. Às vezes ele se comportava como um patife. Chega, ele que fosse para o inferno, não seria ela a dar o primeiro passo.

Arrastou-se escada acima e se atirou sobre a cama. Já eram nove e meia, tarde demais para combinar uma saída com amigos para beber alguma coisa. Não queria ficar em casa, sentindo pena de si mesma – a noite custaria a passar.

Podia sair para correr. Sim, era isso, decidiu. Daria uma corrida até Glasnevin. Jessica e Mike podiam estar no Gravediggers, seu refúgio preferido, tomando um drinque, e podia juntar-se a eles. Melhor do que ficar sofrendo sozinha.

Vestiu uma malha Adidas e colocou algum dinheiro no bolso. Gostava de correr e da sensação de se exigir ao máximo, de saber que estava na melhor forma possível. Era grande admiradora do Pilates, mas os exercícios mostrados no vídeo eram difíceis de executar no espaço exíguo da quitinete; mesmo assim, Carol procurava realizá-los pelo menos três vezes por semana. Algum dia teria em sua casa uma sala de ginástica, com piso de madeira e paredes cobertas de espelhos; então poderia malhar sempre que quisesse. Se ao menos Gary começasse a se mexer e saísse com ela para procurar uma casa. Pensar nele fez seu mau humor aumentar, então saiu pisando firme, movida pela raiva e pelo medo.

7

– Está se sentindo melhor? – Gary perguntou secamente e se afastou do grupo reunido no bar para beijar Carol, de leve, no rosto.

– Não há nada de errado comigo, nunca me senti tão bem – respondeu ela com ar arrogante. Como ele se atrevia a falar assim, tão displicente? Eram onze e meia da manhã de domingo e não tinha tido qualquer notícia dele desde a noite de sexta-feira.

– Achei que não valia a pena telefonar para você, já que estava tão mal-humorada – ele sorriu.

– É isso mesmo. Como não ficar de mau humor sendo noiva de um cretino ignorante?

– Nossa, que maldade!

– Maldade nada, é a mais pura verdade. Um Club Orange, por favor.

– Mulherzinha braba, hein?

Mesmo contra a vontade, Carol relaxou e sorriu. Ele estava ali, ela estava contente em vê-lo, não valia a pena ficar emburrada o resto do dia.

– Vamos bater uma bola antes de você me levar para almoçar? – perguntou ela.

– Ok. Troque de roupa quando terminar sua bebida. Onde quer almoçar?

Ele estava muito manso e gentil, pensou ela desconfiada, doida para saber o que ele andara fazendo e com quem estivera. Mas não lhe daria o prazer de perguntar. Deu de ombros e respondeu. – Para mim tanto faz.

Vestiu a roupa branca de tênis e jogaram algumas partidas, sem que qualquer um dos dois facilitasse. Mais tarde, durante o almoço no Royal Dublin, Carol disse casualmente: — Jessica e eu conversamos, e ela disse que, pensando bem, um casamento duplo seria uma boa ideia.

Gary baixou o garfo que ia levando à boca e olhou para Carol, no mínimo intrigado.

— Pensei que a Jessica não havia gostado da ideia, pelo menos foi essa minha impressão — ele comentou, falando lentamente.

— Bem, obviamente ela mudou de ideia, quando pensou melhor no assunto — Carol respondeu despreocupadamente; mas não deixou de notar certa preocupação nos olhos dele e sentiu a velha pontada de medo de que Gary não estivesse tão decidido a se casar.

— E quando eles estão pensando em casar? — perguntou ele, cauteloso.

— Não sei. Mais ou menos daqui a um ano, eu acho. — Carol manteve os olhos fixos no prato.

— Talvez fosse melhor casarmos só nós dois. — Ele ficou remexendo o rosbife.

— Você bem que gostou da ideia na sexta-feira. — Carol fez força para não demonstrar sua irritação.

— Acho que não pensei bem no assunto. Imagine se eles quiserem fazer o casamento num lugar que não nos agrade.

— Existe algum lugar onde você não queira se casar? Pensei que você não ligava a mínima. — Ela olhou para ele com ar severo.

— Bem... eu... eu... — ele gaguejou.

— Hein? — O olhar dela não vacilava.

— Acho que prefiro me casar num cartório — disse ele com voz débil.

— Não diga bobagem, Gary, nós nunca os convenceríamos disso — disse Carol enérgica, conseguindo disfarçar sua inquietação. — Acho que um casamento duplo seria a opção perfeita, foi o que eu disse a Jessica — acrescentou enfaticamente.

— Ora, ora... é isso mesmo. — Gary tomou um gole de vinho e não parecia nem um pouco feliz.

Carol sentiu vontade de socá-lo. Isso não era o tipo de coisa para fazer com que uma mulher se sentisse amada e desejada, logo quando ela mais precisava disso. Bom, pelo menos ela havia mencionado o assunto. A primeira barreira fora ultrapassada. A próxima seria marcar a data. Cobraria de Jessica a promessa; estava na hora de começar a tomar decisões. O Jury's e o Burlington eram bons hotéis, refletiu. Ou então podiam se casar na igreja do aeroporto e fazer a recepção no hotel do próprio aeroporto, prontos para partir em suas respectivas luas de mel. Era uma pena não ter encontrado Jessica e Mike na noite de sábado. Não estavam no pub quando ela passou para dar uma olhada, nem estavam em casa.

Tinha esperança de que eles fossem ao clube mais tarde. Os quatro costumavam se encontrar no clube nos domingos à tarde para tomar uns drinques. Jessica trabalhava neste domingo, mas só até a uma e meia, o que lhe daria tempo de passar em casa, almoçar e chegar ao clube lá pelo meio da tarde. Carol não deixaria de mencionar o assunto.

Pelo menos tudo estava caminhando na direção certa. Depois de uma conversa a sério com Jessica, poderiam tomar as decisões e botar em prática os planos. Carol acariciou o anel de noivado com o polegar. Se sua vontade prevalecesse, mais cedo do que se pensava ela estaria usando no mesmo dedo uma aliança de ouro. E Gary estaria usando uma igual no dedo anular. Carol sorriu para si mesma. A troca de alianças seria o momento mais feliz de sua vida, ela não tinha dúvidas.

Jessica tomava um café, sentada na sala de controle, esperando que os convidados saíssem do estúdio. Dali a cinco minutos os acompanharia até a recepção e seu trabalho do dia estaria encerrado. O produtor bocejou e passou a mão pelo queixo com a barba por fazer. – É isso mesmo, estou definitivamente sob a lei seca – jurou, como fazia todos os domingos. Jessica sorriu.

– Vou buscar outro café para você – disse para consolá-lo. Saiu do estúdio e foi pegar o café, pensando em como era mais tranquilo trabalhar na Central de Rádio aos domingos, em comparação com os dias de semana. Os corredores, normalmente barulhentos com o vaivém constante de gente, estavam silenciosos como um túmulo. Os estúdios estavam vazios e os enormes escritórios do andar superior, quase desertos. Em comparação com a atividade frenética de seu trabalho habitual, o programa de variedades dos domingos era moleza, e Jim Collins, o produtor, sentava-se tão esparramado que estava quase deitado.

– É um bom programa. Muitos telefonemas comentando a falta de espírito esportivo nos jogos de rúgbi e de futebol. Eddie está bombando – disse Jim todo satisfeito, quando ela voltou com o café.

Eddie Doorley era comentarista esportivo e dono de um temperamento imprevisível, sua presença em uma mesa-redonda era garantia de um programa animado, eletrizante. De onde estava, Jessica podia vê-lo através da divisória de vidro, gesticulando animado, com o rosto da cor de um carro de bombeiros cada vez que fazia uma declaração.

— Vai com tudo, Eddie — exultava Jim ao fazer sinal para o apresentador Ronan Dillon encerrar. Meio minuto depois, a luz do microfone se tornou verde e os quatro convidados começaram a sair, com Eddie ainda à toda. Jessica pediu-lhes que assinassem os recibos do cachê, cumprimentou-os pelo desempenho e, quase sem que eles percebessem, encaminhou-os para o final do corredor e escada acima, até a recepção e a porta de saída.

— Bom trabalho, Jessica, obrigado — disse Ronan, com ar cansado. — Eu não estava a fim de ficar ouvindo a conversa fiada do Eddie por mais meia hora.

— Nem eu, Ro — concordou Jim. — Que tal uma cerveja no Kileys?

— Conte comigo. E você, Jessica? — perguntou erguendo a sobrancelha.

— Hoje não, obrigada, Ronan. Mike vai começar as provas amanhã. Vamos bater bola na quadra de tênis, para ele relaxar um pouco.

— Boa ideia — aprovou Jim. — Você está escalada para o próximo fim de semana?

— Não, vocês vão ter de se virar sem mim.

— Ora, Jessie, isso quer dizer que vamos ter a Viv Reid no seu lugar, e você sabe como ela é complicada. Como você faz uma coisa dessas comigo? — gemeu o produtor.

— Não se preocupe, você vai sobreviver, tenho trabalho extra no sábado à noite. — Ela lhe deu um tapinha amigável no braço e subiram a escada, os três juntos, brincando e rindo, e, enquanto atravessava o hall de entrada em direção à porta automática, Jessica pensava na sorte que tinha por trabalhar num local do qual gostava tanto. Carol trabalhava no Centro Cívico e vivia reclamando de como seu trabalho era estressante. E vivia dizendo que Jessica tinha sorte.

Sentiu-se um pouco culpada ao pensar em Carol. Na véspera, Mike e ela estavam aproveitando as carícias preliminares na cama quando ouviram alguém bater na porta. — Ah, não! ela reclamou, levantando a cabeça, que estava apoiada no ombro de Mike. — Quem pode ser? — desceu da cama e espiou pela janela. — Droga! É a Carol. Será que ela não pode me dar uma folga? — resmungou, escondendo-se rapidamente, com medo de ter sido vista.

— Você devia mandá-la entrar — Mike jogou o penhoar para ela.

– Não, eu não quero – disse ela de cara feia. – Só quero ficar um pouco com você, Mike. Passei a manhã inteira com ela. Toda vez que eles brigam eu tenho de ouvir as queixas. Não me importo que você pense que estou sendo má, mas não vou abrir a porta. Ela sabia que eu ia ficar com você hoje, ela é que é uma egoísta – explodiu Jessica, sentindo uma mistura de culpa e decepção quando a campainha tornou a soar. Olhou para Mike.

– Você decide – disse ele.

– Ora, Mike, assim você me faz sentir culpada – pegou o penhoar e vestiu-o, desanimada, enquanto se preparava para descer a escada. Olhou pela janela e viu o vulto de Carol se afastar em meio à penumbra crescente, não sabia se devia se sentir triste ou contente.

– Ela já foi embora.

Mike abriu os braços. – Então está tudo resolvido e não se sinta mal. Você estava descendo a escada para abrir a porta, portanto, não é egoísta. Agora venha cá e me desestresse.

– Agora sou eu quem precisa desestressar – disse ela, voltando para a cama de cara feia. – Justamente quando eu estava me sentindo bem e relaxada.

– Pois eu vou relaxar você – disse ele preguiçoso, os olhos azuis sorrindo para ela enquanto a puxava para perto de si e colocava as mãos em concha sobre seus seios. Acariciou-a com suavidade, provocando-a, enquanto suas mãos desciam até entre as coxas dela, em pouco tempo a visita importuna de Carol estava esquecida.

Havia sido uma noite linda, sensual, com a vantagem de terem a casa toda só para eles. Se não fosse a visita de Carol, tudo teria sido perfeito.

Jessica desceu correndo a escada da Central de Rádio, respirando com prazer o ar quente de verão. Por sorte, o tempo tinha permanecido bom durante toda a semana anterior e não havia sinais de mudança. Talvez tivessem um daqueles verões escaldantes, que Mike e ela poderiam aproveitar depois que as provas dele terminassem.

Acenou para o segurança ao sair com o carro do vasto complexo cercado por jardins projetados por um paisagista. O trânsito estava livre na autoestrada Stillorgan, e em vinte minutos estava em casa. Ao chegar e atravessar o hall, foi assaltada pelo aroma de frango assado e sentiu água na boca. Estava faminta. Mike certamente estava cozinhando. Era ótimo cozinheiro, muito melhor do que ela, e frequentemente fazia o almoço de domingo para os dois. Mas não esperava que ele cozinhasse hoje, pensava que ele ficaria enfiado nos livros.

— Olá. — Ela espiou pela porta da cozinha. Mike estava mexendo uma panela de molho, e o aroma que subiu dali a fez lembrar-se dos almoços de domingo em sua casa em Arklow. — Purê de ervilhas também!

— Tudo a que tem direito — informou o noivo vaidoso, tirando do forno o frango dourado e suculento e batendo em Jessica com o pano de prato ao vê-la roubar uma colherada do recheio. — Pare com isso ou vai perder o apetite.

— Ainda bem que não vamos jogar mais tarde. Eu não conseguiria correr pela quadra depois desse banquete — e lambeu com gosto a colher, saboreando cada pedaço. — O que deu em você para fazer um almoço desses? Pensei que íamos comer apenas frios com salada.

— Quando fui fazer as compras vi esses frangos orgânicos gordinhos e senti vontade de comer batatas assadas. — Ele tirou do forno a travessa com as batatas assadas, crocantes, fumegantes, e Jessica gemeu, prevendo uma comilança iminente.

— Vá se sentar — ordenou Mike. — Você está atrapalhando, vou servir já, já.

— Sim, senhor — disse ela, submissa, afundando em uma cadeira diante da mesa redonda de jantar, que ficava num prolongamento da pequena cozinha.

— Está delicioso, Mike! — disse entusiasmada ao morder uma batata assada crocante. — Por que as suas ficam tão crocantes e as minhas, murchas e moles?

— É preciso que a frigideira e o óleo estejam bem quentes, e também sacudir bem as batatas, depois de escaldadas, em um escorredor de macarrão, e só depois passá-las no óleo — instruiu Mike de forma didática.

— Sim, Delia* — brincou ela carinhosa, fazendo-o rir.

— Você pode caçoar à vontade, mas ainda bem que sei cozinhar, ou passaríamos fome. Você podia ao menos fazer umas aulas de culinária antes de se casar comigo. Imagine. Quem mais seria capaz de confundir café com sopa em pó?

— Seu chato. Confundi as coisas, pensei que tinha apanhado o pote de café. São praticamente iguais. Que falta de cavalheirismo mencionar uma coisa dessas.

— E aquela vez em que você confundiu noz-moscada e páprica...

— Pare, pare agorinha mesmo ou eu desmancho o noivado — ameaçou Jessica.

---

* Delia Smith: estrela de um programa de culinária e autora de livros sobre gastronomia. (N. T.)

— Promessas, promessas — ironizou Mike e levou um puxão de cabelo pelo atrevimento.

Mais tarde, caminharam de mãos dadas até o clube e avistaram Carol, que acenava alegremente para eles — Ei, vocês dois, pensei que não vinham mais, que não íamos gozar da companhia de vocês.

— Bem, nós gozamos duas vezes — disse Mike com os olhos brilhando.

— Cara de sorte — disse Gary com inveja.

— Humf — Carol fez um muxoxo. — Vocês dois só pensam em sexo.

— Ele pelo menos faz sexo, para mim só em pensamento — replicou Gary.

— É melhor calar a boca e buscar uma rodada para nós — disse a noiva de Gary, irritada e não achando a menor graça.

— Acho melhor eu obedecer — disse Gary secamente e levantou-se para ir até o bar.

— Garotas, com licença, preciso de um minuto para ter uma conversinha com Ronnie Condon — Mike se afastou. Ronnie, o afável e rotundo administrador do clube, era muito popular e divertido.

— Gary é um insensível — disse Carol zangada quando Jessica se sentou ao seu lado.

— Ah, relaxe, Carol, ele só estava brincando

— Não, não estava — disse ela, ainda emburrada.

— Se vocês dois vão brigar e ficar bravos, Mike e eu vamos bater umas bolas — disse Jessica irritada, desejando estar com Mike e Ronnie. Os dois estavam morrendo de rir lá no bar.

— Não fique assim, Jessica, por favor. Vamos falar sobre o casamento, para levantar o astral — pediu Carol.

Eu estava de ótimo astral até encontrar vocês dois, foi o que Jessica sentiu vontade de dizer, mas engoliu as palavras com dificuldade. Às vezes bastavam dois minutos na companhia da amiga para deixar Jessica de mau humor. Certa vez ela havia trabalhado em um programa a respeito de livros de autoajuda, e leu em um deles que as pessoas podiam ser divididas em dois grupos: o das que sugam e o das que irradiam, dependendo da energia que emitem. Nesse exato momento, Carol agia como uma sugadora, e Jessica não estava disposta a passar a tarde animando-a. Muitas vezes, com um esforço enorme, conseguia melhorar o ânimo da amiga, mas, a essa altura, sentia-se totalmente sugada, incapaz de fazer qualquer coisa. Quando leu sobre pessoas sugadoras, compreendeu imediatamente do que se tratava.

— Vocês já têm alguma ideia? Já pensaram na data? – perguntou Carol, ansiosa. – Eu disse a Gary que você havia mudado de opinião. Assim ele vai se acostumando com a ideia de que vai *mesmo* haver casamento. Portanto esta é uma hora ótima para começar a fazer planos. Você tem algum?

— Bem, para dizer a verdade, Mike e eu conversamos sobre isso – respondeu Jessica vagarosamente. – Nós... nós queremos nos casar este ano, na igreja de Kilbride, e queremos que a recepção seja no The Four Winds.

Carol olhou-a fixamente, atordoada, e Jessica sentiu um aperto por dentro. Até que enfim, pela primeira vez na vida, mostrava-se firme. Se Carol não gostasse, que desistisse da ideia do casamento duplo, e Jessica não se importaria nem um pouco. A essa altura, estava arrependida da proposta impulsiva e impensada.

8

— Este ano?! Em Kilbride?! No The Four Winds?! – Carol disparou cada frase como rajadas de metralhadora. – Você quer se casar em Wicklow?! – Não se sentiria mais perplexa se Jessica tivesse dito que queria se casar na Lua.

— Por que o espanto? Onde você pensou que eu me casaria? – Jessica olhou admirada para a amiga. Como isso podia ser surpresa para ela?

— Pensei que você ia querer um casamento em Dublin. Quer dizer, achei que você ia querer um hotel de luxo, como o Jury's ou o Burlington, até mesmo o Clontarf Castle ou o Regency. – Carol estava evidentemente pasma. – A maioria dos nossos amigos mora em Dublin.

— Mas a maior parte de nossas famílias está em Arklow – lembrou Jessica.

— Com certeza eles gostariam de passar o dia fora. Ir a um hotel perto de casa não tem nada de especial – retrucou ela, exaltada. – Ainda mais o The Four Winds, que não é maior do que uma porcaria de pensão – continuou ela, irônica. – Nem chega a ser propriamente um hotel.

— Olhe aqui, Carol, mesmo que quiséssemos, não poderíamos pagar os hotéis que você sugeriu. Ainda mais se quisermos nos casar este ano. Todas as datas já estariam tomadas. E o The Four Winds é encantador. Gostamos dele – retrucou Jessica.

— Pensei que você só ia se casar no ano que vem — fuzilou Carol.

— Quando Mike e eu conversamos, Mike disse que não queria passar toda a semana em Wicklow e vir para Dublin nos fins de semana. Quando ele começar a trabalhar, vamos alugar uma casa, mesmo que isso seja jogar dinheiro no ralo, principalmente quando se está, ao mesmo tempo, economizando para comprar uma casa. — Jessica respirou fundo. — Portanto, Carol, não vamos gastar uma fortuna, simplesmente porque não temos. Queremos um casamento simples, singelo, e, caso você prefira o seu de outra maneira, nós vamos entender. Fique à vontade para recusar nossos planos. Melhor dizer não agora, para evitar desentendimentos mais tarde.

— Entendo — murmurou Carol, perdendo o ímpeto diante do tom inesperadamente decidido de Jessica e das rígidas opções que lhe eram oferecidas.

— Por que vocês preferiram a Kilbride em vez da igreja Templerainey? Templerainey é muito maior, a nave é mais comprida — disse ela, amuada.

— Gosto muito de Kilbride. É uma graça de igrejinha campestre. Se não pretendemos fazer um casamento grandioso, ela não vai parecer vazia com nosso número de convidados. Além do mais, o enterro de papai saiu de Templerainey, o que me traz lembranças tristes. Tanto eu como Mike gostamos de Kilbride. — Jessica defendeu sua escolha com determinação.

— É, parece que você já decidiu tudo — disse Carol em tom azedo.

— Como eu lhe disse, você não tem de fazer o mesmo que nós. Pode fazer do seu jeito, claro. — Jessica começava a se sentir pouco à vontade. Olhou em volta, à procura de Mike, desejando que ele viesse em seu socorro.

— Mas, se vamos nos casar na mesma cerimônia, acho que eu também deveria opinar — queixou-se Carol. Jessica sentiu que seu nível de irritação aumentava. Não fora ela quem sugerira um casamento duplo, fora ideia de Carol, que havia dito que Jessica podia planejar tudo do jeito que quisesse. Agora voltava atrás e queria mudar as regras do jogo. Se estava sendo tão difícil ainda no início, poderia virar um pesadelo.

— Carol — disse ela com voz suave, conseguindo disfarçar a irritação —, foi você quem quis um casamento duplo. Eu não tinha certeza de que daria certo. E ainda não tenho. Obviamente você não gosta do que Mike e eu estamos pretendendo fazer, então talvez seja melhor fazermos casamentos separados.

Ufa! Tinha dito o que queria, embora lhe custasse um esforço. Jessica detestava ser autoritária, não gostava de magoar as pessoas e se sentia muito aborrecida por ver sua tarde de domingo estragada por essa discussão indesejada e extremamente inoportuna.

— Não, não, isso não! — Carol se apressou em dizer, acompanhando com os olhos Gary, que passava entre as mesas com as bebidas. — Por favor, não diga nada, vou conversar com Gary e ver o que ele acha, depois nós duas podemos falar sobre isso.

Que droga, pensou Jessica desalentada. *Pensei que tinha conseguido.*

— Ótimo — foi o que conseguiu dizer. — Mas queremos marcar logo a data, então preciso saber.

— Claro, claro — concordou Carol.

— Então, Jessica, quais são as novidades? — disse Gary, entregando-lhe um coquetel de vinho branco e água com gás.

— Tudo na mesma — respondeu ela displicente, pensando se deveria ou não fazer algum comentário a respeito do casamento. Carol havia-lhe pedido para não dizer nada, mas, com certeza, Gary também fazia parte do projeto e tinha direito a opinar. Olhou para Carol, mas a amiga estava remexendo a bolsa, evitando contato visual. Felizmente Mike chegou, e ele e Gary iniciaram uma animada discussão sobre os resultados do futebol.

Jessica bebericou seu drinque. Aquilo era típico dos homens. Como Gary e Mike *não* estavam falando do casamento? Que ficassem na deles se preferiam discutir aquela droga de futebol, pensou aborrecida, seu bom humor havia evaporado totalmente.

— Mike, se você quer jogar algumas partidas antes de ir para casa estudar, acho bom começar logo — ela lembrou ao noivo, irritada.

Mike se surpreendeu com o tom de voz. Olhou para ela, depois para Carol, e intuiu que havia problemas.

— Dá um tempo pro cara — reclamou Gary. — Não é bom beber depressa.

— Não, a Jessie está certa. — Mike esvaziou o copo. — Quero bater uma bolinha para relaxar a cabeça e o corpo, e depois estudar um pouco. Amanhã é o Dia D.

— Boa sorte, Mike, desejo que tudo dê certo para você — exclamou Carol.

— Valeu. — Ele sorriu para ela.

— É isso, amigo, vai com tudo, ou sei lá o que se diz quando alguém vai fazer uma prova. — Gary ergueu o copo num brinde a Mike. — Vamos beber todas quando você terminar. Vocês duas poderão sair juntas para uma conversa de mulher — decidiu ele.

— Por que não podemos ir beber com vocês? — perguntou Carol.

— Existem muitas maneiras de sair para beber. Garanto que dessa vez não vai ser de um jeito que você vai gostar.

— Tem toda razão, Gary — falou Jessica, arrastando as palavras.

— Isso é o que eu chamo de ser sarcástica — implicou Gary. — Você está de mau humor hoje.

— Não estou, não.

— TPM?

— Sabichão. Vamos, Mike. — Jessica não estava com paciência para trocar gracejos com Gary, queria apenas ir para a quadra e extravasar a frustração.

— Que está acontecendo? — perguntou Mike no caminho para os vestiários.

— Nada.

— Mentirosa.

— É a Carol — resmungou ela. — Não gostou do que planejamos, não consegue acreditar que vamos nos casar lá em Wicklow. Então eu disse a ela que era melhor fazermos casamentos separados e pensei que isso poria um ponto final nessa bobagem de casamento duplo. Mas ela ainda quer continuar com os planos, só de pensar em ter de aturar as birras dela e as discussões o tempo todo até chegar o dia, me dá dor de cabeça. Por que ela teima em levar isso adiante se não gosta do nosso plano?

— Mas, Jessie, você *disse* a ela que aceitava fazer um casamento duplo. Temos de ser justos — disse ele, sensato. — Ela também deveria ter o direito de opinar. — Não era bem isso que Jessica desejava ouvir.

— Pois eu lamento ter dito — ela exclamou de forma irracional, já chegando à porta do vestiário feminino.

— Agora não adianta, você já falou. Tem de aceitar as consequências por ter aberto a boca e enfrentar a situação. Vocês duas que se entendam. — Mike entrou no vestiário dos homens, deixando-a ali, parada, de boca aberta. Não era comum ele tratá-la assim. Seus olhos se encheram de lágrimas. Seu dia maravilhoso estava virando um desastre. Fez tudo para se acalmar enquanto vestia a roupa de tênis. Tinha consciência de que havia concordado com o casamento duplo. Mas Mike não precisava ter esfregado isso na cara dela. Fora num momento de fraqueza em que sentira pena de Carol. Agora lamentava profundamente essa fraqueza e se sentia mal. Ele não precisava ter sido tão agressivo. Sentiu vontade de mandá-lo sumir. Se ele não fosse começar as provas amanhã, ela bem que faria isso.

Lá vai você de novo dar mais importância aos sentimentos dos outros do que aos seus. Você não passa de um capacho, resmungou Jessica, amarrando o tênis. Detestava sentir-se um capacho. Precisava começar a ser mais afirmativa. Katie vivia lhe dizendo para ser mais firme. Infelizmente, não estava agindo assim nesse fim de semana.

Mike estava sentado em um banco quando ela saiu do vestiário. Sentou-se ao lado dele, passando os dedos pela corda da raquete, relutando em ser a primeira a falar. Continuaram sentados em silêncio, assistindo ao final de uma partida, esperando que a quadra ficasse livre, e as pancadas na bola e o canto de um pássaro eram os únicos sons quebrando o silêncio da tarde. O sol batia com força no ombro de Jessica. Deveria sentir-se feliz e relaxada, sentada ali ao lado de Mike; em vez disso, sentia-se tão tensa quanto sua raquete de tênis.

— Quer resolver no cara ou coroa quem escolhe o lado e de quem é o saque? — perguntou ele, quando a outra dupla encerrou a partida.

— Não faço questão — respondeu ela com petulância.

— Como quiser. — Mike se encaminhou para o lado direito da quadra, quicou a bola com a raquete e ficou esperando que ela tomasse posição. Mal ela se virou para enfrentá-lo, ele lançou uma bola. Ela conseguiu devolvê-la, mas ele a mandou de volta acima da cabeça dela, que não pôde rebatê-la. Jessica estava furiosa. Era antiesportivo da parte dele deixá-la em má situação. O primeiro saque era de Jessica, que se acalmou e respirou fundo. Mesmo ele sendo um jogador mais forte, tecnicamente ela era melhor. Apertou os olhos para se proteger do brilho do sol e lançou a bola. Sua intenção era fazer um *ace*, mas ele percebeu e devolveu a bola com facilidade. Ela fez um *backhand*, a bola caiu pouco adiante da rede, e ele não conseguiu rebatê-la.

— Rá! — caçoou ela, mesmo sabendo que isso era infantil.

— Rá para você — respondeu ele e os dois se olharam e caíram na risada.

— Me desculpa — disse ele.

— Também peço desculpas. — Ela se debruçou sobre a rede e beijou-o.

— Uma coisa eu garanto, nunca vai ser monótono — disse ele, sorrindo. — Vamos continuar, quero lhe dar uma surra.

— Tente — desafiou ela, sorrindo enquanto ele caminhava até o fundo da quadra e ficou esperando que ele sacasse.

Uma das coisas de que mais gostava em Mike era o fato de ele não guardar ressentimentos nem prolongar uma briga. Ele estava sob pressão, ela não devia tê-lo aborrecido com os problemas de Carol, reconheceu Jessica, morrendo de vergonha do seu acesso de raiva. Ele tinha razão, ela se deixara envolver nessa confusão de um casamento duplo. Poderia ter dito não logo de saída, mas lhe faltara coragem. Vacilara, como sempre, acabara cedendo. Agora tinha de enfrentar a responsabilidade pelo que fizera. Se não tivesse como fugir do casamento duplo, teria de ir em frente e aproveitar ao máximo, diante das circunstâncias.

9

— Você está indo muito bem. — Jessica curvou-se e beijou Mike, que estava jogado no sofá, examinando um fichário de anotações. Já era o terceiro dia de provas e ele estava cansado.

— Andem logo, o rango está pronto — gritou Katie.

— Ainda bem, estou morto de fome. — Mike levantou-se do sofá e bocejou de cansaço. Passou o braço em torno de Jessica e juntos foram para a cozinha, onde Katie preparava um molho cremoso para acompanhar o frango com arroz.

— Você não quer vir morar conosco quando nos casarmos? — disse Mike sorrindo, ao tomar seu lugar à mesa.

— Duvido que você tenha como me sustentar — disse Katie, piscando para Jessica. — Não se preocupe, vou dar para ela algumas receitas que até uma criança de sete anos pode fazer.

— Que cara de pau de vocês — retrucou Jessica. — Já envenenei um de vocês?

— Não, mas faltou pouco — provocou Mike.

— Ah, é? Quando você terminar as provas, vou oferecer um jantar e você vai ter de engolir suas palavras, seu engraçadinho.

— Acho que é só isso que eu vou comer. — Mike não pôde resistir e Jessica teve que rir.

— Seu mal-educado!

— Mas você me ama — disse Mike, todo convencido.

— Arreeee... parem com isso vocês dois — ordenou Katie, colocando dois pratos fumegantes sobre a mesa.

— Eu estava pensando em tirar uma folga amanhã à tarde para ir até Arklom falar com mamãe sobre o casamento. Quero ter a aprovação dela antes de tomarmos qualquer decisão. Você quer falar com seus pais? — perguntou Jessica, sentando-se ao lado dele.

— Sim, vou telefonar para eles, mas eles não devem criar problemas, já enfrentaram o massacre três vezes. Os dois últimos foram os casamentos das minhas irmãs, e imagino que mamãe vai se sentir satisfeita com um posto secundário, sem ter de cuidar de tudo.

— Sei disso, e seus pais são tão tranquilos que não deve haver problemas. Mas seria mais cortês confirmar se eles estão de acordo, portanto ligue mesmo – aconselhou Jessica. Mike era mestre em adiar assuntos de família.

— Prometo que sim, eu prometo – disse ele um pouco irritado. – No momento, estou concentrado nas provas.

— Pare de usar isso como desculpa; você pode telefonar hoje à noite, daqui mesmo. Não vai levar mais do que cinco minutos. E não deixe de conseguir com o padre da sua igreja aquela certidão que confirma que você nunca foi casado antes.

— Quanto resmungo – reclamou Mike.

— Escute aqui, seu mandão, eu não posso fazer *tudo*. São só uns telefonemas – disse Jessica, indignada.

— Será que vocês dois podem parar de brigar? Quero saborear meu jantar – reclamou Katie.

— Desculpa – disse Mike.

— É, desculpa – acrescentou Jessica. – E obrigada pelo jantar.

— Acho que faz parte das obrigações de uma madrinha cuidar bem de vez em quando do chamado "feliz casal" – disse a prima, falando sério. – O que eu quero saber é quem vai ser o padrinho do noivo. Não me digam que vão convidar o Tony, porque ele é casado e por isso não serve para nada.

— Tenho de convidar o Tony, é meu único irmão – disse Mike, sem graça.

— Mike, sei que o Tony é bonitão, só que é um bonitão *casado*. Não dá para convidar o Lenny ou o Barry? Eles são lindos e estão disponíveis – Katie tentou convencê-lo.

— Barry está namorando alguém...

— Desde quando? – perguntou Katie, revoltada.

— Ela estuda arquitetura. Ela derramou leite em cima dele na cantina e foi assim que tudo começou.

— Ah, que droga. E o Lenny?

— Katie, o Lenny pode até ser bonito e tudo mais, mas eu jamais o convidaria para ser meu padrinho. Ele é capaz de ficar de porre e não aparecer, ou então aparecer bêbado. Não é o tipo de cara que eu gostaria de ver namorando você. Ele é divertido, mas não é confiável – explicou Mike muito sério.

— Sim, papai — respondeu Katie secamente.

— Pense em mim como o irmão que você não teve — provocou Mike.

— Pare com isso, Mike, ajude esta pobre mulher. Preciso de um homem para o seu casamento.

— Está bem. Vai haver uma mega festa quando as provas terminarem. Por que você não vai à festa para ver o que está em oferta? Sinceramente, pensei que estudantes não fizessem o seu tipo. Uma enfermeira como você, cercada de médicos e cirurgiões.

— Você está de brincadeira — zombou Katie. — Eu não sairia com um médico nem que me pagassem. Não mesmo.

— Calma, Katie, nós vamos encontrar um homem para você, não é, Jessie?

— É claro que sim — assegurou a prima. — Não tenha medo.

— É indispensável que eu tenha um acompanhante para o dia do casamento. Não quero saber da Carol me olhando pelo véu com um ar de superioridade — confessou Katie. — Não é triste?

— Muito. Você me surpreendeu — Jessica franziu a testa.

— Eu sei. É que ela tem um talento especial para fazer a gente se sentir inferior.

— Por que você não dá uma chance a ela? Você vive falando mal da Carol — repreendeu Mike.

— Você não conseguiria entender — garantiu Jessica.

— É coisa de mulher — declarou Katie.

— Quanto mais eu vejo vocês mulheres em ação, menos as entendo. — Mike balançou a cabeça.

— Ah, Mike. Fica quieto e come, vai — retrucou Jessica.

— Não precisa entender, apenas obedeça — disse Katie com a cara mais limpa do mundo, e ele riu.

Jessica sorria no dia seguinte, lembrando do jantar enquanto descia as escadas da Central de Rádio para pegar o carro. Era uma bênção o fato de Mike e Katie se darem tão bem, não havia estresse ou tensão entre eles.

Quando ela e Carol eram adolescentes, tivera de suportar o ciúme da amiga quando Jessica estava namorando alguém e Carol não. Ela tinha feito alguns namorados de Jessica passar por maus momentos. Até começar a namorar Gary, não tinha sido muito amistosa com Mike também. Ciúme é uma doença terrível e pode atrapalhar a vida, refletiu Jessica ao dobrar à direita para sair da Central de Rádio e seguir em direção à autoestrada de Stillorgan.

Como era a hora do almoço, o trânsito estava livre e ela sentiu o coração leve enquanto dirigia pela Foxroad em direção a Cornelscourt, feliz por estar indo para casa. Cinco minutos depois, sempre encontrando os sinais verdes, a bela paisagem apareceu e, depois de Loughlinstown, os últimos bairros da cidade foram ficando para trás e os tons verdes e dourados do campo predominaram, com o Sugar Loaf* se destacando na linha do horizonte. Jessica sentiu um misto de alegria e apreensão. Embora estivesse ansiosa para contar à mãe que ia se casar, ela sabia que seria triste também. Até hoje, passados três anos da morte do pai por causa de um infarto, o vazio não havia desaparecido.

Num dia, Ray Kennedy estava cheio de vida, saudável, vibrante, e no dia seguinte estava caído sobre a borda do barco, os companheiros de pescaria tentando freneticamente revivê-lo enquanto aguardavam a chegada da ambulância.

Isso acontecera em uma manhã fresca de outono, quando o calor intenso do verão não passava de uma lembrança, o frio penetrante da brisa já se fazia sentir e o sol não era mais que um disco amarelado, incapaz de produzir calor. O pai estava animado com a perspectiva de um dia de pesca e prometera a Jessica e à mãe uma cavala fresca para comerem à tarde. Nada como o sabor de uma cavala suculenta recém-pescada, assada na grelha, polvilhada com sal e untada com um pouquinho de manteiga; uma ceia perfeita. Jessica gostava do resultado das pescarias do pai.

Mike e ela estavam pintando o quarto dela quando um vizinho entrara afobado, pedindo que fossem correndo até a praia porque Ray havia desmaiado. Com o coração aos pulos, ela e Mike correram o mais rápido possível e chegaram a tempo de ela ver o pai sendo colocado na ambulância.

— Deixem eu ir com ele — ela implorou, mas o enfermeiro disse delicadamente: — Tarde demais, moça. Você tem que ficar para avisar sua mãe e levá-la até o hospital.

— Ele morreu? Papai morreu? — Jessica agarrou o braço do homem. — Faça alguma coisa. Dê-lhe oxigênio. Você não está nem tentando — ela gritava, histérica.

— Pare, Jessie — falou Mike com voz firme e calma e segurou-a pelo braço. — Ele está morto? — perguntou serenamente ao enfermeiro.

---

* Sugar Loaf ou "Pão de Açúcar": famosa montanha da Irlanda, localizada no condado de Wicklow. (N. E.)

— Sim. Lamento muito — disse o atendente da ambulância. — Leve-a para casa, para perto da mãe.

Tremendo de choque e de medo, ela viu a ambulância se afastar. Marty e Connor, os amigos de Ray, se aproximaram muito pálidos.

— Ele simplesmente desmaiou. Talvez tenha sido o esforço de empurrar o barco sobre as rodas. Se nós soubéssemos, jamais deixaríamos ele fazer uma coisa dessas — disse Connor com voz rouca, fazendo o possível para não se descontrolar.

— Quer que eu conte para a Liz? — ofereceu Marty gentilmente. Jessica sentiu-se momentaneamente tentada a aceitar. Como diria à mãe que o pai havia morrido? Liz ainda era apaixonada pelo marido, como se tivesse acabado de se casar com ele. Eles se amavam. A vida da mãe estaria destruída.

— Eu... é melhor eu mesma contar — conseguiu dizer, antes de romper em soluços que sacudiram todo seu corpo, trazendo lágrimas aos olhos de Mike, que a abraçou e tentou consolá-la. Olhando pelo canto do olho, ela viu que um grupo de estranhos e vizinhos se reunira para assistir ao drama.

— Vamos sair daqui — ela sussurrou, apertando com força a mão de Mike. Mesmo sabendo que ele estava ali, sendo o mais carinhoso que podia, ela nunca se sentira tão só em toda a vida.

Mais tarde, sempre que tentava se lembrar de como chegara em casa, via apenas um borrão. Sua única lembrança era Mike preparando um chá quente e doce, e o aperto na boca do estômago enquanto esperava a mãe voltar das compras na cidade. Pensou que ia vomitar ao ouvir o carro manobrando na entrada da garagem.

— Mike, Mike, o que eu vou dizer? — perguntou desnorteada.

— Deixe que eu falo com ela — disse Mike tranquilo, o rosto tão pálido quanto o dela ao ficar de pé e endireitar os ombros.

— O que vocês estão fazendo aí parados? — perguntou Liz alegremente ao entrar na sala, carregada com sacolas de compras.

— Mamãe — a voz de Jessica parecia um gemido.

— Senhora Kennedy — Mike caminhou até ela. Liz olhou para um e outro, e seus olhos azuis se encheram de apreensão.

— Que foi? Que está acontecendo? Não é nada com o Ray, é? Aconteceu alguma coisa com o barco? Não vi as luzes dos barcos de salvamento.

— O senhor Kennedy teve um infarto. Sinto muito, senhora Kennedy. Ele está morto. — Mike conseguiu pronunciar as palavras com toda calma e, mesmo chocada e sofrendo, Jessie deu graças pela tranquilidade do namorado.

O brilho do olhar da mãe se apagou. Era como se ela estivesse desmontando, enquanto Mike a levava até o sofá, para junto de Jessica.

– Jessica! – Liz emitiu um som baixo e agudo e enterrou o rosto no pescoço da filha. – Jessica, eu também quero morrer. Como posso viver sem ele?

– Mamãe, não diga uma coisa dessas, ele não gostaria de ouvir você falando assim. – Jessica chorava, abraçando a mãe, e Mike saiu da sala para fazer mais chá.

Liz havia insistido em fazer o velório em casa.

– Não quero vê-lo numa capela mortuária. É tão frio e solitário. Vou trazê-lo para casa.

– Como você quiser, mamãe, será tudo como você quiser – concordou Jessica, imaginando se por acaso estaria tendo um pesadelo longo e macabro.

Parecia irreal ver seu pai, com a roupa de pesca, deitado em um caixão. Seu aspecto era o mesmo de sempre, com um meio sorriso no rosto, como se estivesse dormindo. Chegara a imaginar que ele se sentaria, dando uma boa risada, e diria "Rá, rá, rá. Enganei todo mundo!". Ele gostava de pregar peças, Jessica e Liz nunca sabiam qual seria a próxima molecagem.

Era difícil acreditar que ele nunca mais entraria pela porta e as envolveria em um abraço de tirar o fôlego, dizendo, todo alegre: – Onde estão as minhas mulheres? – Fora um pai muito divertido. Ele a havia ensinado a pescar, e até hoje ela se lembrava da alegria ao sentir o puxão na linha, quando pescou sua primeira cavala. Haviam feito uma fogueira na praia, ele embrulhara o peixe em papel alumínio, com uma pitada de sal e manteiga, e o cozinhara sobre as pedras quentes, com algumas batatas. Haviam bebido chá quente feito em uma caçarola e depois observado o pôr do sol e milhares de estrelas aparecerem piscando no céu escuro.

– Isso é que é boa vida! – ele havia dito, sorrindo para ela e enrolando-a em seu suéter de lã grossa, e ela bocejara e devolvera o sorriso, afundando o rosto no macacão dele e sentindo o cheiro de mar e almíscar que para ela sempre significavam a presença do pai. Adormecera em seu colo e ele a carregara para casa saciada pela ceia. Lembrava-se vagamente de que Liz a pegara dos braços dele, trocara sua roupa e a pusera na cama. Ela havia entreaberto um olho sonolento e vira os dois sorrindo para ela e se sentira inteiramente segura e feliz.

Lembrava-se das noites alegres, despreocupadas, quando ele voltava de seu trabalho como mecânico de automóveis e a levava para a praia, onde lhe ensinava a encontrar mariscos nas pedras. Cada ida à praia com o pai era uma aventura. Quando ele a levava no barco, sentia-se a rainha do mar, balançando suavemente sobre as ondas, o sol aquecendo o corpo. Havia poças d'água no fundo do barco, que faziam um ruído característico, e o cheiro, melhor do que qualquer perfume, de areia úmida e algas marinhas.

Só depois de beijar a testa e sentir a frieza marmórea do corpo do pai ela se convenceu de que a vida já não existia nele e de que jamais voltaria a sentar na popa do barco e a pescar com ele.

Em sua tristeza, Liz não fora capaz de ajudar em nada. Coubera a Jessica e Mike tomar todas as providências e falar com os agentes funerários. Carol havia sido de grande ajuda. Ela se encarregara da cozinha e preparou chá e sanduíches sem parar para servir aos que foram prestar as últimas homenagens e oferecer condolências. Katie havia chegado no dia seguinte, de Londres, onde trabalhava, e ficara ao lado de Jessica durante o traslado e o enterro, forte como uma rocha, como sempre.

O funeral do pai de Jessica foi a única vez em que Carol e Katie deixaram as diferenças de lado, e Jessica sempre lhes seria grata por isso.

Sua mãe se comportara como um zumbi durante todo o ano que se seguiu à morte do marido. Com os olhos sem brilho e sem vida, era com esforço que enfrentava cada novo dia. Às vezes, quando Jessica passava o fim de semana na casa dos pais, ouvia a mãe soluçar na cama, chamando Ray. Perguntando por que ele as havia deixado. A jovem sentia-se impotente diante da dor da mãe, ao mesmo tempo em que lutava contra a própria dor.

Sentiu raiva de Deus e do pai, embora, por um lado, soubesse que isso era irracional. Por que ele se fora, mergulhando-as em tristeza? Por que Deus as havia punido de modo tão cruel e incompreensível? Ray Kennedy era um homem bom, generoso com a família e os amigos e, no entanto, fora levado, enquanto assassinos e terroristas continuavam no mundo, impunes.

Em sua raiva, Jessie deixou de ir à missa e maldizia Deus e sua crueldade.

– Sua raiva vai passar, ela é natural – havia-lhe dito um padre, ela não acreditara e dissera que preferia não falar sobre isso. Em um dia de primavera, dois anos mais tarde, tinha saído com o carro da mãe para treinar direção. Enveredou pela estrada N11, na direção de Dublin, planejando visitar uma amiga em Redcross, quando, impulsivamente, virou à direita diante do pub Lil Doyle's, em vez de dobrar à esquerda.

Seguiu as curvas da estrada no meio dos campos e passou na frente do chalé no qual haviam vivido seus avós, agora habitado por um jovem casal e seus filhos. Jessica lembrou-se das visitas que fazia aos avós quando era criança e de ter perguntado, quando a avó morrera, para onde ela havia ido.

— Ela voltou para perto de Deus — dissera-lhe o pai, com a maior naturalidade.

— Ele estendeu a mão para ajudar vovó a subir? — ela havia perguntado.

— Sim, querida — dissera Ray, sorrindo diante daquela inocência. Ela lembrou-se de Ray, de pé ao lado do túmulo, dizendo a um amigo: — Todos nós passamos por isso. Agora é minha vez de enfrentar.

Sentiu-se inundada por lembranças enquanto rodava pela estrada margeada de arbustos e de flores que desabrochavam, um presente da primavera ao campo.

— Agora é a minha vez de enfrentar — murmurou e sentiu uma onda de tristeza invadi-la. Parou na frente do portão da igrejinha, encarapitada no topo de um morro. Chorando, entrou e sentou-se num banco já gasto e lustroso. A igreja era fria e silenciosa; fachos de luz brilhavam através dos vitrais e dançavam sobre a toalha de linho branco do altar, enfeitado com narcisos, tulipas e jacintos. A serenidade do lugar foi um bálsamo para ela.

— Sinto sua falta, papai — ela chorou, as lágrimas escorrendo pelo rosto. — Meu Deus, me ajude a aceitar que chegou a minha vez.

— Ajudarei.

Virou-se assustada. Teria mesmo ouvido uma voz? Haveria mais alguém além dela na igreja? Mas não havia ninguém e Jessica poderia jurar que ouvira uma voz dizer "Ajudarei". Uma voz tão calma e amorosa que sua alma ficara em paz e, por um momento, havia sentido uma serenidade e um bem-estar indescritíveis.

Não saberia dizer quanto tempo ficou ali na igrejinha, mas, pela primeira vez desde a morte do pai, não se sentiu mais sozinha. Seu espírito permanecia ali e, não importava se havia sido sua imaginação ou a voz de Deus, o grande nó de tristeza que a mantinha presa se desfez, e ela conheceu uma sensação de tranquilidade, de que a vida era como tinha de ser.

— Papai, ajude a mamãe — ela orou. — Jesus, traga paz para minha mãe.

Ao se ajoelhar e fazer o sinal da cruz antes de sair, soube que era ali, naquela igreja, que queria se casar com Mike, e, pela primeira vez em muito tempo, sentiu um lampejo de felicidade.

Agora, dirigindo pela N11 a caminho de casa e relembrando esse momento que transformara sua vida, Jessica suspirou. Naquele dia se livrara da raiva, e quando contou envergonhada a Mike o que acontecera, temendo que ele achasse que estava ficando maluca, ouvindo vozes, ele a abraçara forte e dissera: — Você enfrentou tudo com muita coragem, sinto orgulho da maneira com a qual você cuidou de sua mãe. Acho você o máximo.

— Acha mesmo?

— Você sabe que, se eu não pensasse assim, não me casaria com você.

— É, acho que não, mas é bom ouvir de vez em quando que você me acha o máximo — murmurou ela encostada no peito dele, sentindo-se imensamente feliz.

Ao passar pelo Lil Doyle's olhou para o alto, à esquerda, sabendo que sua igrejinha estava ali e que, nesse mesmo ano, caminharia pela nave na condição de noiva. Esperava que sua mãe aprovasse a ideia.

— Olá, mamãe. Estou faminta. Tem alguma coisa boa para comer? — gritou animada ao entrar em casa quinze minutos depois, levando em uma mão um enorme buquê de íris e tulipas e na outra uma caixa de bolinhos de chantili.

Os olhos de Liz Kennedy brilharam ao vê-la. Pelo menos estava com seu antigo aspecto, aprovou Jessica, notando que a mãe fizera mechas no cabelo recentemente e usava um elegante jeans preto e uma malha lilás.

— Oi, querida — cumprimentou Liz. — As flores são lindas, não precisava — reprovou, abrindo os braços para Jessica, que deixou sobre a bancada as coisas que levava na mão e deu um abraço apertado na mãe. — Tem uma torta de carne com cogumelos no forno...

— Ah, mamãe, é meu preferido. Posso comer um monte da massa? — implorou Jessica, a boca cheia d'água.

— É claro que pode — riu Liz. — Agora me diga por que você veio aqui no meio da semana.

— Mike e eu vamos nos casar assim que pudermos...

— Deus do céu, Jessica, não me diga que você está grávida...

— Mamãe! — exclamou Jessica, indignada.

— Desculpa, desculpa — a mãe se emendou rapidamente. — Eu não me importaria, mas acho que você ainda é muito jovem e tem a vida pela frente.

— Não, não estou. Você sabe que eu tomo pílula.

— Desculpe. — Liz colocou a luva térmica e tirou do forno a torta dourada e apetitosa. — Mas, então, por que a pressa? — perguntou enquanto servia a comida.

Jessica sentou-se à mesa já posta. — Como você sabe, Mike conseguiu um emprego no Conselho Municipal de Wicklow...

— Eu sei, e ele pode morar aqui comigo se quiser. — Liz colocou uma porção de carne e cogumelos num prato.

— Bem, ele precisaria de um carro para ir para Wicklow e estávamos conversando a respeito disso e não queremos que eu passe a semana em Dublin enquanto ele fica aqui, como havíamos planejado; então decidimos que o melhor era nos casarmos logo. Nenhum dos dois faz questão de um casamento pomposo. O que você acha?

– Se é o que vocês querem, para mim está ótimo – assegurou Liz e colocou o prato diante da filha.

– Estávamos pensando em fazer o casamento em Kilbride e a recepção no The Four Winds.

– Isso seria muito conveniente – aprovou Liz. – E fico contente por você ter escolhido a igreja de Kilbride. O enterro de Ray saiu de Templerainey; eu me sentiria muito triste caminhando por aquela nave com você. Kilbride é a melhor escolha.

– Eu sei. Kilbride não traz lembranças tristes – disse Jessica com doçura.

– Você quer que eu faça seu vestido? – Liz franziu a sobrancelha. Jessica caiu na risada. – Você como costureira não é melhor do que eu como cozinheira. Acho melhor não – disse ela entre acessos de riso.

– Achei que era obrigação eu me oferecer – riu Liz. – Vai encomendá-lo com a Tara?

– Provavelmente, acho que ela ficaria decepcionada se eu não fizesse isso.

– Bem, além de ser sua madrinha de batismo, ela é ótima com a máquina de costura.

– Eu sei. Katie sempre tem roupas lindas – murmurou Jessica devorando um pedaço da massa levíssima.

– Tenho de fazer uma lista de convidados – disse Liz, sentando-se em frente à filha. – Eu me encarregarei das flores. Posso não saber costurar, mas faço bonitos arranjos de flores, modéstia à parte.

– Ah... só tem mais uma coisa... Jessica engoliu em seco e tomou um gole de leite. – Estamos pensando num casamento duplo, com Carol e Gary.

– O quê?! – Liz ficou boquiaberta.

– Carol e Gary – disse Jessica sem muita firmeza.

– Você não está falando sério – disse Liz, abismada.

– Por quê? – O coração de Jessica quase parou ao ouvir a resposta da mãe.

– Aquela gente! Você sabe como eles são. Nancy Logan vive nervosa. Vive quase em estado de coma, de tanto beber e tomar tranquilizantes. A jovem Nadine é incontrolável. As duas tias não se falam. Ninguém sabe se o pai está vivo ou morto. Ai, Jessica, você precisa mesmo fazer isso?

– Sinto muito, mamãe – Jessica mordeu o lábio.

– Nem preciso perguntar de quem partiu a ideia, não é?
– Foi ideia da Carol – admitiu Jessica.
– E por que você não recusou? – perguntou Liz.
– Ah, você conhece bem a Carol, é muito difícil dizer não. Fiquei com pena.
– Mas é seu casamento. E o que o Mike acha disso?
– Ele não se importa. Você sabe como são os homens.
– E não há um jeito de sair dessa situação?
Jessica se reanimou. – Eu posso dizer que você foi contra – exclamou ela, encontrando a desculpa perfeita.
– Você não pode fazer isso – indignou-se Liz. – Nancy ficaria ofendida e você sabe muito bem como ela é. De toda forma, eu não faria isso com a Carol. Ela já sofreu rejeições demais na vida. Não serei mais uma a rejeitá-la. Você não pode botar a culpa em mim, se não é capaz de colocar limites você mesma.
– Ah! – Jessica não conseguiu esconder a decepção.
– Mas que oferecida ela é, tentando se intrometer assim no seu grande dia – disse Liz, aborrecida. – Ela não muda. Mas acho melhor ela não começar a me dar ordens, é só isso que eu digo. – Liz fixou os olhos na filha, com os lábios apertados, formando uma linha de desaprovação.
Ai, isso vai ser um desastre total. Jessica previu o pior ao pensar no casamento que se aproximava.

Diante da penteadeira, Liz passava creme de limpeza no rosto. Sentia-se mais solitária e desanimada do que o normal. O casamento iminente de Jessica seria mais difícil do que ela imaginara. Como se já não bastasse ter de levar a filha até o altar tentando não pensar em Ray, procurando esquecer a dolorosa sensação de perda que sempre a acompanhava, ainda teria de se preocupar com as potenciais confusões causadas pelos Logan. Distraída, passou a língua pelos lábios e fez uma careta ao sentir o gosto da loção. – Arghhh – exclamou aborrecida. Pegou o copo de vinho sobre a penteadeira e tomou um gole. Tinham aberto uma segunda garrafa depois do jantar, e Liz tinha gostado muito do sabor frutado do Merlot australiano. Ela não gostava de beber sozinha. Temia que virasse um hábito, portanto, era um prazer tomar alguns cálices quando Jessica vinha visitá-la, sentir-se agradavelmente zonza e levemente embriagada.

Mas ela não estava nem um pouco zonza esta noite. A notícia desagradável trazida por Jessica sobre o casamento duplo a perturbara. Liz suspirou e molhou um algodão na loção. Para ser sincera, tinha de admitir que, desde que Jessica ficara noiva de Mike, temia esse casamento. Ela pensava nisso enquanto ouvia os ruídos da filha no quarto ao lado. Era tão bom tê-la por perto. A presença alegre de Jessica enchia a casa, dissipando a sensação de solidão de morar sozinha. Jessica estava cheia de planos para o casamento, cheia de otimismo e louca para sair com Mike procurando uma casa.

Fora assim também com ela e Ray. Liz lembrava que, com a confiança da juventude, acreditavam que tudo daria certo. Olhou a própria imagem refletida no espelho. Um rosto oval, emoldurado por cachos curtos, macios, cor de cobre, com alguns fios brancos disfarçados por mechas douradas. Um nariz arrebitado, com algumas poucas sardas, que ela detestava. Uma boca bastante bonita, nem muito cheia, nem fina demais. Era esbelta, o que lhe dava uma aparência mais jovem, e fazia questão de se manter em forma, temendo o envelhecimento. Liz franziu a testa, incomodada pela própria vaidade. Não havia nada para incentivá-la, podia envelhecer à vontade. Que diferença isso fazia agora? Não estava à procura de um homem. Não aparentava a idade que tinha, concordou, mas seus olhos cor de avelã, salpicados de dourado, tinham uma expressão perturbada e triste, e as linhas de expressão em torno da boca eram mais profundas do que gostaria. Era horrível admitir, mas invejava a filha e não podia deixar de comparar o futuro animador de Jessica com o vazio do seu próprio futuro. Que atitude mesquinha, pensou, aborrecida consigo mesma.

Estava sendo totalmente egoísta. O casamento era de Jessica, e não dela, e cabia a ela fazer o possível para que a filha tivesse um dia tão maravilhoso quanto possível. A ausência de Ray seria sentida por ambas. Quanto a isso, as duas estavam no mesmo barco.

Mas Jessica teria ao menos Mike para envolvê-la em seus braços. Ela, Liz, voltaria para uma casa vazia, sentindo-se infeliz; contra a sua vontade, lágrimas lhe correram pela face, e ela cobriu o rosto com os braços, na tentativa de abafar o som dos soluços.

Será que a dor terminaria algum dia? Quando a solidão e o sofrimento se tornariam mais suportáveis? Fazia três anos que Ray havia morrido. Parecia que tinha sido ontem, pensou num lampejo de desespero. Era tão difícil aceitar que a vida comum de ambos havia terminado de maneira tão rápida e brutal. Ela ainda não conseguia acreditar que nunca mais se aconchegaria ao corpo dele à noite e que não passariam mais horas conversando e brincando, os corações cheios de amor e afeto.

Ao lado de Ray, ela se sentia totalmente à vontade e feliz com isso. Ele a conhecia e compreendia como ninguém. Ao lado dele, podia ser ela mesma. Agora ele se fora e ela estava de luto.

Ao convidá-la para uma festa de Natal no ano anterior, uma amiga bem-intencionada havia dito: – Você ainda é jovem, Lizzie, ainda pode encontrar alguém.

– Talvez. – Liz havia encolhido os ombros desinteressadamente. No fundo, ela sabia que eram mínimas as probabilidades de se envolver com outro homem. Ray havia sido sua alma gêmea. Qualquer outro teria papel secundário. Não conseguia parar de sentir amargura. Se Ray e ela tivessem sessenta, setenta anos, seria mais fácil lidar com a perda. Mas ainda se sentia jovem, com necessidades emocionais e sexuais. Era uma mulher saudável e normal, com uma vida pela frente. Não lhe faltavam amigos e uma vida social agradável. Mas estar rodeada de pessoas não era proteção suficiente contra a permanente sensação de solidão.

Levantou-se da frente da penteadeira e foi até o grande guarda-roupa de pinho encostado numa das paredes do quarto. Tirou lá de dentro um pulôver Lacoste marrom que havia comprado para Ray no ano em que passaram as férias na Espanha. Vestiu-o sobre a camisola e aconchegou-se em sua maciez, sentindo o leve odor almiscarado do marido. Ficou de pé diante da janela do quarto. A distância, as luzes dos barcos de pesca brilhavam no mar.

– Ele se foi, você tem de se desligar para continuar a vida. Tem de se desligar dele – murmurou Liz, com raiva. – Não pode andar por aí usando as roupas dele ou vai acabar pirando. Não era a única pessoa que sofria no mundo – por que demorava tanto a aceitar? Por que vivia chafurdando na tristeza? Era patético.

Ser uma viúva relativamente jovem é difícil em qualquer época, pensou taciturna, tomando mais um gole de vinho. Vários homens conhecidos haviam tentado se aproximar com propostas indecentes e importunas, que ela rejeitara com firmeza. Eles supunham que ela estava a perigo só porque havia alguns anos não tinha relações com um homem, e isso a deixara chocada. A vulgaridade arrogante deles a ofendia e enojava. Chegara a pensar que isso se devia a alguma atitude dela, mesmo que inconsciente. Ou será que eles não passavam mesmo de uns cretinos insensíveis? Será que outras viúvas passavam pelo mesmo problema?

— Não ligue para esses idiotas de merda – respondeu a irmã Tara, quando Liz tocou no assunto. – Como se alguma mulher fosse capaz de olhar para eles duas vezes. Nem pense que é pessoal, eles tentam com qualquer uma. Totalmente patéticos. Não é de surpreender que as mulheres deles nem queiram mais transar com eles. Nem uma ninfomaníaca daria bola para aqueles dois.

Liz riu da indignação da irmã. Fez com que ela se sentisse melhor. Mas Tara era, e sempre havia sido, sua defensora. Dera-lhe apoio nos piores momentos e era uma companheira nesse novo e árduo caminho da viuvez.

De uma hora para outra, as mulheres de dois amigos, casais com os quais ela e Ray costumavam sair, começaram a vigiar os maridos quando eles conversavam com Liz. Ela não podia acreditar. O que elas estavam pensando? Que ela ia pular em cima deles? Talvez fosse ingênua. Mas por que elas achavam que o comportamento de Liz passaria a ser diferente? Eles se conheciam havia tantos anos. Por que se sentiam seguras quando ela ainda fazia parte de um casal, e agora que estava sozinha achavam que passara a ser uma ameaça? Por que pensavam que ela se tornara uma predadora, da qual homem algum estava a salvo? Será que não percebiam como a vida ficara vazia sem Ray? Será que não imaginavam quanto ela ainda pensava no marido? Não sobrava espaço para outros homens. Ray era tudo o que ela queria. Nenhum outro poderia ocupar seu lugar.

Ele acharia graça se estivesse aqui com ela. Liz sorriu, seu senso de humor a socorreu. Se seu querido Ray estivesse vivo, ficaria todo animado com o casamento, animando-a também, e nada seria problema. Mas Ray não estava presente e não havia nada que ela pudesse fazer para trazê-lo de volta. Teria que se mostrar valente e ir à luta. Com a ajuda da irmã, daria conta de tudo e tentaria fazer com que o casamento fosse um acontecimento muito feliz na vida de Jessica e Mike.

10

— Vamos logo, pessoal, vamos pegar a estrada. Mike lavou a xícara de café e virou para olhar os outros, espalhados em volta da mesa da cozinha, no apartamento de Gary.

— Eu estou pronta — Carol terminou o café e pegou a caneca da mão de Gary. — Ande logo ou vamos ficar aqui o dia todo.

— Ei. Eu não tinha terminado — respondeu ele, indignado.

— Você poderá tomar quantos cafés quiser quando chegarmos a Banagher — disse Carol, decidida.

— Pelo amor de Deus, são sete da manhã. Preciso de uma droga de café — resmungou Gary.

— Deixe para lá, Gary, não ligue para esses dois pobres capricornianos que não sabem aproveitar a vida. Amanhã ficaremos até tarde na cama, e eles que acordem ao raiar do dia para fazer café, checar o barco e as velas até cansar, coitados — Jessica deu um bocejo tão grande que quase deslocou o maxilar.

— Isso não é problema para nós — disse Mike convencido, piscando para Carol.

— Você faz o meu tipo, Jessie. Por que inventei de ficar noivo de uma cotovia? Nós, as corujas, deveríamos nos unir — disse Gary.

— Ummmm... — Jessica bocejou de novo.

— Tem certeza de que não corremos perigo com você na direção? Você não vai dormir no volante? — perguntou Carol, preocupada.

— Que atrevimento — retrucou Jessica. Vou estar muito bem quando pegar a direção. Vamos logo, quanto mais cedo chegarmos, mais cedo estaremos no rio.

Carol pegou a mochila. — Estou pronta.

Resmungando, Gary se levantou da mesa e olhou em volta. — Desligaram tudo?

Carol checou a tomada do fogão. — Tudo bem. Vamos lá, me ajude a limpar a mesa.

— Deixe, está bom assim — disse ele, sem se importar com a faca lambuzada de geleia, as migalhas de torrada e a garrafa de leite espalhadas sobre a mesa de fórmica.

— Você é um preguiçoso sem-vergonha — reclamou Carol, mas deixou a mesa como estava. Já havia dito a Gary que não era empregada dele e ficara sem graça quando ele dissera: — Ninguém está te pedindo para ser.

Jessica notou a expressão carrancuda da amiga e rezou para que o casal não passasse três dias brigando durante o passeio de barco no Shannon.

Jessie tinha esperado tanto por esses dias tranquilos que ela e Mike pretendiam passar navegando preguiçosos pelo rio majestoso, e então Carol havia forçado a barra e sugerido um passeio a quatro.

Assim, ali estavam eles. Se vencessem o mau humor matinal, poderia ser bem divertido. Ela dirigiria. Gary havia dito que queria estar livre para beber e preferia não dirigir. Mike não tinha carro, e o seguro de Jessica não cobria danos se fosse ele o motorista. Carol ainda não se sentia confiante no volante, embora tivesse tido algumas aulas de direção. Portanto, só restava Jessica. Tudo bem, pensou ela sentando-se diante do volante. Queria muito que Mike aproveitasse o passeio. As provas haviam sido difíceis, mas ele achava que tinha se saído bem. Agora precisava relaxar.

— Posso ir na frente? Não quero ficar enjoada. — Carol nem esperou a resposta e se instalou no banco dianteiro.

— Ah, Carol, eu queria que Mike fosse o copiloto, não conheço bem o caminho — protestou Jessica. Ela preferia ter Mike ao seu lado.

— Posso olhar o mapa para você — disse Carol, despreocupada.

— Mas aí você vai enjoar — respondeu Jessica. — Por que não tomou um remédio para enjoo?

— Eu esqueci — resmungou Carol.

— Eu explico o caminho aqui de trás — disse Mike, tranquilo, acomodando o corpo esbelto e comprido no banco traseiro.

— Você está bem aí? — perguntou Jessica, preocupada. — Seus joelhos não estão encostando no queixo?

— Estou muito bem — afirmou Mike.

— E você não quer saber dos meus joelhos e do meu queixo? — perguntou Gary, petulante, sentado ao lado de Mike.

— Ah, meu caro, se você queria conforto deveria ter vindo no carrão de sua empresa — riu Jessica.

— Se tivéssemos saído num horário razoável, em vez de madrugar, eu até poderia ter feito isso — resmungou ele.

— Madrugar o caramba — ironizou Carol, acomodando-se confortavelmente e esticando as pernas. Que criatura egoísta, pensou Jessica, furiosa, enquanto ajeitava o retrovisor e dava a partida. Desde que conseguisse o que queria, tudo estava bem para ela.

Cruzaram a cidade sem trânsito e seguiram na direção oeste. O clima ficou mais leve quando Jessica começou a receber as críticas impiedosas dos dois machistas no banco traseiro.

— Segurem-se, acho que vamos derrapar — comentou Gary quando ela fez uma curva fechada em um local sinalizado por cones vermelhos e brancos.

— Preparem-se, acho que aí vem outra — implicou Mike.

— Parem com isso vocês dois — riu Jessica; o bom humor levou a melhor. Era uma manhã clara, de tons pastel. Atrás deles o sol parecia uma flor amarela, e a névoa daquela hora era como tiras de gaze envolvendo a copa das árvores.

— Estou com fome. Vamos parar no Mother Hubbard para tomar um café da manhã decente? — implorou Gary.

— Você acabou de devorar duas barras de cereais e quatro torradas — protestou Carol.

— É esse ar do campo — declarou, indignado, o namorado.

— O que você quer dizer com "ar do campo"? Ainda nem passamos de Lucam — zombou Jessica.

— Para falar a verdade, eu também estou com vontade de comer alguma coisa — comentou Mike. — Uma parada no Mother Hubbard seria uma ótima ideia. Bem pensado, companheiro.

— Jessica é a motorista. Ela decide — interveio Carol.

— Tem razão, eu tomo as decisões, portanto tudo vai depender do comportamento dos passageiros de trás e isso inclui gozações — disse Jessica com ar sério. — Olhando pelo retrovisor, viu Mike sorrindo para ela.

— Eu não aturaria uma coisa dessas, Mike — Gary balançou a cabeça. — Corte o mal pela raiz agora. Não deixe que ela comece a dar ordens neste estágio ou não vai poder dar um pio depois de casado.

— Acho que você está certo, Gary. É realmente um ótimo conselho. Ô mulher, vamos parar no Mother Hubbard — comunicou a Jessica, cutucando-a pelo encosto da poltrona. — Aqui fala o Mestre, e cuidado ao passar em cima desses buracos. Meu traseiro é menos acolchoado do que o seu, e a suspensão deste carro deixa muito a desejar.

— Mike Keating! Que *audácia*! — repreendeu Jessica e virou-se para fulminá-lo com o olhar depois de ter guinado repentinamente para desviar de um pássaro morto e esmigalhado no meio da estrada.

— Eu me rendo! Eu me rendo! Mas olhe por onde anda. Por favor, fique de olho na estrada. Você manda — balbuciou Mike acuado, cobrindo os olhos com as mãos.

— Quero a minha mãe! — uivou Gary.

— É assim que eles devem ser tratados — aprovou Carol, dando risadinhas no banco da frente.

A brincadeira continuou até Jessica entrar no estacionamento do Mother Hubbard, cerca de uma hora mais tarde. Estavam todos com ótima disposição e ela também sentia um pouco de fome.

— Para mim um café irlandês completo. — Desenrolando-se da incômoda posição no banco traseiro e esticando as pernas dormentes, Mike esfregou as mãos, ansiando o bacon frito com salsichas que os esperava.

— Para mim também — Gary bocejou. — É disso que eu preciso para acabar de acordar.

— E você, Jessie? — perguntou Mike.

— Eu também vou querer salsichas com bacon.

— Vocês vão acabar todos com as artérias entupidas antes dos quarenta anos. — Carol franziu o nariz e fez um olhar de censura.

— E qual vai ser a sua, Dona Saúde? — Gary beliscou-lhe o traseiro.

— Pare com isso — ela chiou. — Quero frutas e iogurte.

— Que mulher selvagem — ele respondeu rindo e passou o braço afetuoso sobre o ombro dela. O rosto de Carol brilhou de felicidade, e Jessica sentiu-se feliz por ela. Era bom ver Carol e Gary rindo juntos, relaxados. Talvez estivesse errada ao pensar que eles não serviam um para o outro. Cada casal era diferente. Nem todos os relacionamentos eram tão descomplicados e cheios de companheirismo como o dela e Mike.

Passou o braço pela cintura do noivo. — O dia está deslumbrante, não? Vai ser maravilhoso lá no rio.

— Melhor assim. Se sua amiga é do tipo que enjoa no banco traseiro, ela passaria a viagem toda vomitando cada vez que a gente topasse com uma onda — Mike sussurrou.

— Eu não tinha pensado nisso — disse Jessica secamente, aconchegando-se nos braços de Mike e apertando-se contra ele.

Vinte minutos mais tarde estavam os três mergulhados em frituras. Carol bebia suco de laranja e comia frutas com iogurte.

— O que vamos fazer quando chegarmos lá? — perguntou Gary, displicente enquanto espetava um cogumelo com o garfo.

– Bom, temos de comprar alimentos...

– A essa hora o Offie não vai estar aberto – disse Mike.

– Podemos nos abastecer antes de partir. Há muitos pubs em Banagher – explicou Jessica, pacientemente. – Sugiro comprarmos o básico...

– Espero que não tenhamos de cozinhar – vamos comer em restaurantes? – sugeriu Carol.

– Mike e eu não nadamos em dinheiro, Carol, e estamos economizando para o casamento, não se esqueça...

– Não vamos falar sobre isso – disse ela apressadamente, com o rosto quase roxo.

– Olha, se vamos casar na última semana de setembro...

– Setembro deste ano? – Gary largou o garfo e olhou para Carol, depois para Jessica.

– Sim, durante a semana eu disse para você que havíamos marcado a data, você não contou para o Ga... – Então Jessica compreendeu. Carol não havia mencionado o assunto com o namorado, isso era óbvio. – Ai! – exclamou Jessica, constrangida.

– Quando você ia me contar? – Gary olhou para a noiva com olhar frio.

– Um dia desses, durante este fim de semana, quando estivéssemos todos juntos – murmurou Carol irritada, aborrecida por ter sido pega desprevenida.

– Pois agora é uma boa hora – observou Mike, alegre. – Vai ser na última semana de setembro. Kilbride. The Four Winds. Tudo bem para você?

– Vocês querem se casar em setembro, em Arklow? – falou Gary lentamente.

– A igreja Kilbride fica em Arklow, tecnicamente falando – disse Mike, despreocupado. – É mais ou menos isso. Mas se você não gostar da ideia, Gary, isso não vai ser problema. Façam o casamento de vocês do jeito que preferirem.

O rosto de Carol perdeu a cor enquanto observava o noivo por entre os olhos semicerrados. Jessica percebeu que os dedos da amiga se encolheram, apertados, e sentiu pena dela.

– Talvez seja melhor esperarmos, Carol. Se nos casarmos em setembro, vamos ficar sem dinheiro, e eu queria ir à Oktoberfest em Munique com Kenny McCarthy. Já tínhamos tudo mais ou menos combinado – disse Gary com cautela.

– Bom, Gary, se você já havia combinado de ir à Oktoberfest, tudo bem. Mas acho que isso não deveria interferir nos nossos planos de casamento – disse Carol friamente. – E, depois que nos casarmos, você pode ter um desconto no imposto de renda por minha causa, talvez receba até uma restituição, e poderá gastar tudo em cerveja – acrescentou ironicamente. – Está na hora de você decidir. Não é justo com Mike e Jessie. Vamos nos casar com eles ou não?

Jessica sentiu que enterrava as unhas nas palmas das mãos, enquanto todos os olhos se voltavam para Gary.

– Tudo o que nós queremos, companheiro, é um sim ou não.

Gary se remexeu na cadeira e olhou para Carol. – Vamos ficar sem dinheiro. Eu ia levar você para passar uns dias na França.

– Podemos passar a lua de mel na França se você quiser; agora você só precisa decidir: sim ou não, Gary?

– Vamos desistir – disse ele com aparente indiferença. – É cedo.

– Tudo bem – disse Carol lacônica.

Jessica mal podia acreditar na própria sorte. Seriam apenas ela e Mike, finalmente. Deus havia atendido a sua prece. Não tinha coragem de olhar para Carol. Sabia que a amiga devia estar arrasada. Mas a culpa não era dela, argumentou calada. Gary tinha desistido do casamento.

– Alguém quer mais café? – Mike ergueu o bule e quebrou o silêncio entre eles.

– Para mim não, obrigada, Mike. Vou ao banheiro. – Carol pegou a bolsa e empurrou a cadeira para trás.

– Eu tomo mais um – declarou Gary, fazendo de tudo para seu olhar não enfrentar o de Carol.

– Para mim chega, obrigada – murmurou Jessica. Tinha conseguido o que queria. Ela e Mike se casando sem mais ninguém. Então por que não estava feliz? Por que se sentia tão culpada, sabendo que Carol estava no banheiro, provavelmente se acabando de chorar? Por que sua felicidade sempre trazia também uma ponta de culpa pela vida de Carol, tão complicada? Não era responsável pela amiga, mas por qual motivo sempre parecia que era? Nunca se sentia assim com Katie. A amizade entre ela e Katie era entre iguais. Por que, meu Deus, por que não podia ser assim com Carol?

11

Carol conseguiu se trancar no cubículo do toalete antes que as lágrimas quentes lhe escorressem pela face. Por que Jessica tinha de dar com a língua nos dentes e falar em casamento? Pretendia tocar no assunto com Gary algum dia depois do fim de semana, quando ele estivesse relaxado depois de umas cervejas. Agora parecia que nunca chegaria ao altar com ele.

Sua frustração não tinha limites. Como ele podia ser tão insensível? Será que não a amava? Não queria se casar com ela? Havia dado uma demonstração de que não pretendia casar, o que era muito doloroso – além de ser constrangedor.

Por que ele continuava com ela se não queria se casar? Pior: por que ela continuava com ele? Por que não o mandava embora? Por que não fazia a si mesma o favor de acabar tudo? Ele era um filho da mãe egoísta, arrogante, insensível, que nunca, nunca mesmo, se importava com ela. E ela se odiava por se comportar como um capacho.

Era uma mulher atraente, Carol afirmou para si mesma. Encontraria outra pessoa. Mas ela queria Gary. Sua cabeça caiu sobre o peito e ela baixou a tampa do vaso sanitário e se sentou. Queria Gary porque precisava ter a certeza de que era capaz de ficar com o homem que havia escolhido. Já fora rejeitada uma vez... pelo pai. Depois disso, nenhum outro homem teria o direito de deixá-la. Se alguém fosse deixar alguém, seria ela, e ainda não estava pronta. Ainda faltava muito. Carol ergueu os ombros e levantou o queixo.

– Faça de conta que está tudo bem – murmurou enquanto remexia a bolsa em busca de um lenço de papel. Gary Davis jamais saberia quanto a havia magoado. Nunca lhe daria essa satisfação, jurou, e saiu do banheiro disposta a fazer um rápido reparo na maquiagem destruída.

Passou um pouco de pó no rosto, batom e rímel. Penteou o cabelo e se olhou no espelho. Seus olhos castanhos haviam perdido o brilho, pareciam baços e tristes. "Sai dessa", ordenou ela, puxando uma mecha de cabelo preto e sedoso sobre a testa. Estava com ótima aparência. Aquele idiota jamais saberia quanto sua indiferença e insensibilidade a haviam ferido. Sentiu que o coração se contraía com mais esse golpe que viera se juntar aos outros, ainda dolorosos e não cicatrizados. Era demais para suportar, o pobre coração palpitava descompassado; precisava se recuperar e fugir. As lágrimas ameaçavam brotar outra vez, mas mordeu o lábio com força e se esforçou para recuperar a serenidade. – Você consegue, vamos lá. Ele não vale o sofrimento – murmurou, e logo depois uma senhora entrou com uma criança. Precisava sair dali. Não podia continuar entocada para sempre no banheiro feminino.

Depois de respirar fundo, Carol levantou os ombros e, de cabeça erguida, voltou para a mesa do grupo.

– Tudo bem – disse ela, fingindo animação. – Terminaram o café? O tempo está passando, temos que seguir em frente.

Percebeu que Gary a olhava desconfiado. – Vamos, Gary, acabe logo de comer – insistiu. – Uau, Jessie, olhe só quem vem lá, que gato.

– É mesmo, ele é um pedaço de mau caminho – concordou Jessica admirando um caminhoneiro de calça jeans que acabara de entrar no restaurante. Alto, queimado de sol, longilíneo, parecia com Clint Eastwood quando jovem.

– Alto lá. Se falássemos assim de uma mulher, vocês duas pegariam em armas – reclamou Mike.

– De modo algum – declarou Carol. – Somos a favor da igualdade, não é, Jessie?

– Certamente – sorriu a amiga. Pela expressão no rosto de Jessie, Carol percebeu quanto ela se sentia aliviada por Carol não ter armado uma cena. Encheu-se de amargura. Era fácil para Jessica, tão segura do amor de Mike, ficar ali, toda convencida e contente. Podia ficar feliz preparando-se para casar com alguém que a amava.

Ainda de pé, bebeu todo o suco de laranja. – Vamos? – insistiu, tentando não soar brava. Tinha de continuar se comportando normalmente, sem demonstrar que estava profundamente ferida.

– É, vamos logo – concordou Jessie, recolhendo com um pedaço de pão a última gota da gema do ovo.

– Vocês mulheres são incansáveis. – Gary tomou um último gole de café, enquanto Mike ia pagar a conta, e não percebeu o olhar de ódio que Carol lhe lançou antes de dar meia-volta e se dirigir para a porta.

Jessica observou Gary, esperando que ele se oferecesse para rachar a conta. Gary e Carol eram sovinas com dinheiro, a não ser quando compravam algo para eles mesmos. Mike e ela sempre acabavam pagando, a não ser que pedissem claramente para o casal pagar sua parte. Isso enfurecia Jessica. Mike tinha um emprego de meio período e ainda pagava a mensalidade da faculdade; Gary trabalhava em tempo integral.

– Vou ao banheiro e encontro vocês no carro – disse Gary casualmente e se afastou da mesa despreocupado.

Jessica sentiu que o bom humor anterior se evaporava. Por mais que tivesse ficado admirada com o comportamento de Carol, que havia fingido muito bem não estar nem aí para a decisão de Gary de adiar o casamento, Jessica havia percebido os olhos vermelhos que denunciavam o choro da amiga e sabia que ela estava desnorteada. E quando Carol ficava assim, nunca guardava o sentimento para si. Uma hora ou outra, nos próximos dias, Jessica sabia que seria requisitada para uma sessão de lamentações e, no exíguo espaço de um barco, não teria como escapar.

Deveria ter sido firme e dito que ela e Mike queriam um fim de semana só para eles. E Mike também deveria ter objetado, pensou aborrecida ao ver seu amor pagando a conta no caixa.

– Diga que eles têm de pagar metade – insistiu ela quando Mike voltou para a mesa.

– Ah, esquece – disse ele tranquilamente.

– Não vou esquecer, Mike, não somos uma instituição de caridade – disse ela, irritada. – Eles vivem se aproveitando e cansei disso. Estamos economizando para o casamento. Quando chegarmos ao barco, temos de fazer uma caixinha para as despesas, e você tem de receber de volta o que gastou no café da manhã.

Mike olhou para o teto. – Ok, Ok, como você achar melhor – suspirou ele, e aí ela achou que estava sendo chata. O passeio deveria ser uma ocasião para ele relaxar depois das provas.

– Mike, eu não sou mesquinha – explicou ela, falando sério e dando-lhe o braço –, mas eles acham que isso é normal, o que não me parece justo.

– Eu sei, e entendo o que você está dizendo. Mas detesto pedir o dinheiro.

– Não deveria ser preciso pedir. Eles são folgados demais.

– Ok. Vamos fazer uma caixinha, como você sugeriu. E não fique brava comigo – pediu Mike. – Anda, vamos animar a pobre da Carol, apesar de ela estar fingindo que está tudo bem. Mas não há motivo para eles se casarem se essa não é a vontade dele.

– Eu sei – suspirou Jessie. – Já disse isso mil vezes a ela, mas não faz a menor diferença.

— Às vezes ele parece um cafajeste — refletiu Mike. — Mas eu acho que ele não quer se prender.

— E você? Você quer? — Jessica olhou para ele, imaginando se ele teria alguma dúvida a respeito deles mesmos como casal.

— Se eu quero me prender? — Ele sorriu para ela, que adorava quando ele sorria franzindo os olhos. — Com uma corda, Jessie, com muitos nós, desde que seja com você.

Ela sentiu um nó na garganta e engoliu em seco. Seria impossível não amar Mike. Que sorte ela tinha. Seu pai certamente velava por ela, pensou cheia de gratidão quando já estavam perto do carro.

— Tudo bem, Carol? — perguntou carinhosa ao abrir a porta para a amiga.

— O que você acha? — disse a outra com ar desconsolado.

Jessie deu-lhe um abraço rápido, pois sabia que Gary chegaria a qualquer momento. — Tudo vai dar certo — falou baixinho.

— Ah, não diga bobagem. Para você é fácil falar — resmungou a amiga. — Anda, vamos em frente.

— Tá bom. Só falta o Gary entrar no carro — disse Jessica friamente, magoada com a indelicadeza da amiga. Carol não precisava descontar nela. Jessica só queria ajudar.

Assoviando, Gary lavou as mãos e passou um pente pelos cabelos pretos cacheados. Estava livre da pressão, não ia se casar este ano, a vida era boa, ele ia ficar bem e se embebedar completamente esta noite, decidiu. E, para sua surpresa, Carol não havia ficado furiosa e armado uma cena. Dava a impressão de ter aceitado muito bem a situação. Eles se casariam só os dois, dentro de alguns anos. Eram jovens, deviam aproveitar a vida sem se encher de dívidas. A Oktoberfest seria um sucesso — enquanto estivesse na Alemanha pretendia ficar bêbado e transar o maior número de vezes que pudesse.

Agora, com o problema do casamento resolvido, o fim de semana seria ótimo. Quem sabe ele até se daria bem? Carol podia ceder e dormir com ele, e isso completaria o programa.

Feliz como um passarinho, dirigiu-se para o carro disposto a passar um fim de semana no rio, sem aborrecimentos e bebendo.

Mike sentou-se no banco traseiro do carro e cruzou os braços sobre o peito. A tensão entre Jessica e Carol era palpável. Jessie lhe contara que Carol havia sido grossa, e isso o deixara aborrecido. Jessie só queria ajudar. Carol era muito estranha. Tinha tanta inveja de Jessica que nunca perdia a chance de dizer alguma coisa desagradável. Por mais que Jessie tentasse, Carol nunca ficava satisfeita. Ele já teria desistido se fosse uma amiga dele. Mulheres eram criaturas engraçadas, refletiu. Não conseguia entendê-las. Mas havia uma coisa boa: Jessie teria um casamento do jeito que queria, e ele se alegrava com isso. Ela merecia. Embora não tivesse se importado quando Carol surgiu com a ideia do casamento duplo, só de pensar nos desentendimentos que isso já estava criando entre as duas, concordava que não tinha sido uma boa ideia. Um casamento duplo seria fonte de estresse e tensão. Melhor fazer o deles separado.

Olhou para Gary, que caminhava para o carro com expressão tranquila e despreocupada. Ele não fazia ideia dos sentimentos que Carol tinha por ele. Era incapaz de perceber. Na verdade, não passava de um bobo, refletiu Mike, embora fosse muito esperto em questões de dinheiro. Não se podia esperar de pagasse umas cervejas para ninguém, pensou com ironia. Jessie estava certa. Eles não eram uma instituição de caridade; os outros dois teriam de pagar sua parte nas despesas do fim de semana, e o dinheiro da gasolina também sairia da caixinha. Mike esticou as pernas o máximo que o espaço apertado permitia, pensando em como seria bom se ele e Jessica estivessem sozinhos.

— Qual é o nosso? — perguntou Carol animando-se uma hora depois, quando Jessica entrou com o carro na marina Silver Line.

— É um desses. — E apontou para um bonito iate com acomodações para seis pessoas, que balançava no píer.

— Que bonito. — Carol parecia impressionada e Jessica relaxou um pouco. Não tinham conversado muito no último trecho da viagem, mas agora que haviam chegado, a animação voltara. Gary e Mike esticavam o pescoço, querendo ver tudo, ansiosos por subir a bordo e partir.

— É melhor nos registrarmos na recepção e fazermos umas compras básicas. Jessica colocou o carro numa vaga, aliviada por terem chegado.

— Ok. Vocês duas fazem o check-in, Gary e eu vamos trazer as bagagens para o píer. — Mike se esticou para fora do banco traseiro.

— Sim, senhor capitão – respondeu Jessica rindo. – Vamos lá, contramestre. Deu o braço a Carol, decidida a ignorar a grosseria anterior da amiga. Queria que todos aproveitassem o fim de semana, e olhava animada os iates flutuando na água que refletia os raios do sol.

Quarenta e cinco minutos depois os quatro já estavam sentados em torno da pequena mesa, esperando que a água na chaleira fervesse. Haviam recebido mapas e binóculos, os tanques de água e de combustível estavam cheios. O barco balançava suavemente no ancoradouro, a água batendo contra o casco. Estavam ansiosos por começar a viagem.

— Muito bem, depois do chá vamos nos abastecer de provisões e partir – declarou Carol.

Estavam tão animados por estar a bordo que começavam a relaxar e a se divertir.

Mike pigarreou. – Temos que organizar uma caixinha. Todas as contas serão divididas por quatro, concordam?

— Claro – afirmou Gary. Carol fez que sim com a cabeça.

Mike desceu até a cabine e pegou uma tigela no armário. – Esta vai ser a caixinha e, até agora, temos que dividir o dinheiro da gasolina e do café da manhã.

— Lembrem-se que não comi tanto quanto vocês, seus comilões – retrucou Carol com voz azeda. – E não me incluam na conta das bebidas. Jessica cutucou Mike discretamente, e ele devolveu o gesto com o cotovelo. Carol era pão-dura, mas estava passando da conta. Era justo que não pagasse as bebidas, mas discutir a conta do café da manhã era demais. Jessica não pôde deixar de pensar: se ela se mostrava tão parcimoniosa por causa de um café da manhã, como se comportaria em relação às despesas de um casamento?

— Vocês, meninas, vão fazer as compras. Mike e eu nos encarregamos dos assuntos masculinos, tipo checar os motores e o combustível.

— Ah, vai passear.

— Você deve estar brincando, seu porco chauvinista.

As duas olharam para Gary, que deu um gargalhada ao vê-las tão ofendidas.

— Sempre vale a pena tentar – disse ele sorrindo.

— Foi uma boa tentativa, companheiro – riu Mike. – Pena que não colou. É melhor irmos com elas resolver logo o assunto e carregar as compras, ou não garanto nossa sobrevivência.

— Exatamente. – Jessica cutucou-o afetuosamente.

Foram todos para o supermercado, rindo e brincando, discutindo o conteúdo da cesta de compras de cada um. Por sorte, o setor de bebidas estava aberto, e puderam fazer um estoque de vinho e cerveja. Depois voltaram para o iate, ansiosos para zarpar. Mike e Jessica já haviam feito esse cruzeiro e conheciam a rota: seguiriam para Clonmacnoise, antigo monastério com uma torre arredondada, cheio de história.

Gritaram e aplaudiram quando Mike deu a partida no motor, Jessica recolheu os cabos. Com os motores roncando, o sol brilhando e faiscando sobre a água e a brisa revigorante nos rostos, eles se viram no meio do rio turvo e sinuoso. Mike pilotava com confiança, por entre as boias pretas e vermelhas que sinalizavam o caminho; Jessica, ao seu lado, passou o braço em sua cintura, feliz porque as provas dele tinham terminado e ele não precisava mais ficar estudando.

— Vou tomar sol — anunciou Carol.

— Quer tentar pilotar um pouco? — ofereceu Mike. — Me diga quando quiser.

— Obrigada, mas quero ficar deitada no convés sentindo o sol me aquecer. No rio pega-se um ótimo bronzeado.

— Tem toda razão — Jessica ergueu o rosto para o sol. — Acho que vou fazer o mesmo.

— Ei, vocês duas! Isto não é um cruzeiro de luxo. Vocês são a tripulação — reclamou Mike.

— Sim, senhor capitão, mas o senhor está fazendo tudo tão bem que não queremos atrapalhar — provocou Jessica e desceu atrás de Carol para vestir um biquíni. Por insistência dela, Carol e Gary dividiam a cabine da proa, com duas camas, e Mike e Jessica ficaram com a cabine da popa, com uma cama de casal. Quando alugaram o iate, Carol havia perguntado a Jessica se as duas iam dividir a cabine com dois beliches e Gary poderia escolher uma das camas de casal, na popa ou na sala. Mas Jessica tinha sido inflexível. Ela dormiria com Mike, e Carol podia resolver com Gary o que fariam.

— Ah, Jessica, por favooor. Se eu tiver que dividir a cama com ele, eu...

— Carol, não começa, tá? Mike e eu vamos dormir juntos; mande o Gary dormir no convés, em uma rede, onde você quiser — retrucara Jessica, decidida.

A amiga não ficou muito satisfeita, mas, percebendo que Jessica não cederia, não levou a discussão adiante. Nem, para surpresa de Jessica, fez qualquer comentário quando Jessica e Mike colocaram suas coisas na cabine de casal. Mas o jogo tinha mudado, e não haveria mais casamento duplo. O relacionamento de Carol e Gary estava acabado? A essa altura, nada mais a surpreenderia.

— Desculpa minha grosseria aquela hora, eu não queria ser rude — murmurou Carol quando a amiga pisou o último degrau da escada que ligava o convés ao interior do barco. — Não acreditei quando o Gary adiou nosso casamento. Eu queria tanto um casamento duplo.

— Tudo bem — disse Jessica com cautela. Era preciso ter cuidado quando Carol se mostrava arrependida. Nesses momentos, ela tinha um jeito de extorquir favores, como Jessica bem sabia à própria custa.

— Qual você acha que é o problema dele? — lamuriou Carol, pronta para iniciar uma análise profunda do incômodo psiquismo do namorado.

— Olha, não vamos desperdiçar nem um minuto de sol, pode ser que o tempo mude amanhã — argumentou Jessica. — Conversamos lá em cima, no deque.

— Está bem. — Era óbvio que ela queria iniciar uma sessão de lamentações, mas, desta vez, Jessica estava determinada. O sol estava convidativo e ela queria ficar ao ar livre, aproveitando; não pretendia ficar lá embaixo ouvindo Carol dizer as mesmas coisas de sempre, como um disco arranhado.

Foram para suas respectivas cabines e vestiram os biquínis. Jessica olhou admirada as pernas longas e o corpo sarado da amiga, sem um grama de gordura. Talvez ela estivesse certa em se abster de frituras encharcadas de colesterol. Seu corpo atlético e saudável era resultado de um estilo de vida disciplinado que Jessica invejava, principalmente na hora de vestir um biquíni e mostrar tudo. Encolheu a barriga ao subir a escada atrás de Carol, desejando não ser tão cheia de curvas e ser pelo menos cinco centímetros mais alta. Apareceu no deque atrás dela e riu quando os rapazes assobiaram em sinal de admiração. Carol riu e desfilou ao longo da borda do barco, consciente de que Gary examinava cada centímetro do seu corpo.

— Olá, gostosa — ele chamou. Ela jogou um beijo. *Olhe, sonhe e deseje,* pensou ela, maldosa, sabendo que estava com a melhor das aparências. Quando terminasse este minicruzeiro, Gary Davis estaria com a língua de fora.

Sabendo que o noivo tinha os olhos fixos nela, Carol estendeu graciosamente a toalha sobre o deque e começou a espalhar protetor solar nas pernas. Lenta e sensual, massageou o creme para que penetrasse no corpo, esticando-se para um lado e para o outro, arqueando o pescoço e empinando os seios. A seu lado, Jessica simplesmente passava o protetor, totalmente alheia aos movimentos de Carol.

Sem se virar para Gary, mas ciente do olhar pousado sobre ela, Carol desabotoou lentamente o sutiã do biquíni e se estendeu sobre a toalha, flexível como uma bailarina, massageando o protetor solar branco e cremoso sobre os seios.

– Oi, você não vai fazer topless, vai? – perguntou Gary. – Os outros vão ver; olha aí, lá vem outro barco.

– E daí? Deixa vir, não tem importância – falou Carol com voz arrastada.

– Eu me importo – disse Gary, zangado. – Não quero outros homens olhando para você; você é minha noiva.

– Azar. Não vou ficar com a marca das alças só porque você resolveu bancar o puritano. – Carol fechou os olhos e suspirou satisfeita. Gary era do tipo que sentia ciúmes quando outros homens olhavam para ela, e ela pretendia explorar isso. – Isto é que é vida – exclamou.

Jessica, ao lado dela, concordou. Um cisne-fêmea e cinco filhotes deslizavam serenamente junto à margem. As árvores balançavam suaves, movidas pela brisa, e, na orla, juncos ondeavam em uníssono. O sol acariciava o corpo e o balanço suave do barco era tão calmante que Jessica se sentiu letárgica. Haviam saído cedo, a viagem fora longa e ela estava cansada. O ronco constante do motor e o ruído ritmado da água batendo contra o casco do barco eram tão calmantes que suas pálpebras se fecharam à medida que o calor do sol penetrava na pele. Vencida pelo torpor, caiu num sono agradável.

12

LIZ KENNEDY CAMINHAVA pela rua principal de Arklow, contente por sentir o sol no rosto. Seu turno na pequena confeitaria onde trabalhava em meio expediente tinha terminado. Sendo a sexta-feira o dia mais movimentado da semana, era seu dia preferido. Antes de sair do trabalho ela havia combinado com Nell, o patrão, que a confeitaria lhe daria um desconto generoso no bolo de casamento de Jessica.

Liz não sabia ao certo se cada casal teria o próprio bolo, ou se seria só um para todos. Não havia se lembrado de perguntar à filha. Tinha de esclarecer esse detalhe, mas não neste fim de semana, pois Mike e Jessica estavam passeando no rio Shannon.

Ao passar diante da pepelaria, viu Nancy Logan, a mãe de Carol, saindo do correio do outro lado da rua. Talvez Nancy soubesse o que Carol planejava para seu bolo de casamento. Achou que deveria falar com Nancy. Afinal de contas, ela também estaria envolvida com o casamento. Seria de boa educação, pensou Liz com relutância, tentando imaginar em que estado de espírito estaria a outra. Nancy era imprevisível. Se tivesse bebido, estaria agressiva e mal-humorada. Caso contrário, estaria com pena de si mesma e levaria horas fazendo uma lista de queixas. Ou então faria um discurso contra o inútil do marido que a abandonara dez anos atrás e recomeçara a vida em Dublin, com outra mulher e nova família.

Será que Bill Logan levaria a filha ao altar? pensou Liz. Nancy dificilmente aceitaria isso. Seria no mínimo muito complicado. Havia tanta coisa a ser combinada e coordenada com Nancy e Carol, e com a família de Gary. Era fácil falar num casamento duplo, mas certamente a trabalheira seria dobrada, pensou Liz aborrecida, decidindo se devia ou não falar com Nancy.

— Bom, melhor acabar logo com isso — convenceu-se. Nancy remexia na bolsa e deixou cair algumas moedas no chão. Aproveitando uma brecha no trânsito, pesado àquela hora, Liz deu uma corridinha até o outro lado da rua e se abaixou pra ajudar a outra mulher a recolher as moedas. — Que bom ver você, Nancy. — E entregou-lhe as moedas. — Como vai?

— Obrigada, Liz. Para falar a verdade estou furiosa — respondeu com ar zangado, acendendo um cigarro que tirou da bolsa. Nancy deu várias tragadas e olhou de soslaio para Liz através da fumaça.

— Por quê? – perguntou Liz atenciosamente, notando que a outra parecia perturbada. Seu cabelo castanho estava maltratado e desgrenhado, e em grande parte grisalho. Os dentes estavam amarelados pelo cigarro; o rosto, enrugado e envelhecido. Era difícil acreditar que tinham aproximadamente a mesma idade.

— A Nadine está matando aula e a diretora me chamou. E ela é o tipo de pessoa que faz todo mundo se sentir pequeno, ela não vale nada. Nem me deixou fumar. Me senti como se tivesse seis anos de idade — resmungou Nancy. — Tudo culpa do Bill. Nadine nunca se conformou com a partida dele. Agora ele está vivendo no luxo em Dublin com aquela vagabunda, e não tem tempo para nós.

Liz suspirou resignada enquanto Nancy dava início a um discurso que durou até chegarem à farmácia. — Tenho que aviar uma receita — mentiu. — Eu estava pensando, será que você sabe se a Carol vai querer um bolo de casamento separado ou vão ter um único bolo para eles todos? Consegui um desconto para Jessie e Mike. Se a Carol quiser, posso conseguir um desconto para ela, se ela preferir um bolo separado. E acho que temos de comparar nossas listas de convidados. Sei que Jessica e Mike querem convidar poucas pessoas, só as mais íntimas, eles não podem gastar uma fortuna – disparou Liz descontraída.

Nancy tragou profundamente o cigarro e olhou intrigada para Liz.

– Lista de convidados! Bolo de casamento! Do que você está falando, Liz? – Ela tossiu penosamente, como se a tosse viesse dos dedos dos pés.

– É... do casamento – explicou Liz com toda paciência. Ao contrário do que costumava acontecer, Nancy não exalava um bafo de álcool. Mas então por que ela parecia não entender nada? Certamente estava preocupada com o mau comportamento de Nadine.

– Jessica e Mike vão se casar? Que boa notícia – disse Nancy sem o menor entusiasmo.

– Sim, eles vão se casar na mesma cerimônia que Carol... – Então Liz começou a entender. Que droga! pensou ela, espantada. Parecia que Nancy não sabia nada sobre o casamento. Seria possível que Carol não tivesse dito nada à mãe? Que gente mais esquisita, pensou Liz ao ver Nancy olhando para ela com cara de quem não sabia o que estava acontecendo.

– Um casamento duplo – disse ela devagar. – Carol e Jessica? Bem, a danadinha nunca me contou nada disso. E deve estar esperando que eu pague a despesa enquanto aquele falso, o cretino do pai dela, gasta uma fortuna com o novo filho e com a *amante*. – O final da frase foi dito com desprezo e olhos semicerrados.

– Jessica só me contou no fim de semana passado – Liz tentou se retratar rapidamente. – Tenho certeza de que a Carol vai falar com você em breve. Eles foram passar o fim de semana no Shannon. Como é bom ser jovem, não acha? – acrescentou Liz tentando aparentar alegria e lamentando o impulso de ir falar com Nancy.

– É mesmo? – disse Nancy, torcendo o nariz. – Acho que você sabe mais do que eu sobre minha filha. Sou sempre a última a saber do que está acontecendo nesta cidade. Ninguém me conta nada. Mas quando se trata dos meus filhos, todos vêm correndo me contar – queixou-se Nancy amarga, acendendo um cigarro no outro. Jogou a guimba na rua, com raiva. – Não estou sabendo dessa história de casamentos, Liz, portanto não posso ajudar. Tchau. –

E saiu pela rua, cada poro do corpo magro e descuidado exalando raiva e frustração.

— Que droga — resmungou Liz. Ela entrou na farmácia e comprou uma caixa de anti-inflamatório de que não estava precisando.

Assim que Jessica falara do projeto de casamento duplo, Liz soubera imediatamente que haveria problemas. E eles tinham começado cedo, pensou com a cara fechada, enquanto pagava o remédio. Depois tomou o caminho de casa.

NANCY LOGAN ATRAVESSOU a passos rápidos a ponte que cruzava o rio Avoca, alheia aos patos que grasnavam em bando nas margens e aos barcos de passeio que balançavam sobre as ondas coroadas de espuma. Uma vizinha cumprimentou-a, sem que ela notasse. Continuou apressada seu caminho, zangada, os ombros encolhidos, o rosto tenso e os lábios apertados.

Sentia-se humilhada. Era a segunda vez no mesmo dia que se sentia contrariada e ofendida. Fora chamada pela terceira vez à escola por causa do comportamento da filha caçula e estava furiosa.

A srta. Mackenzie, a diretora, tinha dito severamente: — Isto não pode continuar, sra. Logan. Não podemos permitir que a reputação da escola seja prejudicada pelo comportamento inaceitável de sua filha. Ela já foi advertida duas vezes. Esta vai ser a última. Não é possível tolerar, sra. Logan. A senhora precisa puni-la — disse a diretora. — Por exemplo, restringir a vida social dela. Já me disseram que ela foi vista bebendo em pubs da cidade. Isso tem de acabar. Sei que ela não é a única que faz isso, mas é a que mais causa problemas — reclamou a mulher, autoritária. — De ressaca, não é de espantar que ela mate as aulas.

Nancy sentiu vontade de dar um tapa no rosto presunçoso da mulher. Sem perceber, tirou um cigarro da bolsa e ia acendê-lo quando ouviu: — *Senhora Logan*, nesta escola é proibido fumar! — Os olhos pretos como bolas de vidro da srta. Mackenzie, fixos nela, a fizeram pensar em ameixas murchas.

— Desculpe-me — ela murmurou, enfiando o cigarro de volta na bolsa, envergonhada e morrendo de raiva por ser tratada como uma criança de seis anos.

— Espero sinceramente que esta seja a última vez que me queixo da Nadine para a senhora, porque esta é, definitivamente, a última chance que vou dar a ela. Acho que fui bem clara, sra. Logan. — A diretora apanhou um maço de papéis e saiu da sala, deixando Nancy trêmula de raiva.

— Sua vaca metida a besta, quem você está pensando que é? Não é à toa que ninguém quis casar com você — resmungou ela tomando um gole rápido da garrafinha de vodca que havia trazido para se consolar. Com lágrimas ardendo nos olhos, saiu da sala em que a diretora a havia recebido e percorreu o mais depressa que pôde o corredor encerado, os saltos dos sapatos quebrando o silêncio inexorável. Aquela mulher não sabia das dificuldades que Nancy havia enfrentado? O marido a abandonara, deixando-a com duas filhas teimosas para criar. Nadine era rebelde e indisciplinada só porque não contava com a influência e a firmeza de um pai, Nancy refletia com tristeza ao sair do convento e respirar o cheiro forte da brisa marinha, que assoviava entre as folhagens do caminho de entrada, margeado de árvores.

Foi com imenso alívio que deixou aquela atmosfera opressiva, que lhe trazia memórias desagradáveis de seus tempos de colegial. Nancy tomou um gole disfarçado de vodca e passou depressa pelos portões de ferro forjado, aliviada porque a entrevista havia terminado. Sentia-se num beco sem saída e sobrecarregada. Não sabia o que fazer com Nadine, que não lhe dava ouvidos. Botá-la de castigo seria inútil, ela fugiria, e, se Nancy a repreendesse, mandaria a mãe calar a boca. Como enfrentar uma adolescente que age como se você não existisse?

Nancy havia tentado cortar a mesada de Nadine, mas ela simplesmente roubou dinheiro da bolsa da mãe. Carol não ajudava em nada, raramente vinha para casa, e quando Nancy tentava falar com o marido ele arranjava mil desculpas e desligava o telefone. Isso a deixava desamparada e sem esperança. Muitas vezes odiou a filha mais moça por ter se tornado um problema que ela não suportava mais.

A gota d'água fora encontrar-se com Liz Kennedy e saber por ela que Carol ia se casar, mas nem tinha se dado ao trabalho de avisar a mãe. Era como se Carol lhe desse um tapa na cara. Era uma filha egoísta, ingrata, que já tinha se esquecido dos sacrifícios que a mãe havia feito por ela. Não fosse o incentivo de Nancy, ela não estaria naquele emprego seguro e bem pago em Dublin. Assim que Carol conseguiu o emprego, ela foi embora de Arklow sem nem olhar para trás, deixando a mãe e a irmã se virar, sem qualquer ajuda. Agora, não tinha nada que correr atrás de dinheiro para pagar a porcaria do casamento.

Lágrimas corriam pelas faces de Nancy ao atravessar a ponte, apressada. Mal podia esperar para chegar em casa e fechar a porta, deixando o mundo lá fora. Não tinha a quem recorrer, ninguém que compreendesse quanto ela sofria. Estava encurralada e sozinha, não era de admirar que muitas vezes cedesse à tentação de tomar uns comprimidos e beber até apagar para esquecer a vida infeliz.

— Vamos, Carol, tome um drinque — insistiu Gary, que preparava bifes e salmão numa grelha. Já tinha bebido várias latas de cerveja e estava alegre e livre de toda dor.

— Não, Gary, estou bem — disse Carol impaciente. Detestava quando o noivo tentava forçá-la a beber. Bebida significava perda do controle, e, se ela perdesse o controle, sabe-se lá o que acabaria fazendo. No mínimo aceitaria ir para a cama com ele, ela sabia. E isso seria o fim.

— Sua desmancha-prazeres — provocou Gary, mas ela ignorou e continuou passando manteiga nos pães que acompanhariam o grelhado.

— Tem certeza de que não quer um copo de vinho? — insistiu Mike. — Ainda tem bastante.

— Tá bom, mas só uma taça de tinto, Mike, obrigada — concordou Carol. Uma taça não ia matar. Dizia-se que vinho tinto bebido com moderação era bom para a saúde, mas uma taça era o limite. O que Mike e Gary não percebiam é que ela tinha medo profundo do álcool, tendo visto o efeito que causava em sua mãe. Considerava Nancy alcoólatra, embora a mãe negasse veementemente. Alcoolismo era hereditário em algumas famílias. Temia avançar demais no caminho do álcool, ciente de que poderia ser dominada por ele.

Sabia que muita gente a considerava uma puritana, que ficava longe do álcool como parte de um programa de vida saudável. Não a entendiam. Ninguém a entendia. Os colegas de trabalho achavam que era orgulhosa porque não saía mais para noitadas de bebida. Tinha ido a algumas, o suficiente para recusar convites para mais outras. Sempre acabavam da mesma forma, pessoas caindo de bêbadas no final da noite, os mais inconvenientes xingando os colegas e os chefes de que não gostavam.

Uma vez, na hora de ir embora, vira uma garota que trabalhava num escritório de advocacia jogar um copo de cerveja no chefe porque ele lhe dissera para se acalmar. Quando outra colega interferiu, ela lhe disse várias ofensas, terminando com um palavrão. Todo mundo no pub achou divertidíssimo, mas Carol se sentiu tensa e enjoada. Detestava quando Gary se embriagava. Bêbados lhe provocavam raiva e medo, faziam-na sentir-se impotente e fora de controle.

Pegou o copo que lhe estenderam e tomou uns goles lentamente. – Boa menina – aprovou Gary. – Vamos deixar você bêbada já, já.

Carol não disse nada. Sentou-se em uma pedra e ficou olhando o rio, observando o sol se pôr. Era uma tarde linda. O canto dos pássaros e o balido dos carneiros se misturavam ao ruído da água batendo no costado dos barcos e no píer, e ao som das conversas e risadas nos barcos enquanto as tripulações preparavam o jantar. Alguns preferiam comer no barco, outros, como eles, quiseram fazer um churrasco. O aroma da carne assada era tentador, e o estômago de Carol roncou antecipando o prazer. O dia passado no rio a deixara faminta.

Se Gary não tivesse estragado tudo adiando o casamento, seria um dia perfeito, pensou com tristeza enquanto bebericava o vinho tinto frutado e comia uma costeleta que o noivo havia preparado como aperitivo.

Olhou para Jessie e Mike, os braços em torno da cintura um do outro, assistindo da margem ao pôr do sol, como bons companheiros. Não havia incerteza no relacionamento deles, pareciam sempre tão unidos. Sólidos como rochas. Talvez Jessie tivesse razão. Talvez estivesse na hora de encarar a realidade de que ela e Gary não formavam um par perfeito. Na verdade, comparados ao outro casal, Carol às vezes pensava que ela e Gary eram um desastre absoluto. Se Gary realmente quisesse se casar com ela, não a teria humilhado e rejeitado, adiando o casamento.

Talvez estivesse na hora de cair fora e encerrar tudo de uma vez.

13

– Vamos lá, mulher, me leve para a cama – Mike bocejou e se espreguiçou. – Deve ser o ar puro, mal consigo ficar de olho aberto.

– Não esqueça que vamos acordar de madrugada – lembrou Gary, abrindo mais uma lata de cerveja.

– É verdade, e fizemos uma viagem de carro que nos deixou de cabelo em pé...

– Olhe o que diz – riu Jessica, que estava agradavelmente zonza. Já era quase meia-noite, e o dia fora longo.

— E você, menina sexy? – Gary ergueu o copo para Carol.

— Também estou exausta e com frio – disse ela com voz cansada. – Vou me deitar.

— Na cama de casal? – indagou Gary, cheio de esperanças. – Posso esquentar você.

— Não, obrigada – disse Carol secamente. – Boa noite para todos.

Mike e Jessica trocaram olhares. – Vamos sair daqui – murmurou Mike.

Subiram para o barco que balançava suavemente e desceram para a cabine, seguidos por Carol, que se dirigiu para a cabine com duas camas, na proa do barco. Pegou na sala o edredom extra e lençóis de casal, acrescentou travesseiros e colocou-os no sofá-cama de couro sintético.

— Pronto, veja se eu me importo com você – resmungou ela. – Havia passado o dia todo tentando fingir que tudo estava normal entre ela e Gary. E, como o início do passeio tinha sido divertido, às vezes parecera que estava mesmo tudo normal. Então, vendo o noivo brincando, rindo e se divertindo com os outros, aparentemente despreocupado, ela ficava com raiva, o bom humor desaparecia e ela tinha que se esforçar para manter o equilíbrio.

Seu relacionamento tinha sido um acúmulo de decepções que, somadas, enchiam seu coração de tristeza. Aquele dia fora o mais difícil dos últimos tempos, refletia, caminhando lentamente para sua cabine, onde começou a se despir. Ultimamente seu relacionamento com Gary não passara de uma decepção atrás da outra. Seria assim sua vida ao lado dele? O que ela preferia? Não podia continuar fugindo, chegara a hora de enfrentar a verdade.

Determinada, Carol tirou o anel de noivado. Não havia motivo para continuar a usá-lo. A farsa estava resolvida. Colocou o anel na prateleira ao lado da cama. Sem ele, era como se seu dedo estivesse nu. Investira tantos sonhos, agora destruídos, nesse anel. Pelo menos não se comportaria como um capacho e isso só podia lhe fazer bem. Mas não servia de consolo.

Dez minutos mais tarde estava deitada em uma das camas estreitas, ouvindo o ruído rítmico e constante da água contra a proa. Sentia-se estranhamente calma. Até a decisão de romper o noivado lhe parecia um alívio. Esperar que Gary terminasse tudo seria um erro. Pelo menos seria ela a terminar. Melhor do que ser dispensada, com certeza, consolou-se.

Deitada no escuro, Carol continuava de olhos abertos. Na manhã seguinte navegariam até Athlone, onde pretendia desembarcar e pegar um trem ou ônibus para Dublin. Com a decisão tomada, queria ficar longe dali o mais cedo possível. E não queria passar nem mais um minuto na companhia de Gary. Ele a havia magoado pela última vez, pensou desolada, enquanto lágrimas quentes e salgadas desciam-lhe pela face e iam molhar o travesseiro.

O barco rangeu e adernou quando Gary caminhou pelo convés, e ela enxugou as lágrimas rapidamente, não querendo que ele a visse triste. Ele tinha bebido um pouco além da conta, então não adiantava devolver o anel naquela hora. O impacto seria maior quando estivesse sóbrio. Pensando bem, nem queria falar com ele agora. Apagou a luz e ouviu-o dizer um palavrão ao descer a escada aos tropeções.

— Ei, Carol, você podia ter arrumado a cama para mim — ele murmurou alto, enfiando a cabeça pela porta da cabine dela. — Venha fazer a cama para mim e dormir comigo. Transar no balanço do barco deve ser ótimo. Venha logo, meu bem, vamos mandar ver.

Carol cerrou os lábios. Gary era inacreditável. Não desistia nunca. Era um filho da mãe egocêntrico. Só se interessava por ele mesmo... sempre. Nunca pensava no que seria bom para ela. Enfureceu-se e sentiu o coração virar pedra. Ainda bem que ele estava bêbado, se não ela o enfrentaria, e todo o sofrimento e a raiva que havia engolido durante o ano irromperiam como um vulcão de ódio. E não era assim que ela desejava que as coisas terminassem. Queria se afastar calma, friamente, como sempre agia com ele em questões importantes. Ele nunca saberia como eram profundos seus sentimentos. Não lhe daria essa satisfação, pensou com amargura, ao ouvi-lo resmungar baixinho e fechar a porta sem delicadeza.

Para surpresa sua, dormiu bem. A raiva e o sofrimento deram lugar à exaustão, e o suave balanço do barco era como um colo que a embalara até pegar no sono. Quando acordou, despontava a madrugada, rompendo a névoa cor de pérola que cobria o rio. Levantou-se da cama sem fazer ruído, enrolou-se num xale e subiu para o convés. Mike e Jessica já estavam lá, apreciando o nascer do sol.

— Não é lindo? — perguntou Jessica encantada, apontando para a majestosa torre de pedra visível em meio à névoa matinal, tendo ao fundo o sol dourado que raiava. A beleza da cena diante de seus olhos era tão mística e etérea que a fez prender a respiração. Sentiu-se invadida por um sentimento de solidão. Uma cena como essa era para ser compartilhada com alguém, assim como faziam Jessica e Mike. Será que algum dia ela também poderia compartilhar com alguém uma beleza como essa? Não com Gary, disso tinha certeza. Ele jamais perceberia sua grandeza. Estaria ocupado demais reclamando por acordar tão cedo.

Suspirando resignada, ela deixou Mike e Jessica curtirem a sós seu momento mágico e desceu para o interior do barco, para ferver água para o chá. Movia-se pela copa fazendo barulho, na esperança de aborrecer Gary acordando-o, mas ele continuou roncando, alheio a tudo. Levou para os amigos duas canecas de chá fumegante e uma bandeja com torradas, manteiga e geleia. Gratos, eles comeram avidamente, e Carol invejou o prazer que lhes davam as coisas simples da vida. Quando a convidaram para se sentar ao lado deles, deu a desculpa de que estava frio demais. Não queria ser uma intrusa, e, por mais horrível que fosse, sentia ciúmes da união e da felicidade deles, justamente agora quando seu próprio relacionamento desmoronava de forma desastrosa.

Colocou em uma bandeja suco de laranja, iogurte, granola e chá, que levou para sua cabine. Comeu, olhando pela pequena escotilha a névoa que acariciava o rio e o topo das árvores.

Decidida a terminar tudo, estava ansiosa para ir embora e desejava que rumassem logo para Athlone.

Mas só duas horas mais tarde foi dada a partida nos motores. Gary havia se atrasado para o café da manhã, e todos decidiram tomar outra xícara de chá no convés, depois de checar o motor e o combustível.

— Para que tanta pressa? — perguntou Gary bem-disposto, ignorando as intenções de Carol. Ela não sabia se deveria contar antes da partida do barco que ela voltaria para Dublin, ou se esperaria que chegassem a Athlone. Ao vê-lo de pé no convés, com o cabelo ainda molhado do banho, recolhendo os cabos com os braços musculosos queimados de sol, sentiu uma onda de tristeza ao pensar na vida agradável que poderiam ter se ele não fosse tão insensível. Deu meia-volta e foi para a cabine arrumar a mala.

— Carol está muito quieta, não acha? — Jessica, que pilotava o barco para fora do ancoradouro, comentou com Mike.

— Não se meta, deixe que eles mesmos resolvam — aconselhou Mike. — E leve o barco mais para o meio do rio ou podemos encalhar.

— Escute aqui, capitão, por um acaso eu fiquei lhe dizendo o que fazer na sua vez de pilotar? Fique calado.

— Tudo bem, mas depois não venha me pedir socorro se bater contra a margem...

— Vá buscar uma xícara de café para mim em vez de ficar falando bobagem – comandou Jessica rispidamente, dando força total aos motores e aumentando a velocidade assim que se afastaram do ancoradouro e dos outros barcos.

— Vá com calma – exclamou Mike.

— Café.

O namorado desapareceu no interior do barco, revirando os olhos com ar dramático, e Jessica se acomodou na cadeira para desfrutar a pilotagem. Estava se divertindo muito. Pena que o mesmo não valesse para Carol; estragava um pouco o prazer dela. Sorriu para a amiga, que chegou ao convés com um livro na mão e sentou-se no tombadilho, o rosto voltado para o sol.

— Você está bem, Carol? Quer que eu peça ao Mike para trazer café para você? – perguntou Jessica, reduzindo a velocidade ao cruzar com outro barco, como exigia a etiqueta fluvial.

— Não, estou bem – bocejou Carol passando bronzeador no rosto.

— Quer pilotar um pouco?

— Não, continue dirigindo você mesma.

— Pilotando – corrigiu Jessica com um sorriso. — Como vão as coisas? Tudo resolvido? – perguntou delicadamente. Gary estava estendido na proa, preparando-se para tirar um cochilo. Era evidente que estava de ressaca e, de onde estava, não poderia ouvir a conversa.

— Tomei uma decisão – disse Carol lentamente, aproximando-se de Jessica.

— E que decisão é essa? – Jessica acelerou novamente o motor e a velocidade do barco aumentou.

— Vou terminar tudo com o Gary – confidenciou Carol, enfiando as mãos nos bolsos do jeans.

— O quê! – Jessica voltou-se para ela, espantada. Nunca pensara que Carol teria coragem para fazer isso.

— Olhe para onde vai ou vamos encalhar. Você está perto daquela estaca – disse Carol secamente.

— Deus me livre! – Jessica endireitou rapidamente o leme e, a seguir, concentrou-se em voltar para o meio do rio. — Você já disse isso para ele?

— Não, vou dizer quando chegarmos a Athlone. Vou devolver o anel e voltar para Dublin.

— Poxa, Carol, sinto muito. – Jessica abraçou a amiga.

— Bem que você vivia me dizendo que eu devia terminar com ele se não estivesse feliz. Resolvi seguir seu conselho. – Carol fitou o horizonte, com ar infeliz e fisionomia tensa.

Jessica ficou em dúvida. Haveria certo tom de censura na última frase?
– Só termine se é isso que você quer, e não por alguma coisa que eu tenha dito – disse com cautela.

– Você sempre achou que não servíamos um para o outro – retorquiu Carol, e Jessica sentiu que estava sendo acusada, que a culpa pelo rompimento tinha sido *dela*.

– No final das contas, o que eu penso não tem importância. O que conta é o que você pensa – respondeu, na defensiva.

– É, eu sei. – Carol deu um sorriso contrariado. – Nunca pensei que teria coragem para fazer isso. Fico contente em saber que não sou uma covarde completa.

– Acho que você está fazendo a coisa certa e é muito corajosa. O homem certo ainda vai aparecer, você vai ver. – Jessica sabia que estava dizendo uma frase batida, mas disse com toda a sinceridade possível.

O rosto de Carol se contorceu e seus olhos se encheram de lágrimas. – Pensei que ele era o homem certo. Não sei julgar muito bem os homens. Para ser sincera, eu o amo, mas ele não me ama – choramingou.

– Carol, não chore, por favor não chore. Tudo vai dar certo. Tenho certeza. – Jessica fez o que pôde para consolá-la, detestando ver a amiga sofrer.

– Eu sei. Eu sei. – Carol enxugou os olhos com a manga da camisa. – Você pode me fazer um favor?

– Claro. O que você quiser.

– Quando chegarmos a Athlone, você e o Mike poderiam se afastar por alguns minutos, até que eu resolva tudo?

– Claro, Carol – concordou Jessica sem hesitar.

– E só conte para o Mike depois que eu for embora. Ele é tão gentil que, se vier me consolar, vou cair na choradeira e é exatamente isso o que não quero fazer. Não quero fazer uma cena na frente de Gary Davis.

– Você está mais do que certa. Não dê a ele essa satisfação – disse Jessica séria, quando viu a cabeça de Mike saindo pela escotilha e, a seguir, o resto do corpo, trazendo o café.

– Quer uma xícara também? – perguntou a Carol.

– O quê! Envenenar meu corpo com café? De jeito nenhum. – Arqueou a sobrancelha, e ele riu.

– E um chá de hortelã?

Carol sorriu, aproximou-se dele e deu-lhe um beijo no rosto. – Você é um cara legal, Mike, pena que existam poucos como você.

— Quanta gentileza. Você ouviu, Jessie? — Ele piscou para Carol e apontou para Jessica. — Ela acha que sou mandão — disse rindo.

— É um pouco, sim, mas de um jeito simpático — provocou Carol. — Eu não aguentaria, mas se a Jessica não se importa...

— Pronto, sobrou para mim — exclamou Jessica, irônica.

— Viu como ela é malcriada?

Jessica mostrou a língua para ele. — Volte logo para a copa, marujo, onde é seu lugar, e me traga um sanduíche de queijo, estou morrendo de fome.

— Mas você acabou de tomar o café da manhã — protestou ele.

— Isso foi há um século, esse ar puro me deixa esfomeada.

— A mandona aqui é ela — declarou Mike descendo para fazer o que ela havia ordenado.

— Essa é a diferença entre Mike e Gary — comentou Carol. — Se eu pedisse para Gary fazer um sanduíche de queijo para mim, ele provavelmente me mandaria sumir. Não passa de um maldito egoísta — Carol não conseguiu conter a raiva.

Jessica não soube o que dizer. Não podia defender Gary sem parecer desleal a Carol, mas também não queria concordar com ela; um dia eles podiam reatar, e Gary seria outra vez o maior.

— Hummm — murmurou, fingindo prestar atenção ao rio que se estreitava naquele local.

Quando avistaram as comportas de Athlone, sabendo o que estava para acontecer, Jessica sentiu um começo de dor de cabeça. Gary voltaria para Dublin também? Ela esperava que sim. O contrário seria muito embaraçoso. Carol estava lá embaixo na cabine; Gary estava estirado na proa, lendo um livro grosso de mistério, ignorando totalmente o que o aguardava.

— Mike, quando atracarmos em Athlone temos de nos afastar. Carol quer ter uma conversa com Gary — ela sussurrou, enquanto o noivo olhava pelo binóculo para ver se havia uma fila de barcos esperando a vez de entrar na comporta.

— Eles não vão armar uma briga, vão? — suspirou ele. — Pensei que ela tinha aceitado bem o adiamento. Bem demais, até.

— Hummm... não aceitou não, portanto vamos sair para caminhar por uma hora mais ou menos. Ok?

— Ok. Como você quiser — ele concordou sem opor dificuldades. — Quer que eu assuma o leme agora?

— Estou dando conta muito bem – disse Jessica sem hesitar, determinada a continuar no comando e aborrecida por ele achar que era o único capaz de pilotar o barco para dentro da comporta.

— Comportas às vezes são complicadas, é melhor você ir mais devagar – aconselhou ele. – Acho que eu deveria entrar nessa. Você ficaria responsável pelas comportas menores.

— Peça apenas que Gary e Carol fiquem ao lado dos cabos – disse Jessica com voz firme, cada vez mais nervosa à medida que se aproximavam da comporta, que parecia cada vez maior, com um dique assustador à direita. O orgulho, entretanto, não lhe permitiu ceder o comando. A atitude de Mike estava lhe dando nos nervos.

— Ei, vocês aí, prestem atenção aos cabos, estamos chegando à comporta – gritou Mike.

Gary se levantou, e Carol subiu correndo a escada.

— Ei, companheiro, você não vai assumir? – exclamou Gary, surpreso, desenrolando um cabo.

— Jessica quer entrar na comporta – Mike prendeu os polegares na cintura do jeans e encolheu o ombro.

— E por que não? – disse Carol irritada. – Vamos lá, garota. Você vai dar conta.

Droga! Jessica pensou ansiosa, a palma da mão começando a transpirar. Não dava mais para desistir sem se humilhar, mas, à medida que se aproximava da comporta e a correnteza ficava mais forte, ela se apavorou. Havia quatro barcos à frente, mas, para seu alívio, as enormes portas da comporta se abriram, deixando sair os barcos que vinham na direção contrária. Pelo menos poderia entrar logo, sem ter que ancorar primeiro no cais. Afrouxou a válvula do motor, sentindo a força da correnteza empurrar o barco para a direita.

— Não diminua demais a velocidade ou você vai se desviar para o dique – preveniu Mike.

— Você está se aproximando demais do muro – avisou Carol minutos depois, ao chegarem perto da comporta, quase encostando no barco à frente. Agarrou um bastão e empurrou o barco para longe do muro.

— Cuidado com os portões, cuidado com os portões! Pelo amor de Deus, Jessica, olhe para onde vai. Diminua a velocidade. – Mike não conseguia ficar quieto de tão agitado.

— Cale a boca. Não consigo me concentrar com você gritando no meu ouvido. Você disse para não diminuir demais a velocidade.

– Não estou gritando no seu ouvido! – urrou ele. – Veja o que você está fazendo. Pelo amor de Deus, cuidado com a popa.

O aviso chegou tarde demais, e a popa esbarrou no portão.

– Anda, Gary, use o bastão e empurre em vez de ficar aí sem fazer nada – ela gritou.

– Calma, mulher – respondeu Gary, divertindo-se com o drama. – Deixe o Mike pilotar. Você está fazendo tudo errado.

– Cale essa boca – ordenou Carol furiosa.

– Deixe comigo – estourou Mike. – Estamos fazendo um papelão por sua causa.

Mike empurrou-a para o lado e pegou o leme, deixando-a abismada.

Ofendida, Jessica revidou. – Como você se *atreve*, Mike – ela gritou. – Você não tem o direito...

– Fique quieta, Jessie. – Mike manobrou o barco com perícia para o lugar certo. – Lancem os cabos – ordenou à tripulação. Gary quase morria de rir ao se aproximar deles minutos depois.

– As mulheres são todas barbeiras – caçoou. – Deviam deixar para quem entende do assunto.

Carol não moveu um músculo da face.

– Veja, é assim que se faz – resmungou Mike, desligando o motor.

– Está bem, senhor sabe-tudo. Se você me empurrar assim mais uma vez, uma única vez, e me tratar desse jeito, vai receber seu anel de volta, igualzinho àquela hiena risonha. E olhou com raiva para Gary. – Você pensa que é muito engraçado, não é? Pois saiba que a Carol vai apagar esse sorriso da sua cara, e já não é sem tempo, seu espertinho.

– Como assim? – Gary deu uma risadinha. – Do que é que você está falando?

– Jessie – exclamou Carol. – Não era assim que eu queria resolver esse assunto.

– Desculpe – resmungou Jessica, à beira das lágrimas de tanta raiva.

– Ei, o que ela quis dizer com isso? – perguntou Gary, olhando para Carol. – O que você quer dizer com "não era assim que eu queria resolver esse assunto"? Que assunto?

Carol tirou o anel do bolso de trás do jeans.

– Você nem notou que eu não estava mais usando. Tome seu anel de volta, Gary, eu não quero mais. Acabou – disse ela friamente.

– O quê? – ele levantou a voz.

— Não grite comigo, Gary. Acabou. Não é isto que eu quero. Você não é o tipo de homem que eu...

— É porque eu adiei o casamento? Bem que eu achei que você esfriou — comentou ele.

— É uma soma de coisas, Gary. Adiar o casamento foi uma pequena parte. A ponta do iceberg. — A voz dela estava admiravelmente fria como aço, e ela, totalmente serena.

— E o que mais? — perguntou ele, agressivo.

— Agora não é o lugar nem a hora certa. Não tenho a intenção de discutir nosso relacionamento e os *seus* defeitos no meio do Shannon, se me permite. Assim que ancorarmos, vou sair daqui e voltar para Dublin.

— Você não pode fazer isso — protestou ele, abismado.

— Pois espere para ver — ela rosnou.

— Veja só o que você fez — exclamou Mike aturdido, ao ver Carol descer para o interior do barco.

— Eu não fiz nada, ela ia mesmo terminar tudo e tinha me contado agora há pouco — explodiu Jessica, furiosa com a atitude e a falta de lealdade dele. — E quer saber de uma coisa? Também vou embora, estou cheia de você e desta droga de cruzeiro. Me deixe em paz. — E desceu pela escotilha, deixando Mike e Gary olhando um para o outro.

— Elas estão com uma dose dupla de TPM? — resmungou Gary, balançando a cabeça, incrédulo.

— Sei lá! Elas são mulheres e não é preciso outra explicação — falou Mike rispidamente, espantado com o rumo dos acontecimentos.

— Acha que devemos chamá-las de volta para cuidar dos cabos? — perguntou Gary quando os portões começaram a ranger e a se abrir lentamente. Parecia que muito tempo se havia passado.

— Corra você esse risco, se quiser. Prefiro ficar na minha — resmungou Mike, dando partida no motor.

— Tem razão. Talvez elas estejam mais calmas quando já tivermos ancorado.

— Você está sendo otimista demais, não acha, companheiro? — respondeu Mike, pilotando o barco para fora da comporta e cruzando o rio para ancorar no cais, na margem oposta.

— Que tal continuarmos navegando em vez de ancorar? O trajeto até o lago Ree leva umas duas horas. Até lá elas podem ter se acalmado — disse Gary pausadamente.

— Você está doido? Jessie ficaria furiosa. Ela já está morrendo de raiva de mim. Acho que eu deveria ter sido mais diplomático na hora de assumir o comando. Ela fica muito brava quando se sente ofendida. O que raramente acontece, ainda bem.

— Nunca a vi tão zangada. Os olhos dela cuspiam fogo. Pensei que ia bater em você. Carol, por outro lado, estava fria e arrogante. É difícil brigar com ela para valer, ela fica gelada e distante. Foi muito atrevida me devolvendo o anel. Se ela não se cuidar eu acabo aceitando — disse amuado. — Isso acabaria com o jogo dela.

— Se eu fosse você eu não diria que foi um jogo, ou você pode acabar na água — aconselhou Mike com frieza.

— Eu *preciso* de um drinque — disse Gary torcendo o nariz ao pegar o cabo, preparando-se para pular para o cais.

Lá embaixo, na cabine de casal, Jessica colocava as roupas na mala. Não havia hipótese de continuar no barco com aqueles dois machistas. Mike a tratara como se fosse criança, uma imbecil, e não pretendia tolerar uma coisa dessas. Ele que aprendesse a ser respeitoso.

Ela queria saber se Carol estava aborrecida com ela. Não devia ter dito aquelas coisas. Já estava com raiva de Mike, e Gary havia provocado com aqueles comentários insolentes. As palavras simplesmente escaparam da sua boca. Como seria bom se tivesse ficado calada. Carol tinha todo o direito de estar aborrecida, pensou com tristeza ao sair da cabine e atravessar a sala. O barco ainda estava em movimento, embora já se avistasse o cais, cada vez mais próximo.

— Carol — disse, ela hesitando ao bater na porta da outra. — Carol?

A porta se abriu e revelou a amiga, já com a mala arrumada, maquiagem feita e uma jaqueta sobre o ombro.

— Carol, sinto muito mesmo, eu estava tão zangada que...

— Esqueça, Jessie, provavelmente eu teria feito o mesmo no seu lugar. Quem aqueles dois pensam que são para nos tratar como se fôssemos duas idiotas? Acabamos com os sorrisos no rosto deles, não foi? — disse ela raivosa. — Você vai voltar mesmo?

— Pode ter certeza — disse Jessica com expressão decidida.

— E o carro?

— Droga, esqueci esse detalhe.

— Podíamos roubar o dinheiro da caixinha e pegar um táxi até Banagher — disse Carol devagar.

Jessica olhou admirada para a amiga. — Boa ideia, ainda mais considerando que eles gastariam tudo se embebedando, então estaremos fazendo um favor a eles também. — Foi até a copa e apanhou a tigela da caixinha. — Quanto eu tiro?

— Tudo! — disse Carol com firmeza. — Vamos nos dar ao luxo de comer um banquete no meio do caminho.

O baque do barco tocando o píer e o ruído da reversão do motor avisaram que haviam chegado ao cais. Chocaram-se contra a parede enquanto o barco balançava. — Acho que não foi uma ancoragem perfeita. O nosso capitão Bligh* errou a mão — comentou Jessica em tom amargo.

Carol não conteve o riso. — Você precisava ver a cara dele quando você explodiu. Ele ficou perplexo.

— Imagino que sim — retorquiu Jessica. — Como ele se atreveu a me tratar daquele jeito? Devia ter vergonha. O motor parou.

— Está pronta? — Carol olhou para Jessica.

Jessica suspirou fundo. — Sim. Vou só pegar minha mala.

Um minuto mais tarde estavam ambas no tombadilho.

— Parem com isso, meninas — suspirou Mike. — Não façam uma coisa dessas.

— Não sejam infantis — protestou Gary. — Já está passando da conta. Sejam adultas.

— Não, *você* é que precisa ser mais adulto, Gary Davis. — Carol jogou sua mala no cais e saltou do barco.

— Não faça isso, Jessie — advertiu Mike.

— Por que não? O que você vai fazer? Me dar umas palmadas por mau comportamento? — disse ela sarcástica. — Você não é meu pai, Mike, pare de agir como se fosse. Lá na comporta você demonstrou total falta de respeito por mim.

— Pare de dizer bobagens, Jessie, você estava fazendo tudo errado. Eu tive que me meter e assumir o leme, ou você podia danificar o barco...

— Eu *não* danificaria o barco. Eu ia fazer tudo direito se você não tivesse ficado gritando no meu ouvido, me fazendo perder a concentração — disse Jessica com raiva e foi juntar-se a Carol em terra.

---

* Vice-almirante William Bligh, mais conhecido como capitão Bligh: comandava seus homens com mão de ferro e ficou especialmente conhecido pelo motim que sofreu a bordo do *HMS Bounty*, em 1789. (N. E.)

– Se você for embora, está tudo acabado entre nós. – O rosto de Mike ficou roxo de raiva.

– Ótimo! – respondeu Jessica. – Ótimo, ótimo, ótimo.

14

– Deixe-as ir. – Mike ficou alucinado ao ver Jessica caminhar pelo cais, a cabeça empinada para o alto. Não podia acreditar que ela o estava deixando plantado no Shannon, encerrando um fim de semana pelo qual haviam esperado tanto. Não podia acreditar que ela perdera a cabeça por uma coisa boba como o comando do barco para entrar em uma comporta. E mal podia acreditar que ela fosse grosseira a ponto de interferir no problema entre Carol e Gary, só porque não conseguira manter a calma. Acima de tudo, não podia acreditar que ela fosse capaz de ir embora, mesmo ele tendo dito que isso significaria o fim do noivado.

Isso doía demais.

Ele viu as duas desaparecer por uma estradinha que levava à cidade.

– Adeus, bons ventos as levem – murmurou.

– Elas vão voltar correndo – ironizou Gary. – Certamente vão até a cidade se divertir um pouco fazendo terapia de compras, tomar um café e voltar cheias de novidades.

– Você não se importa com o fato da Carol ter-lhe devolvido o anel? – perguntou Mike, intrigado com a indiferença do sujeito.

– Que nada! Isso passa. Ela é louca por mim. Na certa está pensando que isso vai me fazer mudar de ideia a respeito do casamento, mas está muito enganada. Não vai receber o anel de volta tão cedo, e, quando isso acontecer, você e Jessica já terão resolvido tudo sobre o casamento, e vai ser tarde demais. Para ser franco, ela fez justamente o que eu queria. Acabei levando a melhor, cara – afirmou Gary todo confiante.

Mike fechou a cara. Gary parecia não levar o namoro muito a sério; talvez o enganado fosse *ele mesmo*, pensou cinicamente, sentado atrás do leme e pensando no que faria a seguir.

— Vamos tomar uma cerveja — sugeriu Gary. — Está na hora do almoço e podemos ir a um quiosque comer peixe frito ou qualquer outra coisa, já que as mulheres não vão cozinhar para nós.

— Para falar a verdade, não estou com muita fome.

— Deixe eu lhe dar um conselho sobre as mulheres — disse Gary, a voz autoritária. — Nunca, nunca mesmo, deixe uma mulher ser mais importante do que a sua cervejinha ou o seu rango, ou vai passar a vida seco e com fome. Saiba disso. Já tive muitas experiências com mulheres temperamentais, e a melhor coisa a fazer é ignorar os ataques de raiva e seguir em frente. — Ele bateu no braço de Mike. — Ande, Mike, levante a cabeça, seja frio quando ela voltar de joelhos, e ela vai pensar duas vezes antes de fazer uma cena dessas outra vez. Acredite no que estou dizendo.

Ele não estava nem aí, refletia Mike ao descer para o interior do barco para pegar a carteira. Talvez Gary estivesse certo, Mike estava levando a sério demais a situação. Mas era tão raro ele e Jessica brigarem que ele ficava muito triste quando acontecia.

Gary derramou perfume Hugo Boss nas mãos e passou no rosto. Havia garotas bonitas em alguns barcos ancorados ao longo do cais; podia encontrar alguma no pub e paquerar um pouco para passar o tempo. Não poderia, evidentemente, trazer uma delas para o barco para transar. Isso poderia ofender o senhor bonzinho, que, provavelmente, o entregaria para Carol. Mas se surgisse uma oportunidade e ele fosse convidado para o barco de alguma mulher, não deixaria de aproveitar a chance, decidiu, passando um pente nos cabelos pretos e cacheados.

Quem a Carol pensava que era para jogar o anel na sua cara, na frente de Jessie e Mike? Que atrevida, pensou indignado. Acabaria sendo posta para fora da vida dele. Mais de uma vez ele se arrependeu da noite em que tomou um porre e pediu Carol em casamento. Agora tinha a chance de dar o fora de uma vez por todas, e o bom era que não sairia dando a impressão de ser um canalha. Ah, isso não, pensava, admirando a própria imagem no espelho. Carol escolhera dar o fora, e agora ele tinha controle do próprio destino. Sorriu e notou quanto seus dentes eram brancos e regulares, e como lhe caía bem o leve bronzeado do dia no barco. Sentia-se livre como um passarinho e pretendia aproveitar bem essa liberdade por um tempo. Sem saber, Carol lhe fizera o melhor dos favores, e pretendia aproveitá-lo.

— Quer apostar que não vai demorar vinte minutos para o Gary sugerir uma ida ao pub, onde vai paquerar todas as piranhas louras que encontrar? – disse Carol tristonha. Estavam num pequeno café, ela bebendo água com uma rodela de limão e Jessica, café bem forte.

— Não acredito que o Mike tenha me dado um ultimato. Isso é muito grave – queixou-se Jessica. – Ele não podia brincar com o nosso relacionamento.

— Talvez ele estivesse falando *sério* – sugeriu Carol, o que deixou Jessica ainda mais perturbada. Ela arregalou os olhos.

— Nesse caso, nunca mais vou falar com ele – disse ela irracionalmente, mordendo uma bomba de chocolate cheia de calorias, a coisa mais reconfortante que encontrou para ampará-la nesse tumulto emocional.

Estava muito, muito magoada por Mike ter dado o ultimato. Seria um sinal de que todas as vezes que eles brigassem ele faria chantagem emocional? Bom, nesse caso ele havia escolhido a mulher errada para esse jogo, pensou com raiva, enquanto acabava de engolir o doce sem nem sentir o gosto.

— O táxi chegou, vamos – disse com voz firme, vendo o carro estacionar do lado de fora do café. Ao pedirem o lanche, tinham pedido também que a garçonete chamasse um táxi para elas.

— É isso aí. Vamos embora de Athlone sem olhar para trás. Não traria boas lembranças – disse Carol com voz sombria ao pegar a mala do chão.

Sentaram-se no táxi em silêncio, cada qual perdida nos próprios pensamentos. Depois de muito esforço, o motorista acabou desistindo de puxar conversa diante das respostas monossilábicas que demonstraram que ele não chegaria a lugar algum.

Foi um alívio pegar o volante do próprio carro, e, sem esperar por nada, Jessica ligou o motor. Deu marcha à ré para sair do estacionamento da marina, mal podendo acreditar que estava voltando para Dublin sem Mike e que o relacionamento deles corria perigo.

Carol sentou-se ao lado de Jessica, feliz por não ter que dirigir durante a longa viagem para Dublin. Era ótimo não estar sozinha num trem ou num ônibus depois de tudo o que passara. E era melhor ainda saber que Jessie e Mike estavam brigados, assim não se sentiria tão só. Sabia que era egoísmo, mas não podia evitar.

Gary não tinha feito nenhum esforço para ela ficar, pensou com amargura. Na verdade, ele havia pegado o anel mais depressa do que um batedor de carteira. Carol não se iludia com a esperança de que Gary viesse a implorar que ela voltasse, e isso doía mais que tudo. Lágrimas fizeram arder seus olhos. Só havia uma coisa a fazer para se recuperar: cortá-lo totalmente de sua vida. Não podia voltar atrás. Quando o encontrasse no clube, o melhor seria se manter fria e distante. Puro fingimento, sem dúvida. Mas será que conseguiria? Teria coragem? Seu lábio tremia, e ela o mordeu para que Jessie não a visse chorar. Na saída de Banagher para Dublin Carol pensou se teria cometido o maior erro de sua vida.

15

Jessica estava sentada na escrivaninha, o estômago se revirando de angústia. Era uma terça-feira depois de um feriado bancário, três dias após "A Briga", e ela não sabia se Mike e Gary já tinham voltado ou não. Mike não telefonara para se desculpar, e não seria ela a pedir desculpas, de jeito nenhum. Havia falado com Carol mais cedo, e ela também não ouvira um pio de Gary. Era de arrasar a alma.

Jessica não conseguia acreditar que Mike não tinha telefonado. Ele deveria perceber que tinha passado da conta se comportando daquele jeito. Será que não se dava conta de como havia sido machista e desrespeitoso? Nunca poderia imaginar que ele fosse capaz de guardar mágoas. Isso a decepcionava.

Sentiu um aperto na boca do estômago, e ondas de medo faziam seu coração palpitar. Mike era seu porto seguro. A única pessoa no mundo com quem podia ser ela mesma. Era quem a fazia sentir-se não só amada e querida, como também feliz. Por que ele não telefonava? Não era possível que tudo tivesse terminado. Fora só uma briga boba.

Jessica suspirou fundo.

Mas tinha sido mais do que uma briga boba, a questão era o modo como ele a via, argumentou silenciosamente enquanto digitava para o chefe a biografia de um possível convidado para o programa.

Era uma questão de ego.

De autodefesa, de exigir respeito.

De orgulho, de não se humilhar.

— Ora, cale a boca — resmungou com raiva.

— O que foi que você disse? — Mona, a garota que trabalhava na mesa em frente, levantou os olhos.

— Nada, desculpe, cometi um erro e estava falando comigo mesma — mentiu Jessica.

— É o primeiro sinal de loucura — disse Mona com ar sério.

— Disso você entende — retorquiu Jessica. Mona era reclamona até no nome, vivia falando mal de todo mundo, choramingando e reclamando de dor. Era uma mártir da dor de coluna. Uma chorona, pensou Jessica maldosa, digitando com força para desencorajar qualquer possibilidade de conversa.

— Como foi o cruzeiro? — perguntou Mona, doida para puxar assunto, empoleirando-se na mesa de Jessica.

— Foi ótimo — disse Jessica, seca. — Mona, não leve a mal, mas estou com o trabalho atrasado e não posso conversar agora.

— Como quiser — disse Mona ofendida e voltou para seu lugar, onde se consolou com uma dose dupla de analgésico contra uma iminente dor de cabeça e uma pontada de dor em uma vértebra.

O telefone de Jessica tocou e ela quase pulou da cadeira, nervosa e com medo. Seria o Mike?

Meu Deus, faça com que seja o Mike, ela orou. Decidiu que perdoaria tudo se ele fosse o primeiro a ligar, e pegou o telefone.

— Programa Adrian Jordan, meu nome é Jessica, em que posso ajudar? — disse calmamente, embora o coração saltasse dentro do peito com tanta força que ela tinha certeza de que podia ser ouvido pela pessoa do outro lado da linha.

— Quero falar com a produção do programa Pat Kenny — reclamou uma voz.

— Lamento, o senhor tem de ligar para outro ramal, vou passar a ligação para a telefonista — disse Jessica, com o coração pesado, numa voz impessoal. Sentiu vontade de chorar. Como Mike fazia uma coisa dessas com ela?

Embora estivesse cheia de trabalho, o dia custou a passar, e toda vez que o telefone tocava e não era ele, era como se mais um espinho fosse enterrado em seu coração. A certa altura, Katie telefonou para saber notícias, e até ela ficou chocada ao saber que Mike não tinha ligado.

— Espero que tudo esteja bem com ele — disse Jessica, preocupada. — Espero que não tenha acontecido nada; talvez seja melhor eu telefonar.

— Não entre em pânico, não aconteceu nada com ele. Se tivesse acontecido você já saberia. Notícia ruim chega depressa. Não ouvi nada no noticiário sobre barcos naufragando no Shannon – acrescentou despreocupada.

— Ai, meu Deus, nem pensei nisso – disse Jessica em pânico total.

— Eu estava brincando, Jessie – disse Katie exasperada.

— Não tem graça – disse Jessica num tom uma oitava acima.

— Desculpa. Olhe, espere mais um dia e depois liga para ele, que tal? – sugeriu Katie.

— Tá bom – disse Jessica abatida. – Tenho que desligar.

— Vai dar tudo certo – Katie confortou-a.

Jessica mordeu freneticamente a caneta para não chorar. Havia muito, muito tempo não se sentia tão triste. Seria capaz de aguentar mais um dia? Talvez telefonasse para ele à noite, quando chegasse em casa.

— Ligação para você, Carol – gritou Denise Kelly, que estava de pé junto à máquina de xerox, tentando inutilmente fazê-la funcionar.

— Já vou – respondeu Carol, tentando, pela última vez, ligar a máquina, que ressuscitou e cuspiu três cópias do documento que ela estava copiando. Carol pegou-as na bandeja e correu para sua mesa. Talvez fosse um milagre. Talvez Gary tivesse repensado sua atitude e estivesse com saudade.

— Alô – disse ela casualmente, determinada a não demonstrar quanto seu coração estava agitado.

— Quando é que a senhorita vai ter a consideração de me avisar do seu casamento? – A voz lamuriosa do outro lado era a de sua mãe.

Carol sentiu uma onda de desânimo. Conhecia bem esse tom de voz movido a álcool, embora fossem apenas onze e meia da manhã.

— Posso te ligar na hora do almoço, mãe? Estou no trabalho. – disse ela baixinho, para que os colegas não escutassem a conversa.

— Sei muito bem que você está no trabalho. Foi para aí que eu liguei, não foi? Está pensando que sou burra? – A língua da mãe estava um pouco enrolada.

— Posso ligar na hora do almoço? – Carol se esforçou para não parecer impaciente.

— Claro que pode. Afinal, eu sou apenas sua mãe, a última a saber das coisas. A não ser quando são más notícias, por exemplo, sobre Nadine. Fui eu que fiquei sozinha para criar duas filhas ingratas. Com certeza você telefona mais para a Liz Kennedy do que para mim. Foi ela que me contou do seu casamento e que você estava se esbaldando no Shannon – ela sabe de tudo.

Carol fechou os olhos desalentada, enquanto a mãe dava início a uma ladainha sobre como era desprezada.

– Mamãe – interrompeu ela desesperada. – Ligo mais tarde. Tchau.

E desligou sem esperar a resposta. As palmas das mãos suavam e seu estômago deu um nó. *Era para eu já ter me acostumado*, pensou com tristeza. Sua mãe bebia havia anos, mas a tensão ainda fazia o estômago de Carol enjoar sempre que ela se embebedava.

Não era de admirar que Nadine fosse um problema, convivendo com uma coisa assim, pensou Carol, culpada. Assim que terminara a escola, ela havia juntado suas coisas e saído de casa, deixando a irmã enfrentar tudo sozinha. Ela não se orgulhava disso. Precisava convidar a irmã para passar um fim de semana com ela e tentar convencê-la a ter juízo. Seria mais fácil agora que não estava noiva. Tinha feito de tudo para manter sua família bem distante de Gary, para não assustá-lo.

A mãe de Jessica devia ter mencionado o casamento duplo. Pena que ela tivesse aberto a boca, já que não haveria mais casamento e sua mãe estava criando caso por nada.

Bill Logan resmungou quando ouviu o telefone tocar. Sua secretária estava doente e tinha faltado ao trabalho, e o dia estava sendo um desastre.

– Alô – grunhiu.

– Só quero que você saiba que nossa filha vai se casar e garanto que não vou pagar a despesa com essa miséria que você me dá. É melhor você parar de levar essa sua vagabunda para passear no exterior e começar a economizar – rosnou a ex-mulher.

Sentiu os músculos do pescoço se contraindo. Um telefonema de Nancy, evidentemente bêbada, era o que ele menos queria nessa manhã.

– Me ligue quando estiver sóbria – ele disse rispidamente e desligou. O telefone voltou a tocar um minuto depois, escandaloso, exigindo ser atendido. Bill cerrou os punhos. Foda-se ela, não ia mais atender porcaria nenhuma de telefone hoje. O aparelho continuou tocando, tocando e tocando, fazendo-o sentir-se prisioneiro em seu próprio escritório.

Depois de um tempo a campainha parou de tocar e a tensão começou a abandonar seu corpo. Mesmo passado tanto tempo da separação, e da distância que os separava, Nancy ainda o incomodava. Conseguia deixá-lo furioso e tenso toda vez que se embebedava.

Então Carol ia se casar! Sua menininha. Bill sentiu uma grande tristeza e uma culpa tão intensa que quase podia sentir o gosto. Sua filha o odiava, acusava-o de tê-la abandonado e à irmã. Não ia querer sua presença no casamento, ele tinha certeza. Havia perdido o direito de levá-la até o altar. Custava a acreditar que doesse tanto.

Sentindo uma tristeza que pensava já ter superado havia muito tempo, pegou o telefone e discou para Brona, sua companheira, a única mulher capaz de entender quanto ele se sentia só e infeliz nesse momento.

– ALÔ, JEN, AQUI é o Gary, me ligue quando puder. Achei que você gostaria de saber... estou livre e solto – com voz animada, Gary deixou o recado na secretária eletrônica da ex-namorada, antes de pegar a lista de serviços do dia e sair do escritório.

Seria bobagem perder tempo agora que o noivado fora rompido. Havia mulheres para transar, cerveja para beber e ele pretendia se divertir muito nas semanas seguintes. Nenhuma mulher havia lhe dado o fora antes. Carol que se danasse.

Por que ela teria terminado? pensava ele, desconcertado. Acontecera tão de repente. Com certeza ele não esperava por isso. Nunca poderia entendê-la, pensou aborrecido, jogando sua pasta e as peças de computador no banco traseiro do carro. O que ela queria dizer com "não querer discutir os defeitos dele diante de outras pessoas"? O que ela considerava como os defeitos dele? Dificilmente estaria se referindo a seu desempenho sexual, já que nunca tivera essa experiência, o que o deixava muito frustrado. Se ela tivesse feito sexo com ele, com certeza jamais devolveria o anel de noivado.

Talvez a falta de lógica dela fosse causada pela frustração. Fosse lá por que fosse, ele não tinha gostado de ser dispensado. Não tinha gostado nem um pouquinho, pensou enfezado, o bom humor começando a evaporar ao perceber que teria de dar a entender a Jen que ele é quem havia dispensado Carol, e não o contrário.

MIKE OLHOU o relógio e cobriu a cabeça com o capuz do blusão. Estava começando a chover; vindo do mar, um trovão soou ao longe e raios riscaram o céu conturbado. De volta à vida normal, pensou de cara fechada. Os dias doces e ensolarados no rio não passavam de lembranças. Apressou o passo. Já eram cinco horas e não queria se atrasar. Começou a correr e entrou no terreno ajardinado e bem cuidado que era seu destino. Minutos depois, chegou ao estacionamento e esperou pacientemente, abrigado sob uma árvore, até que a viu descer correndo a escada, tentando abrir o guarda-chuva.

Mike saiu do abrigo.

— Jessie, Jessie! — Chamou. Seu coração disparou ao vê-la. Ela parou espantada, logo a seguir seu rosto se abriu num imenso sorriso, e ela correu para ele, jogando-se em seus braços.

— Mike, eu sinto muito, sinto muito mesmo. Como senti sua falta! Amo você. Sinto muito, de verdade — Ela estava quase chorando e ele abraçou-a bem forte, desejando que ela nunca saísse dali.

— Sinto muito também, eu fui um idiota. Amo você, Jessie. Não vamos fazer isso nunca mais — disse ele impetuosamente antes de baixar o rosto para beijá-la com tanta paixão que quase os deixou sem fôlego.

16

— Ele estava te esperando no estacionamento? — perguntou Carol com voz fraca. — Você disse um monte de desaforos?

— Não — respondeu Jessica com um suspiro. — Fiquei tão feliz que caímos nos braços um do outro. Foi só uma briga boba.

— Não acredito. — Carol não conseguiu disfarçar sua irritação ou decepção. — Você é muito mole com ele, Jessica, deixa que ele faça gato e sapato de você. — Para falar a verdade, às vezes ela tinha vontade de matar a amiga. Será que ela não era capaz de se manter firme? Se fosse com ela, não teria cedido com tanta facilidade.

— Ele deu o primeiro passo, foi se encontrar comigo — argumentou Jessica.

— Me engana que eu gosto! — disse Carol, sarcástica. — Ele falou alguma coisa do Gary? — perguntou, esforçando-se para falar com voz neutra.

— Não que eu me lembre — Jessica tentou sair pela tangente.

— Certamente ele passou o resto do cruzeiro no Shannon bebendo.

— Foi mais ou menos isso — concordou Jessica. — Você vai procurá-lo?

— Para quê? Eu devolvi o anel de noivado, e ele não fez o menor esforço para recusar, não foi?

— Acho que não — Jessie foi obrigada a concordar.

— Bom, tenho de ir. Nos vemos no clube durante a semana — disse Carol aparentando calma. — Estou contente por tudo ter dado certo para você. Tchau. — Desligou o telefone, subiu a escada correndo até o apartamento e se jogou na cama. Jessie e Mike tinham feito as pazes. A briga não havia durado muito, pensou com desprezo. Jessie era um capacho.

Isso ela, Carol, não era. A amargura tomou conta dela. Gary não tinha telefonado. E certamente não iria fazê-lo. Mas com certeza ela não lhe daria o gostinho de ir atrás dele. Olhou para a foto de Gary, em um porta-retrato de prata sobre a lareira. Cabelos pretos cacheados precisando de um corte, as pálpebras pesadas, sorridentes e sensuais olhos castanho-claros, os cílios mais negros que ela já tinha visto. Um sorriso de lado que, mais do que tudo, fazia disparar seu coração. Foi tomada pela tristeza. Como aguentaria viver sem ele? Os últimos dias haviam sido puro sofrimento, esperando o tempo todo que ele telefonasse para dizer que sentia saudades dela, mas, ao mesmo tempo, sabendo que isso não aconteceria.

Algumas roupas e maquiagens, assim como algumas fitas de Elvis, das quais ela gostava muito, haviam ficado no apartamento dele. A desculpa perfeita para ligar, pensou. Mas Gary bem que gostaria que ela fizesse isso — consideraria uma fraqueza da parte dela, um sinal de que ela sentia saudades e estava arrependida do que havia feito. Teve uma ideia melhor. Deu um salto da cama e apanhou uma caixa no alto do armário. Pegou uma folha de papel, sentou-se e escreveu rapidamente.

Oi, Gary.
Você pode me fazer um favor? Deixei algumas roupas e as fitas do Elvis no seu apartamento. Pode colocar tudo em uma sacola e deixar na recepção do clube?
Obrigada,
Carol

Escreveu o endereço no envelope, dobrou a carta e fechou o envelope. Simples e informal, perfeito, pensou satisfeita. Com certeza ele não esperava receber uma carta dela. Mais formal e distante do que um e-mail. Isso o faria pensar. Procurou na carteira, sabia que tinha um selo em algum lugar. Encontrou, colou com raiva no envelope. Dois minutos depois já havia trocado de roupa e vestido um moletom de corrida. Havia uma agência de correios em Phibsboro; o filho da mãe talvez recebesse a carta logo se ela mandasse imediatamente.

Decidida, saiu de casa e começou a correr pela avenida NCR. A chuva que começara havia pouco tinha diminuído, e um calor abafado, tormentoso e opressivo, que provocava um suor pegajoso pairava sobre a cidade como um pano de prato sujo. Detestava correr quando o tempo estava assim, mas tinha um propósito. Apressou o passo ao passar pela Mountjoy. Desviou-se de uma poça d'água e trombou com um policial que acabava de sair pelo portão da prisão. – Ooops, perdão – ela parou para se desculpar.

– Ei, para que tanta pressa? Você deixou cair uma carta. – O policial abaixou-se para pegar o envelope.

– Muito obrigada – disse ela encabulada. Ele sorriu.

– Eu podia prender você por agressão, mas desta vez vai ser apenas uma advertência. – Os olhos dele eram cor de avelã, sorridentes, e ele tinha um sotaque agradável do oeste da Irlanda.

– Foi muito gentil da sua parte. Eu não gostaria de passar uma noite aí dentro. – Ela apontou para a prisão.

– Já vi você correndo por aqui algumas vezes, você mora aqui perto? – Ele puxou conversa.

– Moro sim, no final da rua – respondeu ela, surpresa.

– E essa corrida nunca leva você para o pub? – ele perguntou, os olhos de avelã brilhando.

– Depende de quem está lá – respondeu ela, flertando e se divertindo.

– Se eu estiver lá, dentro de, digamos, uma hora, será que você não entra correndo e me paga um drinque por eu ter livrado você da cadeia? – e arqueou a sobrancelha.

– Bem, não vejo nada que me impeça de fazer isso. Qualquer coisa é melhor do que ir para a cadeia – sem pensar no que estava dizendo.

– Meu nome é Sean. Sean Ryan. – Ele estendeu a mão.

– Carol Logan – respondeu ela, apreciando a firmeza do aperto de mão dele. E não era nada feio, aprovou. Seria bom ir tomar um drinque com ele, principalmente num dia em que se sentia tão deprimida. Algo mais poderia acontecer, e ela faria tudo para que Gary ficasse sabendo que ela estava saindo com um policial. Seria uma lição para ele. Os olhos de Carol brilharam com essa expectativa. O dia, ou melhor, a tarde, estava se mostrando melhor do que ela esperava.

– Ok, Sean Ryan, vejo você no Arthur's em uma hora.

– Se você não aparecer, posso prendê-la por evasão. Qual é mesmo o número da sua casa, você me disse, mas esqueci – ele provocou.

– Eu não disse nada. A gente se vê.

Retomou a corrida sorrindo. – Você me paga, Gary Davis, acabo de encontrar outro homem. Ha! – disse ela, animada e correndo com mais energia.

Jen Coughlan jogou a pasta sobre o sofá, serviu uma taça de Chardonnay gelado e ligou a secretária eletrônica. Levou um susto ao ouvir a voz jovial de Gary soando em sua sala e tomou um gole de vinho antes de repetir a mensagem. Então ele estava livre e solto. Seu coração deu um pulo contra a vontade dela. O noivado devia estar terminado, e ele queria se encontrar de novo com ela. O que teria dado errado? Valeria a pena entrar de novo nessa montanha-russa com ele? Sofrimento e êxtase, pensou com ironia. Abriu a porta que levava à varanda debruçada sobre o Grand Canal e ficou de pé, junto à grade de ferro forjado.

Gary Davis era um mulherengo sem-vergonha, ela sabia melhor do que ninguém, e ficara arrasada quando ele a trocara por aquele iceberg chamado Carol Logan. Não pudera acreditar quando soube que os dois estavam noivos. Mas ele voltara a ficar com ela algumas vezes, dando a entender que queria voltar, o que não acontecera. Por fim, ela dera um basta, mandando-o dar o fora.

E agora isso. Típico de Gary. Podia dizer-lhe quantas vezes quisesse que sumisse da sua vida e ele não daria a mínima. Agitada e mal percebendo o que via, Jen voltou os olhos para além do tom metálico das águas onduladas, lá onde o trânsito se arrastava, em plena hora do rush vespertino. Ela não devia nem pensar na possibilidade de voltar para ele. Gary estava fora de sua vida, e que continuasse assim. O que ele tinha?, pensou Jen suspirando. Ela era uma mulher inteligente, poderosa e a caminho do sucesso. Era atraente, desejável, e conseguiria, dentro de limites racionais, o homem que quisesse. Por que haveria de querer Gary?

Porque ele era danado de sexy e muito divertido, e nunca se sentira tão cheia de vida como ao lado dele. Mantê-lo por perto era um desafio sem trégua, e a vida com ele era uma gangorra emocional. Quando tudo ia bem, era bom, bom demais; quando tudo ia mal, era um abismo. Seu rosto se contraiu com a lembrança de alguns episódios – por exemplo, esperar por um telefonema dele. Ou vê-lo flertar com outras mulheres.

Quem teria terminado o noivado? Só podia ser ele. Não acreditava que Carol fosse capaz disso. Quando anunciara o noivado, ela tinha ficado insuportável, exibindo o anel para todo mundo. Por que ele tinha terminado? Seria por ter finalmente percebido que *ela*, e não Carol, era a mulher certa para ele? O telefonema dele sustentava esse raciocínio. Jen sentia-se cada vez mais animada.

Talvez, finalmente, Gary tivesse caído em si. Voltou para dentro do apartamento e chutou para longe o sapato de salto alto. Serviu-se de mais um copo de vinho, ligou a televisão para ver o noticiário e cruzou as pernas compridas sobre o sofá. Não telefonaria para ele hoje, para não parecer ansiosa demais. Mas agora, com a possibilidade de reatar, morria de vontade de ligar. Sentiu-se tentada a fazê-lo e pegou o aparelho, mas, lutando contra a própria vontade, recolocou no gancho. Seria um erro deixá-lo perceber quanto estava ansiosa. Esperaria um ou dois dias, depois daria um jeito de esbarrar com ele no clube. Era a melhor tática, decidiu Jen, esticando-se como um gato e pegando o telefone para ligar para Lindsay Richards, sua amiga de infância.

GARY CONFERIU OS recados antes de deixar o escritório, ofendido porque nem Carol, nem Jen, haviam ligado. Devia estar perdendo a manha, pensou contrariado, e encolheu o ombro. O dia havia sido maçante, muito maçante. Mulheres não deveriam ter o direito de possuir computadores. Uma besta estava convencida de que o computador havia dado pau, não olhou os fios – ele levara apenas dois segundos para plugar corretamente o cabo. Uma chamada desnecessária que lhe havia custado meia hora de trânsito intenso. Um velho idiota que estava escrevendo uma peça queixou-se de que um vírus havia deletado sua obra-prima. Exigia imediatamente um técnico que entendesse do assunto. É claro que "backup" não fazia parte do vocabulário dele. O velhote havia arquivado a "obra-prima" na pasta Excel, depois teve a cara de pau de dizer que o erro havia sido do computador, e não incompetência sua.

O único trabalho que mereceu o esforço foi tentar descobrir as causas da falha no sistema na sede de um jornal local. Passara quatro horas tratando do problema, até conseguir botar o sistema para funcionar de novo a contento.

De volta ao escritório para terminar o serviço burocrático, ficou um tanto perplexo ao ver que não havia recados pessoais para ele.

Pegou o carro e foi para casa, esperando confiantemente que haveria alguma mensagem na secretária eletrônica. Ficou decepcionado quando viu que a luzinha não estava piscando, sinal de que não havia recado. O mínimo que Carol lhe devia era uma explicação para o rompimento. Devolver o anel sem ter a consideração de explicar o motivo era passar da conta. E Jen bem que poderia ter ligado. Era a primeira mulher que procurara desde que tinha ficado livre e solto.

Desapontado, pegou uma cerveja e vestiu a roupa de ginástica. Malhar um pouco era o melhor a fazer. Mulheres! Não faziam a menor falta.

Carol colocou a carta na caixa-postal e correu até um orelhão ali perto. Colocou duas moedas e discou o número da mãe. Melhor resolver logo isso. Havia passado o dia adiando.

— Alô? — resmungou Nancy, obviamente ainda não recuperada.

— Oi, mãe, sou eu. Desculpe eu só ligar agora, mas foi um dia ocupado lá no trabalho — mentiu.

— O que você quer?

— Bem, você me ligou para falar do casamento — disse Carol paciente, sentindo o habitual nó na boca do estômago.

— Liguei? Eu n... não me lembro — disse a mãe com voz enrolada.

— Estou telefonando só para dizer que não vou me casar. Terminei o noivado com o Gary.

— Ótimo. Fez muito bem. Nenhum homem vale a pena. Eu nunca deveria ter me casado com seu p...

O telefone deu sinal de que o tempo estava se esgotando, e Carol colocou mais moedas. Depois pensou com desânimo que não valia a pena, e desligou agitada. Saiu da cabine sem saber o que fazer. Se pretendia mesmo ir ao encontro no pub, não teria tempo para correr no parque. Então decidiu seguir pela Broadstone e subir por Black Church até a rua Dorset. Poderia voltar pela NCR até o ACD's. Não trocaria de roupa. Achou que isso daria uma impressão errada e retomou o ritmo da corrida, os pés batendo firme no calçamento, animando-se à medida que testava seu corpo até o limite.

Uma hora mais tarde abriu a porta do pub Sir Arthur Conan Doyle's. O bar estava na penumbra, tomado pela fumaça, ruidoso e acolhedor. Correu os olhos à procura do policial e avistou-o no bar, à paisana – jeans e camisa polo verde-escura. Ele ergueu o copo em saudação e acenou. Ela caminhou até ele por entre as pessoas que lotavam o bar e sorriu. – Oi!

– Oi para você também. Fez uma boa corrida?

– Razoável.

– O que você vai querer?

– Um Club Orange seria ótimo – disse Carol, sentindo-se bem e com vontade de tomar uma bebida gelada.

– Tem certeza de que não quer algo mais forte?

– Não, obrigada. Eu jogo tênis e estou em fase de treinamento – respondeu com firmeza e gostou dele por não insistir no assunto.

– Tem uma mesa vaga ali – disse ele apontando para um canto onde um casal se levantava para ir embora.

– Você tem boa visão – aprovou ela, seguindo-o até a mesa.

– Vale a pena ficar sempre de olho. – Sean acomodou-se na cadeira junto à dela e sorriu.

Ela devolveu o sorriso. – Vale sim.

Carol tomou um gole do refrigerante, totalmente relaxada. Era estranho, ao lado de Sean ela não sentia necessidade de fazer pose como quando estava com Gary. Não se sentia na obrigação de impressionar. Claro que ela havia impressionado Sean, ou ele não a teria convidado para um drinque. Era uma experiência agradável, pensou surpresa, sentindo-se à vontade durante a conversa e tomando sua bebida gelada.

– Acho que você deve ligar para ela, Bill. Oferecer-se pelo menos para levá-la até o altar, é seu direito como pai. Não deixe que Nancy dê as ordens – exclamou Brona Wallace indignada. Bill sorriu para a companheira, encostada em seu ombro.

– Carol é muito hostil. Mas eu não a culpo por isso – suspirou.

– Acho que está na hora de ela se tornar adulta. Você é o pai dela. Durante todos esses anos você manda, toda semana, parte do seu dinheiro suado, e ela deveria se lembrar disso. O mínimo que ela deveria fazer, se espera que você pague as despesas do casamento, seria encontrá-lo para um café.

— Vamos ver. Vou pensar. Nem preciso dizer que Nancy estava furiosa e agressiva.

— Pobrezinho do meu querido — disse Brona carinhosa, abraçando-o com força. — Não sei como você aguentou tanto tempo.

— Nem eu sei. — Bill sacudiu a cabeça só de pensar nas lembranças horríveis que guardava do casamento desastroso.

— Telefone para ela. Tenho certeza de que ela vai ficar contente por você procurá-la numa ocasião como essa, toda filha gosta — Brona falou confiante.

— Ok, ok, prometo que telefono — declarou Bill, beijando-a com ternura.

NADINE LOGAN CAMBALEOU pelo caminho que levava à porta de sua casa. Os saltos absurdamente altos estavam matando seus pés. Estava enjoada. Tinha bebido muito com as amigas Martina e Colette, depois elas tinham se entupido de batatas fritas. Rezou para que a mãe já estivesse na cama. Ela estava bêbada quando Nadine chegou da escola para tirar o uniforme e desandara a falar no casamento de Carol. Não parava de falar nisso desde que Liz Kennedy lhe dera a notícia, na semana anterior. Nadine já estava cheia do assunto. Mas de uma coisa tinha certeza, pensou lá no fundo da cabeça enevoada: não se fantasiaria em um vestido comprido ridículo para ser madrinha. Não pretendia, de modo algum, rebolar atrás de Carol pela nave da igreja.

Abriu a porta com alguma dificuldade; a chave não entrava. Perdeu o ânimo ao ver a luz da sala acesa. Certamente a mãe começaria um discurso violento, querendo saber onde ela estivera até tão tarde. Mas nem um pio, para surpresa de Nadine. Lentamente, ela deixou sair o ar preso em seus pulmões e esticou a cabeça para olhar a sala. A mãe estava dobrada no sofá, a cabeça caída para trás, a boca aberta e roncando alto. Aos seus pés, a garrafa de vodca. E Nadine viu o álbum de casamento de seus pais.

— Por que você faz isso com você mesma? — murmurou com raiva. — Esqueça-o, ele foi embora. — A visão da mãe fez com que uma imensa tristeza tomasse conta dela.

— Não pense nisso, não pense nisso — ordenou a si mesma, horrorizada com o nó que se formava na garganta e a umidade que invadia seus olhos. Enxugou-os rapidamente. Chorar era uma fraqueza, e jamais cederia às lágrimas. Olhou o álbum aberto e viu a foto de seus pais sorrindo um para o outro, felizes e despreocupados. Cheia de raiva, arrancou a página e, com dificuldade, rasgou-a em pedacinhos. Foi tomada por uma raiva tão intensa que mal pôde respirar. Agarrou o álbum e a foto rasgada e correu para a cozinha. Com as mãos tremendo, abriu a porta dos fundos e jogou o álbum de casamento dos pais em um saco de lixo, no meio de cascas de batata, caixas de leite e restos de pão e queijo mofados.

— Esse é o lugar certo para vocês — esbravejou, bufando com força, para que o coração parasse de bater tão forte. A raiva lhe trouxe um pouco de sobriedade. Decidida, fechou a porta ao entrar e, com profunda resignação, foi botar a mãe na cama, como já havia feito tantas vezes.

Jessica passou as pernas em torno de Mike e gemeu de prazer quando ele a penetrou. — Mike, Mike, eu quero tanto você — murmurou no ouvido dele, puxando-o com força para junto dela.

— Amo você, Jessie — balbuciou Mike, tocando-a e acariciando-a até ouvi-la gemer de prazer, dizendo palavras de amor ao ouvido, feliz por estarem juntos novamente.

— Foi muito bom, Jessie — disse Mike com voz rouca quando, cansada e saciada, ela se aninhou junto a ele.

— Pelo menos eu sou boa de cama, mesmo que não saiba levar um barco para dentro de uma comporta — ela provocou.

— Psiu. — Ele sorriu para ela e selou seus lábios com o dedo. — Não vamos falar nisso. Não é agradável ter que reconhecer um erro.

— Desculpe, eu não queria provocar você. Nunca mais vou falar nisso — prometeu solenemente.

— Imagino que não vamos fazer um cruzeiro na lua de mel — disse Mike de cara séria.

Jessica riu. — Tem toda razão, meu chapa. Nos divorciaríamos antes de chegar ao lago Ree.

— Tem uma coisa boa em tudo isso — disse Mike sonolento, passando o braço em torno dela e se encolhendo para dormir.

— E o que é? — perguntou ela bocejando, encostando-se a ele.

— Não vai haver mais casamento duplo.

— Graças a Deus — disse Jessica e fechou os olhos.

Em poucos minutos eles dormiram.

17

— Ei, Jessie, cadê o Mike? — Surpreendentemente bem-humorada, Carol cumprimentou a amiga no bar do clube de tênis.

— Está lá na quadra. Marcou um jogo com Kevin Delaney. Temos uma quadra reservada para nós às sete e meia. E você?

— Vou jogar nas duplas mistas com Larry Allen, mas não sei ao certo contra quem. Espero que seja contra o Gary — acrescentou maliciosa: "vamos dar uma surra neles".

— Então imagino que você não tem tido notícias dele — disse Jessica, secamente.

— Que você acha? — respondeu Carol, olhando para todos os lados do bar à procura de Gary. — Você o viu?

— Não. Cheguei há pouco tempo.

— Espere só para ouvir o que eu tenho para contar, Jessie — disse Carol animada, baixando a voz. — Encontrei um cara maravilhoso na terça-feira à noite. É um policial. Fui tomar um drinque com ele. Vamos tomar outro hoje à noite, e na sexta vamos ao cinema.

— Está brincando! — Jessie estava pasma.

— Não. Estou falando sério. Eu tinha saído para correr em Phibsboro e trombei com ele, literalmente, saindo da Mountjoy. Ele disse que me prenderia por agressão se eu não fosse tomar um drinque com ele — contou rindo.

— Que boa notícia. Ele é legal? — Jessica estava encantada com a notícia.

— É um amor. Mais alto do que Gary e se chama Sean, tem quase dois metros de altura, olhos cor de avelã, cabelo castanho-claro, bem curto, e muito sexy. Ele é de Sligo.

— Menino do interior. Pensei que você só saía com rapazes elegantes da cidade — provocou Jessie.

— Pois é. Mas ele é muito simpático e divertido. Estamos nos dando muito bem. Ele gosta de esportes e de se manter em forma. Combinamos de nadar no Vincent's todas as manhãs — informou Carol.

— Você não perde tempo, Logan — aprovou Jessie, no fundo espantada com a rapidez com que Carol havia esquecido Gary.

— Sei disso — comentou Carol com ar superior. — Gary, você me paga.

— Isso não é motivo para sair com outro — advertiu Jessica.

— Ah, não seja tão certinha — Carol torceu o nariz. — Claro que é motivo. Dei o fora nele e estou saindo com outra pessoa. É exatamente o que o Gary faria. Só que eu fiz primeiro. Para você, que teve uma convivência boa com os homens, é fácil falar, Jessie — respondeu Carol exasperada. — Do contrário, você talvez fosse mais compreensiva.

— Não seja assim, Carol — disse Jessica com indignação. — Do jeito que você fala, parece que tem inveja da minha felicidade.

— Não, não tenho — respondeu Carol na defensiva. — Não seja injusta.

— Estou só dizendo que você não deve magoar o seu policial simpático na tentativa de se vingar do Gary — retorquiu Jessica severa, sabendo que tinha razão quanto à inveja da amiga.

— Prometo que não vou fazer isso. — Carol não conseguiu esconder a irritação. — A gente mal se conhece. Não estamos planejando nos casar, droga — e revirou os olhos para o alto. Jessica era tão estraga-prazeres. Era óbvio que ela nunca tinha sofrido por amor nem passado por uma situação em que precisasse manter a pose.

— Vamos logo trocar de roupa — disse Jessica. Carol foi atrás dela, aborrecida porque a amiga tinha percebido sua estratégia. Claro que gostava de Sean. Mas gostava muito mais da ideia de fazer ciúmes em Gary.

GARY JOGOU NO banco traseiro do carro uma sacola de plástico da Roches Stores com as roupas de Carol e as preciosas gravações de Elvis. Que atrevimento o dela, pensou ele com raiva, ao lembrar da cartinha curta e impessoal que encontrara na caixa do correio na manhã anterior. Mal pôde acreditar quando leu. Ela nem havia se dado ao trabalho de pegar o telefone para falar com ele. Tinha mandado uma porcaria de um bilhetinho. Quem ela pensava que era? Ah, mas quando a encontrasse no clube, ela ia ouvir poucas e boas.

Estava na hora de alguém mostrar àquela metida à besta de sobrenome Logan o seu lugar, e ele era o homem certo para isso. Quanto a Jen Coughlan... Gary torceu ainda mais o nariz. Ela que se danasse. Já era carta fora do baralho. Definitivamente. Nem tinha tido a boa educação de ligar de volta para ele. Tinha sido seu último telefonema para ela. Ainda tinha muita mulher no mercado.

Extremamente aborrecido, Gary deu a partida no carro e saiu em alta velocidade, com uma cara de meter medo.

Jen caprichou na maquiagem, passou mais rímel nos cílios do que o habitual e um pouco mais de blush. Era muito possível que encontrasse Gary no clube esta noite. A temporada de tênis estava no auge; o provável é que ele fosse escalado para uma partida de duplas ou individual. Não conseguiu dominar a onda de nervosismo que sentia só de pensar na possibilidade de encontrá-lo. Estava orgulhosa de seu aparente desinteresse, mas era melhor não exagerar na dose. Se ele queria reatar, ela tinha de aproveitar o momento. Conhecendo Gary, tinha certeza de que ele não ficaria sozinho muito tempo. Jen conferiu o cordame da raquete e colocou-a no estojo. Tinha feito algumas sessões de bronzeamento artificial, e sua pele se destacava contra o branco do seu uniforme de tênis. Sua aparência não poderia estar melhor, pensou confiante e olhando-se pela última vez no espelho de corpo inteiro no canto do quarto.

Havia trocado os lençóis e arrumado o apartamento para a eventualidade de ele vir para a casa dela esta noite. Borrifou Chanel nº 5 no pescoço e nos pulsos, e mais um pouquinho, de leve, em torno da cama, para que o perfume permanecesse no ar. Talvez passasse essa noite em sua cama de casal, nos braços de Gary, fazendo amor, sem barreiras e pleno de paixão. Tremia só de pensar nisso.

Valia a pena ter rompido, para poder gozar o prazer do reencontro.

Ele a viu primeiro. Carol estava de pé, com seu uniforme branco, rindo de alguma coisa que dizia seu parceiro de jogo, e Gary teve de admitir que estava bonita. Ela era muito sexy. Não parecia muito abalada pelo rompimento do noivado, e isso o incomodou. Ele se sentia mais incomodado por ter sido ela a romper. Isso não fazia parte da ordem natural das coisas, pensava sombriamente enquanto caminhava para o vestiário masculino para trocar de roupa. Ao sair do vestiário, dez minutos depois, ela já não estava à vista. O jogo de Gary estava marcado para dali a dez minutos; dava tempo para tomar um drinque ou para observar o que se passava nas quadras.

Ficara o dia todo preso no escritório; decidiu que um pouco de ar fresco lhe faria bem e foi lá para fora. Carol estava em uma quadra afastada, esperando a vez de jogar. Ao vê-lo, ela acenou despreocupada e virou-se para outro lado.

A raiva se acendeu dentro dele. Como ela ousava tratá-lo assim, com tamanho desprezo? Pensou, furioso, que aquela era a mulher que ele pedira em casamento, esquecendo-se de que fora ele quem se recusara a caminhar com ela até o altar e que fora dele a sugestão de adiar o casamento. Foi até onde ela estava, concentrada em assistir ao último set da partida disputada na quadra.

– Queria dar uma palavrinha com você – resmungou ele.

– Ah, olá, Gary – disse Carol, com ar indiferente. – Pode falar. O que você quer?

– Para começo de conversa, você pode me dizer por que terminou nosso noivado? – disse ele secamente. – Você me deve ao menos uma explicação. Para falar a verdade, seu comportamento não foi nada correto.

Carol fixou os olhos nele. – Eu pensei o mesmo do seu – disse ela, arrastando as palavras. – Sabe por que terminei o noivado? Em primeiro lugar, porque estava de saco cheio de alguém que se considera o centro do universo. Para você, Gary, só existe você mesmo. Em nosso relacionamento só você importava. Eu nunca tinha vez.

– Foi porque eu adiei o casamento, não foi? – disse ele com arrogância. – Essa é a verdade.

Carol ficou furiosa. Botar a culpa nela era típico dele. – Para falar a verdade – disse ela sem pensar – eu conheci outra pessoa. – As palavras brotaram espontaneamente, mas a reação do ex-noivo foi extremamente gratificante.

– Você conheceu outra pessoa? – repetiu ele e seu rosto entregava seu espanto e descrença. – Conheceu alguém quando ainda estava comigo? – A voz dele subiu uma oitava.

– Isso mesmo – mentiu ela, adorando a reação dele. Que ótima desculpa para romper com ele; Sean fornecera a saída perfeita, apesar de ela ter forçado um pouco a verdade. Gary ficaria louco de raiva. Ela sempre soubera explorar a seu favor esse aspecto ciumento e possessivo dele.

– Quem é ele? O que ele faz? Onde você o conheceu? – Gary estava enfurecido.

– É um policial. O nome dele é Sean e nasceu em Sligo, tem um metro e noventa de altura e...

– Um policial! Você está namorando um roceiro caipira! – Gary não podia acreditar. Há quanto tempo? – Ele estava vermelho de raiva.

– Veja bem, uma das razões pelas quais eu terminei o noivado – note bem, *uma* delas – foi para poder namorar o Sean – disse ela lentamente. – Não aconteceu nada de que eu possa me envergonhar. Não dormi com ele, eu não faria isso com você. Não gosto de traição – acrescentou ela de propósito ao ver Jen Coughlan saindo da sede para a tarde ensolarada.

— Dormir com ele? Está falando do quê? Nem comigo você ia para a cama — gaguejou Gary.

— Eu sei — suspirou Carol. — Mas ele é um cara muito sexy. Quando ele passa de moto com aquelas botas, ele é puro sexo — exagerou ela, passando da conta. — Vou me encontrar com ele hoje para um drinque no Gravedigger's depois do jogo e tenho que ir. Não fique zangado, Gary, simplesmente não fomos feitos um para o outro. Se eu tivesse alguma importância para você, nós nos casaríamos em setembro. E se você fosse importante para mim eu não teria um encontro marcado com outro homem hoje à noite. Vamos esquecer o passado e continuar amigos — propôs Carol gentilmente.

Parecia que Gary ia ter um ataque cardíaco, de tão furioso.

— Amigos! Acho que você não conhece o significado dessa palavra, Carol Logan — disse ele com raiva.

— Calma, Gary. Pense que você vai se divertir na Oktoberfest. Sem nada para prendê-lo. Você poderá gastar à vontade, sem ter que ouvir reclamações da minha parte — disse ela casualmente, entusiasmada com o rumo da conversa. Que ótima lição para Gary Davis, que pensava que ela ainda estava na dele. — Bom, tenho de ir, nossa quadra vagou. A gente se vê por aí. Eu não quis magoá-lo, gosto muito de você — disse ela, juntando injúria ao insulto. Caminhou até a linha de fundo e bateu uma bola como teste para o adversário no campo oposto.

Gary estava estupefato. Nenhuma mulher o tinha tratado daquele jeito. Ela tinha conhecido outra pessoa. Um cara sexy. As palavras não saíam da sua cabeça. Seu cérebro parecia uma máquina de lavar roupa girando. Ela *gostava* dele. Nunca fora tão insultado. Logo ele, que tinha pensado o tempo todo que estava no controle do relacionamento. Estava tão confiante no amor que ela sentia por ele que não pensara duas vezes antes de adiar o casamento. Ainda bem que havia adiado. Depois de casada ela seria capaz de continuar se encontrando com esse sujeito que a havia impressionado tanto, pensou Gary sentindo-se muito virtuoso. Esse tempo todo ela vinha se encontrando com o tal policial caipira sem que ele soubesse, pensou furioso, dando meia-volta e retornando à sede.

— Olá, sumido, recebi seu recado mas estava tão enrolada que não tive tempo de retornar. Pensei que talvez encontrasse você por aqui hoje. — Diante dele estava Jen Coughlan, bronzeada e radiante.

— Olá — resmungou ele, sem disfarçar o aborrecimento tanto com Carol quanto com ela.

— Aconteceu alguma coisa? – perguntou ela preocupada. – Carol está criando problemas?

— Acho que é justamente o contrário – ele retrucou, relutando em admitir que uma mulher poderia levar a melhor sobre ele criando-lhe problemas.

— Você disse que estava livre e solteiro – o que houve? O noivado terminou? – sondou Jen, curiosa. Havia notado uma discussão exaltada entre os dois.

— Pode ter certeza que terminou – resmungou Gary.

— Ela devolveu o anel? – perguntou Jen amistosa, colocando de leve a mão sobre o braço dele, num gesto de solidariedade.

— Decidi terminar – declarou ele. – Descobri a tempo que ela não é a mulher certa para mim – e fulminou a quadra cinco com o olhar.

— Que coisa – murmurou Jen. – Melhor descobrir agora do que depois do casamento – acrescentou diplomaticamente.

— E você, o que tem feito? – Gary fixou nela os olhos semicerrados.

— Muito ocupada, como sempre – respondeu Jen despreocupada.

— Namorando alguém?

— Ah, daquele jeito. Um encontro aqui, outro ali, nada sério.

Gary viu Carol defender um saque no fundo da quadra. Não queria dar a impressão de que estava sofrendo por ela. Faria o possível para ter sempre uma mulher ao seu lado toda vez que encontrasse com ela. Começar com Jen seria ótimo. Tinha decidido ignorá-la por não ter respondido ao telefonema, mas agora a situação era outra, desde as revelações inacreditáveis de sua ex-noiva, e ele não queria ficar novamente em situação desfavorável. Além disso, Jen gostava dele, a ponto de aceitá-lo mesmo depois de tal noivado, pensou com pena de si mesmo, ferido pela traição de Carol.

— Que tal um drinque mais tarde? – convidou ele, com a cabeça a mil. Se a fingida da Carol podia se encontrar com o tal homem sexy no Gravedigger's, ele também podia entrar de braço dado com Jen. Mostraria à ex que não estava perdendo tempo chorando por ela.

— Seria ótimo, assim botamos o papo em dia – concordou Jen. – Preciso ir, minha quadra está livre. Acenou para ele, que ficou olhando enquanto ela se afastava. Conseguira o que queria, mas, estranhamente, isso não lhe causou satisfação.

18

Carol sentiu dificuldade em se concentrar. Estava tão eufórica com seu encontro com Gary que não conseguia prestar atenção ao jogo.

Ele tinha ficado furioso mesmo, soltando chispas pelos olhos, pensou cheia de alegria, lançando uma bola alta. Dizer que tinha conhecido Sean, fazendo-o crer que isso acontecera quando ainda estava com ele, tinha sido uma ideia brilhante. Ela tinha passado uma rasteira nele. Era a última coisa que ele esperava. Tinha saído do relacionamento de cabeça erguida, deixando-o com a pulga atrás da orelha. Logo ele, que achava que ela estava no papo.

A reação dele diante da notícia tinha sido gratificante, refletiu enquanto jogava uma bola na rede, perdendo um ponto que podia fazê-los perder o set se ela não se concentrasse e melhorasse o jogo.

– Concentre-se – murmurou, olhando constrangida para o parceiro.

Sentiu-se feliz quando a partida terminou; queria ficar sozinha para rememorar cada segundo do confronto com Gary. Mas esperou para apertar a mão do parceiro e dos adversários, depois de ter perdido o jogo com um último set furiosamente disputado, e correu para a privacidade do chuveiro. Respirou fundo, aliviada, sob o jato de água quente, sentindo com prazer o calor da água penetrando em seus músculos doloridos.

Se ele ficara tão irritado, com certeza isso significava que se sentira atingido. Tinha de significar alguma coisa, assegurou a si mesma. E mencionar que se sentia tentada a ir para a cama com Sean fora um golpe de mestre. Ele tinha ficado realmente abalado com aquilo, o que já era um triunfo, pensou alegre, enquanto ensaboava com gel de pêssego e amêndoas os braços tensos. Talvez as coisas não estivessem perdidas, como havia pensado.

Outra ideia lhe veio à mente. Podia convidar Sean para o baile do Solstício de Verão, no dia 24 de junho, dali a duas semanas. Gary certamente iria; era o tesoureiro do clube este ano, e o comitê organizador sempre estava presente. Ela poderia esfregar Sean na cara dele. E, se isso realmente o magoasse, quem sabe ele pediria para reatar? Mas desta vez seria ela quem ditaria as regras, e estariam na igreja antes mesmo que ele se desse conta. Feliz pela primeira vez desde o malfadado cruzeiro no Shannon, Carol esperou até que a água lavasse todas as dores e se sentiu revigorada só de pensar na possibilidade de deixar o ex-noivo louco de ciúmes na noite do baile.

Consegui! Jen comemorava mentalmente ao se afastar de Gary e caminhar para a quadra. Tinha ficado tão tranquila, fingindo ser solidária com a situação dele. Era bom saber que o noivado fora rompido por ele. Se ele dissesse que Carol quem devolvera o anel, teria se sentido no mínimo um pouco desconfiada. Significaria que ele não estava voltando para ela por livre escolha. Ajeitou a saia branca e curta. Sabia que ficava bem nela. Sentiu-se contente também por ter tido a ideia de usar a calça comprida nova de linho creme e a frente única preta para ir ao clube. Era uma roupa elegante e informal e, ao mesmo tempo, sexy. Tomara que Gary a levasse para um lugar legal e sofisticado para tomar um drinque.

Tirando da cabeça os acontecimentos dos últimos dias, Jen entrou na quadra e se preparou para jogar o melhor que podia.

— Estes são minha grande amiga Jessie e o noivo dela, Mike, e esta é Katie, prima da Jessie. Pessoal, este é Sean Ryan — disse Carol alegre, fazendo as apresentações. Estavam todos no Gravedigger's, onde haviam combinado de se encontrar depois do jogo. Katie viera de casa se encontrar com eles.

— Quem aceita um drinque? — perguntou Sean educadamente depois de apertar a mão de todos.

— Não, obrigada — sorriu Jessica. — Pode pedir.

— Deixe-me adivinhar, uma vodca dupla com gelo — ele provocou Carol — em vez do aborrecido Orange Club habitual?

— Você me conhece muito bem — riu Carol.

— Já volto — disse ele antes de tomar o caminho do bar.

— Ele é lindo — suspirou Katie. — Será que ele tem um amigo?

— Claro que sim. Ele é muito sociável — disse Carol, ao ver a senhorita Katie sabichona babando só de olhar para Sean a caminho do bar.

— Ele é simpático — disse Jessica educada. — Espero que tudo dê certo com vocês. — Ela ainda estava aborrecida com as coisas desagradáveis que Carol dissera mais cedo.

— E por que não haveria de dar? — perguntou Carol. — E os seus jogos, como foram?

Jessica relaxou um pouco, agora que estavam, por assim dizer, em território neutro, e todos comentaram as diversas partidas até Sean voltar do bar com bebidas para ele e Carol.

— Katie achou você muito bonito e quer saber se você tem algum amigo — anunciou Carol em tom brincalhão. — Estamos procurando um homem para ela.

Katie teve vontade de sumir. *Safada*, xingou ela em silêncio, constrangida.

— Aposto que arranjar homem não é problema para ela — disse Sean educado, fingindo não notar que ela havia corado. — Mas, se quiser passar no clube dos policiais, é só me avisar e vai ser uma noite daquelas.

— Deve ser muito divertido — Jessica se apressou a dizer, percebendo o constrangimento de Katie, e furiosa com Carol por ser metida a engraçadinha. Quem ela pensava que era para esfregar na cara de Katie que ela era a única desacompanhada?

— Nossa, olha lá — disse Katie com a cara mais inocente do mundo. — Carol, parece que seu ex-noivo não demorou muito para se consolar.

Foi a vez de Carol querer sumir quando Sean olhou para a porta e depois para ela, intrigado. Viu Gary e Jen Coughlan a caminho do bar. O braço protetor de Gary estava em torno da cintura da outra mulher.

Os olhos deles se cruzaram por um momento, depois ele desviou o olhar, demonstrando desinteresse.

— Você estava noiva? — perguntou Sean coloquialmente. — Você não me contou.

— Estava sim, até a semana passada, acredite se quiser. Carol não perde tempo — disse Katie do outro lado da mesa, dirigindo um sorriso a sua arqui-inimiga.

— Ainda bem que eu terminei o noivado, ou não poderia estar aqui com você — respondeu Carol tímida, olhando para Sean com o rabo do olho, para ver sua reação.

No fundo, estava furiosa. Aquela vadia não perdia por esperar, ainda ia pagar caro por isso. Como se *atrevia* a falar de seus assuntos particulares na frente de Sean?

— Parece que ele se recuperou bem depressa — comentou Sean. — A mulher que está com ele é muito atraente. Bela carroceria.

Mike deu uma risada. — Você tem toda razão.

Jessica cutucou-o. — Ei, pare de babar.

— Ele saía com ela antes de me conhecer — disse Carol sem graça. Obviamente não tinha gostado do comentário de Sean sobre Jen. Estava chocada por se sentir tão humilhada ao ver Gary com a outra. Sua vontade era ir embora, mas não daria a Gary a satisfação de perceber que ele a havia atingido. Usando todas as suas forças, conseguiu continuar sentada, com um sorriso no rosto, fingindo que estava tudo bem.

Gary aproveitou a chance, quando Jen se levantou para ir ao banheiro, para dar uma rápida olhada no grupo de Carol. Era estranho não estar com eles. Tinham saído juntos durante tanto tempo que, automaticamente, quase tinha ido sentar-se lá, mas viu Carol ao lado do homem alto, de pernas compridas e cabelos castanhos, e sentiu seu estômago revirar.

Observou-os discretamente. Pareciam estar se divertindo. Da mesa que ocupavam vinham muitas risadas, embora Katie não parecesse muito à vontade. Ela e Carol nunca tinham se dado bem. Estavam longe de ser consideradas amigas do peito.

Carol estava mais ou menos encostada no tal homem, rindo para ele, que se inclinava atentamente para ela. Gary sentiu vontade de dar um soco nos dentes perfeitos do sujeito. Pegou o copo de cerveja e tomou um grande gole. Assim que terminasse a bebida, daria o fora dali com Jen. Ela havia dado a entender que podiam ir para a casa dela. Mas isso fora antes de ele estacionar diante do Gravedigger's, que não havia causado uma boa impressão a Jen. Provavelmente ele havia perdido a chance de uma boa transa, pensou melancólico, desejando estar em qualquer lugar, menos ali.

Jen retocou o batom e olhou no espelho. Estava maravilhosa, sem falsa modéstia. Mas não estava achando a menor graça naquele lugar, pensou aborrecida, olhando para suas grossas tranças louras que caíam sobre a renda fina da sua blusa.

Ela tinha achado que Gary a levaria a algum lugar alinhado. Mas ficara decepcionada quando ele estacionou em frente ao pub Gravedigger's, em Glasnevin.

— Estou seco por uma boa cerveja — explicou ele ao ver o olhar de surpresa dela. Mas, ao perceber num canto Carol Logan e sua turma, Jen entendeu tudo. Carol estava com outro, e Gary, obviamente, queria que a ex visse que ele também estava acompanhado. Ela não passava de um peão no jogo dele, e isso a deixou furiosa.

Talvez ele quisesse reconquistar Carol e pretendia causar ciúmes. Ou queria mostrar à ex que ela não tinha chance e que ele havia voltado para Jen? Não conseguia entender, e isso a deixava tonta.

Ele que se danasse hoje, decidiu. Não ia levá-lo para casa. Primeiro queria ver como ficariam as coisas, antes de aceitar Gary em sua cama outra vez.

— Você estava me usando para fazer ciúmes no seu ex? — Sentado no carro ao lado de Carol, diante do apartamento dela, Sean olhou-a nos olhos.

— Não, nada disso! — exclamou ela apressada, sem conseguir disfarçar o rubor em sua face. — Eu nem sabia que ele viria ao Gravedigger's. Acho que *ele* estava querendo me fazer ciúmes e por isso trouxe aquela mulher para o pub. Não se esqueça de que chegamos primeiro. Portanto foi *ele* quem *me* seguiu e não o contrário — acrescentou triunfante.

— É verdade — ele concordou. — Você ainda está apaixonada por ele?

— Fui eu que terminei o noivado — ela salientou.

— Não foi isso que eu perguntei.

— Eu não sei. Acho que não — disse Carol agitada.

— Talvez você precise dar um tempo — disse ele com cuidado. A tensão tomou conta dela. Será que ele já estava lhe dando o fora?

— Gosto de estar com você — disse ela com toda franqueza, mal podendo acreditar que havia dito uma coisa dessas. — Eu fico esperando a hora de nadar com você de manhã.

— Está bem. Então vamos tentar mais um pouco para ver o que acontece. Ele abaixou a cabeça e beijou-a de leve nos lábios. Tinha uma boca bonita e bem delineada, e maxilares fortes. Era bem proporcionado, ao contrário de Gary, que tinha tendência a uma flacidez, que certamente aumentaria quando chegasse aos quarenta.

— Vá dormir, menina — disse Sean com firmeza, apertando o cinto.

— Quer tomar um café? — perguntou ela, desejando que ele recusasse o convite. Era cedo demais para ele ver o lugar horrível onde ela morava. Isso poderia desanimá-lo.

— Acho que você já teve emoções demais para uma noite — disse ele secamente e ela riu. — Nos vemos na sexta-feira. Vou esperar até você entrar.

— Sir Galahad* — ela provocou. Entrou no prédio, jogou um beijo e fechou a porta. Estava péssima. Bocejou cansada. Com certeza havia sido uma noite de emoções variadas. Tinha ficado arrasada ao ver Gary com Jen Coughlan.

---

* Personagem lendário das histórias do Rei Arthur, conhecido por ser o cavaleiro mais puro.

Não tinham demorado a reatar. Se ao menos não fosse Jen... Todos diriam que ele tinha voltado correndo para ela. Era de matar de raiva.

E depois... aquela *solteirona* faladeira da Katie. Quase morrera de vergonha na frente de Sean quando a piranha fez questão de contar sobre o rompimento do noivado. Ela tinha a intenção de contar mais à frente. Não estava preparada para a bomba daquela dedo-duro, e Sean não ficara bem impressionado, lembrou-se. Mas tinha enfrentado muito bem a situação. Pelo menos não pretendia largá-la como se ela fosse uma batata quente.

Um dia daria o troco a Katie, jurou Carol enquanto trocava de roupa e se jogava na cama iluminada pelo luar, sem nem se dar ao trabalho de acender a luz. Revirou-se na cama, tentando não pensar no que Gary e Jen estariam fazendo na cama de um ou de outro. A angústia tomou conta de Carol, torturando seu coração dolorido. Se tivesse bom senso, esqueceria Gary e o trocaria pelo homem encantador que a sorte havia colocado em seu caminho. Mas amor e bom senso eram coisas diametralmente opostas, pelo menos no que se referia a ela e Gary.

— Você deu mesmo o troco à Carol hoje — disse Jessica rindo, enquanto tomava um chocolate quente com a companheira de apartamento e molhava biscoitos de gengibre no chocolate.

— Ah, ela é insuportável. Viu como ela tentou me deixar mal diante daquele cara? Fiquei totalmente sem graça. "*Estamos procurando um homem para ela*" — imitou Katie. — Detesto aquela criatura. Metida a besta. Só ela, mesmo: está noiva na sexta-feira, termina o noivado no sábado e na terça já está saindo com um bonitão. Ele *é* um bonitão — suspirou Katie sonhadora. — E, além de tudo, é um cavalheiro. Bom demais para gente como ela. Mal pude acreditar quando ela disse que eu tinha achado ele lindo. Quase me enfiei embaixo da mesa. Mas ele percebeu que eu estava sem graça e se portou muito bem.

— Sei disso — Jessica se espreguiçou e bocejou. — Será que eles estarão juntos quando eu me casar? Nesse caso, ele vai estar na lista de convidados. E sorriu pesarosa. — Pelo menos não será como segundo noivo.

— Vai ser interessante conferir se esse namoro vai durar, mas uma coisa eu digo: fiquei de olho nela quando o Gary entrou com aquela outra. Ela não ficou nem um pouco contente, ainda não se desligou dele. Com certeza essa história ainda não terminou, preste atenção ao que estou dizendo — acrescentou sombriamente.

— Pois eu acho que acabou — discordou Jessica.

— Quer dizer, você torce para que tenha acabado, pelo menos até o seu casamento — observou a prima com ar esperto.

— Vamos deixar esse assunto para lá — resmungou Jessica, molhando mais um biscoito de gengibre no chocolate quente. Preferia que Katie não tivesse tocado no assunto. Ainda faltava muito para setembro.

19

— LIGAÇÃO PARA VOCÊ, Carol. — Imelda Kelly acenou com o telefone na direção de Carol, que estava voltando para sua mesa depois do intervalo para o chá.

— Obrigada, Mel. — Carol pegou o telefone das mãos da outra e sentou na borda da mesa dela. — Alô?

— Carol? Olá, é o seu pai — disse uma voz masculina fantasmagórica do outro lado da linha.

— O que *você* quer? — a voz de Carol se tornou áspera.

— Por favor, não faça isso, Carol. Ouvi dizer que você vai se casar. Sua mãe telefonou para mim. Gostaria de conversar com você sobre isso. Quero ajudar nas despesas. Quero estar ao seu lado nesse dia. — O pai falava depressa, ansioso para que ela ouvisse tudo que ele tinha para dizer.

— Não quero sua ajuda, nem agora, nem nunca, muito obrigada, e nunca mais telefone para o meu trabalho. Até outro dia — disse ela secamente, o coração aos pulos dentro do peito. Desligou o telefone, com raiva de si mesma. Por que sempre reagia assim quando o pai telefonava para ela? Por que sua garganta fechava e o estômago ficava contraído? Fazia mais de dez anos que ele havia partido, ela já era adulta e, certamente, não precisava dele. Então por que ainda se sentia tão atingida, até por um telefonema, mesmo que indesejado?

A ira tomou conta dela. Que atrevimento, pensou furiosa, rabiscando o bloco de notas com tanta raiva que quebrou a ponta da caneta. Ou ele pensava que bastava dizer que ia contribuir para as despesas do casamento e ela cairia nos braços dele dizendo: "Obrigada, papai, vamos esquecer o passado, fica tudo esquecido já que você puxou o talão de cheques". Qualquer pessoa sabia preencher um cheque, levava apenas um minuto. Se ele achava que ia causar boa impressão, estava tristemente enganado. E como ousava pensar que tinha direito de estar ao lado dela no dia do casamento? Havia perdido esse direito dez anos atrás. Mas não se podia negar que ele tinha coragem. *E que era completamente egoísta.* Queria participar do casamento dela – e os sentimentos de Nancy? Não tinha pensado nisso? Provavelmente não. Ele devia saber que sua mãe enlouqueceria se soubesse que ele ia entrar na vida delas por um dia, no papel de pai extremoso, e sair de novo. Quanto mais pensava no assunto, mais raiva sentia.

O que havia de errado com os homens? Muitas vezes, quando estava com Gary, chegava a pensar que ele dividia a vida em vários compartimentos dentro da cabeça. Ela fazia parte de um desses compartimentos – um dos pequenos, pensou ironicamente. Assim que se afastava dela, ele fechava a gaveta e ela deixava de existir até que ele a visse de novo. Era isso o que acontecia com seu pai?, pensou com tristeza. De vez em quando abria a gaveta com a etiqueta "Filhas", mas fechava-a depressa e aplacava a culpa fazendo um depósito mais substancial no banco para as despesas delas. Será que pensava que o dinheiro resolvia tudo? Seria tão idiota assim? Ele não era melhor do que Judas, pensou amargamente, inclinando a cabeça para retomar o trabalho.

— Ela desligou na minha cara – disse Bill a Brona, triste, à noite, balançando nos joelhos o filho de três anos. – Foi tão fria, era como se eu estivesse falando com uma estranha. Minha filha me detesta tanto que não suporta falar comigo. – Lágrimas escorriam por seu rosto.

Brona horrorizou-se. – Não chore, querido, não chore. – Tirou o filhinho do colo do pai e colocou-o para assistir a um vídeo, antes de sentar-se ao lado de Bill e passar os braços em torno dele.

— Me esforcei para que nada lhes faltasse financeiramente. Trabalhei manhã, tarde e noite para sustentá-las, e nunca recebi um agradecimento.

— Sei disso, querido. Ninguém sabe melhor do que eu – procurou confortá-lo. – Ela está sendo uma ingrata. Vamos encarar a verdade. Ben é meio-irmão delas e não tem culpa de nada. Elas deveriam ao menos tentar conhecê-lo. – Brona não conseguiu ocultar seu desprezo.

— É tudo tão triste... – Bill enxugou os olhos. – Será que eu não tinha o direito de começar uma vida nova? Tenho de ser castigado porque fugi do inferno? – E, voltando-se para Brona: – Você sabe que minha vida era um pesadelo. Ela vivia bêbada. Ou então histérica, perguntando se eu a amava. Me acusava de ter amantes, e, juro por Deus, Brona, eu não tinha. Você foi a primeira mulher que conheci, mas já tinha decidido sair de casa quando isso aconteceu.

— Eu sei. Eu sei. Vamos, esqueça tudo. Você fez sua parte, quem vai sair perdendo é ela. — Brona beijou a cabeça dele, notando quanto ele estava ficando grisalho. Aquela Carol Logan era uma desalmada; não sentia nada pelo pai? Mas elas não hesitavam na hora de aceitar o dinheiro. Quanto a isso não havia problema, pensou Brona com amargura. Talvez estivesse na hora de dizer algumas verdades à srta. Carol Logan sobre a maneira com a qual tratava o pai.

— Portanto, seremos só Mike e eu, e nossas famílias e amigos — Jessica informou à mãe enquanto caminhavam pela praia admirando o pôr do sol. Era uma sexta-feira à noite, e ela e Mike tinham ido a Wicklow resolver o problema da casa dele, já que começaria a trabalhar na segunda-feira.

— Ainda bem, graças a Deus — Liz não podia disfarçar seu contentamento. — Encontrei a Nancy na rua há uma semana, e ela estava péssima. Ficou evidente que ela não sabia do casamento e ficou brava porque parecia que eu sabia muito mais do que ela sobre Carol. Precisava ver a cara dela quando eu disse que vocês estavam todos no Shannon. Elas se falam ou se relacionam de alguma forma? Eles são uma família muito estranha. Aquela tal Nadine, pelo que ouvi dizer, passa a metade da noite no pub, e só tem quinze anos. — Liz balançou a cabeça só de pensar.

— É horrível — suspirou Jessica. — Se eu tivesse uma irmã mais nova entrando no mau caminho, ficaria muito preocupada. Mas parece que Carol não liga a mínima. Ela nunca vem visitar a família.

— É compreensível, devido ao comportamento da Nancy. Mesmo assim, é uma pena. Quando éramos jovens, ela era linda, cheia de vida. Acho que teve depressão pós-parto quando a Nadine nasceu, e não foi tratada. Depois disso as coisas começaram a degringolar, e ela começou a beber. Bill teve uma vida horrível ao lado dela, é verdade, mas fiquei muito triste pelas meninas quando ele foi embora.

— Isso explica em parte por que a Carol ficou tanto tempo com o Gary. Provavelmente não queria admitir para ela mesma que o relacionamento era desastroso. Ele é muito egoísta. Eu não aguentaria tanto tempo, mas estou contente porque ela não vai mais se casar com ele — confessou Jessica.

— Que aconteceu? Por que ela terminou tudo? — Liz deu o braço à filha enquanto passeavam à beira d'água.

Jessica encolheu o ombro. — Basicamente, acho que ele não quer saber de casar. Pelo menos não em setembro. Mike disse que precisávamos de uma resposta para começar a programar tudo, e Gary disse que achava melhor adiar. Senti pena dela, que acreditava que ia dar tudo certo. Casar com ele é o maior desejo dela. Mas ela concluiu que ele estava passando da conta e devolveu o anel.

— Carol agiu certo — comentou Liz. — Fico contente por ela não ter permitido que ele a fizesse de boba.

— E dois dias depois de romper o noivado com o Gary ela conheceu um policial lindo, acredita?!

— Em se tratando da Carol, eu acredito em tudo — disse a mãe em tom sério. — Quer dizer então que vão ser apenas a família e os amigos. Ótimo. Já encomendei o bolo, e Lily Doherty vai fornecer as folhagens para os arranjos de flores — você disse que quer os meus gladíolos para o altar, não disse, e íris para o buquê.

— É isso mesmo — disse Jessica alegre, com um quê de excitação. Pela primeira vez depois de várias semanas começava a esperar com prazer o casamento. — Tomara que seja logo. Vou sentir falta de ter o Mike por perto. Vai ser tão estranho.

— Você vai aguentar. Pelo menos ele arranjou um bom lugar para morar — consolou a mãe.

— Eu sei. É que me acostumei a vê-lo e a estar perto dele. Vou sentir falta dele no clube também.

— Ele vai estar lá todos os fins de semana. E tem um bom emprego, Jessie, isso é um bom começo de vida.

— Eu sei — murmurou Jessie, mas era como se houvesse uma bola de chumbo em seu estômago só de pensar em voltar para Dublin no domingo à noite, sabendo que Mike estaria em Wicklow, a quilômetros de distância.

— Olá, minha linda, onde está você? — gritou Gary entrando no apartamento de Jen com a chave que ela havia lhe dado meia hora antes. Tinham decidido ficar em casa, e ele fora até a mercearia comprar umas garrafas de vinho. O plano era pedir comida chinesa. Gary estava animado com a perspectiva. A semana tinha sido dura no emprego. Dois colegas estavam de licença médica, e ele estava atolado de trabalho. E, por alguma razão, estava com dificuldade para dormir. Não parava de lembrar de Carol sorrindo para aquele policial, e isso o incomodava. O que o sujeito tinha que ele, Gary, não tinha? Não conseguia engolir o fato de que Carol saía com outro quando ainda estava com ele. Era inacreditável. Geralmente era o contrário, ele tinha de admitir.

E não conseguia parar de pensar se Carol tinha dormido com ele. Teria ela passado aquelas pernas saradas em torno dele, fazendo-o gemer de prazer? Essa ideia o atormentava.

Jen vinha se comportando de maneira fria. Outra experiência nova para ele. Estava mesmo ficando fora de forma, pensou com certo pesar. Só hoje ela o havia convidado para vir para a casa dela. Isso nunca acontecera desde que se conheceram.

Foi até a cozinha e abriu o vinho, para deixá-lo respirar. Provavelmente ela estava no banheiro.

– Ei! – Ouviu a voz dela atrás dele e deu de cara com Jen de pé na porta, de calcinha acetinada em estilo francês e uma camisola rendada que realçava cada curva maravilhosa dos seus seios. Os bicos dos seios estavam duros e ele teve uma ereção só de olhar para eles.

– Jen – gemeu, puxando-a para junto dele – já estava na hora. – Por alguns segundos tentou imaginar como ficaria Carol usando calcinhas francesas e uma camisola justa de renda.

20

TENSA, BRONA WALLACE esperava na recepção do Centro Cívico que Carol descesse do elevador. Havia pensado a semana inteira em ficar cara a cara com a filha de Bill. Não havia dito nada a ele, que certamente seria contra a iniciativa. Mas tinha uma forte impressão de que, se discutisse o assunto com Carol, de mulher para mulher, poderia fazê-la entender quanto o pai sofria com a rejeição dela. Brona estava certa de que, se pudesse fazê-la compreender que Bill a amava muito, Carol mudaria de atitude.

Viu uma jovem sair do elevador e dirigir-se à recepção, e, depois, viu a recepcionista apontar na direção dela. Brona ficou de pé e abriu um sorriso agradável no rosto. Carol não era como imaginara. Esperava alguém menos... menos decidida, talvez. A mulher que caminhava para ela tinha um ar sério, o que fez com que Brona, por um momento, pensasse que sua vinda talvez tivesse sido um erro.

— Sim, em que posso ajudá-la? – perguntou Carol educada, demonstrando surpresa nos olhos castanhos.

— Olá, você deve ser a Carol. – Brona estendeu a mão. – Sou Brona Wallace...

Carol olhou para ela espantada e retirou a mão, como se tivesse levado uma mordida.

— O que é que *você* quer? – perguntou, com um tom nada amistoso.

Brona começou a se irritar. Carol não percebia que isto não era fácil para ela? Tinha vindo tentar fazer as pazes entre pai e filha; o mínimo que ela poderia fazer era se esforçar um pouquinho.

— Olhe, é muito importante nós conversarmos. Seu pai está muito magoado por você se recusar a falar com ele...

— Então mandou você fazer o trabalho sujo no lugar dele – zombou Carol.

— Espere aí. – Brona levantou a cabeça mostrando-se em toda a sua altura, desejando que Carol não fosse tão alta a ponto de olhá-la de cima de seu nariz desdenhoso. – Vamos deixar uma coisa clara. Bill não sabe que eu estou aqui. Vim tentar convencer você a deixar de lado as divergências e pedir que tente perceber quanto ele a ama – exclamou Brona indignada. – Você sabe que seu pai ainda trabalha sem parar e tem sido assim todos esses anos, para mandar dinheiro para sua mãe?! Ele sempre sustentou vocês e você nunca teve a decência de reconhecer isso.

O rosto de Carol se turvou de fúria e Brona sentiu uma pontada de apreensão.

— Pois então trate de me ouvir, sua intrometida – sibilou Carol. – Meu pai me abandonou, abandonou minha mãe e minha irmã, há dez anos, e nos deixou ao deus-dará...

— Sua mãe o forçou a partir. Ela é alcoólatra e não aceitava um tratamento, por mais que ele tentasse convencê-la.

— *Exatamente.* – cuspiu Carol. – Meu pai nos deixou, a mim e a minha irmãzinha, aos cuidados de uma alcoólatra, e não há dinheiro no mundo que apague isso. Ele podia ter nos levado com ele. Mas não levou. Nos abandonou física, moral, emocional e espiritualmente. Quem fazia o dever de casa conosco quando nossa mãe estava de porre? Quem cuidava dela quando ela não tinha condições nem para ir ao banheiro? Quem cozinhava para nós, arrumava a casa e nos levava para a escola quando ela estava caindo de bêbada?

Ele é que não foi. Ele assinava cheques e fazia depósitos na conta. Com certeza cumpriu com suas obrigações financeiras; isso não se discute. Mas isso é fácil. Não é preciso estar fisicamente presente na hora de distribuir dinheiro para acalmar a consciência. – Carol apontou o dedo agressivo para Brona. – Tivemos uma vida infeliz enquanto ele se mandava para Dublin e encontrava gente como você. Portanto, dê o fora daqui e nunca, nunca mais, está ouvindo, chegue perto de mim, sua metida a boazinha. Você não sabe nada a respeito de como meu pai nos tratou. É preciso ter muita coragem para vir aqui me passar sermões. Não quero ver aquele filho da mãe perto de mim, está ouvindo?

Brona recuou diante da raiva feroz estampada no rosto da jovem. Sentiu-se abalada até o âmago.

– Saia daqui e nunca mais ouse vir ao meu local de trabalho. Tire essa cara presunçosa da minha frente e vá brincar de família feliz com meu pai, já que, graças a ele, eu não sei nada de famílias felizes. – Carol girou sobre os saltos dos sapatos e voltou para o elevador.

Brona tremia. Que erro terrível tinha cometido, pensou abalada, fazendo o possível para não notar os olhares curiosos das pessoas que estavam no hall; correu para fora do prédio e desceu os degraus que levavam ao cais. Lágrimas de medo e choque escorriam por seu rosto. Não era essa a cena que havia imaginado. Imaginara voltar para casa levando a boa notícia de que tinha convencido Carol, que a filha estava pronta a se reconciliar com ele. Em vez disso, tinha de enfrentar o fato de que o homem que ela adorava e respeitava, de quem sentia pena por causa de um casamento desastroso, talvez não tivesse tido um comportamento tão nobre quanto ela pensara.

Brona caminhou rapidamente pelo cais, enquanto o trânsito pesado da hora do rush – carros, ônibus, caminhões – enchia de fumaça o ar quente e abafado. O rio Liffey empestava o ar com seu cheiro e ela queria sair dali o mais rápido possível.

Tentou não pensar nas palavras de Carol, mas elas teimavam em voltar com toda sua horrível clareza. Abandono físico, emocional, moral e espiritual. Era essa a acusação de Carol contra o pai. Não havia como contestar. Nem palavras brandas para exprimi-lo. Bill Logan abandonara as filhas e, do fundo do coração, por mais que quisesse, não podia negá-lo. Brona escondeu os soluços em um lenço de papel ao ver seu companheiro amado cair do pedestal sobre o deque de madeira.

Carol mal conseguiu chegar ao banheiro para vomitar incontrolavelmente, tomada pela raiva, sofrimento, desespero, tristeza e ódio. Não conseguia acreditar que tinha dito tudo aquilo. Havia sido uma torrente descontrolada, brotando de dentro dela. Ela achava que seus sentimentos em relação ao pai estavam sob controle – mas obviamente não estavam, pensou agitada. Ergueu a cabeça, limpou a boca com uma toalha de papel e deu a descarga. Baixou a tampa da privada e sentou-se sobre ela, as mãos tremendo enquanto passava os dedos pelos cabelos.

Como aquela mulher convencida, metida a santa, tinha se atrevido a vir ao seu local de trabalho e ousava passar-lhe um sermão a respeito de sua maneira de tratar o pai? Como se *atrevia*? Carol estava tão indignada que pensou que ia vomitar de novo. Engoliu em seco e conseguiu dominar o enjoo.

Não imaginava que pudesse ficar tão abalada e sentir tanta raiva. Pensava que havia superado fazia muito tempo a traição paterna. A violência de seus sentimentos assustou-a. Queria sair dali. Precisava ficar sozinha.

Não, sozinha não, foi seu grito silencioso, mas não tinha a quem recorrer, ninguém que a compreendesse. Jessie era a única com quem poderia falar, mas ela tinha ido a Wicklow ajudar Mike a se instalar. Tinha de se controlar e fingir que não havia nada de errado, do contrário todo mundo no escritório ficaria sabendo da cena na recepção. Recorreu às forças que ainda lhe restavam, enxugou os olhos, ajeitou o uniforme e voltou para o escritório.

Sean enxugou-se depois do banho e passou loção pós-barba no rosto. Vestiu-se rapidamente, ciente de que estava em cima da hora e de que não iria de carro. Não queria deixar Carol esperando. Suspirou ao secar o cabelo com a toalha. Carol era estranha em alguns aspectos. Mantinha sempre uma espécie de barreira. Ele nunca sabia exatamente o que se passava na cabeça dela. Havia sempre um lado contido. Ela tinha uma fachada durona, mas ele sentia que, atrás disso, havia uma grande doçura que ela não queria revelar.

Gostava muito de estar com ela. A natação ia muito bem. Carol tinha bom condicionamento físico e era competitiva, e ele gostava disso. Queria levá-la para subir montanhas, pois achava que ela gostaria; falaria nisso esta noite.

Tinha a impressão de que ela gostava dele, mas às vezes havia tristeza em seus olhos, e ele sabia que ela estava pensando naquele tal de Gary, de quem tinha sido noiva. Ela não falava muito nele, e Sean não insistia. Gostava dos amigos dela, pareciam ser boa gente. Havia saído para beber com eles no meio da semana, para comemorar o novo emprego de Mike e a mudança dele para outra cidade. A noite tinha sido divertida e ele percebeu que Carol estava mais à vontade com ele, e se divertia.

Enfiando pela cabeça uma camisa de manga curta, Sean reconheceu com uma careta que era uma tábua de salvação para ela. A situação não era das mais lisonjeiras, tinha de admitir, mas continuaria tentando para ver o que aconteceria.

Ela esperava por ele nos degraus da livraria Eason, com uma cara tão triste e desanimada que o assustou.

— O que há de errado com você, moça? — falou ele brincando. E abraçou-a. Ela apoiou a cabeça em seu peito.

— Não é nada — murmurou ela com voz abafada.

— Estou achando você um pouco abatida. Tem alguma coisa errada acontecendo? — ele insistiu.

Para horror dele, ela começou a chorar. Depois enxugou os olhos com força.

— Desculpa, desculpa, não foi nada. Acho melhor eu voltar para casa, se você não se importa. Não estou me sentindo muito bem — disse ela, antes de romper em lágrimas outra vez.

— O que há com você, Carol? É por causa daquele cara? — perguntou, solidário.

— Vamos sair daqui — ela pediu, enxugando as lágrimas na manga da blusa. Foi um gesto tão infantil que o comoveu.

— Não quer me contar o que está acontecendo? — perguntou, gentil, protegendo-a dos olhares de passantes curiosos.

— Aqui não — disse ela, recompondo-se um pouco.

— Vamos tomar um chá em algum lugar? Ou um drinque?

— Não... eu posso cair no choro de novo. Desculpa, Sean.

— Tudo bem. Já sei aonde nós vamos — disse ele com calma, pegando-a pela mão e atravessando a rua O'Connell por entre os carros, em direção à rua North Earl.

Carol seguiu atrás dele, sem discutir, e olhou-o espantada quando se viu, cinco minutos depois, diante da Catedral Pro.

— Venha, vamos encontrar um lugar sossegado e você pode me contar o que está te aborrecendo. Depois nós decidimos o que fazer — disse Sean com firmeza, determinado a chegar ao fundo da questão.

O ambiente na penumbra da catedral era reconfortante, e a luz das velas conferia um sentimento de paz. Algumas pessoas, na maioria senhoras de idade, estavam espalhadas pelos bancos, com rosários de contas deslizando silenciosamente por entre os dedos. Um velho bêbado cochilava em um deles. O odor de cera fez Sean lembrar-se da escola. Ele a levou até um banco vazio, bem longe da nave.

– O que está acontecendo, Carol? – perguntou, sentando-se voltado para ela. De cabeça baixa, incapaz de olhá-lo nos olhos, ela balançou a cabeça.

– Anda, me conta. Talvez eu possa ajudar.

– Ninguém pode me ajudar – disse ela com a voz entrecortada e seu sofrimento era tão evidente que o fez sentir pena.

– Aposto que posso – insistiu.

– Assuntos de família – ela murmurou.

– Sei... e o que há de errado com sua família?

De repente ela despejou tudo... a mãe alcoólatra, o pai que havia ido embora. O medo e a raiva, o sofrimento e o ódio que ferviam sob a superfície e haviam transbordado com a visita importuna da mulher que agora era a companheira de seu pai.

Sean não se mostrou chocado, pois já havia visto em seu trabalho inúmeras famílias desestruturadas. Mas ficou consternado por Carol, que, obviamente, estava lutando contra uma série de problemas e precisava de alguém mais experiente do que ele para ajudá-la a resolvê-los.

Abraçou-a com força enquanto ela chorava em seu ombro. – Você teria feito uma coisa dessas? Teria ido embora? Você que é homem pode me explicar como ele pensa? – Ela chorou com raiva.

– Não sei – respondeu ele com toda franqueza. – Só estando no lugar de outra pessoa é que podemos saber como agiríamos naquela circunstância.

– O que ele fez foi errado, não foi? Não devia ter deixado o problema para nós enfrentarmos. Éramos crianças – continuou Carol, chorando.

Sean se compadeceu dela. Eu sei – acalmou-a, acariciando seus cabelos. – Eu sei.

Carol ergueu para ele o rosto molhado de lágrimas. – Sinto muito, de verdade, Sean – desculpou-se. – Nunca falei sobre isso com ninguém, a não ser com Jessie. Sinto muito tê-lo incomodado.

– Não é um incômodo – disse ele gentilmente. E pensou surpreso que ela certamente teria contado ao ex.

– Você alguma vez falou com Gary sobre isso? – perguntou casualmente.

— Não. — Carol balançou a cabeça. — Para quê? É algo que eu mesma tenho de enfrentar. Ele nunca ia querer saber de coisas assim.

O sujeito devia ser mesmo um babaca, pensou Sean espantado. Ser noivo de uma mulher e nem perceber que ela estava magoada e sofrendo. Ainda bem que ela tinha se dado conta disso e devolvido o anel.

— Você já pensou em fazer terapia ou falar com alguém do Al Anon*?

— Ah, não! — Carol sentou-se ereta e enxugou os olhos. — Eu já superei o problema. Acho que foi o fato de Brona ir hoje inesperadamente ao meu trabalho que me fez lembrar de tudo. Ela foi muito atrevida, não foi?

— Foi sim, Carol, mas esqueça — disse ele com firmeza, doido para dar uma lição na idiota.

— Por que você não vai para o Slattery's e eu volto de ônibus para casa? O mínimo que posso dizer é que estou exausta. — Carol se aprumou e passou as mãos pelos cabelos.

— Não estou com nenhuma vontade de ir para o Slattery's. Gostaria de passar a noite com você — disse ele honestamente. — Mas seu apartamento é muito pequeno e não há privacidade lá onde eu moro. Tenho uma sugestão — e, por favor, não pense que estou sendo atrevido — disse ele com franqueza, com medo de que ela levasse a mal a sugestão.

— E qual é a sugestão? — perguntou ela desconfiada.

— Minha irmã está fora, na França, e estou tomando conta da casa e dando comida aos chatos dos gatos dela — e fez uma careta. Carol teve que rir, apesar de tudo. — Podemos passar a noite lá. São dois quartos — se apressou a dizer. — É uma casa bonita, térrea, em Clontarf. Posso fazer alguma coisa para comermos.

— Mas ela não se importaria?

Sean balançou a cabeça. — Nem um pouquinho. Nós cuidamos um do outro.

— Ok — ela concordou, para surpresa dele. — Seria bom. Não estou com a menor vontade de voltar para aquele pardieiro.

— Está na hora de você arranjar um apartamento melhor — disse Sean em tom decidido. — Eu ajudo você a procurar.

— Você é muito gentil. — Carol olhou para ele como se o visse pela primeira vez.

---

* Al Anon: programa ligado ao AA e destinado a ajudar familiares de alcoólatras. (N. T.)

— Você acha? — Ele riu. — A comunidade do crime desta cidade certamente não concordaria com você. Venha cá. — E, pegando-a pela mão, levou-a até a imagem do Sagrado Coração. — Vamos acender uma vela por você. Minha mãe acredita que funciona.

— Nossa, nunca pensei que você se ligasse nesse tipo de coisa.

— Às vezes até eu me surpreendo comigo mesmo — respondeu ele, meio encabulado. Havia agido por impulso, mas, quando ela sorriu, ficou contente por ter feito a sugestão. Colocou algumas moedas na caixinha e acendeu meia dúzia de velas. Que mal poderia fazer? pensou melancólico ao pousar o braço no ombro dela. Lá fora, a noite estava abafada.

21

— ELE É UM cara muito legal, Jessie, foi tão gentil comigo. Eu estava morrendo de vergonha de chorar na frente dele. Você sabe que eu nunca choro na frente de ninguém.

— Eu sei — disse Jessica em voz abafada, espantada com o que acabara de ouvir. Ela e Carol estavam no bar do clube. Era segunda-feira à noite, e sentia loucamente a falta de Mike, embora só tivessem se passado vinte e quatro horas desde a despedida.

— Aquela mulher foi muito atrevida, não foi? — declarou Carol. — Francamente, Jessie, quase sentei a mão nela.

— O que seria compreensível — murmurou Jessica. Fazia meia hora que ouvia Carol abrir o coração sobre o encontro terrível com a nova companheira do pai, e, mesmo sentindo tristeza com a história da amiga, estava triste por si também. Tudo bem, o fato de Mike estar morando em Wicklow não tinha a mesma magnitude do drama de Carol, mas, pelo menos hoje, gostaria de poder pensar apenas nela mesma. Carol fez uma pausa para respirar e continuou.

— Mas o Sean foi tão compreensivo. Não quis que eu ficasse sozinha e passamos a noite na casa da irmã dele — seguiu contando a história.

— Você foi? — Jessica se levantou e olhou para a amiga. *Isso* sim era novidade. — Você dormiu com ele?

Carol fez que não com a cabeça. – Não, e isso é o que eu gosto nele. Ele viu que eu estava chateada, então ficamos conversando, ele fez uma massa deliciosa e depois eu fui para a cama. Ele é um amor de pessoa. Você imagina o que o Gary faria se estivéssemos sozinhos numa casa? – disse com desprezo.

– Então você vai começar um namoro sério? – sondou Jessica.

– Gosto da companhia dele. É divertido, gosta de esportes e está sempre em boa forma, e gosto disso. Vamos ver no que dá – e sorriu para a amiga. – E sabe do que mais? Vou me mudar daquele apartamento.

– Você vai o quê? – Jessica não acreditava no que estava ouvindo. – Até que enfim. Como isso aconteceu?

– Um amigo do Sean – policial também – tem uma casa em Phibsboro que foi dividida em apartamentos, e um deles está vago. É um apartamento completo e eu não teria de dividir o banheiro com ninguém e teria uma sala só para mim. Sean me levou lá para ver, no sábado, e já dei aviso prévio ao proprietário do meu apê. Vamos levar minhas coisas na quarta e na sexta-feira à noite, quando ele está de folga. O que você acha?

– Trate de ir logo – incentivou Jessica, encantada com a ideia de que Carol sairia daquele buraco na avenida NCR.

– O aluguel é um pouco mais caro, mas...

– Pelo amor de Deus, Carol, você pode pagar. Seu salário é bom. Gaste pelo menos um pouco para morar num lugar decente.

– Eu sei. Você tem razão. E o melhor de tudo é que fica aqui perto. Vou ficar até mais perto de você e do clube, e a linha de ônibus vai ser a mesma.

– Isso é um ótimo começo. Aproveite – disse Jessica calorosamente. – Agora vamos bater umas bolinhas.

– Será que o Gary vai estar lá com a Jen? – Carol passeou os olhos pelo bar e adjacências.

– Que diferença faz? Você está com outra pessoa. Sua vida está mudando, você vai mudar de casa. Se eu fosse você não largaria esse Sean, ele parece uma ótima pessoa – disse Jessica categórica, seguindo a amiga até as quadras. – Posso ajudar na mudança com o meu carro, se você quiser. Só que tenho de fazer isso logo porque o Mike vai chegar na sexta-feira à noite e quero passar o máximo de tempo com ele.

– Do jeito que você fala parece que ele está morando do outro lado do mundo – ele está em Wicklow, pelo amor de Deus – disse Carol, como se o assunto não tivesse muita importância, e Jessica sentiu vontade de bater nela. Para ela, nesse momento, Wicklow era mesmo o outro lado do mundo. Era lá que estava Mike, e sentia saudades dele. Estava louca para saber como tinha sido o primeiro dia no emprego. Ele telefonaria às nove e meia, e ela morria de vontade de falar com ele.

A despedida na noite anterior tinha sido horrível. Ela fora conhecer o lugar onde ele passaria a morar. Era na casinha bonita de uma viúva que morava com o filho perto da rua Bridge, no centro de Wicklow. O quarto dele, embora pequeno, era bem arrumado, e a sra. Meeham forneceria o jantar.

Por enquanto, Mike decidira se instalar num quarto alugado; nesse meio tempo, ficaria de olho em um lugar para morarem, algo entre Bray e Wicklow, de modo que Jessica não tivesse que gastar muito tempo indo e vindo.

Havia comprado um carrinho usado para ir de um lugar a outro. Já era alguma coisa, embora a mãe dela achasse que, agora que ele tinha um carro, deveria morar na casa dela em Arklow. Mas, se fizesse isso, gastaria em gasolina quase o mesmo que pagaria pelo aluguel, como ele havia explicado à sogra com toda paciência. Mas Jessica sabia que Liz não ficara totalmente convencida.

Jessica pretendia visitar Mike uma noite por semana. Mas não poderia ficar lá onde ele morava, pois a sra. Meeham não parecia ser do tipo que aprova solteiros dormindo na mesma cama. A vida sexual deles iria para o espaço, pensava Jessica com melancolia, lançando uma bola para o alto, preparando-se para sacar. Só nos fins de semana. Apesar de sua mãe ser bastante liberal, e de não ter dúvidas de que eles dividiam um quarto sempre que Mike dormia lá, Jessica não se sentia bem fazendo sexo sob o teto de Liz. Ficava tensa, atenta ao menor ruído, certa de que a cama rangia mais do que o normal. O quarto da mãe ficava ao lado, e não conseguia relaxar o suficiente. Mike entendia, e nunca criava problema por causa disso. Jessica sabia que, tanto quanto ela, ele não se sentia bem, portanto o máximo a que chegavam quando estavam na casa da mãe eram beijos e carícias. Nas quartas-feiras, se quisessem dar uma rapidinha, teria de ser no banco traseiro do carro. Tomara que setembro chegue logo, pensava fervorosamente enquanto Carol a forçava a correr de um lado para o outro da quadra.

DEITADO NA CAMA, Mike dava um bocejo atrás do outro. Estava morto de cansaço; chegara ao emprego às sete horas e, embora tivesse gostado do primeiro dia, tinha ficado tenso tendo de se lembrar de tantos nomes e assimilar tantas informações que lhe deram a respeito do trabalho. Era um sujeito de sorte por ter conseguido esse emprego, refletiu. A estrada N11 estava sendo modernizada. Futuramente fariam um desvio contornando Ashford e Rathnew. Seriam muitos os desafios interessantes para mantê-lo ocupado, e estava ansioso para começar a enfrentá-los. Só queria que Jessica estivesse ali com ele para comentar os acontecimentos do dia. Havia jantado bem, costeletas de carneiro com muito molho, purê de batatas e legumes, mas não estava a fim de descer e conversar educadamente com a senhoria e o filho.

Seria ótimo quando tivessem uma casa para eles. Havia notado uma graça de chalezinho à venda em Ashford, mas talvez ficasse muito distante para Jessica ir todos os dias para o trabalho. Além disso, eles não tinham dinheiro para dar a entrada, pensou desanimado. Não com o casamento chegando.

Mike olhou o relógio. Nove e dez. Prometera a Jessica telefonar às nove e meia. Estava sem crédito no celular e se esquecera de carregá-lo. Não queria usar o telefone público no hall, queria privacidade. Decidiu telefonar de uma cabine telefônica perto do banco. Seria bom sair e tomar um pouco de ar antes de dormir. Levantou-se da cama, passou um pente nos cabelos, conferiu se tinha moedas suficientes e saiu para falar com sua amada.

NA QUARTA-FEIRA SEGUINTE, Carol caprichou na maquiagem. Ao saber que Jessica ia se encontrar com Mike em Wicklow, sentira-se meio tentada a não ir ao clube. Mas estava escalada para uma partida de duplas mistas e não queria deixar a parceira na mão. Algo lhe dizia que Gary e Jen estariam lá e não estava com a menor vontade de ver a outra se pavoneando pelo clube com um sorriso besta no rosto. Por isso tinha pedido a Sean que fosse buscá-la e faria questão de que ele tomasse pelo menos um drinque para poder exibi-lo. Queria convidá-lo para o baile do Solstício de Verão na semana seguinte, e torcia para que ele estivesse de folga e aceitasse.

Carol suspirou, olhando-se no espelho. Nada denunciava a montanha-russa de sentimentos dentro dela. Uma hora contentíssima, sentindo-se no topo do mundo; no momento seguinte, na mais profunda depressão, incapaz de parar de pensar em Gary e Jen, imaginando os dois fazendo amor apaixonadamente e arrasada por ele ter aberto mão dela com tamanha facilidade.

Eles estavam no bar quando ela entrou e, com o rabo do olho, percebeu que Gary olhava para ela. Fingiu não vê-los e respondeu alegremente ao cumprimento de outra sócia.

Ficou algum tempo conversando com a outra garota antes de pedir licença para ir trocar de roupa. Acabava de ajeitar a saia sobre as pernas quando Jen entrou.

– Olá – disse Jen friamente.

– Olá – Carol também foi fria.

– Olha, é meio constrangedor o que eu vou dizer, mas espero que você não tenha ficado muito magoada por Gary ter rompido o noivado, e...

– Hein? – Carol arqueou a sobrancelha.

– Espero que você não tenha ficado magoada porque o Gary... hã.... é... terminou o noivado. – Jen hesitou diante do olhar irônico de Carol.

– Acho que está havendo um engano, Jen. Gary não rompeu comigo, fui eu que rompi com ele...

– Não foi o que ele me disse.

– Ele está mentindo. Rompi com ele em público, na comporta de Athlone, na presença de Jessie e Mike. Mas estou me lixando em quem você acredita. Pode acreditar nele à vontade – acrescentou friamente antes de sair do vestiário, a cabeça empinada.

Gary era um cretino dizendo que fora ele quem terminara. Não tinha a menor integridade. *Sean nunca faria uma coisa dessas*, pensou e tratou de esquecer esse pensamento. Não queria começar a fazer comparações, sabia que não havia comparação possível entre Gary e Sean.

Gary estava de pé, diante da sede, amarrando o tênis.

– Jen não está muito contente, ela estava me dando os pêsames por você ter rompido comigo. Contei a ela a verdade. Você não devia mentir, Gary, no longo prazo é mais fácil dizer a verdade – disse ela com olhar desdenhoso ao passar por ele.

Seria interessante acompanhar o desenrolar desse caso, pensou satisfeita, subitamente interessada no jogo.

Jen Coughlan sentou-se em um banco para amarrar o tênis. Sentia-se completamente humilhada. Pela atitude superior de Carol, sabia que ela não estava mentindo. Gary Davis a fizera de boba com suas mentiras. Agora iam todos rir dela e teriam pena quando soubessem que Gary é que havia sido dispensado, e não o contrário. Seria considerada a trouxa que o aceitara de volta. Por que tinha sido tão idiota? Xingou a si mesma. Por que acreditava nas mentiras dele? Por que sempre o aceitava de volta? Já havia esgotado a cota do que podia aguentar. Esta noite Gary Davis voltaria para casa sozinho. Para ela, era hora de dar um basta. Ele era coisa do passado.

GARY FICOU ARRASADO. Tinha percebido o olhar de desprezo de Jen ao passar diante da quadra em que ele estava e sabia que estava em maus lençóis. Devia ter pensado bem. Claro que todos acabariam sabendo que tinha sido Carol a terminar o noivado, e não ele. As mulheres são incapazes de ficar caladas. Tinham de contar vantagem uma para a outra. Melhor viver sem elas, pensou com irritação ao fazer uma péssima jogada e perder o saque.

Seu ânimo não melhorou quando saiu à procura de Jen depois do jogo e soube que ela já tinha ido embora. Estava totalmente desmoralizado. Furioso, foi até o bar tomar um drinque em paz e deu de cara com Carol, maravilhosa em seu jeans justo e a blusa preta de franjas que se colava a cada curva do seu corpo sarado. Ela ria de algo que um homem lhe dizia e Gary levou um choque ao perceber que se tratava daquele maldito policial com quem ela estava saindo. Eles foram até o bar e pediram bebidas, e ele achou que seria melhor ir até onde eles estavam do que se retirar e sair humilhado.

— Olá, Carol — disse casual. — Como foi o jogo?

— Foi ótimo — disse ela displicente. — Este é meu amigo Sean Ryan. Sean, esse é o Gary, meu ex-noivo.

— Olá. — Gary curvou a cabeça, mas não ofereceu a mão para um cumprimento. O policial fez um gesto educado com a cabeça.

— Estamos tomando um drinque rápido, o Sean vai me ajudar a fazer minha mudança para o apartamento novo — informou Carol animada. — A gente se vê. — Pegou seu copo de laranjada e foi para uma mesa, seguida pelo novo namorado.

Ela estava de mudança. Era um recomeço. Provavelmente havia um quarto com uma cama de casal, em vez da cama virginal de solteira do conjugado. Com certeza ela devia estar dormindo com ele, pensou Gary com ciúmes. Ficou furioso só de pensar nisso.

Então outra coisa lhe ocorreu. Se Jen estava brigada com ele, restava apenas uma semana para arranjar outra mulher para acompanhá-lo à droga do baile de verão. Era só o que faltava, pensou mal-humorado, engolindo um pouco de cerveja do copo, fazendo o possível para não olhar para Carol e o cara.

— Acho que o seu ex não ficou muito contente de encontrar você com outra pessoa — comentou Sean mais tarde, arrastando dois sacos pretos escada abaixo no velho apartamento de Carol.

— Azar! — disse Carol seca, descendo atrás dele com meia dúzia de sacolas.

— Você gostou de mostrar a ele que estava mudando de endereço — disse ele, direto como sempre.

— Eu sou mulher, Sean — ela respondeu.

— Tem razão, isso diz tudo — ele riu.

Carol fechou a porta da frente e guardou as sacolas na mala do carro.

— Você vai trabalhar no sábado à noite, daqui a uma semana? — perguntou ela em tom despreocupado quando se sentou ao lado dele.

— Hum... vamos ver. Olhou ao longe e fez uns cálculos mentais. — Não, só vou trabalhar no sábado seguinte. Por quê?

— Você gostaria de vir ao nosso baile do Solstício de Verão? Costuma ser muito bom. Vai ser na Marina de Sutton. Jessica e Mike vão.

— O metidão também vai?

— Não sei. Expliquei a Jen, a namorada dele, que fui eu quem terminou o noivado, e não ele; ela teve a audácia de dizer que esperava que eu não estivesse muito aborrecida pelo fato de ele ter rompido comigo. Portanto, não sei se eles vão superar esse pequeno engano. Mas quem se importa com isso?

— Acho que você se importa — disse ele, rápido.

— Olha, você não precisa vir se não quiser — disse ela impaciente. — Eu não faço questão de ir.

— Não fique chateada — ele riu. — Eu vou, se você quiser que eu vá.

— Não fique convencido — ela retorquiu.

— Ah, por falar nisso, precisa ir de smoking?

— Precisa sim.

— Tudo bem.

— Você não gosta de jantares dançantes?

— Não — disse ele com toda franqueza e ela riu da sinceridade dele.

— Se você não quiser ir, prometo que não levo a mal — assegurou ela.

— Mas não custa tentar.

— Como é que um cara tão legal como você ainda está solteiro?

Sean deu uma risada dando a partida no motor. — Eu estava namorando uma garota lá em Sligo, mas ela não gostou muito da minha vinda para Dublin. E fez um ultimato: "Ou Dublin ou eu". – Ele olhou para ela. – Não gosto de ultimatos.

– Vou tratar de me lembrar disso – murmurou Carol. – Não gosta de jantares dançantes nem de ultimatos.

– Acrescente: mas gosta de natação, subir montanhas e de mulheres sexy adeptas de corridas – provocou ele. Ela riu e sentiu um lampejo de felicidade.

22

– Uau, que roupa deslumbrante – disse Jessica quase com inveja quando Carol pôs o vestido de seda preta, de frente única, que moldava cada curva do seu corpo.

– O seu é lindo também – retribuiu Carol, feliz com a reação da amiga.

– Mas não é sexy de matar como o seu. – E Jessica fez um muxoxo. Seu vestido era cor de pêssego, de chifon, de alças e com franjas, mais etéreo do que sexy. Era o tipo de vestido que jamais cairia bem em Carol.

– Quer saber? Nós duas estamos lindas de morrer. Espere até eles nos virem. Vão ficar com tanto tesão que mal vão poder andar – riu Carol.

Jessica riu também. Era ótimo ver Carol tão bem disposta. O rompimento com Gary era a melhor coisa que já lhe acontecera. – E o apartamento, que tal?

– Estou estranhando ter tanto espaço só para mim. Você tem de ir lá ver – falou Carol entusiasmada. – Você tinha razão, eu devia ter feito isso há muito tempo. Mas, como eu estava noiva do Gary, achei que moraria com ele e não havia razão para me mudar.

– Sabe? – murmurou Jessica – Ouvi dizer que está tudo acabado entre ele e a Jen. Será que ele vem hoje?

– Aposto que sim. Não vai querer que pensem que ele não conseguiu um par. Vai aparecer com alguma fulana loura, aposto – profetizou Carol cheia de confiança.

– Você não vai se importar? – Jessica não conseguiu evitar a curiosidade.

– Não sei – confessou. – Às vezes me sinto muito bem, geralmente quando estou com o Sean, outras vezes me sinto infeliz.

— Acho que você enfrentou tudo muito bem. Melhor do que eu esperava — disse Jessica admirada, passando blush no rosto.

— Isso foi porque conheci o Sean. Ele acabou com a mágoa. Foi muito bom mostrar ao Gary que eu também podia arranjar logo outra pessoa. Sei que você acha que isso não é motivo suficiente para sair com alguém. Mas entenderia se estivesse no meu lugar.

Jessica, prudente, não fez qualquer comentário e fingiu estar concentrada no rímel. Um toque de campainha as fez pegar as bolsas e os xales. Era Sean, em um táxi. Tinham decidido ir juntos, os quatro. Carol viera se vestir na casa de Jessica, e Mike estava no andar de baixo, de smoking.

Foram recebidas com assovios de aprovação por Mike e Sean, que esperavam na sala, tomando cerveja.

— Quem são essas mulheres? — perguntou Mike, entregando uma taça de champanhe a cada uma.

— Não tenho a menor ideia. Nunca vi nenhuma das duas — falou Sean, elegantíssimo em seu smoking, fazendo cara de bobo.

— Podemos dizer o mesmo de vocês dois — replicou Carol. — Eles sabem se arrumar quando querem, não é? — disse ela para Jessica, que sorria para Mike como se não o visse havia um ano.

Carol revirou os olhos. — Veja só esse casal, não conseguem tirar os olhos um do outro. É muito triste. — E sorriu para Sean, que se inclinou para beijá-la no rosto.

— Você está maravilhosa — disse ele com admiração.

A porta da frente se abriu e a cabeça de Katie apareceu na sala. — Muito chiques — elogiou. — Bonito vestido, Carol — disse ela em tom de conciliação.

Carol disse apenas — Obrigada.

— Tome uma taça de champanhe — ofereceu Mike.

— Que bom. De onde saiu isso? — perguntou Katie, sorrindo tímida para Sean, que devolveu o sorriso e piscou o olho.

— Eu comprei. Agora sou um trabalhador, e não um estudante sem tostão. É dos bons — declarou Mike, servindo-lhe uma taça.

— Então, saúde a todos e aproveitem a noite. — Katie ergueu a taça.

— Pena que você não vem — disse Carol com a cara mais limpa do mundo. Mas o veneno era perceptível. Sean olhou para ela, mas não disse nada.

— Essas festas são todas iguais — falou Katie. — Jantares dançantes não fazem o meu gênero.

— Acho que você prefere uma festa caipira, sua garota da roça — provocou Mike.

— Isso mesmo, em plena colheita, à luz do luar, sob um céu estrelado, se possível — suspirou Katie.

— Você é mesmo uma moça do interior, no fundo do coração? — perguntou Sean surpreso.

— Com certeza — disse Katie, fazendo um gesto afirmativo com a cabeça e esvaziando a taça. — E esta roceira passou o dia em pé no Pronto-Socorro e os únicos lugares para onde quer ir agora são o banho e a cama. Boa noite para todos.

— Boa noite — foi a resposta em coro, com exceção de Carol, que tomou outro gole de champanha.

— Acho que está na hora de ir — sugeriu Jessica e, obedientes, os demais esvaziaram os copos e seguiram em fila para o táxi que os aguardava.

Um grupo um pouco zonzo saltou do carro diante do hotel e entrou no salão da festa rindo e brincando. Carol estudou o mapa das mesas e encontrou a deles, e os homens foram até o bar buscar bebidas.

— Ele está aí? Você olha — insistiu Carol sentando-se na mesa reservada para eles, na qual havia outros dois casais.

Jessica olhou ao redor, acenando para os conhecidos. Então viu Gary sentado na mesa do comitê organizador, ao lado de uma ruiva *mignon*.

— Está sim. Ele está sentado na cabeceira da mesa com uma ruiva — Jessica sussurrou, discreta.

— Eu sabia — disparou Carol, apertando os lábios. — Viu como eu tinha razão? Eu não disse?

— E daí? — acalmou-a Jessica, desanimada ao ver a mudança de atitude da amiga.

— Filho da mãe! — Carol falou baixinho.

— Não deixe que ele perceba que você está aborrecida. Seria fazer o jogo dele — aconselhou Jessica.

— Não se preocupe, não vou deixar — disse Carol, exasperada, e Jessica teve vontade de lhe dizer para se danar. Mas pensou e achou melhor não fazer nada, torcendo para que o bom humor dela durasse a noite toda.

Mike e Sean voltaram com os drinques, e Carol tratou de se mostrar em boa forma. Riu e brincou, alegrou a festa e passou o tempo todo evitando olhar para a mesa de Gary.

Sean olhou atentamente para ela algumas vezes e notou seu rosto corado e a alegria forçada que ela demonstrava.

Comeram o jantar delicioso, riram e bateram na mesa na hora do sorteio dos brindes e foram para a pista de dança assim que a música começou a tocar.

– Está se divertindo? – perguntou Sean rodopiando pelo salão com Carol.

– Hein? É claro – respondeu ela distraída, tentando vislumbrar Gary e sua nova mulher.

– À esquerda, do lado da orquestra – disse Sean secamente.

– O quê? – Carol olhou perplexa para ele.

– Seu ex está lá perto da orquestra, do lado esquerdo, e está dançando com uma ruiva. Era isso que você estava procurando, não era?

Carol foi educada o bastante para corar. – Desculpe – murmurou, envergonhada por ser tão óbvia.

Sean suspirou. – Esqueça, Carol. E meu conselho é esquecê-lo também. Dê uma chance a si para recomeçar sua vida.

– É fácil falar. – Carol balançou a cabeça.

– Ela não chega aos seus pés – ele segredou.

– Quem?

– A ruiva.

Carol começou a rir, achando graça de verdade. – Você é um amor – disse ela, dando-lhe um beijo no rosto.

Sean sorriu para ela. – Você é uma mulher complicada – informou. Ela tornou a rir e encostou o rosto no ombro dele até o final da série de músicas lentas que havia começado.

GARY MORDEU o lábio e tentou ignorar o comportamento de Carol e do policial caipira na pista de dança. Ela olhava para ele sorrindo, ria, beijava-o, e sua vontade era irromper por entre os dançarinos e arrancá-la dos braços dele, arrastá-la para fora do hotel e perguntar que brincadeira era aquela. Sentia-se devorado pelo ciúme ao vê-la, mais sexy do que nunca com aquele vestido preto, esfregando-se naquele sujeito que não fazia nada para impedir aquelas aproximações.

– O que há de errado? Você está parecendo um demônio – perguntou Sandie, seu par. Era representante de uma empresa de software e sempre flertava com Gary quando ele estava no escritório. Vibrou quando ele a convidou para o jantar dançante. Sandie, é claro, não tinha percebido a presença de Carol. Gary não havia contado os detalhes do seu relacionamento com ela.

– Desculpe, acho que é um pouco de indigestão. Foi o estresse de organizar tudo – ele mentiu.

– Experimente tomar um conhaque, ou um vinho do Porto, ou qualquer outra coisa. Faz bem ao estômago – afirmou a ruiva.

– Tem razão. Acho que vou até o bar pegar um. Quer alguma coisa? – perguntou, conduzindo-a para fora da pista. – Ela tagarelava demais e ele estava ficando irritado.

– Um Alexander de conhaque – anunciou ela um pouco zonza.

Garota com gostos caros, pensou Gary, aborrecido, a caminho do bar. Avistou Carol e Sean, que deixavam a pista de dança, e virou o pescoço para ver aonde eles iam. Droga! Eles iam lá para fora. Não ficava bem ir atrás, daria muito na vista. O safado na certa a estava levando lá para fora para dar uns amassos, e até mais. Quase vomitou só de pensar. De pé, no bar, tomou um gole de conhaque. Sandie que esperasse o drinque dela; ele ia tomar um porre, decidiu. O que mais podia fazer?

As últimas semanas desde que Carol lhe devolvera o anel tinham sido uma droga. Jen berrando com ele no telefone, como uma feirante, chamando-o de todos os nomes existentes quando ele telefonara alguns dias depois do incidente no clube para perguntar se ela viria ao baile com ele. Ele nem tinha tido tempo de esquentar a cama dela, refletiu, ainda chocado com o palavreado, digno de um caminhoneiro, que ela havia empregado.

Tudo culpa da Carol, e ia dizer tudo isso a ela antes que a noite terminasse, decidiu intempestivo, esvaziando o copo de conhaque mais do que depressa.

Foi lá para fora, onde casais se sentavam às mesas aproveitando a brisa suave e olhando as luzes que brilhavam do lado oposto da baía. Carol e o policial estavam sozinhos, e ele apontava algo no céu para ela.

Gary caminhou até eles e tocou agressivamente no braço de Carol. – Ei! Quero dar uma palavrinha com você. Que diabos, do que você está brincando? Está fazendo o que com esse roceiro? Seu lugar é comigo. Nós íamos nos casar – falou alto.

– Acalme-se – disse o policial com voz tranquila.

– Vá dando o fora. Vai fazer o quê... me prender? – debochou Gary, preparando-se para enfrentá-lo.

– Pare com isso, Gary, e trate de amadurecer – repreendeu Carol, furiosa. – Como ousa fazer um papel desses e me botar no meio? Vá curar sua bebedeira.

– Estou com saudade – gaguejou ele. – O que ele tem que eu não tenho?

– Pare com isso, Gary, e não me aborreça – você está bêbado e eu não gosto disso – disse Carol com frieza. – Vamos embora, Sean, vamos para casa.

— O que há? Está com medo que eu dê uma surra nele? – ridicularizou Gary.

— Não, seu idiota. Estou com medo de que *ele* te dê uma surra. – Carol olhou para Sean, que estava perfeitamente sereno. – Então? Vamos?

— Quando você quiser – disse ele com toda calma.

Gary viu-os entrar novamente no salão. – Dei uma lição no cara, o covarde teve medo de brigar comigo.

— Ah, você está aí – disse Sandie aborrecida. – Onde está meu Alexander de conhaque?

— Desculpe, tive de resolver um problema. Está saindo – gaguejou, desejando ardentemente que quem saísse fosse ela. O que ele tinha visto nela? Sem classe, ao contrário de Carol, e ele a havia perdido para um caipira. Sentindo uma pena desesperada de si mesmo, Gary foi até o bar e pediu mais um conhaque duplo.

— Sinto muito – desculpou-se Carol.

— Não foi culpa sua. Ele estava bêbado.

— Como você conseguiu ficar tão tranquilo? Achei que você ia socar ele – admirou-se ela.

Sean riu. — Nunca se deve perder a calma com um bêbado, é uma das coisas que se aprende na minha profissão. Quer ir para casa?

— Acho que é melhor. Não quero que ele fique me incomodando a noite toda. Você não se importa?

— Claro que não. Katie está certa, esses bailes são todos iguais.

— Ah, ela só disse isso porque não conseguiu um par – disse Carol desdenhosa. – Preciso dar uma chegada ao toalete. Você pode pedir um táxi na recepção?

— Claro – disse ele educadamente.

— Vou avisar os outros que já vamos – disse Carol, afastando-se à procura de Jessica e Mike.

De pé, nos degraus da entrada do hotel, Sean, as mãos nos bolsos, olhava as estrelas. Devido às luzes da cidade, mal podia distinguir a Ursa Maior e o Cinturão de Órion. Em Sligo, numa noite estrelada, o céu parecia estar tão perto que quase seria possível esticar o braço e tocar a escuridão aveludada. Entendia exatamente o que Katie queria dizer quando falou que era, no fundo, uma garota da roça.

Franziu a testa ao lembrar como Carol havia tratado ela. Era um lado pouco atraente de Carol, que sem dúvida tinha sido rude. Suspirou. Não estava exagerando ao dizer que Carol era uma mulher complicada. Complicada demais para rapazes do interior, com um coração como o dele, pensou ao vê-la sair pela porta.

– O táxi chegou. Bem na hora. – Pegou-a pelo braço e caminharam em direção ao carro. Ela ficou calada durante o caminho, e ele achou bom. Não estava com disposição para mexericos e tagarelices.

– Você não vai entrar? – Carol perguntou surpresa ao ver que ele não pretendia sair quando o táxi parou diante da sua porta.

– Acho que vou encerrar minha noite por aqui, Carol. Te ligo amanhã – disse ele tranquilo.

– Ah! Tudo bem – estava desapontada, ele percebeu, mas queria apenas ir para casa, cair na cama e pensar. Deu seu endereço ao motorista, reclinou-se no banco e ficou olhando pela janela, mas sem ver coisa alguma.

Carol gostava dele, mas Sean reconheceu triste que estava sendo usado para fazer ciúmes em Gary, o que não era nada bom. Ela passou a noite tentando vigiar disfarçadamente o ex. Sean não era bobo, e isso o incomodara. Estava na hora de cair fora. Se Carol pretendia ficar nesse jogo com Gary, ela que o fizesse sozinha. Para ele, bastava.

Carol puxou o vestido preto sobre os ombros e tirou a roupa de baixo. Cheirava a perfume e cigarro, seria melhor tomar uma chuveirada. Estava espantada por Sean ter se recusado a subir com ela. Aliás, ele tinha estado quieto demais na volta para casa. Só podia ser por causa da cena armada por Gary. Um bundão bêbado. Franziu a testa sob o jato d'água e ensaboou-se. Ele tinha feito papel ridículo. Ergueu o rosto para a água. Como era bom ter um banheiro só dela. Detestava o banheiro dividido com os outros inquilinos no antigo apartamento, com uma banheira suja e lascada e um piso de plástico amarelado no boxe.

Então Gary sentia falta dela? Ou tinha sido papo de bêbado? Se sentia tanta falta dela, por que não havia telefonado perguntando se queria fazer as pazes? É claro que ele não sabia o endereço novo dela, pensou desconsolada. Isso o impediria de pôr a ideia em prática. Mas poderia ter ligado para o trabalho, se quisesse.

Meses atrás ela tinha deixado o celular cair na privada sem querer e não tinha comprado outro. Ele havia ficado aborrecido, e ela vivia fazendo planos de comprar, mas nunca chegara a concretizá-los. Bem que gostaria de ter um agora.

Carol fez espuma no cabelo com o xampu, depois esfregou bem. Não sabia muito o que pensar daquela noite, mas tinha a impressão de que havia magoado Sean. Carol suspirou. Ele, sim, era um homem. E não estava disposto a fazer o papel de reserva. Mas não era culpa dela se ainda sentia alguma coisa por Gary. Sean teria de ser compreensivo, pensou zangada, e saiu do chuveiro para se enxugar com a toalha.

— QUEM É QUE telefona a esta hora da manhã? — resmungou Mike pulando da cama e descendo a escada para atender. Estava com uma bela ressaca e tinha acordado de um sono profundo.

— Quem era? — perguntou Jessica, grogue de sono e saindo de debaixo do edredom, quando ele voltou minutos depois.

— Era o chato do Gary querendo o novo telefone da Carol — respondeu Mike num bocejo vulcânico e jogou-se na cama outra vez.

— Mas você não deu, né? — perguntou Jessica.

— Claro que eu dei. Deve ser algo urgente para ele telefonar às oito e meia da manhã de um domingo.

— Pelo amor de Deus, Mike, você deveria ter perguntado a ela. Talvez ela não queira que ele tenha o número dela — falou Jessica precipitadamente, mal podendo acreditar no que ouvia.

— Não seja ingênua, Jessie. E claro que ela quer. Ela passou metade da noite espiando por cima do ombro de Sean para ver o Gary.

— Ah, não! O que ele quer com ela? — gemeu Jessica. — Logo agora que ela estava começando a se recuperar. O Sean é perfeito para ela.

— Não, não é, até eu percebo isso — retorquiu Mike. — Ele é calmo e equilibrado demais para oferecer o drama que ela prefere. Carol é a rainha do dramalhão, Jessie, ela vive disso, você sabe muito bem. E, de todo modo, que diferença faz se o Gary tem o telefone dela ou não? — Mike agarrou-a e passou a perna por cima dela.

— Ai, pare com isso — Jessica empurrou-o. — Sei exatamente o que vai acontecer. Ela fez ele ficar tão enciumado que ele vai pedir para voltar, e ela só vai concordar se for para eles se casarem em setembro, com a gente. Espere para ver — lamentou ela.

— Você já pensou em escrever um romance? — ironizou ele. — Você tem uma imaginação muito fértil.

— Não, nunca pensei nisso — disse Jessica infeliz. — Mas eu conheço a Carol.

— São oito e meia da manhã e é domingo. Onde você conseguiu o meu número? — disse Carol rispidamente ao reconhecer a voz do outro lado da linha.

— Não importa. E sei que você está acordada. Você nunca dorme até tarde. Olha, Carol, preciso ver você. Precisamos conversar. Seriamente — declarou Gary enfático. Os olhos dela começaram a brilhar. — Aquele cara está aí com você?

— Isso não é da sua conta — disse Carol com frieza.

— Pois trate de se livrar dele e me dê o seu endereço. Quero ver você.

— Já lhe passou pela cabeça que talvez eu não queira ver você? — retorquiu Carol.

— Não faça esse joguinho comigo, Carol, você quer me ver tanto quanto eu quero ver você. — Gary não estava disposto a ser tratado com pouco caso. Carol ficou calada, avaliando até onde poderia ir.

— Posso me encontrar com você naquela estufa grande, no Jardim Botânico, ao meio-dia.

— Por que não posso ir até o seu apartamento novo?

— Porque não pode — disse ela com rispidez. — Sim ou não?

— Ok — disse ele de má vontade.

— Então vejo você mais tarde — ela disse displicente e desligou o telefone. Seu coração havia disparado. Ele estava se arrastando por ela. Conseguira exatamente o que queria. Mas a grande pergunta era, será que ela o queria de volta? Foi até a pequena, mas limpa cozinha e se serviu de suco de laranja.

Sabia que, fosse qual fosse a decisão que tomasse naquele dia, ela teria um impacto duradouro sobre sua vida. Sair com Sean tinha sido uma revelação. Sua gentileza a deixava insegura. Sean não apresentava desafios. Gary sim. Nunca se sentiria entediada com Gary, ou ele com ela. A vida com ele seria uma montanha-russa, mas uma montanha-russa seria melhor do que seguir por uma estrada plana e monótona, sem montanhas. Isso podia ser bom para Jessica e Mike, mas não para ela, nunca para ela, infelizmente, pensou suspirando.

Ela e Gary estavam ligados por algum laço invisível e, mesmo que ela estivesse com outro homem, ele não sairia da sua cabeça, refletiu. Jessica certamente a chamaria de louca por abrir mão de alguém tão legal e tão bom quanto Sean. Mas ela não entendia que, lá no fundo, Carol não sabia lidar com um homem bom, e esse era o xis da questão.

Carol tomou o café da manhã sem pressa, um banho e vestiu um jeans bem justo e tênis de corrida. Enfiou pela cabeça uma regata de lycra preta e empurrou-a para dentro da calça. Sua aparência era ao mesmo tempo esportiva e sexy, pensou com aprovação olhando-se no espelho do armário. Passou um hidratante com autobronzeador no rosto, aplicou sombra marrom e dourada nas pálpebras, um toque de rímel, batom e um pouco de perfume. Vestiu um boné lilás, enfiou os óculos no cós da calça e olhou o relógio. Onze e quarenta e cinco. Correr sem muita pressa até o Jardim Botânico o deixaria esperando algum tempo, pensou calmamente ao sair e fechar a porta do apartamento.

Fazia um dia lindo. Já não estava tão abafado, soprava uma brisa fresca vinda do sul e o céu estava azul com pequenas nuvens errantes, brancas como flocos de algodão. Carol entrou no seu ritmo e começou a apreciar a corrida. Quando corria sentia-se no controle, hoje mais do que nunca. Este era o dia em que passaria de vez a dirigir a própria vida. Se Gary não quisesse se casar com ela em setembro, ficaria fora da vida dela. Pelo menos poderia contar com Sean, consolou-se.

Quinze minutos mais tarde atravessou correndo o grande portão de ferro à entrada do Jardim Botânico. Continuou correndo, seguiu diretamente para a estufa, enorme e espaçosa, e avistou Gary andando de um lado para outro.

Ele a viu e caminhou em sua direção. – Você correu?

– Claro que sim – respondeu friamente, mas estava contente em vê-lo.

Gary balançou a cabeça. Ela era uma garota diferente, com certeza. Qualquer outra mulher teria se enfeitado toda para causar boa impressão, pensou ele.

– E aí? – disse ela em tom ríspido. – O que você quer?

– Quero você – disse ele sem meias palavras, oferecendo-lhe o anel de noivado.

Olharam um para o outro. Carol sabia que esse era o momento decisivo. Como se estivesse em uma estrada, diante de uma encruzilhada, e tivesse que escolher o caminho a seguir. O que ela dissesse afetaria toda a sua vida futura. Respirou fundo. O que mais queria na vida estava ali, ao seu alcance. Estaria mesmo? Sean havia mostrado um jeito diferente de ser. Mais gentil. Procurou não pensar nisso.

– Em setembro. Na igreja de Kilbride. Hotel Four Winds, com Jessica e Mike – disse ela sucintamente.

– Ou?

– É isso aí, Gary. É essa a proposta. – Para Carol, foi como se o tempo tivesse parado enquanto aguardava a resposta.

– Ora, dane-se tudo. Por que não? Senti a sua falta – disse ele, puxando-a para seus braços e beijando-a avidamente.

Carol correspondeu ao beijo. Era muito bom estar nos braços dele outra vez, mas de uma forma mais relaxada, como se ela estivesse fora do próprio corpo, surpresa por não se sentir mais feliz. Agora que tinha o que queria, parecia-lhe um tanto vazia. *Qual era o problema dela?* pensou irritada. Lembrou-se dos momentos inesperados de felicidade que havia passado com Sean. Ele a tratava melhor do que Gary jamais trataria. Estava jogando fora outro estilo de vida, um bom estilo de vida. *Pare com isso,* ordenou a si mesma, e retribuiu os beijos de Gary antes de sugerir que procurassem Jessica e Mike para dar a notícia.

— Boa ideia — concordou Gary, recolocando o anel de noivado no dedo dela e passando o braço em torno da sua cintura. — Quem sabe eles fritam salsichas com bacon para nós? Estou com fome.

Jessica sentiu enjoos quando abriu a porta e viu Carol e Gary sorrindo no degrau da entrada.

— Quem é? — gritou Mike da cozinha, onde preparava com Katie o café da manhã.

— Somos nós — gritou Carol alegre e abanando a mão no nariz de Jessica para exibir o anel de noivado de volta ao seu lugar. — Estamos na ordem do dia outra vez, temos ótimas notícias para vocês.

— E que notícias são essas? — perguntou Mike ressabiado, chegando ao hall seguido por Katie.

— Ótima notícia, minha gente, Gary e eu ficamos noivos outra vez. — Carol mostrava um sorriso radiante.

Mike olhou de soslaio para Jessica, dura como uma estátua, à espera da notícia temida que sabia que ia ouvir.

— É verdade — disse Gary sorrindo e dando um soco amistoso no braço de Mike. — Tratem de encomendar mais tapete vermelho, vamos precisar.

— Isso mesmo — disse Carol toda contente — não podíamos deixar vocês dois caminharem sozinhos para o altar. Seria muito solitário. Portanto, vai ser mesmo um casamento duplo. Não é uma maravilha?

23

— E isso aconteceu quando? – perguntou Jessica debilmente.

— Há dez minutos, no Jardim Botânico – disse Carol em tom triunfal.

— Então, companheiro, você não vai ficar sozinho no altar. – Gary deu um tapinha nas costas de Mike. – Vou estar ao seu lado o tempo todo.

— Bom... – disse Mike lentamente. – É que nós já marcamos a igreja e o hotel para um casamento só. Não sei se vai dar para mudar.

— Que bobagem – disse Carol toda animada. Me dê os telefones e eu mesma ligo para o hotel e para o padre para resolver isso. Ainda dá tempo.

— Mas não vai ser o padre da paróquia. Quem vai celebrar a cerimônia é um amigo do papai – retorquiu Jessica, mal podendo acreditar que seu casamento estava sendo invadido outra vez.

— Ótimo – comentou Carol, cheia de confiança e ignorando deliberadamente o olhar furioso de Jessica. – Se é amigo da família, não vai criar problema.

— E o Sean? – perguntou Katie sem a menor cerimônia.

— O que tem o Sean? – rosnou Gary secamente.

— Gary é o homem certo para mim – respondeu Carol com frieza. – E isso não é da sua conta – disse olhando para a outra furiosa –, mas direi a ele, mais tarde, que vou me casar em setembro.

— Ele escapou de uma boa – falou Katie, atrevida, e se refugiou na cozinha.

— Ela é uma cretina – disse Carol de cara feia.

— Ei, o que vocês estão cozinhando? Eu seria capaz de comer um boi. – Gary esfregou as mãos e seguiu Mike até a cozinha. – Fiquei de porre ontem à noite.

— Conte tudo – disse Mike acabrunhado, abrindo outro pacote de bacon e colocando as fatias na grelha.

— Melhor casar mesmo em setembro e acabar de vez com essa história. Faço qualquer coisa para simplificar a vida, chega de novela – confidenciou Gary, servindo-se de um copo de suco de laranja, que bebeu de um gole.

— É, acho que sim. – A voz de Mike não transmitia entusiasmo algum, mas Gary nem percebeu.

— Eles só enxergam o que interessa a eles – disse Jessica, meia hora depois, quando o casal saiu após ter comido tudo que encontrou pela frente. Até Carol comeu frituras, o que não era comum em se tratando dela.

— Nem ao menos se ofereceram para ajudar a lavar a louça. Você tem razão, Jessica, eles não enxergam além do próprio umbigo – resmungou Katie, esfregando a gordura da grelha.

— Eu *sabia* que isso ia acabar acontecendo. *Sabia* que não íamos ficar livres. Eles deveriam ter desistido quando você disse que já estava tudo marcado, Mike. Será que não percebem que não os queremos? Não entendem uma indireta? – Jessica ficou chateada.

— É como você acabou de dizer, eles não enxergam um palmo além deles mesmos – disse Mike encolhendo os ombros.

— Eles *não querem* enxergar além deles mesmos – bufou Jessica. – Carol sabe muito bem que não estou gostando nada disso, mas finge que não percebe. O que vamos fazer?

— Não há nada que se possa fazer – suspirou Mike – a não ser dizer claramente que não queremos nos casar com eles.

— Se fizermos isso, eles vão acabar não casando, e a Carol vai botar a culpa em mim pelo resto da vida.

— Nisso você está certíssima, Jessie – observou Katie. – Portanto, vocês têm que se perguntar se fazem questão dessa amizade ou não. Você consegue viver sem ela? Essa é a questão. Você está num beco sem saída.

— Neste exato momento, não, e enfaticamente sim, é a resposta às duas perguntas – respondeu Jessica. – Mas, infelizmente você tem razão, como sempre, Katie. Então parece que não temos como nos livrar do casal diabólico.

— Não acredito. Aconteceu quando? – Liz gritou do outro lado da linha.

— Hoje de manhã – respondeu Jessica, desanimada.

— Quando será que ela vai desistir? Ela não pode abusar de vocês desse jeito. Diga que não é possível. Diga que o hotel está todo reservado.

— Mike já tentou, mas não adiantou.

— Então diga você – respondeu Liz, zangada.

Fez-se um silêncio do outro lado da linha e Liz percebeu que a filha estava considerando a proposta. – Eu mesma vou dizer. Não vou perder tempo pensando. Ela teve a chance dela. Vou telefonar agora, se você me der o número. Quem ela pensa que é para se meter no seu casamento?

— É melhor não, mamãe, vai provocar uma briga daquelas e você teria de aguentar Nancy pelo resto da vida, como eu teria de aguentar Carol.

— Mas isso não é motivo para permitir que eles se apossem do seu casamento.

— Sei disso. Eu sei. É uma situação muito desagradável, e tudo por culpa minha, que não soube dizer não e ser franca logo no início. E Carol não me deixaria sair dessa sem uma briga.

— E daí? — desafiou Liz. — Eles que vão para o inferno com essa palhaçada, uma hora eles vão casar, depois resolvem que não vão mais. Que importa se eles brigarem e desmancharem outra vez?

— Isso não vai acontecer, eu acho — disse Jessica ressabiada. O que ela menos queria era que a mãe perdesse a paciência. Quando Liz soltava os cachorros, tudo podia acontecer.

— Vou telefonar para madame Logan e dizer a ela o que eu penso disso tudo. É demais, Jessica. — Estava difícil acalmar Liz.

Jessica estremeceu do outro lado da linha.

— Mãe, acho que não seria boa ideia. Não quero desentendimentos entre as duas famílias. Você sabe como é a Nancy. Se ela ficar chateada pode infernizar a sua vida. — Se Liz e Nancy discutissem ao telefone, haveria choro e ranger de dentes, e só Deus sabia o que podia acontecer, principalmente se Nancy resolvesse levar o caso adiante.

— Tenho pena dela — bufou Liz. — Bem, me avise se mudar de ideia. Não estou gostando nada disso — declarou enfática. — Se pudesse pegar a Carol, seria capaz de matá-la, ela e aquele sujeitinho egoísta.

— Alô, Sean — disse Carol sem graça. — Escute. Eu queria te contar... aconteceu algo inesperado hoje de manhã. O Gary me ligou querendo marcar um encontro. É... nós reatamos. Vamos nos casar em setembro — disse ela de chofre.

— Vocês o quê?! — ele parecia chocado.

— Vamos casar em setembro — repetiu ela sem titubear. — Olha, sou muito grata pela sua gentileza. Nunca vou me esquecer de você, mas amo o Gary...

— Acho que você não deveria voltar para ele — disse Sean, severo.

— Isso não é problema seu — disse Carol grosseiramente. — Tenho de desligar, vou telefonar para minha mãe. Mais uma vez obrigada por tudo. Boa sorte — disse ela com indiferença e desligou. Ignorou a pontada de tristeza que preferia não notar, pegou novamente o telefone e discou o número da mãe. Infelizmente ninguém atendeu. Era um telefonema que ela preferia não ter de dar. Quanto mais depressa se livrasse disso, melhor.

Sean olhou para o telefone em sua mão e começou a rir da ironia. Tinha passado a noite se revirando na cama, tentando imaginar como diria a Carol que achava que eles não deviam continuar se encontrando. Não queria magoá-la, isso era uma prioridade. Ela já tinha desgostos de sobra, não seria ele a criar mais um.

Recolocou o fone no gancho, pegou leite na geladeira e serviu um copo. Mal podia acreditar que Carol fosse capaz de admitir a hipótese de voltar para aquele idiota, quanto mais casar com ele.

Seria um desastre absoluto. Quando ela lhe contara que nunca havia falado com Gary a respeito do pai e do fato de ele tê-las abandonado, ficara chocado. Afinal de contas, ela tinha sido noiva do cara. Era a ele que ela devia confiar seus problemas.

Bem, fora o orgulho ferido por ela se livrar dele como se fosse uma batata quente assim que o namorado desviou os olhos, tinha sido uma boa maneira de terminar, refletiu. Não havia magoado Carol, como teria acontecido se ele tivesse tomado a iniciativa. Ela se sentiria rejeitada, ainda mais saindo de um noivado malsucedido. Poderia pensar que todos os homens a rejeitavam. Estava contente por não ser mais um nessa lista. Carol conseguira o que queria e Sean desejava o melhor para ela.

— Jen, estou ligando só para dizer que Carol e eu estamos juntos de novo — Gary deixou o recado na secretária eletrônica. — Preferi lhe dar a notícia eu mesmo, em vez de você ouvir por aí. Seria grosseria e falta de sensibilidade. Que pena que você não está. Fique bem. — O recado tinha ficado ótimo, pensou ele satisfeito, lembrando-se dos xingamentos que ela havia dito ao telefone. O comportamento infantil dela tinha deixado péssima impressão. Que diferença fazia se fora ele ou Carol quem tinha terminado o noivado? Por que Jen havia dado tanta importância ao fato? Tinha sido uma mentirinha de nada. As mulheres eram criaturas estranhas. Às vezes era impossível compreendê-las.

Esticou-se no sofá, abriu uma lata de cerveja e ligou a TV num jogo de futebol. Surpreendentemente, agora que tinha tomado a decisão de se casar em setembro, a ideia não lhe parecia tão ruim. Estava contente por Carol ter voltado ao lugar que era dela: ao lado dele, e com o policial bem longe dali.

Carol pegou o telefone e discou novamente o número da mãe. Desejava, mas sem muita esperança, que Nancy estivesse lá desta vez – preferia não ligar para ela do trabalho. Para enorme alívio de Carol, Nancy atendeu depois de alguns toques. Parecia bastante sóbria, pensou Carol agradecida, acariciando o anel de noivado. – Mãe, lembra que eu telefonei um dia desses e disse que o casamento tinha sido cancelado? – Carol se remexia desconfortavelmente na cadeira, sem saber como a mãe reagiria.

– Foi mesmo? Telefonou? Eu não me lembro – disse Nancy friamente.

Ah, fazia sentido, pensou Carol irônica. – Mãe, vou tirar uns dias de folga na semana que vem, vou até aí para planejarmos o meu casamento. Então nós conversamos.

– Você vem para casa? Acho melhor eu dar uma arrumada em tudo – disse a mãe com voz cansada.

– Peça à Nadine para fazer isso – recomendou Carol.

– Ela nunca se mexe para nada – queixou-se Nancy. – Tem certeza de que quer se casar com aquele sujeito? Seria melhor você ficar solteira. Nenhum homem vale o esforço. Veja o que aconteceu comigo.

– Não acontece com todo mundo, mãe – disse Carol secamente.

– Veremos, não é? – disse a mãe indelicada. – Não vou usar chapéu no casamento e, se seu pai for convidado, eu não vou.

– Não se preocupe, mamãe, eu não vou convidá-lo – respondeu Carol.

– Então quem você vai chamar para entrar na igreja com você e te entregar para o noivo? Seu tio Larry morreu. O único que resta é o tio Packie.

– Mãe, não quero entrar na igreja com ninguém. Não quero que ninguém me "entregue". Não sou uma mercadoria e não tenho dono – respondeu Carol irritada.

– Você não pode entrar sozinha na igreja, alguém tem de levar você ao altar. – A mãe estava abismada.

– Pois espere para ver.

24

— Champanhe é a cor que combina mais com seu tom de pele. — Tara segurou um pedaço de brocado junto ao rosto de Jessica e estudou atentamente a sobrinha. — O que você acha, Liz?

— Acho que você tem razão. Branco fica muito apagado — concordou Liz. — Ou você prefere branco? — perguntou à filha, esperando que não tivesse sido intrometida.

— Eu também prefiro champanhe. É uma cor mais viva e fica melhor com o meu cabelo — disse Jessica animada. Havia tirado meio dia de folga para comprar o tecido para o vestido de noiva e tinha pressa de resolver isso e escolher os sapatos na mesma tarde. — Então vamos nos concentrar no champanhe.

— Ótimo. — Tara sorriu — Vamos andando. O que a outra noiva vai usar?

— Vai ser uma surpresa — disse Jessica secamente.

— Quem está fazendo o vestido? — perguntou a madrinha, imaginando se seria alguém que ela conhecesse, de Arklow.

— Não, ela não mandou fazer. Ela pretende comprar uma criação exclusiva que viu na Marian Gale's, uma butique muito elegante.

— Vai custar uma fortuna — Tara ergueu uma sobrancelha.

— Eu sei. Portanto, é essa adversária que você tem de derrotar. Acha que consegue? — perguntou Jessica séria.

— Mulherzinha atrevida — riu Tara. — Ouviu o que ela disse, Liz? Se ela não tomar cuidado, vou deixá-la entrar na igreja com a bainha despencada e as pences tortas.

— Sabe no que eu estava pensando? — disse Jessica lentamente. — Se eu encontrasse um corpete bordado de contas e você fizesse uma saia reta de cauda, ficaria muito bonito sem você ter que fazer o vestido todo. E eu poderia usar o corpete depois. Ficaria muito bonito com uma calça preta elegante e sandália de salto alto. Não seria algo para usar uma vez e deixar pendurado no armário.

— Boa ideia, sobrinha. Um corpete cairia muito bem no seu corpo. Com esse peito e essa cinturinha fina — aprovou Tara. — Nesse caso, sugiro procurarmos primeiro o corpete, depois voltamos e escolhemos aqui no Hickey's um tecido que combine.

— Sei que aqui eles fazem vestidos de noiva, mas há uma loja maravilhosa de artigos para noivas um pouco adiante, e eles têm corpetes lindos. Foi lá que eu tive essa ideia, fica em Hart's Corner. Podemos dar um pulo lá e dar uma olhada? Não vai demorar muito – sugeriu Jessica.

– É claro que podemos. Como você quiser. Você é a noiva e eu estou adorando isso – declarou Tara.

Ao cabo de duas horas divertidíssimas, Jessica estava orgulhosa de ter comprado adornos de noiva. A vendedora do Bridal Corner havia sido muito solícita e sabia de tudo. Foi um alívio estar nas mãos de alguém que conhecia tudo sobre noivas e fez sugestões muito pertinentes.

Com a ajuda dela, Jessica escolheu um corpete champanhe, bordado com pedras. O corpete era cruzado nas costas e chegava até um pouco abaixo da cintura, acentuando suas curvas bem-feitas. A vendedora sabia que o casamento seria em setembro e indicou uma pashmina para acompanhar o traje. Tara tinha concordado inteiramente com a sugestão de ornar a borda do traje, acima da bainha, com pedras, para combinar com o corpete e completar o conjunto.

Depois de experimentar alguns véus, Jessica preferiu não usar nenhum e optou por uma única rosa amarela, com o cabelo puxado para um lado.

A vendedora sugeriu que, em vez de pagar duzentos euros por um par de sapatos de noiva, dessem uma olhada nas sapatarias, onde poderiam encontrar sandálias com pedras.

Animadas, pegaram o carro e foram até o shopping ILAC. Estacionaram e foram correndo até o Hickey's para escolher o tecido para a saia. Organza era o tecido preferido da estação, informou atenciosamente a vendedora do Bridal Corner, e, quando Jessica viu a qualidade da fazenda, decidiu que era aquilo mesmo que queria.

Escolhido o tecido, elas correram de volta ao shopping e, depois de visitar três sapatarias, encontraram na Barratts o par perfeito de sandálias delicadas, por quarenta euros.

Jessica estava muito contente. Tudo o que escolhera era bonito e classudo, mas não havia gastado uma fortuna nem se atormentara com dúvidas a respeito disto e daquilo.

– Você é uma mulher decidida – disse Tara com admiração, saboreando rolinhos primavera em um restaurante chinês na Abbey Street.

– Detesto fazer compras. Eu tinha decidido que compraria essas coisas hoje, e pronto. Ir de loja em loja é de enlouquecer – declarou Jessica. – Muito obrigada por ter vindo comigo, Tara.

– Ora, não precisa agradecer. Estou me divertindo a mil – disse Tara animada.

– Você vai ficar linda. – Liz sorriu para a filha. – Elegante e alinhada.

— Bom, eu não queria nada muito enfeitado, não sou alta o bastante para isso. E os véus eram muito *over* para mim, não acham?

— Um véu comprido demais, se arrastando, não tem nada a ver com você. Um véu curto cortaria ao meio o vestido. Você está certa em usar algo simples nos cabelos. O corpete é tão cheio de adornos. Não precisa mais nada. – concordou Tara.

— A Nadine vai ser madrinha da Carol? – Liz bebeu o vinho com prazer.

— Que nada. Recusou terminantemente. A madrinha vai ser uma amiga dela. Para ser franca, acho que foi até melhor para a Carol. Nadine é como um canhão desgovernado. Nunca se sabe o que ela vai fazer no dia.

Liz apertou os lábios. – Ela que trate de se comportar no casamento.

— Tenho certeza de ela vai se comportar – Jessica se apressou em discordar.

— E o pai? Ele vai ao casamento? – perguntou Liz.

— Hum... acho que não.

— Realmente, isso não me surpreende, eles não se dão bem há anos. Quem vai entrar na igreja com ela? Espero que não seja a Nancy. Do jeito que ela tem andado, vai cambalear pela nave – disse Liz torcendo o nariz.

Ai meu Deus! Jessica gemeu silenciosamente. O dia tinha corrido tão bem. Não queria pensar nessas coisas agora.

— Sabe, Liz, acho que quando voltarmos para o carro devíamos dar um pulo lá no Michael H. Quando passamos por lá vi um conjunto lindo de vestido e casaco que ficaria muito bem em você no dia do casamento – interpôs Tara diplomática, percebendo a tensão.

— Ótima ideia. Seria muito bom comprarmos logo as roupas para vocês duas, não acham? Será que é querer demais? – perguntou Jessica ansiosa. A tia merecia um beijo por ter mudado de assunto. Liz ainda estava muito aborrecida com a ideia de um casamento duplo e nunca perdia uma chance de mostrar a Jessica que não estava satisfeita.

— Acho que sim – disse Liz sem muito entusiasmo. – Ainda não pensei no que vou usar. – Jessica sentiu um lampejo de irritação. A mãe não estava se esforçando. Tinha ficado quieta o dia todo, deixando que Tara tomasse as iniciativas. Ela podia ao menos fazer de conta que estava interessada. Sabia o que a incomodava. No fundo, sentia-se um pouco culpada. Culpada por ter se divertido tanto comprando seu vestido de noiva, mesmo percebendo que a mãe não estava feliz porque sentia a falta de Ray.

Uma pontada de tristeza a assaltou. Se o pai estivesse vivo, ela estaria loucamente feliz, aguardando a hora de entrar na igreja de braço dado com ele.

Mas ele não estava, e nem culpa nem tristeza o trariam de volta. Além disso, sabia que Ray detestaria a ideia de que a alegria delas não era completa por ele não estar presente. Jessica entendia por que a mãe estava daquele jeito, mas, por outro lado, sentia-se magoada e com vontade de desmarcar tudo.

— Foi só uma sugestão — disse ela, fazendo o possível para não aparentar irritação.

— Agora é a hora, Liz — disse Tara, atacando biscoitinhos fritos de camarão. — Vamos dar uma olhada, podemos ter alguma ideia. Se preferir, eu mesma faço o seu vestido.

— Quando é que vocês vão parar de me afobar? — disse Liz, chateada.

— Ai, eu não sabia que estava afobando você — reclamou Tara. — Trate de comer seus legumes e faça o que eu mandar.

— Você sempre foi mandona — disse Liz mal-humorada.

— Prerrogativas de irmã mais velha — disse Tara sem perder a paciência. — Se você se comportar direitinho, hoje à noite eu deixo você tomar uma garrafa inteira de vinho. Quem sabe isso faz você sorrir? Sorrir tonifica a musculatura facial — disse ela provocando.

— Ora, pare com isso — retorquiu Liz em tom amistoso, e Jessica respirou aliviada.

— Mãe, é fantástico. É muito, muito elegante — encantou-se Jessica uma hora mais tarde ao ver a mãe sair pela porta de madeira do provador da loja Michael H.

— Tem muita cara de "vestido da mãe da noiva"? — hesitou Liz diante do espelho, olhando-se com olho crítico.

— Mas é isso que você é, sua boba. — Tara olhou para o alto. — Entendo do que você está falando — ela admitiu. — Não, é um vestido que você poderá usar em outras ocasiões. Pode usar com outros acessórios. Para ficar mais ou menos formal. Achei bárbaro.

— É mesmo bonito, não é? — concordou Liz, virando-se para ver as costas. Era um vestido reto, de linho cereja, de ótimo corte, com um casaco longo e leve, cinza. O casaco tinha botões cereja, com debruns cereja na gola e nos punhos. Um vestido para várias ocasiões, como Tara havia dito.

— O que você acha? — Liz, ainda indecisa, perguntou a Jessica.

— Eu gostei, mas é você quem vai usar, mamãe, você é quem tem de decidir.

— Hum... ainda não sei. Acho melhor não levar. Podemos ir a Gorey, há boas butiques lá — decidiu Liz, voltando para o provador.

— Ficou lindo nela — cochichou Jessica desapontada, dando uma olhada nas araras com Tara, enquanto esperavam que Liz acabasse de se vestir.

— Também achei — murmurou Tara.

— Ela anda de péssimo humor ultimamente. Estou ficando cansada — confessou Jessica.

— Não leve para o lado pessoal. Sei quanto está sendo difícil para ela. Mas, poxa, é difícil para você também. Quer que eu converse com ela? — ofereceu Tara.

— Não, acho melhor não, mas obrigada assim mesmo — Jessica se apressou em dizer. — Isso pode deixá-la pior. Além disso, não quero que ela pense que estamos conspirando contra ela. Vamos ter de seguir em frente e lidar com isso da melhor forma possível.

— Bem, menina, você hoje acertou em cheio e vai ficar muito bonita. Os olhos do Mike vão saltar para fora, ou não me chamo Tara Johnston! Ou talvez outra coisa salte para fora ao ver você com aquele corpete — declarou Tara.

Jessica deu uma risada. A tia era mesmo incorrigível.

— Do que vocês duas estão rindo? — perguntou Liz, desconfiada, aproximando-se delas pelas costas.

— Segredos profissionais de tia e sobrinha, sinto muito. Mas pode ter certeza de que não estávamos falando de você. Você não é nosso único tópico de conversa, por mais que pense que sim — disse Tara com ar brincalhão e encostando uma blusa em si mesma. — Acho que vou experimentar esta. Vou comprar alguma coisa para mim, já que eu também faço parte da função.

— O que ela estava dizendo? — Tara foi até o provador e Liz não conteve a curiosidade. — Reclamando porque eu não comprei o vestido?

— Não, mamãe, não foi nada disso — respondeu Jessica com voz azeda. — Ela simplesmente fez uma piada vulgar, já que você quer saber.

— Ah... sei — disse Liz, sem graça. — Você não vai me contar?

— Acho que você não está em condições de apreciar uma piada vulgar. — Jessica fez cara feia.

— O que você quer dizer com isso? — ofendeu-se Liz. — Não sou puritana, nem poderia ser, já que sou parente dela — e apontou para o provador de Tara.

Jessica suspirou. — Não tem nada que ver com você ser puritana, mamãe, é que... — E hesitou. — É que...

— É o quê? O quê, exatamente? — quis saber Liz.

— Lá vem você, é disso que estou falando — disse Jessica, exaltada. — Lá vem você na defensiva, sempre irritada. Ultimamente nada do que eu faço está certo.

As duas se olharam por cima de uma arara de roupas. O rosto de Liz murchou.

— Sinto muito, Jessie, sinto muito mesmo. Sei que estou sendo uma chata, não consigo parar com isso. Acho que estou chegando à menopausa ou a alguma coisa assim. Ando muito implicante ultimamente, não é?

— Você *não* está entrando na menopausa, você só tem quarenta e seis anos, mãe. — Jessica não conseguiu disfarçar a irritação.

— Pode muito bem ser isso — disse Liz na defensiva.

— Não, não é, não faz nem seis meses que você fez um exame de sangue para ver o colesterol. Eu me lembro de você ter dito que o médico pediu uma tonelada de exames e que você não estava entrando na menopausa. Não deseje isso para você mesma.

— Não estou desejando — disse Liz de cara feia.

— Olhe, eu sei o que há de errado. E *entendo* — disse ela com sinceridade. — Sei que você sente uma falta louca do papai, e eu também. Mas temos de tocar a vida para a frente. Foi por isso que preferi fazer um casamento mais íntimo

Liz mordeu o lábio e balançou a cabeça. — Eu sei, Jessie. Eu sei. Estou pensando só em mim mesma. Desculpe. Não ligue para mim.

— Não seja boba. — Jessica deu a volta na arara e abraçou a mãe. — Isso vai passar, vamos atravessar isso juntas e vai ser um dia ótimo.

— Tem razão, querida. E você vai ficar linda.

— Espero que sim. — Jessica riu, feliz por tudo estar esclarecido.

— Ande, conte o que a Tara disse para você — insistiu Liz, dando o braço a Jessica.

Sorrindo, Jessica repetiu o que Tara havia dito e foi recompensada por uma gargalhada alta, provocando na tia, que saía do provador para exibir a blusa nova, um sorriso de alívio.

25

— Olá, Liz, olá, Tara. — Carol cumprimentou amavelmente as duas irmãs e entrou na sala atrás de Jessica. Tinha corrido de Phibsboro até ali para encontrar com elas. — Foi um bom dia de compras?

— Muito produtivo — informou Tara. Estava esparramada no sofá de Jessica, sem sapatos, tomando vinho tinto. Para uma mulher de quase cinquenta anos, sua aparência era a de uma pessoa saudável e em forma, pensou Carol com azedume. Tara costumava fazer caminhadas nas montanhas, e suas pernas bem-feitas e bronzeadas fariam inveja a muitas garotas de vinte anos.

— O que vocês compraram? — Carol empoleirou-se no braço de uma poltrona e sorriu para Liz.

— Eu não comprei nada. Tara comprou uma blusa e uma tesoura de costura, e Jessica comprou o vestido de noiva.

— O quê? Já? — Carol não podia acreditar. — O que ela comprou? Posso ver? Ela já trouxe para casa?

Tara ergueu a mão com autoridade. — Desculpe. Ninguém pode ver até o dia do casamento. Até lá eu cuido dele.

— Ah, Tara, pare com isso, não seja egoísta — protestou Carol. — Jessie, mostre o que você comprou. Comprou tudo? — perguntou à amiga que acabara de voltar para a sala.

— Comprei sim. Não tenho a intenção de ficar rodando por aí, entra dia, sai dia, tentando decidir o que vou usar. Eu sabia o que queria, fui lá, comprei o tecido para o vestido e os sapatos...

— Os sapatos também? Custaram muito caro? Fiquei chocada quando andei olhando — disse Carol, aborrecida.

— Quarenta euros no Barratts — informou Jessica alegre. — Quer um copo de vinho?

— Quarenta euros no Barratts. Você comprou seu sapato de casamento no *Barratts*! — Carol mal pôde acreditar no que ouvia, ao mesmo tempo recusando, com um movimento de cabeça, o vinho oferecido.

— Comprei, sim, e são lindíssimos. Se você tiver um pouco de bom senso, vai fazer o mesmo em vez de gastar uma fortuna num par de sapatos que vai usar tão pouco.

— Mas é o dia do seu casamento — protestou Carol.

— E daí? — disse Jessica, friamente.

— Você não faz questão de que tudo seja especial?

— Claro que sim. Não vou desfilar pela nave usando roupas de brechó, Carol, mas tampouco vou gastar uma fortuna. Não temos uma fortuna para gastar.

— Já compraram o vestido da Katie? — Carol mudou de assunto.

— Não, vamos fazer isso um dia desses.

— Você já comprou o seu ou vai mandar fazer? — perguntou Tara, fazendo voz macia.

— Na verdade, eu vou comprar o meu. — Carol remexeu no anel de noivado. Gostava de Tara tanto quanto gostava de Katie. Mãe e filha eram parecidas demais para o seu gosto.

— Alguns são bem caros, se forem todos como os que vimos hoje. Lembram-se do vestido reto de cetim que nós vimos? Um absurdo. Mil e quinhentos euros. Se eu fosse fazer, custaria apenas o preço do tecido — comentou Tara.

— Nem todo mundo tem o seu talento, Tara — disse Carol seca, sem saber ao certo se estava ou não sendo criticada.

— Vamos sair para jantar, reservei uma mesa no Kelly and Ping's para as oito e meia, se você quiser aparecer por lá — interveio Jessica rapidamente.

— Não, obrigada, vou continuar minha corrida. Gary vai me encontrar no clube mais tarde. Só entrei para dar um alô — disse Carol apressada. Jantar com Tara e Katie era um suplício que ela preferia evitar.

— Por falar nisso, imagino que os homens vão usar fraque. — E olhou para Jessica em busca de confirmação.

— Na verdade, Mike estava pensando em usar o terno novo cinza que comprou para a entrevista de emprego.

— Você só pode estar brincando, Jessie. Ele não pode entrar na igreja usando um terno de trabalho. — Ela estava evidentemente horrorizada.

— Ele pode e vai, Carol. Alugar um fraque custa uma fortuna. E nunca se sabe por quem eles já foram usados. Eu detestaria vestir uma roupa usada, você não?

— Homens não se importam com isso. Não pensam nesse tipo de coisa. Ah, Jessica, deixe disso, quero o Gary o mais elegante possível. Fraque e cartola são indispensáveis. Não são? – disse ela, apelando para Liz.

— Não quero me meter, Carol. Resolvam vocês — disse Liz com voz decidida.

— O Gary pode usar fraque e cartola, se quiser — disse Jessica sem muito interesse.

— Não seja ridícula — zombou Carol. — Seria muito esquisito se Gary aparecesse de fraque e cartola nas fotos com o Mike usando apenas um terno.

— Podemos tirar as fotos em separado — argumentou Jessica com bom senso.

— É, acho que sim — disse Carol, amuada, vendo que não estava conseguindo nada.

— Estive pensando se não seria boa ideia nos encontrarmos, você e Nancy, Jessica e eu, para uma conversa. Precisamos decidir o menu e coisas assim – sugeriu Liz. — Por que não vêm vocês duas no domingo à tarde? É melhor nos encontrarmos logo e seria bom decidirmos tudo, não acha?

— Se você prefere assim — disse Carol seca e ficando de pé. — Vou pedir ao Gary para me levar no domingo. Até lá, então.

— Tchau, Carol — disse Tara alegre, sem se importar com a tensão que havia no ar.

— Posso te dar uma carona, se você quiser. Vamos sair logo depois do café da manhã — ofereceu Jessica. Sabia que Carol estava chateada por causa da história do terno e, como sempre, achou que era seu dever manter a paz entre todos.

— Não, obrigada. Tenho um jogo amanhã. — Carol saiu para o hall sem ao menos olhar para ela.

— Tudo bem. Vejo você no domingo — disse Jessica com um sorriso aberto, determinada a não se aborrecer. E não queria que a mãe rodasse a baiana por causa dos desentendimentos entre ela e Carol. Já tinha problemas suficientes, pensou irritada, cansada de ter que agradar às duas. Droga, era o casamento dela — e as pessoas deveriam estar pensando *nela*.

Carol retomou o ritmo da corrida e seguiu para a Botanic Road em direção ao norte. Estava muito chateada. Era como se ela fosse apenas uma espectadora do casamento, já que não aceitavam qualquer palpite seu. Jessica havia escolhido a data, a igreja, o local da festa, sem perguntar o que ela e Gary queriam. Agora queria ditar o traje. Não era justo, pensou amarga. Por pouco não tinha mandado a amiga engolir aquela droga de casamento. Se ao menos ela não estivesse sob pressão. Tão desesperada. Se desistisse agora, nunca arrastaria Gary para o altar. Quando tinha sugerido o casamento duplo não podia imaginar que Mike e Jessie seriam tão sovinas em relação ao dia mais importante da vida deles.

Bom mesmo seria poder organizar o casamento dos seus sonhos, pensou decepcionada. Um casamento que não fosse naquela porcaria de cidadezinha. Com certeza não ofereceria a recepção num hotelzinho provinciano, numa cidade do interior, onde todo mundo sabia da vida de todo mundo. Era irritante pensar que metade da população saberia com antecedência qual seria o menu e quanto o casamento tinha custado.

Sentira vontade de dizer a Jessica que se danasse com sua reunião. Para que se reunir para "discutir" o menu e outras coisas se ela já sabia que tudo que sugerisse seria recusado por aquelas duas mandonas? Era o que pensava Carol enquanto pisava resoluta na calçada.

Se dependesse só dela, o casamento seria em Dublin, no hotel mais luxuoso que pudessem pagar. Iria para a igreja numa limusine branca, e haveria um tapete vermelho para ela pisar quando saísse do carro, como se fosse a rainha de tudo ao redor. Depois de uma cerimônia artística e poética, seria fotografada no Jardim Botânico, para só então se reunir aos convidados para o champanhe, com um refinado quarteto de cordas tocando música clássica ao fundo. Seria um jantar de reis, com lagosta e codorna, pensava melancólica ao dobrar à esquerda para seguir a margem do Tolka, antes de virar à direita para enfrentar a subida da Washerwoman Hill.

Sua lista de presentes refletiria seu bom gosto, e não os pratos e copos grosseiros que ela tinha em casa, comprados na loja da esquina. Ela faria questão do melhor linho para as toalhas, talheres dos mais elegantes, cristais delicados – ia fantasiando enquanto continuava correndo, sem se preocupar com os joelhos doloridos e os pulmões.

De que adiantaria?, pensava melancólica enquanto subia a colina e passava correndo pelo hospital Bon Secours, banhado pela luz do final de tarde. De que adiantaria gastar uma fortuna no vestido de noiva? Não seria visto por ninguém, a não ser vizinhos mexeriqueiros que não dariam o menor valor, pensava com desprezo. Todos eles faziam pouco dos Logan; que fossem para o inferno. Talvez desistisse de comprar aquele vestido fabuloso de brocado, que custava uma fortuna, mas faria dela uma mulher de sonhos, toda de branco. Seria um desperdício usá-lo entre os vizinhos caipiras. Poderia ser parcimoniosa como Jessica, economizar uns tantos milhares de euros e comprar um vestido numa lojinha medíocre para noivas, ou, pior ainda, encomendá-lo a Tara, pensou desdenhosamente. Não seria uma atitude caipira, de cidade do interior?

– Não! – resmungou, decidida. – Não ia se rebaixar a tanto. Teria um vestido de noiva decente, mesmo que não pudesse comprá-lo na Marian Gale's. E que se danassem os outros, faria uma lista de presentes, apesar do comentário de Liz quando mencionara o assunto. Liz havia dito que "listas de casamento não faziam parte da educação que recebera".

Liz podia bufar à vontade e pensar o que quisesse. Ela não podia assumir o controle de tudo, por mais que pensasse que podia. Ela não comandaria o espetáculo. Carol ia fazer a lista de presentes e, ainda por cima, seria a lista mais sofisticada e glamorosa que esses roceiros já tinham visto, pensou determinada e enveredou correndo, com vigor redobrado, pela Ballymun Road.

— Você sabe, não é, Jessie, eles estão dividindo as despesas do casamento, você devia deixar a Carol dar alguns palpites — disse Mike pensativo, durante um passeio de mãos dadas ao longo de Brittas Bay, na tarde seguinte.

— Ah, pelo amor de Deus, Mike, fraque e cartola! É tão pretensioso. E *caro* — disse Jessica irritada com ele, pois suas palavras tinham uma ponta de verdade. Ela *tinha* tomado as decisões mais importantes, certamente, mas havia, várias vezes, dado a Carol a liberdade de desistir quando quisesse.

— Jessica, não estamos na miséria — podemos pagar o aluguel de um traje a rigor — disse Mike, decidido. — Sou eu que vou usar, e não me importo, e se a Carol nos quer enfeitados com essas roupas, acho que podíamos fazer a vontade dela.

— Tudo bem — disse ela de má vontade.

— Não fique de cara feia — advertiu ele. — Afinal de contas, temos de ser justos.

— Ah, não me faça um sermão — ela disse, ríspida.

— Não se esqueça de que foi você que concordou com isso, agora não desconte sua raiva em mim. — Mike cutucou as costas dela e beliscou-a na cintura.

— Pare, não estou com paciência para isso.

— Que tal dar uma volta nas dunas? Sei qual é o problema. Você está decepcionada — brincou ele.

— Pode dizer isso de novo, mas não desse jeito — resmungou Jessica.

— O que ainda falta resolver? — perguntou, puxando-a para perto dele.

— Bom, vamos nos reunir no domingo para discutir o menu. O hotel mandou alguns para selecionar. Temos que escolher os convites. O fotógrafo, a música na igreja e a orquestra.

— Carol já disse o que ela prefere? — Ele olhou para ela curioso.

— Não. Ainda está zangada comigo por causa do fraque.

— Agora que resolvemos concordar com a sugestão dela, quem sabe ela muda de humor? Por que você não liga para ela? — sugeriu Mike.

— Tá bom. Vou fazer isso à noite. Ela disse que tem um jogo hoje. Foi essa a desculpa para não aceitar uma carona.

— Pare com isso, Jessie, seja justa. Provavelmente ela vai mesmo jogar. Você sabe como ela é dedicada. Telefone para ela hoje, assim, quando ela chegar amanhã, vai estar de bom humor. Vamos tentar não transformar isto numa guerra.

— Ok — murmurou ela, mais calma. Mike era um cara muito legal. Mesmo não querendo, ele fazia ela se sentir uma egoísta completa e ainda por cima infantil.

— Tenho uma surpresa para você — o noivo mudou de assunto.

— O que é? – Ela se esforçou para ficar mais alegre.

— Marquei hora para irmos mais tarde visitar duas casas que estão para alugar. Jessica ficou toda animada. – Onde?

— Uma é em Newcastle; a outra, em Bray – disse Mike alegremente.

— Bray é ótimo em relação a transporte – comentou Jessica.

— Newcastle não é ruim para quem pegar a estrada secundária – observou Mike.

— Eu sei, mas a estrada N1 é um pesadelo, não é? Toda esburacada – resmungou Jessica. Tinha levado duas horas dirigindo para cobrir os oitenta e poucos quilômetros até chegar em casa algumas horas antes. Para complicar, o sol estava de matar e havia muitos moradores de Dublin indo passar o dia em Brittas.

— Eu sei. Estou trabalhando nessa estrada – brincou Mike com ar lamentoso.

— Estou doida para termos um lugar só nosso – disse Jessica ansiosa, jogando para longe as sandálias para que as ondas brancas de espuma passassem por entre os dedos dos pés.

— Vai ser maravilhoso, não vai? Morro de saudade de você, Jessie. Fico tão só sem você.

— Eu sei. Além disso, estou gastando uma fortuna em ligações telefônicas, seria melhor gastar esse dinheiro no aluguel...

— E gasolina – interpôs Mike. – Tem certeza de que não vai se importar de ir e vir todos os dias?

— Não se for para estar com você. Além do mais, a obra na estrada não vai durar para sempre, vai ficar ótima quando terminar. Para ser franca, não faço muita questão de comprar uma casa em Dublin. Os preços estão altíssimos. É uma loucura.

— Então onde você quer morar? – Mike lançou uma pedra por cima das ondas.

— Primeiro vamos nos casar, depois veremos o que virá, está bem? E desculpe o meu mau humor.

— Mau humor? Você? Nunca. – Mike deu uma risada e gritou quando ela espirrou água nele.

À tardinha, foram até uma moderna casa geminada nos arredores de Bray. Dois casais haviam chegado antes deles e Jessica sentiu que sua tensão aumentava. Não se pode dizer que ela e Mike adoraram a casa, e tampouco os outros casais. Será que haveria uma guerra de ofertas dos valores de aluguel que cada um estava disposto a pagar?

A casa havia sido mobiliada com a intenção de alugar. Minimalista, nem de má qualidade, nem de alto nível. Tinha dois quartos, era pequena e discreta, e

Jessica não pôde evitar compará-la à casa bem mobiliada que dividia com Katie. Certamente não valia os mil e quinhentos euros mensais de aluguel pedidos pelo proprietário, pensou desanimada no quarto de casal, com um banheiro tão apertado que mal dava para se mexer dentro dele. A cama de casal ocupava a maior parte do quarto. Dois armários de fórmica e duas cômodas brancas de má qualidade completavam a mobília. Mike fez uma careta.

— Não é exatamente a casa dos meus sonhos — cochichou ele. — Viu o quintal? É do tamanho de um ovo.

— É mesmo. Senti calafrios quando fui ver. É devassado de todos os lados. Não há privacidade.

— Não serve para nós — murmurou Mike vendo outro casal se espremendo para dentro do quarto.

— Eu sei, mas temos de ser realistas. Se queremos economizar e pagar aluguel ao mesmo tempo, não vamos conseguir um palácio — disse Jessica pragmática, descendo a escada que dava para o modesto hall.

— Está bem, mas esta é a primeira casa que olhamos. Vamos ver a de Newcastle, parece que é boa. Uma casa térrea de três quartos, no centro de um terreno de mil metros quadrados.

— Parece ótimo, não acha? — Jessica deu o braço a Mike, atravessaram o jardinzinho e foram até o carro.

— Que cara de pau! Pedir mil euros por essa espelunca — exclamou Jessie uma hora mais tarde, franzindo o nariz para o cheiro de mofo que impregnava todos os cômodos. Mesmo que alguém tivesse se dado ao trabalho de borrifar Bom Ar em todos os cantos, era impossível encobrir o cheiro de umidade.

— Há muito tempo ninguém mora aqui, disse o corretor com voz suave, conduzindo-os até a cozinha, com piso de linóleo gasto pelo uso.

— Nem de graça eu aceitaria morar num pardieiro desses — declarou Jessica já de volta ao carro. — Que perda de tempo! Será que vai ser tudo igual? Que vamos fazer se não encontrarmos nada que preste, por um preço que podemos pagar? — afligiu-se.

— Fique calma, vamos encontrar.

— Eu não quero morar com minha mãe. Você quer?

— Eu gosto da sua mãe — disse Mike diplomático.

— Eu amo minha mãe — disse Jessica irritada. — Mas gostaria que tivéssemos a nossa casa. Será que estou sendo exigente?

— Não, não está. Vai dar tudo certo, Jessie.

– Me dá vontade de pular em cima de você quando estou com tesão. Como agora. – Jessica inclinou-se e beijou-o apaixonadamente na boca. Tinha sentido demais a falta dele e, embora fossem dormir juntos na casa da mãe dela, não daria para ter uma noite animada. A inibição sempre levava a melhor.

– Venha, sua doidinha, vi uma estradinha a uns oitocentos metros daqui, podemos descer do carro e dou um jeito em você. – Mike começou a rir quando ela se afastou, sem fôlego. – Variedade é o tempero da vida.

– Ai, como eu estava precisando disso – sussurrou Jessica meia hora mais tarde, apoiada em Mike, sentindo o cheiro másculo almiscarado que emanava dele. Estava em cima dele, no banco traseiro do carro, estacionado em uma estrada seca e poeirenta, escondida e sombreada por dois enormes carvalhos.

– Com quem eu me meti? Com uma mulher desenfreada. Estou perdido – gemeu ele.

– Deixe de frescura – riu Jessica, feliz por estar nos braços dele.

– Será que dou conta de você? Corro perigo? – perguntou Mike fingindo medo quando ela se atirou sobre ele novamente e beijou-o com força.

– Você está perdido, rapaz. Quer mudar de ideia? – provocou ela.

– Já que você falou nisso, há uma garota gostosa, ainda pouco rodad... – Não pôde terminar a frase. Jessica colocou uma mão sobre sua boa e puxou-lhe o cabelo com a outra.

Lutaram, riram e se beijaram com alegria, felizes por estarem na companhia um do outro, deixando de lado o estresse e a tensão causados pela procura de uma casa para morar e pelos preparativos para o casamento.

– Talvez devêssemos ter seguido o plano inicial – refletiu Jessica durante o caminho de volta para Arklow, mais tarde, à noite. – Fomos um pouco impulsivos decidindo nos casar tão cedo. Não pensamos direito, certamente não. Não teria sido melhor arranjar primeiro uma casa?

– Vamos encontrar a casa certa, não se afobe – disse Mike tranquilo. – Para mim, nunca é cedo demais para casar com você.

– Para mim também – concordou Jessica, sentindo-se a pessoa mais feliz do mundo.

– Ei, por que não telefona para a Carol e diz a ela que vou usar o traje a rigor, depois paramos no Il Cacciatore para um delicioso sanduíche havaiano de rosbife com abacaxi, mel e mostarda.

– Hummmm, isso é bom. Estou morta de fome.

– Isso não me surpreende – disse Mike de cara séria e ela riu.

— Não tenho culpa se você é sexy demais e não consigo tirar as mãos de você — respondeu Jessica, pegando o celular na bolsa e digitando o número da amiga.

— Alô — disse Carol com má vontade. Obviamente, ela tinha visto o número de Jessica no visor.

Jessica fingiu não perceber o tom emburrado da outra. — Tudo bem, Carol? Estou ligando por causa da conversa sobre o traje dos rapazes. Pensando bem, você tem razão, ficaria estranho se nas fotos Gary estivesse com traje a rigor e Mike de terno. Então, se você quiser, tudo bem eles irem de fraque — disse ela generosa.

Houve um silêncio momentâneo. — Até que enfim alguma coisa vai ser como eu quero — respondeu Carol friamente.

— Se é assim que você pensa... você pode desistir quando quiser. Não se prenda por mim — disse Jessica com rispidez e desligou.

De cara feia, olhou para a frente. Se as coisas continuassem assim, ela acabaria com os nervos em frangalhos.

Mike achou melhor não dizer nada e continuou dirigindo.

26

— Acho que você não deve fazer isso. Ela deixou bem claro o que quer — disse Brona Wallace zangada, tirando o penhoar e deitando na cama.

— Não entendo você, Brona. — Bill virou de lado e olhou para ela. — Você queria de todo jeito que eu fizesse as pazes com a Carol e entrasse na igreja com ela. Agora mudou completamente de ideia. Por quê? — Bill estava sentado na beirada da cama, de cueca, sem uma das meias, os ombros magros curvados.

Não é uma visão das mais inspiradoras, pensou Brona, apática.

— Você tentou pôr um fim à briga, mas não deu certo. No seu lugar, eu deixaria por isso mesmo.

Brona enfiou-se sob o edredom. Desde aquela conversa desastrosa com Carol ela estava uma pilha de nervos. Bill tinha abandonado as filhas. Nada garantia que não faria o mesmo com ela e Ben se as coisas não dessem certo entre eles. Por exemplo, se ela tivesse uma doença horrível, como esclerose múltipla ou encefalomielite e ficasse dependente dele, fantasiou dramática, como pessimista que era. Podia abandonar ela e o filho se as coisas ficassem ruins ou não andassem bem, como havia feito com Nancy e as meninas. Não conseguia pensar de outra forma. Essas ideias horríveis haviam tomado conta da sua mente, e não conseguia se livrar delas.

– Entenda, ela é minha filha. Tenho a obrigação de tentar – disse Bill enfático, deitando-se ao lado dela.

Agora é tarde. Brona guardou o pensamento e ficou calada.

– Se você for lá amanhã, só vai piorar as coisas – advertiu Brona. – E, afinal de contas, como é que você sabe que a Nancy vai estar lá? Você ligou para ela?

– Para que ela desligasse na minha cara? Não – respondeu Bill. – Vou arriscar, na esperança de que ela não esteja bêbada demais a essa hora do dia.

– Só vai conseguir que joguem na sua cara seu presente de casamento. Foi uma loucura comprar aquilo.

– É um risco que eu tenho de correr – Bill apagou a luz.

– Espero que você tenha guardado a nota fiscal – resmungou Brona, cáustica, virando de lado e dando-lhe as costas.

DEITADO AO LADO da companheira, Bill estava preocupado e com raiva. Qual era o problema dela? Por que havia mudado de atitude sobre a tentativa de se reaproximar da filha, por que andava tão fria e mal-humorada com ele?

Gemeu um suspiro profundo e frustrado de quem se sente atormentado. Será que Brona não entendia quanto era importante para ele participar daquele dia tão significativo na vida de Carol? Custava a acreditar que sua filha ia se casar. Lembrava-se tão bem do dia em que ela tinha nascido e da força com que ela havia apertado seu dedo com sua mãozinha perfeita. Sempre fora independente, desde pequena, rememorou carinhosamente. "Deixe que eu faço", era sua frase favorita. Adorava jogar futebol com ele no quintal e, mais tarde, quando ficou um pouco mais velha, ele a havia ensinado a jogar tênis. Seus dias mais felizes como pai e filha tinham se passado numa quadra de tênis. Bill sorriu no escuro, lembrando-se da tenacidade da filha e de como ela disputava cada ponto, determinada a ganhar sempre.

Haviam sido bem felizes durante a primeira infância de Carol, embora a mulher tivesse se tornado insegura, vigiando sua vida social como um falcão. Ele não ousava passar muito tempo conversando com uma mulher ou uma grande inquisição se seguiria, com direito a lágrimas e acessos de raiva.

Depois do nascimento de Nadine o pesadelo começou realmente. Nancy se tornou cada vez mais irracional e começou a beber muito. Ele aguentou durante cinco anos até perder o controle e sair de casa, achando que seria melhor para todos. Fora exemplar no apoio financeiro a elas, assegurou a si mesmo, deitado, tenso e infeliz, ao lado de Brona. Ele passara um ano terrível morando num conjugado em Ranelagh, que mais parecia uma tumba, tentando digerir o fato de que a esposa havia se tornado alcoólatra, de que o casamento estava acabado e de que ele estava sem um teto e sem dinheiro.

Depositava a maior parte do salário na conta de Nancy. Mais tarde ele percebeu que Nancy estava gastando tudo em bebida e as contas da casa iam se empilhando, sem jamais ser pagas. Bill abriu então outra conta corrente e colocou tudo em débito automático. Quando descobriu que o dinheiro estava sendo gasto em bebida, houve discussões e gritarias que infelizmente as filhas haviam testemunhado. Ainda se lembrava das meninas gritando com ele e Nancy, mandando-os parar de berrar um com o outro. Isso o incomodava até hoje, mas ele era humano, tinha chegado ao limite. Estava se matando de trabalhar, aceitando inclusive um emprego noturno como telefonista para aumentar a renda. A maior parcela era destinada a Nancy e às meninas, e só então ele descobriu que ela nem pagava as contas – pior, devia dinheiro! Esse fora o pior momento de sua vida.

Lágrimas arderam em seus olhos ao lembrar aquele ano solitário e desesperador. Será que nunca lhe dariam o devido crédito por ter contribuído para que a família pudesse manter um estilo de vida confortável? Carol tratava-o com frieza. Parecia não dar valor aos sacrifícios que ele fizera. Ele havia ficado sem teto. Tivera de alugar um quartinho miserável enquanto elas dormiam em suas camas confortáveis em uma casa bem mobiliada.

Bill se encheu de amargura. Nadine não o respeitava e muitas vezes havia mandado o pai se foder, quando ele, a pedido da mulher, tentava falar com ela sobre as faltas à escola e sobre seu comportamento em geral. Nancy jamais perdia uma oportunidade de falar mal dele. Nada do que ele fazia estava certo. Era muito injusto. Tinha envenenado a mente das filhas contra ele. A culpa, na verdade, não era delas, pensou cheio de tristeza.

Brona fora seu único consolo. Com ela podia falar do seu desespero e sofrimento. Ela o confortara e consolara, e o havia feito sentir-se um ser humano bondoso e gentil. Quando Ben nasceu, sentira que a vida lhe dava uma segunda chance. Agora era Brona quem se mostrava estranha, e ele não sabia qual era o problema. Brona nunca fora assim, e ele se sentia totalmente perdido.

Afofou o travesseiro numa posição mais confortável. Estava decidido, e ele era do tipo que não voltava atrás, pensou determinado. Iria a Arklow no dia seguinte ver a esposa e se oferecer para pagar as despesas do casamento. Deixaria claro que gostaria de participar desse dia tão especial para Carol. Queria muito entrar na igreja com ela. E levaria também o aparelho de som de alta fidelidade, caríssimo e de última geração, que escolhera como presente de casamento para a filha mais velha.

Com certeza quando ela visse como era sincero seu desejo de participar do casamento, amoleceria e cederia. Ele lembraria quanto tinha feito, e ainda fazia, para sustentá-las financeiramente. Daria garantias de que ficaria feliz em poder pagar as despesas do casamento, só por amor a ela.

Brona podia ser tão cínica quanto quisesse, ironizou, lembrando-se do comentário desagradável sobre guardar a nota fiscal, mas ele estava otimista. Talvez fosse um recomeço como uma família, para todos eles, e mais cedo ou mais tarde elas poderiam vir a aceitar seu relacionamento com Brona e teriam uma relação amistosa com o irmãozinho Ben.

— A QUE HORAS você quer sair para Arklow? — Gary tomou um gole da garrafa de cerveja Miller e observou a noiva. Ela passara o dia mal-humorada, mas não dizia por quê.

— Não vale a pena ir antes do almoço, porque mamãe não vai ter preparado nada para nós. Portanto acho que por volta das duas horas está bom. Liz disse para estarmos na casa dela entre três e meia e quatro horas. — Carol passou a ferro a calça de linho creme que pretendia usar.

— Escute. Por que não vamos mais cedo e paramos no caminho para almoçar? Pode ser no Avoca Handweavers ou no Chester Beatty's, em Ashford, ou em qualquer outro lugar que você prefira — sugeriu Gary gentilmente.

— Boa ideia. Seria legal almoçarmos em paz antes de enfrentar a multidão. Eu gostaria muito.

— Você não está gostando da ideia de ir a Arklom? Pensei que vocês, mulheres, adorassem planejar coisas como casamentos — perguntou ele, surpreso, zapeando para ver o que estava passando na televisão.

— Estou gostando, sim — mentiu Carol. — O problema é que Mike e Jessica não querem gastar uma fortuna, naturalmente. Eles preferem um casamento pequeno. Imagino que seja por causa da morte de Ray.

– Podemos fazer o nosso separado, se você quiser... Eu já disse isso. Não sei para que tanta pressa. Acho que estamos muito bem como estamos – retorquiu ele, de olho num boletim esportivo na TV.

– Não, não, vamos em frente. Vai dar tudo certo. Você por acaso conhece uma boa banda? – Carol mudou rapidamente de assunto, não queria que ele encontrasse um pretexto para se esquivar do casamento.

– Sei sim, conheço algumas. Lembra aquele show que vimos em Swords, os Righteous Rockers?

– Eles foram ótimos. Dançamos a noite toda – respondeu Carol entusiasmada.

– Eles são conhecidos de um dos meus irmãos. Posso pedir que ele dê um telefonema e pergunte quanto eles cobram.

– Eles tocam em casamentos?

– Em velórios, enterros, batizados, bar mitzvahs, onde você quiser. – Gary se espreguiçou e bocejou. – Por falar nisso, um cara lá do trabalho me deu algumas amostras dos convites que ele faz no computador. São bons e custam a metade do preço dos comprados em papelarias.

– Você está com as amostras? – Carol não podia acreditar que estava tendo uma conversa dessas com Gary. Ele estava falando de convites de casamento. Com certeza era um passo rumo ao bom caminho.

– Vou procurar e você pode levá-los com você. Bela bola! – gritou ele entusiasmado quando um jogador mandou a bola no fundo da rede.

Ia dar tudo certo, ela tinha de parar de se preocupar, decidiu, desligando o ferro da tomada. Jessica havia cedido na questão do traje a rigor. Se conseguisse que ela aceitasse os Righteous Rockers para tocar durante a recepção, pelo menos teriam uma noite animada.

– Quer comer alguma coisa? – perguntou.

– Você. – Gary riu e puxou-a para junto dele, no sofá. – Este apartamento é muito melhor do que aquele pardieiro onde você morava. Você deveria ter arranjado um assim há muito tempo. Aquele policial lhe fez um favor – disse ele, enfiando a mão na camiseta dela.

– Você acha? – murmurou ela em voz suave, adorando sentir os dedos dele sobre sua pele.

– E há uma ótima cama de casal no quarto – disse ele com voz rouca, desabotoando o sutiã – Vamos jantar lá.

Se ele não tivesse mencionado os convites de casamento, ela provavelmente teria recusado, como fazia normalmente. Mas estava cansada de dizer não. Era humana como todo mundo, e fazer amor, seria um bálsamo para seu espírito cansado. Sua recusa constante de ir até o fim com Gary era uma fonte constante de atrito entre eles. Ela sabia que ele podia, e possivelmente ia buscar satisfação com outra. Jen era a prova viva disso. Muitas vezes se perguntava se ele se encontrava com a ruiva que tinha levado ao baile.

– Você tem camisinha? – ela se afastou dele, olhando-o nos olhos.

– Eu o quê? – Gary olhou espantado. – Vamos fazer tudo? – perguntou ansioso.

– Você parece um garoto desajeitado de dezesseis anos – respondeu Carol, divertida. – Venha.

– Viva! – Gary pulou do sofá e deu um soco no ar. – Você é tão sexy que me deixa louco.

– É mesmo? – murmurou Carol sedutora, tirando o jeans. O ardor dele a estava excitando, e agora que finalmente tinha decidido dormir com ele, ela estava ansiosa. Ele a agarrou e beijou apaixonadamente, e ela retribuiu com desejo os beijos, acreditando que ele realmente a amava. Foi uma transa ardente e rápida, que os deixou banhados em suor, as pernas trançadas em volta um do outro, exaustos depois da paixão.

– Valeu a pena esperar – murmurou Gary, assim que recuperou o fôlego, com os lábios colados aos cabelos dela.

– Aproveite ao máximo, não quero me preocupar com gravidez – murmurou Carol, começando a se sentir apreensiva agora que finalmente haviam transado. Ainda faltavam três meses para o casamento. Teria ela usado seu trunfo cedo demais? Na verdade, tinha sido muito satisfatório. Sentira-se bem percebendo o poder que exercia sobre ele. Ouvir sua respiração alterada e sua excitação haviam sido um poderoso estimulante para ela. Mas não queria que a novidade se tornasse banal para ele enquanto a aliança não estivesse firme em seu dedo.

– Eu usei camisinha – disse ele ofendido.

– E é o momento certo do meu ciclo. Eu ficaria apavorada se a camisinha furasse. Você é muito, *muito* vigoroso – ela ronronou.

– Você acha? – Gary estava encantado com o elogio.

– Hum... vamos fazer de novo – sugeriu Carol. Era bom deixá-lo provar do néctar mais uma vez e depois fazê-lo esperar, decidiu Carol, cerrando as pernas em torno dele e ouvindo-o gemer enquanto endurecia dentro dela.

27

Mike virou-se na cama e passou a perna sobre Jessica.

— Amo você. Você é maravilhosa — murmurou ainda meio adormecido. A cama rangeu sob seu peso.

— Pare com isso, Mike — disse Jessica ríspida, tensa em seus braços.

— Mas... Qual é o problema? — Mike abriu os olhos sonolentos. — Nossa! eu estava meio adormecido e me esqueci de onde estávamos — desculpou-se, recolhendo a perna. Ficaram castamente afastados e depois tiveram um ataque de riso.

— Que ridículo — murmurou Jessica, consciente da presença da mãe no quarto ao lado. — Será que somos só nós ou outros casais também ficam constrangidos em transar na casa dos pais?

— Podemos nos pendurar no lustre e cantar árias em voz alta e meus pais não escutariam nada — Mike riu.

— Bom, seu pai ronca tão alto que sua mãe tem de usar protetores de ouvido — Jessica sorriu para ele.

— Exatamente. — Mike sorriu de volta para ela. — É gostoso acordarmos juntos outra vez, não acha?

— É sim. Como eu queria que tivéssemos a nossa casa.

— Ainda vamos ter, não se preocupe — disse ele tranquilizando-a e acariciando seu rosto com o dedo.

— Estou pensando em como vai ser o dia de hoje.

— Ah, vai ser ótimo, não vamos exagerar as coisas. Vamos fazer um acordo: vamos curtir os preparativos para o casamento e o próprio casamento o máximo que pudermos. Porque vai ser uma única vez. Ok? — disse ele com voz firme.

— Ok — concordou Jessica, debruçando-se para beijá-lo. — A cama traiçoeira rangeu de novo.

— Melhor eu levantar — riu Jessica. — Meus nervos estão em frangalhos. Vou comprar um colchão novo para esta cama. Este é do tempo da Arca de Noé.

— Foi gentil da parte da sua mãe colocar uma cama de casal para nós no quarto, muitas mães não seriam tão liberais — disse Mike.

— Sei que ela é ótima. Mas assim mesmo eu não consigo — disse Jessica pesarosa. — Nem mesmo quando estivermos casados.

— Podíamos fazer em pé — sugeriu Mike.

— Não.

– Estou com tesão.

– Eu também, mas não vou fazer.

– E se fizermos no chuveiro?

– Não. Eu vou é fazer o chá.

– Desmancha prazeres. – Mike jogou-lhe um travesseiro.

– Mas você me ama – disse Jessica, convencida. – Depois do café da manhã podemos dar uma chegada ao Lidl e comprar umas garrafas de vinho para servir à tarde. Carol pode melhorar de humor e aceitar um copo.

– Isso mesmo. Mas a mãe dela não vem também? E ela não tem problemas com álcool? – lembrou Mike.

– Meu Deus! Eu tinha me esquecido. – Vamos cortar essa ideia. – Jessica pulou da cama, aliviada por ter escapado de uma gafe terrível graças a Mike. – Espero que ela não esteja bêbada hoje.

– Vamos ter um bule de café forte a postos – sugeriu Mike. – Deixe que eu faço. Se bem que, se ela estiver de porre, não vai nem perceber se o café for feito com sopa em pó – provocou ele.

– Idiota! – disse Jessica rindo enquanto vestia o penhoar. Depois desceu até a cozinha para ferver água para o chá.

LIZ SORRIU AO ouvir a cama ranger e as risadas de Jessica e Mike no quarto ao lado. Era uma maravilha eles serem tão loucos um pelo outro. Devia comprar uma cama nova, para não deixá-los constrangidos. Nada pior do que uma cama rangendo quando não se está na própria casa. Ela e Ray tinham sido assim antigamente, pensou com uma ponta de inveja. Loucamente apaixonados e incapazes de tirar as mãos um do outro. Sentiu-se solitária, e a tristeza nublou seus olhos.

Seria a proximidade do casamento que a fazia sentir-se ainda mais sozinha?, perguntava a si mesma melancolicamente. Será que algum dia seria capaz de dominar essa solidão? Poderia enfrentá-la sem ser dominada por ela? Quando chegaria essa hora para as viúvas?

Seria difícil entrar na igreja com Jessica. Na verdade, temia esse momento. Para ser franca, não estava nem um pouco animada para o casamento.

Provavelmente Nancy sentia o mesmo, pensou com um pouco de compaixão pela mãe de Carol. Ela também iria desacompanhada. Com certeza era muito duro para ela também. Que alegria tinha ela na vida? Poucas, pelo que Liz podia ver.

Pelo menos ela e Jessica eram muito apegadas. Nancy e Carol tinham uma relação péssima, e Nadine era mais uma fonte de preocupação. Não era de estranhar que a coitada tivesse recorrido à bebida.

Esperava que a vizinha não se mostrasse hostil hoje à tarde. Tomara que ela e Carol já tivessem conversado sobre o casamento. A essa altura, certamente teriam, cismou Liz, puxando a coberta até o queixo.

Relutava em sair da cama e enfrentar o dia. A luz do sol inundava o quarto pela janela envidraçada. Mais uma linda manhã ensolarada. Tudo indicava que o dia seria muito quente. Poderia armar a mesa no pátio e servir o chá da tarde ao ar livre. Seria mais relaxante para Nancy e Carol do que sentar no sofá tentando equilibrar pratos e xícaras nos joelhos.

Havia feito um pão de ló com limão, bolinhos de aveia, bolo de frutas encharcadas em chá, e faria uns sanduichinhos de presunto e pepino. Com certeza era o suficiente. Ouviu Jessica descer a escada. A filha estava tão nervosa quanto ela por causa da reunião. A família Logan era tão inconstante. Planejar um casamento já era suficientemente estressante sem ter de lidar com aquele pessoal.

Apertou os lábios. Carol era terrivelmente manipuladora e sempre fora assim, desde a infância. Estava sempre no comando. Abusava do coração mole de Jessica e conseguia que tudo fosse feito como ela queria. Isso enfurecia Liz. Tinha dito à filha que lutasse por seus direitos. A pobre Jessie sempre ficava em situação inferior. Carol dizia "pule", e Jessie perguntava "de que altura"?

Algumas vezes havia ralhado com Carol quando elas eram pequenas, mas Carol não ouvia ninguém, até hoje não ouvia. Tudo o que Carol queria, ela conseguia. Mas, se alguém lhe dissesse que ela era assim, negava veementemente. Era completamente egocêntrica. E por que a pobre coitada não seria?, pensou Liz pesarosa. Sua infância fora difícil. Em sua vida destroçada, dar ordens a Jessie talvez fosse a única oportunidade para exercer controle sobre alguma coisa. Mas sua mandonice de infância tinha continuado na vida adulta, e Jessie havia tentado se afastar, mas jamais conseguira inteiramente. Carol não desistia, relutante em soltá-la. Pelo menos Jessie não havia sucumbido à enorme pressão emocional para deixá-la morar com ela e Katie. Mas se sentira mesquinha. Sentia-se culpada sempre que Carol representava seu papel de "coitada de mim". Carol era ótima nisso. Seus ressentimentos se tornavam cada vez mais pesados. Sua infância infeliz a havia marcado e prejudicado, mas não cabia a Jessica carregar esse peso, e nunca deveria ter sido assim.

Liz mordeu o lábio. Deveria ter tomado uma atitude sobre o casamento logo no início, quando Jessica lhe pedira para intervir. Mas era tão difícil dizer não a Carol. A pessoa sempre se sentia mesquinha; Carol tinha um jeito sutil de fazer com que o outro se sentisse culpado. Já na infância ela sabia fazer isso. Qual era a palavra certa? Liz quebrava a cabeça para se lembrar da palavra que ouvira e que descrevia perfeitamente o comportamento de Carol. Passivo... alguma coisa. Passivo-agressivo, era isso. Se havia alguma pessoa no mundo que exemplificava esse comportamento, essa pessoa era Carol Logan, e Liz tinha certeza de que veria bastante comportamento passivo-agressivo hoje à tarde. Bem, Carol teria de se arranjar, decidiu. Porque hoje ela não conseguiria fazer tudo como queria, e se Jessica não recusasse algum projeto com o qual não estivesse de acordo, ela, Liz, com certeza o faria, pensou decidida, jogando as cobertas para o lado e descendo para se juntar à filha.

GARY LEVOU UM ou dois minutos para perceber que estava numa cama que não era a sua, num quarto desconhecido, e o som de um chuveiro jorrando água significava que havia alguém tomando banho. Espreguiçou-se, bocejou, passou a mão pela barba por fazer e olhou o relógio. Oito e meia da manhã, num domingo, que hora absurda para estar acordado.

Então lembrou-se. Tinha passado a noite com Carol. Não estava sonhando – ou estava?, pensou por alguns momentos, lembrando-se da transa frenética, apaixonada. Não, assegurou a si mesmo, não tinha sido um sonho. Havia acontecido. Ele e Carol haviam, finalmente, feito sexo de verdade, e tinha sido formidável. Tinha vencido a resistência dela, como sempre tivera a certeza de que faria. Isso era muito bom.

Ela também havia gostado. Ele a havia excitado. Gary gostava de proporcionar prazer a suas mulheres. Fazia-o ter boa opinião de si mesmo. Ainda estava em forma, pensou. Seria um dia muito triste quando não pudesse mais conseguir a mulher que quisesse.

Carol tinha deixado o policial, como quem solta uma batata quente, e corrido para ele. Assim é que deveria ser. Franziu a testa. Um pensamento insidioso e indesejado penetrou em sua mente. Será que o sexo com o garoto do interior tinha sido tão bom quanto com ele? Nos braços de Gary, teria ela comparado técnicas e tempo de duração? Todo seu bem-estar se dissipou enquanto o ciúme inundava suas veias. Contraiu o maxilar. Talvez ela tivesse feito sexo com ele porque com o tal Sean tivesse sido tão bom que ela ficara faminta. Era muito estranho ela ter capitulado depois de ter recusado por tanto tempo.

Outro pensamento lhe veio à mente. Talvez ela estivesse grávida e pretendesse dizer que ele era o pai. Mulheres eram muito, muito enganadoras. Quanto a isso não havia dúvida. Mas ele não era trouxa. E, caramba, ele não pretendia criar o filho de outro homem.

Carol secou-se vigorosamente, ansiosa para sair para correr. Gostava de correr aos domingos pela manhã. Ter ruas e trilhas só para ela aumentava a aura de bem-estar e a sensação de onipotência que a corrida lhe proporcionava. Quando corria, sentia-se no controle total de sua vida. Era o único momento em que isso acontecia, pensou com sarcasmo, vestindo o top e um moletom.

O sol atravessava a vidraça colorida do banheiro e, pela janela superior aberta, ouvia o canto dos pássaros. Seria mais um dia lindo. Se tudo corresse bem na reunião sobre o casamento na casa de Liz, ela e Gary poderiam arranjar tempo para uma caminhada ao longo da Reserva de Vida Selvagem acima da baía de Arklow. Quando ela se levantou da cama, ele ainda dormia, braços e pernas espalhados pelos quatro cantos da cama. Se ela deixasse, Gary seria capaz de dormir até meio-dia ou mais. Quanto a isso eram completamente diferentes. Ela era uma cotovia; ele, uma coruja. Não conseguia ficar acordada na cama. Tinha que levantar e agir. Talvez devesse ter ficado na cama para aproveitar-se de um beijo e das carícias, e do café na bandeja, como Jessica e Mike faziam, mas estava ansiosa para dar uma corrida antes da visita à casa da mãe. Sentia que uma corrida equilibraria seu dia. Passou um hidratante com autobronzeador, delineou a boca com batom e foi para o quarto para pegar o tênis de corrida.

— Ah, você está acordado. Pensei que ainda estaria apagado — disse ela, surpresa ao ver Gary bocejando sem parar.

— Aonde você vai? — perguntou ele mal-humorado.

— Vou dar uma corrida. — Carol sentou-se à beira da cama e calçou o tênis.

— E o meu café da manhã? — Gary não estava nem um pouco animado.

— Seu café? Sirva-se de qualquer coisa que encontrar na geladeira. — E riu do ar desapontado dele.

— Eca! Iogurte e granola. Você não vai fritar umas salsichas com bacon para mim?

— Não, não vou fritar nada para você, meu querido. Não quero você com o colesterol alto. Não quero ser uma viúva jovem. — E riu. — Estou pensando no seu bem. Não quer dar uma corridinha comigo?

– A esta hora da manhã? Vou dormir de novo – rosnou Gary.

– Ok. Durma bem, não vou demorar. Está um dia lindo e seria bom sair cedo. O trânsito pode estar pesado.

– Ok. – Gary se enfiou debaixo do edredom. – Aproveite a corrida. Aliás – e tornou a sentar-se – o que você quis dizer quando falou ontem à noite que era um bom momento do seu ciclo?

– Hein? – Carol olhou para ele espantada.

– Aquilo que você disse sobre o seu ciclo. Não há perigo de você engravidar, há?

– Não. Eu não estou ovulando – explicou ela paciente.

– Ah! – exclamou ele. – E quando você vai ficar menstruada?

– Dentro de vinte e cinco dias, Gary. Posso ir agora? Tenho de ir logo – disse ela, intrigada. Certamente, sendo tão experiente com mulheres, ele deveria entender os ciclos femininos.

– Até já – disse ele deitando novamente, o corpo musculoso e a pele bronzeada se destacando contra o travesseiro.

Carol curvou-se para beijá-lo na boca. – Agora durma, gostosinho, vejo você daqui a pouco.

– Ok – disse ele, olhando a barriga dela.

– Sarada, né? – disse ela vaidosa, orgulhando-se do seu físico flexível.

– O que você faria se engravidasse um dia?

– Ficaria o mais em forma possível – disse ela decidida. – Gravidez não é doença, nem desculpa para descuidar do corpo. É um estado natural do ser humano.

– É, mas nós não vamos ter filhos por algum tempo, então você não precisa se preocupar com isso.

– Não, não vamos, pelo menos não antes do casamento – concordou Carol, pensando em como ele havia amadurecido de repente. Talvez ele não fosse tão garotão quanto aparentava. Isso alegrou seu coração. – Vejo você daqui a pouco. – Tornou a beijá-lo e acenou despreocupada ao sair do quarto, feliz como havia muito tempo não se sentia.

Bill virou o ovo que estava fritando para Brona, contou até cinco e passou-o da frigideira quente para o prato dela. Ela gostava do ovo frito exatamente assim, e ele queria que ela ficasse de bom humor hoje, antes que ele saísse para Wicklow. Já havia dado o café para Ben e pendurado a roupa lavada e, depois de levar o café da manhã na cama para a companheira, prepararia as batatas e os legumes para o jantar.

Queria muito que ela o apoiasse. Sentia-se bastante apreensivo sobre a ida a Arklow. Brona teria razão? Deveria desistir? Ela falava com tanta veemência.

Não, pensou ele teimoso. O casamento de uma filha é um acontecimento único e singular na vida dos pais. Queria fazer parte desse momento. Era um direito seu como pai, a despeito do que Nancy pudesse pensar ou de quanto ela objetasse. Gostaria, mas não tinha muita esperança disso, que Nancy não estivesse embriagada. Se conseguisse convencê-la a deixá-lo desempenhar seu papel, tinha certeza de que Carol não faria tanta oposição e concordaria em permitir que ele realizasse seu grande desejo. Como se sentiria orgulhoso caminhando ao lado dela para o altar! O dia do casamento de Carol seria o início de um processo que haveria de curar a relação ferida, permitindo que todos seguissem em frente com serenidade. Brona seria forçada a admitir que se enganara ao duvidar dele. Ficaria impressionada com sua maturidade, determinação e compaixão, e a relação entre eles se fortaleceria cada vez mais.

Cheio de pensamentos positivos, foi invadido por uma onda de otimismo. Assoviando, colocou uma fatia crocante de pão frito – uma guloseima especial – no prato de Brona e levou-o imediatamente para o andar superior, antes que esfriasse.

— Aqui está, Brona, minha querida – disse alegre. Colocou a bandeja sobre os joelhos da companheira e curvou-se para beijar-lhe o topo da cabeça. Mas nem notou que ela não se movera para retribuir o beijo – ele planejava o menu para o primeiro jantar que ofereceria para apresentar Carol e Nadine ao irmãozinho encantador.

NANCY PASSOU A língua pelos dentes e lambeu os lábios secos. Sentia-se um lixo. A cabeça latejava e os ossos doíam. Precisava de um drinque e de um cigarro, e quanto mais cedo, melhor. Abriu um olho devagar e fechou-o imediatamente, pois a luz que passava por uma fresta nas cortinas foi como um raio laser em seus olhos.

— Ai, meu Deus – resmungou, tratando de ficar quieta até se recuperar um pouco. Esticou-se até a mesa de cabeceira, os olhos ainda fechados, e encontrou o maço de cigarros e o isqueiro. Sentou-se desajeitada e acendeu o cigarro. Tragou profundamente a fumaça e tossiu como uma tuberculosa, fechando os olhos de dor. Aos poucos a tosse cedeu, e Nancy ficou ali apoiada no travesseiro, tomando coragem para enfrentar o dia.

Desanimada, perguntou-se se Nadine teria voltado para casa à noite. Carol ia chegar com o namorado e fariam uma reunião na casa de Liz para discutir assuntos do casamento. O estômago se contraiu de medo. Não gostava de ir à casa de outras pessoas, ficava tensa e ansiosa. As mãos tremeram quando acendeu um cigarro na guimba do anterior. Em último caso, poderia dizer que estava doente, pensou. Para que Carol queria se casar? Imagine a trabalheira de um casamento. Mal conseguia dar conta de um dia comum, pensou deprimida. Sentia-se pouco à vontade na presença de Gary. Era tão alinhado e convencido.

Carol havia lhe pedido para arrumar a casa. E para não deixar que Nadine ficasse andando para lá e para cá de pijama. Ainda bem que eles não viriam para o almoço. Seu estômago revirou, só de pensar em comida. Não pretendia almoçar hoje. Nadine podia tirar uma pizza do freezer, ou esquentar alguma coisa no micro-ondas.

Inclinou-se até a mesa de cabeceira e remexeu a gaveta. Encontrou a garrafa de meio litro de vodca, retirou a tampa e levou a garrafa à boca. Tomou só um golezinho, para se aprumar. Precisava botar a cabeça no lugar num dia como hoje. Carol ficaria uma fera se achasse que andara bebendo. Hoje ela teria de se esforçar para ficar sóbria.

— O TRÂNSITO ESTÁ de matar, resmungou Gary enquanto se arrastavam, um carro colado ao outro, na direção do entroncamento da Wyatville Road. Na frente deles, na direção de Loughlinstown, os carros mal se moviam.

— Acho que está todo mundo indo para a praia. Bem que eu falei – comentou Carol. – Não é de espantar, já que este verão foi um dos melhores dos últimos anos.

— Olhe só aquela besta – Gary buzinou forte para um motoqueiro que ziguezagueava no meio do trânsito quase parado, e que havia raspado em seu retrovisor.

— Não tenho inveja da Jessie, que vai ter de fazer este caminho diariamente quando for morar de novo em Wicklow – comentou Carol enquanto avançavam, centímetro a centímetro, a passo de tartaruga.

— Nem eu. Detestaria morar no interior. – Gary tamborilou os dedos no volante.

— E, por falar nisso, onde é que *nós* vamos morar? — Carol virou-se e olhou para ele. Tinha deixado passar um tempo antes de mencionar o assunto, temerosa de que a pressão o desanimasse e lhe desse uma desculpa para adiar.

— No seu apartamento ou no meu, eu acho — disse ele despreocupado.

— Gary, não podemos morar num apartamento alugado, é dinheiro jogado no ralo...

— Bem, nós poderíamos economizar o dinheiro de um dos aluguéis e guardar para comprar uma casa nossa — disse Gary racionalmente.

— Acho que nossos salários juntos seriam suficientes para um financiamento — ela argumentou.

— Ah, Carol, para que tanta pressa? Somos jovens, por que vamos nos prender a uma dívida? Vamos morar de aluguel por algum tempo, viajar um pouco, nos divertir — disse Gary irritado. Detestava discutir assuntos como casa própria. Faziam a vida parecer séria e complicada.

— Hum... — disse Carol aparentando indiferença. Gary, como sempre, estava fugindo. Não discutiria com ele por enquanto, mas assim que estivessem casados ela voltaria à carga. Queria uma casa própria, o mais cedo possível.

— Estive pensando — ela mudou de assunto — que precisamos fazer uma lista de presentes.

— Lista de presentes? Para que você quer uma coisa dessas?

— Porque é a melhor maneira de ganhar coisas que queremos e gostamos, em vez de ganhar coisas que nunca vamos usar e que não combinam com nosso gosto — explicou Carol. — Lembra do que aconteceu quando a Rita e o Ken se casaram no ano passado? Eles ganharam coisas horrorosas. Ela deu um conjunto de mesinhas para um bazar de caridade e ainda ficou grata porque levaram aquele troço. Não queremos lençóis e edredons cujas cores não combinem com os tons que escolhermos para a decoração. Nem presentes repetidos. Rita e Ken ganharam três ferros a vapor, por exemplo. Com uma lista de presentes essas coisas não acontecem.

— Talvez você tenha razão. Para ser sincero, é uma boa ideia — aprovou Gary. — Vamos nos sentar e fazer uma lista do que queremos. Vai nos economizar dinheiro na compra de panelas, caçarolas, torradeiras e coisas do tipo. — O coraçãozinho parcimonioso de Gary sempre se alegrava quando via uma oportunidade de obter alguma coisa sem gastar.

Carol ficou satisfeitíssima. Até que enfim as coisas iam entrando nos eixos e, para variar, acontecendo como *ela* queria. Pela primeira vez desde que Gary colocara o anel em seu dedo, sentiu que estavam começando a remar juntos, como um casal. Unidos... como Jessie e Mike. Isso era reconfortante. Quem sabe acabaria até gostando da reunião de hoje?

— Vamos comer no Old Forge — sugeriu ela sentindo-se relaxar ao tomarem a via expressa depois do desvio por Loughlinstown.

— Está bem, ótima ideia. O rango de lá é bom — concordou Gary, pisando no acelerador à medida que o tráfego à frente começava a avançar.

28

Carol sentiu o estômago se contrair ao entrar na estrada secundária que saía da N11 e levava a Arklow. Gary diminuiu a velocidade para 50 km. Enquanto percorriam lentamente aquelas ruas tão familiares, Carol preferiria, com todas as forças, estar indo para qualquer lugar que não fosse sua casa. À dircita, as janelas da igreja Templerainey, com seus vitrais, faiscavam à luz vespertina. Era uma igreja muito mais imponente do que a campestre igrejinha amarela onde iam se casar.

Não tivera o direito de opinar nem na escolha da igreja, nem do hotel onde o casamento seria celebrado. Amarrou a cara, o ressentimento começando a invadi-la, apesar de suas boas intenções. Passou uma jovem mãe, com um menininho e um bebê num carrinho. Que saco, passar a tarde de domingo passeando na rua. Por que ela não ia ao menos à Reserva de Vida Selvagem?, pensou Carol irritada, lembrando-se de como eram monótonos os domingos quando Nancy, totalmente bêbada, insistia para que ela tomasse conta da irmã e a levasse para passear. As perninhas curtas de Nadine não conseguiam andar até a reserva, e ela mesma, Carol, havia andado por essas ruas rebocando Nadine, mal-humorada e infeliz.

Mais adiante, um grupo de adolescentes brincava e conversava, as garotas se exibindo em miniblusas. Algumas eram magras e estavam em boa forma física, outras tinham pneus de gordura transbordando das calças de cintura baixa e deixavam à mostra uma faixa de carne, branca e flácida.

— Olhe só para aquela, olhe o tamanho da bunda dela dentro do jeans. Será que ela nunca se olha no espelho? — Gary apontou para uma adolescente baixinha e mais gorda do que as outras, chamando a atenção. Carol sentiu uma pontada de simpatia pela garota. Também havia sido gordinha no início da juventude. Durante os primeiros anos horríveis depois que o pai as havia deixado, comia muito para compensar até que, um dia, durante uma briga com uma colega, a outra havia gritado: – Cale a boca, sua gorda, e se afastou com as amigas, rindo.

Aquelas palavras ficaram marcadas a fogo no coração de Carol. A partir daquele dia ela resolveu cortar radicalmente o consumo de comida, repetindo inúmeras vezes a palavra "gorda" em sua mente todas as vezes em que se sentia tentada.

– A outra é bem jeitosa – comentou Gary olhando para uma loura espetacular que balançava os cabelos sobre os ombros. – Dentro de dez anos vai ser muito gostosa.

– Ah, Gary, vê se amadurece, olha só o que você está dizendo – reclamou Carol.

– Não precisa ficar brava comigo – respondeu ele, exasperado. – Se você não queria estar aqui, não precisa descontar sua raiva em mim.

– Desculpe – ela resmungou. – Escute, dá para você parar naquela loja que tem uma casquinha de sorvete do lado de fora, ali perto da ponte? Acho melhor eu levar uma caixa de bombons ou qualquer coisa do gênero.

– Não tem um posto perto da sua casa com uma loja de conveniência? – resmungou Gary.

– Não quero dar de cara com algum vizinho. Eles iam ficar um tempão de conversa fiada – respondeu ela mal-humorada.

– Ok. Ok. – Ele ligou a seta para a direita de má vontade.

– Não vou levar nem um minuto – disse ela quando ele parou diante da loja.

– Não precisa se apressar – disse ele sarcástico, a voz arrastada.

Carol ficou com raiva de si mesma. Tinha aborrecido Gary, logo agora que ia precisar dele para lhe dar apoio. Almoçaram no Old Forge num clima leve, embora o noivo se queixasse de que poderia beber um pouco se ela soubesse dirigir. Um dos motivos pelos quais ela não havia revelado que tinha tomado aulas de direção e passado na prova era o fato de saber que, se Gary soubesse disso, insistiria em incluí-la no seu seguro para poder beber à vontade, deixando a direção por conta dela. Um dia desses, provavelmente, ela teria de assumir o volante.

E como estaria Nancy?, pensou ela. Sua mão agarrou o celular – finalmente havia comprado um novo. Deveria ligar antes ou simplesmente chegar em casa e enfrentar o que encontrasse? Havia algumas pessoas na loja, então ela parou junto à banca de revistas e digitou o número de Nancy.

Depois de muito tocar, Nadine atendeu.

— Alô — a irmã estava de mau humor.

— Alô, sou eu. Estamos na loja. Como está a mamãe?

— Como é que ela está sempre? — reclamou Nadine. — Passou a manhã toda me aporrinhando para eu me levantar, me vestir e arrumar a casa porque a grande Carol e seu noivo metido a bacana vêm fazer uma visita. E eu com isso? É o que eu gostaria de saber. Estou com uma baita de uma ressaca que deixa as da mamãe no chinelo, e a única coisa que eu quero é ficar na cama.

— Mamãe está bêbada? — perguntou Carol, preocupada.

— Não. Pode ficar tranquila. Mas está com tremedeira, dizendo que está se sentindo mal e não vai à droga da reunião na casa da Liz — ela também está de ressaca. Não sei por que eu tenho que participar, não pedi para você casar. Não vou ser madrinha nem nada — reclamou Nadine.

— Pare com isso — reclamou Carol.

— Vá se foder — xingou Nadine e desligou.

Ai, meu Deus do Céu, gemeu Carol em silêncio, olhando para o celular. Desistiu da caixa grande de bombons Roses que havia escolhido e pegou a menor. Para que gastar um dinheirão em bombons se aquela vaca ia comer todos? Gary gostava de doces; talvez ficasse mais calmo se ela comprasse um chocolate para ele. Pagou os bombons e uma barra de Fruits and Nuts e voltou depressa para o carro.

— Como vai, Carol? Ouvi dizer que você está de parabéns. Você está ótima — uma voz amistosa a abordou. Carol rangeu os dentes e armou um sorriso. Nessie Sutton era a maior fofoqueira da cidade. Que azar encontrar justo com ela. — Deixe-me ver o anel — continuou a sra. Sutton toda agitada. — Ohhhhh, que lindo. Esse aí é o rapaz? Belo carro — ele deve ter uma boa grana. Como vai sua mãe? Ela não estava muito bem da última vez que eu a vi. Um pouco bamba das pernas, se é que você me entende — comentou com ar maroto, os dois olhinhos maliciosos parecendo passas numa cara que lembrava uma forma de pudim.

A vontade de Carol era dar-lhe um chute na bunda gorda.

— Não posso parar para conversar, Sra. Sutton, estou atrasada...

— Ouvi dizer que você vai casar aqui mesmo — pensei que você ia querer se casar na cidade grande. Seu pai vai levar você ao altar? Eu gostaria de vê-lo depois de tanto tempo. — Nessie sorriu um sorriso doce.

Sua bruxa de duas caras. Carol estava fora de si. Por isso não queria casar na cidade onde havia nascido ou nos arredores. Era evidente que o falatório já havia começado, e as especulações estavam na ordem do dia.

– Sra. Sutton, a senhora conhece o velho ditado que diz que a curiosidade matou o gato, e que saber demais o tornou gordo? – Carol deu um sorriso meloso para a vizinha. – Acho que a senhora já tem coisas demais para se preocupar, não devo acrescentar mais algumas. Até breve – disse Carol com a melhor cara do mundo.

Nessie ficou ofendida. – Eu... eu... eu... nunca ouvi tanta grosseria em toda a minha vida – gaguejou, com manchas vermelhas nas bochechas flácidas.

– E eu nunca vi ninguém tão intrometida – retrucou Carol. Agora que já havia começado, não valia a pena parar.

Nessie saiu andando enfurecida, e de todos seus poros emanava orgulho ferido.

Carol sentiu vontade de chorar. Como se atrevia aquela... aquela velha enrrugada a criticar sua mãe? Como ousava fazer perguntas tão íntimas, como se o assunto dissesse respeito a todo mundo? Obviamente elas eram o comentário geral. Mas isso não era novidade. Parecia que tudo era sempre igual.

– Eu trouxe um chocolate para você – e entregou o chocolate a Gary. A essa altura pouco estava se importando se ele ia se acalmar ou não. Tudo podia acontecer, pouco lhe importava; depois do encontro com Nessie Sutton, considerava esse casamento um pé no saco. E, sem dúvida, ficaria pior ainda.

– Quem era? – perguntou Nancy, apática. Estava sentada em frente à mesa da cozinha fumando um cigarro. As mãos tremiam e seu estômago parecia dar um nó.

– Era a Carol. Ela queria saber se você estava bêbada – disse Nadine cruelmente.

– Você é muito desagradável, não acha? – Nancy não conseguiu ocultar o quanto estava magoada.

– E o que é que você quer que eu diga? Que ela telefonou para saber se estávamos bem e que estava doida para nos ver? Encare os fatos, mãe, nós somos uma vergonha para Carol e o namorado dela. Nem sei por que ela está se dando ao trabalho de nos convidar para o casamento.

Nadine colocou o prato na pia fazendo barulho.

– Lave isso – ordenou Nancy sem muita convicção. – Já arrumou sua cama?

– Para quê? Eles não vão subir até os quartos – zombou Nadine.

– Não seja tão atrevida, Nadine – ralhou Nancy.

– Você vai fazer o quê? Vai bater em mim? – provocou Nadine.

Nancy engoliu em seco. Era duro tentar educar a filha caçula, que não respeitava a mãe nem tinha medo dela. Por mais difícil que fosse, Nancy tinha de admitir que havia perdido o controle sobre Nadine e que não havia nada a fazer.

Levantou-se e foi para a sala. Estava razoavelmente apresentável. Depois de muito reclamar, conseguira que Nadine passasse o aspirador de pó, sem muito entusiasmo. Com o tempo, a sala havia adquirido um aspecto gasto. O carpete bege mostrava manchas de vinho e de chá, e o tecido do sofá de veludo marrom estava esfiapado em alguns pontos. As cortinas, em tom amarelo-ouro, estavam sujas de fumaça e precisavam urgentemente de uma ida à lavanderia. A lareira continha vestígios de cinzas, um legado do inverno. Seus tijolos vermelhos fora de moda estavam enegrecidos pela fumaça e pela passagem do tempo. Realmente era preciso melhorar o lugar.

Acendeu outro cigarro e apagou o anterior, que acabara de fumar naquele instante. Um carro prateado parou lá fora, e ela viu Carol saltar do assento do passageiro. A filha estava tão arrumada e parecia tão bem de vida, pensou com uma ponta de orgulho. Era reconfortante saber que pelo menos uma delas tinha dado certo na vida, apesar de todos os males que haviam acontecido à família. Se ao menos suas filhas fossem amigas. Carol poderia exercer boa influência sobre Nadine. Mas Carol tinha preferido se manter distante e fora trabalhar em Dublin, e dificilmente manteria contato maior depois que se casasse. Tinha os genes do pai, pensou Nancy com amargura.

Ouviu o ruído da chave da filha na fechadura e viu o noivo saltar do carro. Era um rapaz bonito, notou Nancy, cerrando os punhos e com o coração saltando de apreensão. Bem que Carol e o namorado podiam ir à casa de Liz sozinhos. Não precisavam dela para nada. Eles não podiam tomar as próprias decisões? Ela simplesmente concordaria com qualquer coisa que decidissem. Pouco importava quem viria ou não ao casamento ou o que aconteceria. Diria a Carol que estava doente e não podia ir.

– Alô, mãe. Como vai? – Carol entregou-lhe, um pouco sem jeito, a caixa de bombons. Não mostrou a intenção de beijá-la.

– Alô, Carol, oi... é... – Por um momento terrível sentiu um branco na memória. *Como é que era mesmo? Joey? Jerry? Ah, sim, Gary, isso mesmo.* Seu cérebro, embotado pelo álcool, teve um momento de clareza. – Gary – disse, sinceramente aliviada.

– Olá, senhora Logan – disse ele educadamente e estendendo a mão. Ela colocou a mão na dele, por um breve momento, desejando que ele não percebesse quanto essa mão tremia e retirando-a logo a seguir.

— Sente-se — convidou ela, sentindo que, se não se sentasse, ela mesma desmoronaria. Queria tomar um drinque. Quanto tempo levaria para esse tormento terminar e para a deixarem em paz?

— Aceita um chá ou café? — perguntou gentilmente, depois teve uma ideia inspirada. Seria de bom tom oferecer um cálice de vinho, pois já passara muito de meio-dia.

— Gary, aceita uma taça de vinho? — perguntou cheia de esperança. Se ele dissesse que sim, ela também poderia tomar um, e isso a sustentaria por algum tempo.

— Ele tem de dirigir — disse Carol severa.

— Ah, sim, desculpe, eu estava me esquecendo. — Nancy afundou na cadeira, derrotada.

— Ainda temos meia hora antes de ir para a casa da Liz. Por que não decidimos logo quem vamos convidar para o casamento, assim já levamos a lista para ela? — sugeriu Carol. — Onde está a Nadine?

— Está lá na cozinha — Nancy tragou profundamente o cigarro.

— Nadine — chamou Carol. — Nadine.

— O que é? — Nadine surgiu à entrada da sala com ar emburrado e pouco à vontade.

— Venha dizer alô — insistiu Carol.

— Alô. — Nadine lançou um olhar amuado na direção de Gary.

— Olá, Nadine, como vai a minha futura cunhada? — Gary deu seu melhor sorriso sexy.

— Ah, normal — ela resmungou.

— Será que dá para sair um café? Eu ajudo você a fazer — ofereceu ele.

Ai, meu Deus, tomara que a cozinha não esteja a maior bagunça!, pensou Carol em pânico.

— Não, pode deixar que eu faço — disse ela afobada. — Fique aí sentado conversando com minha mãe.

Ai, meu Deus, não! Prefiro tentar arrancar um sorriso da irmã esquisita a conversar com a alcoólatra. A impressão é a de que ela vai desabar a qualquer momento. Gary tentou ocultar o desânimo diante da perspectiva de manter uma conversa com a mulher tensa e nervosa à sua frente.

— Não, você fica com sua mãe e eu faço o mais importante. Nadine e eu vamos aprontar uma xícara de chá, não é mesmo, Nad? — piscou para a adolescente e percebeu um leve rubor sob a camada de pancake. *Isso é bom*, ele pensou. *Não havia mulher no mundo capaz de resistir a seu charme.*

— Ok — concordou Nadine, menos mal-humorada e levando-o para a cozinha.

— Prefiro deixar tudo por conta das mulheres. Detesto conversar sobre esses assuntos de casamento – confidenciou Gary, apoiado ao balcão da cozinha e olhando a irmã de Carol encher a chaleira de água. Se ela não vivesse emburrada até que não seria feia, observou ele, estudando a figura magricela de Nadine. Era alta, como Carol, e tinha tudo para ser uma beleza se desistisse das mechas louras e vulgares e do piercing no umbigo que a faziam parecer uma vagabunda.

— Também detesto casamentos – confidenciou Nadine. – Para mim é tudo uma bobagem. Por que você não foi se casar no exterior ou qualquer coisa assim?

— Não sei. De repente surgiu essa ideia de casarmos ao mesmo tempo que Jessica e Mike, e agora estamos presos a isso, eu acho – disse ele, melancólico.

— Acho que vocês são doidos de casar aqui. Todas as velhas enxeridas vão ficar em volta, reparando – informou Nadine, tentando ajudar.

— Pare com isso ou eu acabo fugindo! – e revirou os olhos para o alto.

Ela riu. – Você tem algum amigo bonito?

— Acho que sim. E você, tem namorado?

— Sim, eu saio com um cara chamado Mono. Ele é bem legal e tem uma banda.

— Isso é legal *mesmo* – concordou Gary. – Você vai levá-lo ao casamento?

— Posso? – perguntou ela, cheia de esperança e colocando as canecas de qualquer jeito na bandeja.

— Claro. Você será uma das pessoas mais importantes no casamento. Irmã da noiva. Tem de ficar feliz.

— Sabe, eu gostaria de levar também minha melhor amiga, Lynn. Se eu convidar o Mono, a Lynn vai ficar magoada, então eu não sei o que fazer.

— Por que não convida os dois? – disse ele, tranquilo.

Seus olhos tristes se animaram. – Posso? Carol não vai achar ruim?

— Claro que não. Além disso, eu sou o chefe.

Ela olhou para ele com olhos duvidosos. – É mesmo? A Carol é bem mandona.

— Eu sei lidar com ela, não se preocupe.

— Você não é de todo ruim – e olhou para ele enquanto mexia o café nas canecas com a colher. – Eu pensava que você era metido a besta e convencido.

— E eu pensava que você era uma chata mal-humorada.

Ela riu. Com prazer. Gary viu um pouco da verdadeira Nadine e, para sua surpresa... gostou dela.

29

– A cozinha está limpa? – perguntou Carol sem rodeios.

– O quê? – Nancy se aprumou na cadeira, aborrecida com a impertinência de Carol.

– A cozinha está limpa? – repetiu Carol.

– Quer saber de uma coisa, Carol? Não gosto do seu jeito de falar. Não venha aqui em casa fazer pouco de nós – disse a mãe energicamente. – Se não quer vir aqui, você não é obrigada, você sabe.

– Ah, não fique brava – disse Carol, recuando diante da hostilidade da mãe.

– Olha, não estou me sentindo bem – Nancy murchou depois da demonstração de firmeza. – Por que não vão você e Gary à casa da Liz? O que vocês decidirem está bom para mim.

– Não, mamãe, é melhor você ir também. Liz está esperando nós todos – disse Carol com voz firme e tirando um caderninho da bolsa.

– Ela que espere, ela não é a rainha – murmurou Nancy acendendo mais um cigarro.

– Pelo amor de Deus, mãe, trate de diminuir o cigarro ou vai acabar se matando e a nós todos também – irritada, Carol abanou a mão diante do rosto para espantar uma nuvem de fumaça.

– Se eu morrer não tem a menor importância – disse Nancy, cheia de autopiedade.

Carol simplesmente ignorou. Não pretendia dar atenção aos lamentos da mãe hoje.

– Certo – disse ela tirando a tampa da caneta. – Vão ser você, Nadine, tia Carmel e tia Freda, e os tios. Quer convidar os primos também? E os vizinhos? Quais você pretende convidar?

– Não sei – disse Nancy com ar desamparado. O que você acha? Devemos convidar a tia Vera? Ela sempre lhe manda cartões de aniversário e bilhetes de loteria – Vera era a irmã mais velha de Bill. – E sua avó? Ela ainda está viva.

– Não quero a presença deles! – bufou Carol indignada. – Se ele não vem, elas também não.

– Está bem, está bem, o casamento é seu – disse Nancy, aborrecida.

– Desculpe. Por falar nisso, mãe, perguntei a Nadine se ela queria ser madrinha, mas ela disse que não estava interessada.

– Talvez seja melhor mesmo convidar uma amiga sua. Nadine não tem mais jeito.

– Bem, acho melhor ela se comportar no casamento. – E você... Carol olhou severa para a mãe. – Fique longe da birita no dia do casamento. Mãe, eu não quero que você me faça passar uma bruta de uma vergonha.

– *Como assim!* Eu não bebo tanto – protestou Nancy, com a dignidade ofendida.

– Ora, deixe disso, mamãe – Carol não estava disposta a engolir essa. – Me poupe. – O ar faiscava de tensão, e ficaram as duas, ali, em um silêncio hostil, sem se olhar.

Finalmente Carol quebrou o silêncio. – E quem mais você quer convidar?

– Não faço a menor questão de convidar ninguém – disse Nancy ressentida.

– Ora, mamãe, ande logo. Tenho de resolver isso.

– De todo modo, quem vai pagar tudo? Já falou com seu pai? – perguntou Nancy.

– Gary e eu vamos pagar nós mesmos.

– Mas você devia exigir que ele contribuísse também – Nancy cerrou os lábios, que formaram uma linha estreita.

– Mas eu não quero que ele contribua! Não quero nada com ele – disse Carol exaltada. – Podemos dar conta sozinhos.

– Bem, se é assim, já que você vai pagar, no seu lugar eu não sairia convidando todo mundo – retrucou a mãe.

– Eu sei, mas dois tios, duas tias, você e Nadine não é uma lista de convidados muito grande – disse Carol com tristeza.

– E a família do Gary? Quantos devem vir?

– A mãe dele; o pai já morreu. Os três irmãos com as respectivas mulheres. Dois primos e alguns amigos.

– Isso é mais que suficiente – Nancy olhou surpresa para ela. – Para que alimentar muita gente?

– Talvez você tenha razão – disse Carol insegura. – Tem mais alguém que você gostaria de convidar?

– Convide seus primos, se quiser – disse Nancy.

– Eu não os conheço muito bem. Eles se afastaram de nós quando éramos crianças – Carol não conseguiu disfarçar a amargura.

– Tem razão. Não ligue para eles. Por que oferecer-lhes uma festa? Eles nunca ligaram para nós – por um momento, mãe e filha se uniram num mesmo pensamento.

— O café está servido – disse Gary alegre, escoltando Nadine e trazendo duas canecas fumegantes que entregou à futura sogra e à futura esposa.

Nadine carregava uma bandeja com um pacote de biscoitos de chocolate, um açucareiro e um bule de leite.

— Você devia ter colocado os biscoitos num prato – reclamou Nancy, colocando leite no café.

— Só serviria para juntar mais louça para lavar, não é mesmo, Naddy? – Gary sorriu para Nadine e ela riu.

— Sua irmã me disse que gostaria de convidar o namorado e a melhor amiga dela para o casamento. Nós concordamos, não é, Carol?

— Claro que sim – Carol não podia acreditar no que via e ouvia. *Naddy*! Gary havia conquistado Nadine.

— Então está combinado – decretou Gary, pegando uma caneca na bandeja de Nadine. – Já resolveu tudo com sua mãe?

— Acho que sim – disse Carol sem muita convicção.

— Ótimo. Mostrou para elas os convites que trouxemos? Vamos ver o que pensam nossas convidadas mais importantes.

Carol procurou na pasta as amostras dos convites e entregou-as a Nancy. Gary estava totalmente no controle, pensou espantada. Tinha conquistado Nadine. E Nancy começava a relaxar.

Observou o noivo que estudava o convite preferido de Nadine, como se estivesse muito interessado. Uma coisa ela podia dizer sobre Gary: nunca ficaria entediada ao lado dele. Hoje havia visto o que ele tinha de melhor, e tinha gostado do que vira. Estava muito contente por ele ter se esforçado para conquistar sua família desestruturada.

Talvez, do jeito dele, ele realmente a amasse.

Gary olhou o relógio. — Vamos indo? Já passa das três e meia – disse.

— Vou dar uma escovada no cabelo – falou Nancy lentamente.

— Eu lavo a louça – ofereceu Nadine.

Isso era inédito.

— Eu ajudo – Carol recolheu as canecas e foi para a cozinha atrás da irmã. – Obrigada pelo café – disse ela meio sem jeito.

— Tudo bem – balbuciou Nadine.

— A mamãe não está tão mal hoje – cochichou Carol em tom conspiratório.

— Eu sei. Mas está ficando pior – Nadine lavou as canecas sob o jato da torneira. – Odeio morar aqui – ela exclamou.

— Estude bastante e vá embora, como eu fiz – aconselhou Carol.

– E quem vai cuidar dela?

– Vamos pensar nisso quando chegarmos lá. Ok?

– Ok – concordou Nadine, menos insolente do que de costume.

Ela é apenas uma criança, pensou Carol, culpada.

Estava agindo tão mal quanto o pai. Assim que conseguira um emprego em Dublin tinha caído fora de Arklow e deixado para Nadine a responsabilidade de cuidar da mãe. Não era de estranhar que a irmã se mostrasse ressentida e desagradável. De pé, ao lado da pia e junto de Nadine, Carol sentiu-se consumida pela culpa. Que vaca egoísta tinha sido esse tempo todo. Era um sentimento horrível, sobre o qual nem queria pensar. Disfarçadamente, olhou para a irmã por entre as pestanas.

Nadine, a cabeça curvada, esfregava as manchas de café no interior das canecas. Seu cabelo louro tingido caía escorrido sobre os ombros ossudos. Havia tentado passar um produto para imitar bronzeado, com um resultado patético, manchas e borrões por todo lado. Duas espinhas explodiam como vulcões sob a maquiagem. Parecia uma jovem e lamentável prostituta.

Que vida triste a dela, pensou Carol, coberta de remorso. Sentiu que algo do tamanho de um melão ameaçava engasgá-la e achou que começaria a chorar. Sabia exatamente tudo o que Nadine tivera de aturar ao lado da mãe: raiva, medo, ansiedade, ressentimento, até mesmo uma estranha forma de amor. E a havia deixado para carregar sozinha esse fardo, como ela, Carol, o havia carregado, e abafado todo sentimento de culpa e responsabilidade. É claro que Nadine seria hostil. Havia falhado como irmã, compreendeu Carol num doloroso lampejo de consciência.

Engoliu em seco várias vezes, até que o nó na garganta se tornasse mais tolerável. – Olha, eu me mudei para um apartamento maior. Tem uma sala e um quarto separados. Por que não vai a Dublin um dia desses, agora que está de férias, e passa uma noite lá? Podemos sair para comprar sua roupa para o casamento. As lojas sempre ficam abertas até mais tarde às quintas-feiras – ela mesma não esperava dizer isso.

Nadine parecia aparvalhada. – Ir a Dublin e ficar na sua casa? – disse quase sem voz.

– Sim, por que não? – disse Carol defensivamente. – Agora há lugar para você ficar, antes não havia. O outro lugar onde eu morava era um verdadeiro cortiço; eu não tinha como convidar nem um camundongo para passar a noite. – Deu sua desculpa esfarrapada e sentiu-se desprezível.

– Acho que dá para eu ir, sim – Nadine voltou a curvar a cabeça, mas Carol tivera tempo para perceber a animação em seus olhos.

– Ótimo – disse Carol secamente, retomando o autocontrole.
– Você me levaria ao Temple Bar?
– É claro, e Gary, você e eu podemos fazer uma noitada.
– Podemos ir a uma boate?
– Isso nós vamos ver – Carol falou com prudência, esperando não ter de se arrepender do convite impulsivo. Se Nadine tivesse a chance de conhecer a boa vida de Dublin, talvez quisesse voltar sempre, e Carol não se sentia preparada para isso.

– Vamos levar os bombons que você trouxe para a casa da Liz, Carol? Não gosto de ir de mãos abanando. Talvez eu deva levar também uma garrafa de vinho, tenho uma na geladeira – disse Nancy entrando na cozinha, rescendendo a uma overdose de perfume Cerruti, presente de aniversário que ganhara de Carol.

– Os bombons bastam – disse Carol em voz firme. – Vamos andando.

– Antes deixe eu apagar isto – disse Nancy, apagando a guimba no cinzeiro transbordante sobre a bancada da pia. Derramou todo o conteúdo na lata de lixo e seguiu atrás de Carol para o hall de entrada.

– Você vai sair, Nadine, ou vai estar em casa quando voltarmos? – perguntou Carol.

– Acho melhor eu ir lá para o quintal e ficar ouvindo meu walkman – respondeu Nadine. Ainda não se sentia muito bem depois de ter passado a noite bebendo.

– Sorte sua; eu tenho que ir e ficar ouvindo as mulheres tagarelando sobre o casamento – Gary piscou o olho para ela e se afastou para dar passagem a Nancy e Carol.

Nadine piscou para ele e disse:
– Até mais tarde – e sorriu, coisa que fazia raramente.
– Você a conquistou mesmo – aprovou Carol.
– É o charme dos Davis. Ninguém resiste – afirmou Gary no caminho até a casa de Liz, logo adiante.
– Seu convencido! – zombou Carol em tom afetuoso.
– Vamos dançar de acordo com a música, senhora Logan – disse Gary sorrindo para Nancy, que sorriu para ele também. Tinha tomado um gole de vodca no quarto enquanto penteava o cabelo e já não se sentia tão tensa como antes. Tinha de admitir, Gary não era tão convencido quanto ela lembrava. Aquele que conseguisse obter um sorriso de Nadine só podia ser boa pessoa. De qualquer maneira, estava doida para tudo terminar. Essa reunião era apenas

o primeiro tormento; haveria outros a enfrentar antes que Carol se tornasse a sra. Davis.

Respirou fundo, enquanto seguia pelo caminho de pedra que levava à casa de Liz. Esperava que Liz não quisesse apertar sua mão. Nancy tremeu como uma folha quando Carol tocou a campainha.

Bill olhou as horas no relógio do painel. Três e meia. Estava atrasado. Pretendia já estar em Arklow a essa hora, mas ainda não tinha passado de East Link.

Justamente hoje Ben resolvera fazer birra, simplesmente porque Brona lhe dissera que não passeariam na praia, como costumavam fazer aos domingos.

Não conseguia entender por que Brona não podia levá-lo a Dollymount Strand ela mesma. Brona não estava colaborando nem um pouco. Levantara tarde, então decidira que queria ir ao Superquinn para comprar salsichas da marca preferida deles para levar para a mãe dela, como haviam prometido. Embora Bill tivesse de admitir que as salsichas do Superquinn eram muito gostosas, e entendesse a preferência da sra. Wallace pela marca, não era uma questão de vida ou morte, e Brona poderia muito bem comprá-las no dia seguinte, quando fosse buscar Ben na creche.

Ela estava se comportando de modo estranho e obstrutivo. Era um comportamento indigno dela; ele achava que isso não era justo, enquanto pensava se valeria a pena arriscar uma multa e perder muitos pontos na carteira dirigindo a mais de 60 km/h na estrada Sandymount.

De acordo com seus cálculos, deveria chegar a Arklow por volta das quatro e meia. Ainda chegaria a tempo. Não escurecia antes das dez nessa época do ano, e estaria de volta em casa bem antes de o sol se pôr.

Colocou U2 para tocar no CD player e preparou-se para apreciar a viagem. Quanto mais relaxado estivesse, melhor. Afinal, não sabia ao certo como seria recebido por Nancy e, caso ela estivesse em casa, por Nadine. Mas tinha esperança de que seria o começo de uma reconciliação entre eles. Isso valia o desconforto inicial, assegurava a si mesmo ao parar numa barreira para aguardar que o trem atravessasse Merrion Gates.

30

— Eles estão chegando — Jessica informou a Liz, que estava ocupada fazendo anotações em um caderno.

— Fiz uma lista que inclui menus, flores, fotógrafo, bolo ou bolos, dependendo do caso, música na igreja, custos da igreja, chá e café na chegada, salgadinhos para o jantar. Acho que é isso. Não é? — Liz deixou de lado a caneta e foi até o hall abrir a porta para as visitas.

— Salgadinhos, chá e café na chegada vai sair caro, não vai? — disse Jessica preocupada. Estava começando a entrar em pânico com o preço de tudo. Tinha economizado, mas como haviam decidido se casar mais cedo do que o previsto, estava preocupada em saber se teriam o suficiente e com a possibilidade de contraírem dívidas. Ela e Mike haviam combinado que pagariam eles mesmos pelo casamento. Liz era viúva, e Jessica não se sentiria bem aceitando dinheiro dela.

— Não entre em pânico. Podemos fazer tudo bem simples, na parte que nos toca — disse Mike com voz firme.

— Oi, Nancy, entre. Olá, Carol. Olá, Gary — disse Liz cordialmente, acompanhando as visitas até a sala.

— Olá, Jessie. Olá, Mike — disse Carol alegre. Gary fez um cumprimento afável com a cabeça.

— Sente-se, Nancy — disse Liz gentilmente. *Ela está com uma cara horrível*, pensou com pena e indicou uma poltrona perto da lareira.

— Que sala bonita, você tem muito bom gosto — Nancy conseguiu dizer com enorme esforço.

— Um piso de madeira faz diferença, e consegui que os pedreiros fizessem uma ligação entre a cozinha e a sala de jantar, de modo que as portas de vidro clareiam o ambiente. Antes era tudo muito escuro — explicou Liz. — Faz muito tempo que você não vem aqui, a obra já tem alguns anos.

— Ah, eu não saio muito atualmente. Você sabe... desde que o Bill foi embora... — Nancy deixou o restante da frase no ar.

— Gary trouxe umas amostras de convites que um amigo dele faz pela metade do preço — interrompeu Carol imediatamente, temendo que a mãe começasse uma sessão de autopiedade.

— Quero ver — disse Jessica, muito interessada.

— Esperem um minuto, alguém quer chá ou café? Achei que seria melhor deixarmos para lanchar no pátio mais tarde. O dia está tão lindo — sugeriu Liz.

— Para nós nada, obrigada, Liz, acabamos de tomar café lá em casa — disse Carol educadamente.

— Tudo bem, então. Vamos logo ao assunto — Liz sentou-se numa cadeira em frente a Nancy, as duas garotas se sentaram lado a lado no sofá, com Gary e Mike ao lado de cada uma delas.

Carol tirou os convites da bolsa e passou-os de mão em mão.

— Você se importa se eu fumar, Liz? — perguntou Nancy hesitante.

— Nem um pouquinho — disse Liz, embora detestasse cheiro de cigarro. — Tem um cinzeiro aí do seu lado.

— Quanta gentileza — murmurou Nancy, desejando que seu coração não batesse tão rápido e que os espasmos na boca do estômago cedessem.

— Estes estão bons, não acham? — Jessica ergueu um convite cor de champanhe, com uma bela caligrafia floreada. — É da mesma cor do meu vestido. Vai combinar.

— Você preferiu usar um tom creme? — Carol se interessou pela informação involuntária.

— Na verdade, a cor é champanhe — disse ela, lembrando-se de que a vendedora havia usado esse termo.

— Ah, que bom. Não vamos parecer um par de vasos. Eu preferi o branco tradicional — informou Carol.

Bom para você, Jessica sentiu vontade de dizer diante do tom superior de Carol, depois sentiu vergonha de ser tão implicante.

— Sabe, você poderia fazer seus convites com cor creme, e os meus seriam brancos — sugeriu Carol.

— Mas os amigos comuns e o pessoal do clube?

— Ah, não pensei nisso — Carol franziu o nariz.

— Você vai convidar muita gente? — perguntou Jessica delicadamente.

— Hum... até agora não são muitos — disse Carol sem se comprometer.

— Estou com uma lista de pratos e de preços — disse Liz gentilmente. — Sei que vocês duas vão se encontrar com o produtor da festa na semana que vem, mas anotei alguns preços para vocês estarem preparadas. A média fica entre 28 e 38 euros por pessoa, para uma refeição de quatro pratos. E aqui estão os preços para a recepção com chá e café, e os salgadinhos para a ceia.

— Bem, não podemos servir carne de boi por causa desse negócio de vaca louca — decidiu Carol, examinando os pratos.

Jessica olhou para Mike. Típico do estilo arbitrário de Carol.

— Calma lá, Carol — argumentou Gary. — Tem gente que não se importa em correr o risco.

Ela fulminou-o com o olhar. — Mas tem gente que se importa, e como vamos saber quem come carne e quem não come?

— Carneiro é bem aceitável — sugeriu Mike com diplomacia.

— Ou salmão cozido — sugeriu Liz. — E podemos pensar em frango também.

— O problema é saber de onde vêm os frangos. A gente lê cada coisa sobre eles — disse Carol, pessimista. E olhou para Jessica. — Qual é a sugestão de vocês?

— Eu prefiro cordeiro com minicenouras e ervilhas — disse Jessica determinada.

— Eu acho bom — disse Gary animado.

— E você, o que acha, Nancy? — Liz perguntou, educadamente.

— São eles que decidem — disse ela sem muita convicção.

— Ok então — disse Carol. — E que tal uma salada de mozzarella com tomate e folhas verdes como entrada? É uma boa opção, e é saudável — ela fitou Jessica.

— Mas vê se não exagera nessa salada de capim e grama — gemeu Gary.

— *Gary!* — exclamou a noiva, irritada.

— Desculpe, desculpe, foi só uma brincadeira. — Ele fez cara de inocente.

— Você concorda com a sugestão? — Jessica perguntou a Mike, na esperança de que ele preferisse queijo brie empanado.

— Para mim está bem — disse Mike para evitar discussões.

— E a sopa de cenoura com coentro? — disse Carol, na esperança de obter mais uma vitória.

— Ok, e que tal merengue para a sobremesa? — Jessica não aguentava mais.

— Beleza — Mike esfregou as mãos.

— Então essa parte está resolvida — declarou Gary. — Vamos ao item seguinte.

Jessica consultou a lista de Liz. — Que tipo de flores vocês querem na igreja? Mamãe vai fazer o meu buquê; ela é ótima nessas coisas. Lembre-se de que Mike e eu não temos uma fortuna para gastar.

— Ninguém tem. Que tal colher algumas tulipas?

— Gary, por favor trate de falar *sério* — reclamou Carol.

— Mas eu *estou* falando sério — ele garantiu.

— Tulipas não florescem em setembro, seu idiota...

– Se me permitem uma sugestão – interrompeu Liz – os gladíolos estão muito bonitos nesta época do ano. Terei muitos florescendo. Podem comprar samambaias e florezinhas brancas para compor os arranjos – ficaria muito bonito. O que você acha, Nancy? – E olhou para a vizinha, para que ela não se sentisse excluída.

– Gladíolos são lindos.

– Eu gostaria mais de rosas – disse Carol, aborrecida.

– Elas custam caríssimo – exclamou Jessica.

– Que tal dois vasos grandes de gladíolos nos degraus do altar e dois arranjos menores de rosas no altar? – disse Liz, tentando uma conciliação.

– Acho que sim – disse Jessica num tom rabugento.

– Certo. E a música na igreja? – Liz passava rapidamente de um tópico a outro.

– Não tenho preferências. Não somos muito de ir à igreja – disse Carol de nariz torcido. – Jessica pode escolher o que quiser – acrescentou generosa. – Imagino que vamos ter a Marcha Nupcial – e olhou curiosa para Jessica.

– É claro.

– Depois que ouvirmos essa marcha estamos perdidos, companheiro – Gary inclinou a cabeça na direção de Mike. – Não tem escapatória.

– E quem vai querer escapar e perder o merengue, para não falar na salada de folhas? – Mike sorriu para Carol e ela fez o favor de rir também.

– Ok, então. Mike e eu pagaremos o solista, e podemos rachar o pagamento do organista – disse Jessica. Assim ela poderia ao menos escolher os hinos de sua preferência para seu casamento.

– Resolvido – disse Gary de boa vontade. – Qual é o próximo?

– Fotógrafo – disse Mike examinando a lista de Jessica.

– Meu irmão faz ótimas fotos digitais – disse Gary.

– Eu prefiro um profissional – disse Jessica enfática. Não estou fazendo pouco da competência do seu irmão – acrescentou educada.

– Vince é ótimo fotógrafo, com certeza – preferimos que seja ele – insistiu Carol.

– Tudo bem. Vocês o chamam e nós contratamos quem a Jessica quiser – disse Mike com expressão indiferente.

– Sem problemas – concordou Gary.

– A nave da igreja é um pouco estreita, não dá para entrarmos todos juntos. Você quer entrar primeiro? – Jessica se dirigiu a Carol.

– Não, vai você – a outra deu de ombros. – Não faço questão.

— Ok, estamos indo bem — Jessica tentou relaxar o ambiente. Não estava num campo de batalha, tentou se lembrar.

— E a banda? — perguntou Carol. — Lembram que fomos assistir aos Righteous Rockers...

— Lembro sim, eles são ótimos — disse Mike entusiasmado. — Foi uma das melhores noites que já tive.

— O que vocês acham: meu irmão é amigo deles — Gary olhou para Jessica.

— Jessie? — Mike olhou inseguro para a noiva.

— Eles aceitariam tocar para nós? Eles tocam em casamentos?

— Com certeza, mas podemos perguntar — Gary sorriu.

— Tudo bem — ela concordou, contente porque ao menos nesse ponto estavam todos de acordo. — Eles foram fantásticos, mamãe, se aceitarem vamos ter uma festa muito animada.

— Com eles seria um sucesso — exclamou Carol e, por um momento, toda a tensão foi aliviada.

— Que tal eu botar a água para ferver para um chá? — sugeriu Liz, satisfeita porque, até agora, tudo tinha corrido bem e as decisões mais importantes tinham sido tomadas sem briga, apenas com algumas concessões aqui e ali.

BRONA TAMBORILOU OS dedos sobre a mesa. Estava agitada. Bill havia ignorado completamente seu conselho. E isso era preocupante.

Essa pessoa teimosa, irracional, com uma ideia fixa, era totalmente diferente do homem pelo qual havia se apaixonado. Ele não conseguia entender o ponto de vista dela nesse episódio, e isso a magoava. Havia ficado subitamente obcecado por Carol e a droga do casamento dela, e Brona se sentia excluída e isolada. Uma amiga a havia prevenido, quando ela começara a sair com ele, de que um homem casado e com filhos sempre carrega uma bagagem da qual é impossível se livrar. Sem pensar muito, não deu atenção à amiga, confiante de que seria capaz de enfrentar qualquer dificuldade que surgisse.

Não poderia imaginar que uma situação difícil como esta aconteceria, nem que Bill pudesse se comportar do jeito que vinha agindo.

Tomou mais uma xícara de café. Ben assistia a um vídeo. A essa hora ele deveria estar passeando na praia com o pai, pensou Brona amargamente. Mas o pai se deslocara para Arklow à tarde, mesmo ela tendo dito que não daria certo e estava furiosa com ele. No momento decisivo, sua opinião, seu conselho e seus sentimentos não tinham sido levados em conta. Doía demais. Brona apoiou a testa nos braços e se acabou de chorar.

Arklow estava muito arrumada, refletiu Bill ao notar os canteiros de flores, coloridos e bem cuidados, à entrada da cidade. Prédios residenciais se elevavam ao longo do rio, havia uma piscina grande e nova e um centro esportivo perto da Reserva de Vida Selvagem, e restaurantes, bares e butiques elegantes estavam espalhados ao longo da estreita e sinuosa rua principal.

Ele se sentira bem morando em Arklow, gostava do espírito amistoso das pessoas. Quando vivia ali, jogava tênis e bridge e levava uma vida social agradável. Havia perdido tudo isso e muito mais quando abandonou seu casamento, pensou com tristeza. Mas, pior ainda, havia perdido o respeito e o amor das filhas.

Ouvindo Nancy falar de seus temores por causa das bebedeiras de Nadine e sabendo que em todas as cidadezinhas do interior do país havia problemas com drogas, reconheceu que a esposa não tinha uma vida fácil. Ainda mais com uma garota voluntariosa como Nadine. Desde a infância ela havia sido teimosa, dera muito trabalho, lembrava-se bem, sorriu ao recordar que ela mexia em tudo na sala, antes mesmo de aprender a andar, deixando um rastro de desarrumação por onde passava e explorando cada canto. Nancy não conseguia controlá-la. Não conseguia controlar coisa alguma. A situação se tornou tão ruim que ele chegara ao limite. Todo mundo tinha um limite. Carol poderia entender isso algum dia. Um dia ela haveria de perdoá-lo.

Os músculos do pescoço de Bill se retesavam à medida que se aproximava de sua antiga casa. Sentiu-se tomado de medo, como sempre acontecia quando dobrava a esquina da rua de Nancy. Havia um Passat prateado estacionado diante da porta. Certamente pertencia a algum vizinho. Estacionou um pouco à frente e desligou o motor. Sentia as mãos úmidas. Devia bater na porta primeiro e só então levar o presente ou devia levá-lo logo com ele? Não conseguia decidir.

Resolveu levá-lo até a entrada. A caixa era grande e incômoda de carregar e sentiu um alívio quando a pousou no chão antes de tocar a campainha. Não usava mais sua cópia da chave. Achava que não tinha mais esse direito, seria uma invasão da privacidade de Nancy. Ninguém atendeu e tornou a tocar, apertando o botão por mais tempo.

Que chato, pensou irritado. Tinha vindo de longe e não havia ninguém em casa. Olhou pela janela e viu que a sala estava arrumada, o que não era comum. Muitas vezes, ao chegar, encontrava tudo bagunçado. Estava um dia lindo; talvez sua mulher estivesse sentada lá fora. Quando jovem, Nancy gostava de tomar banho de sol. O sol a confortava, dissera ela certa vez, quando ele comentou que não entendia como as pessoas podiam passar horas na praia sem fazer nada.

Muito tenso, Bill deu a volta à casa. A grama precisava de corte; os canteiros de flores estavam tomados por ervas daninhas. Ela bem que podia fazer um esforço para manter a casa apresentável, pensou desgostoso. Afinal, ela não passava o dia todo fora se matando de trabalhar.

Se ela não estivesse no quintal e se o portão estivesse aberto, ele poderia esperar ali algum tempo. Seria melhor do que aguardar no carro, à vista dos vizinhos, decidiu. Abriu o trinco e empurrou o portão.

Nadine estava estirada ao sol. Havia muito tempo não se sentia tão relaxada. Nancy estava com Carol. A temida visita até que não fora tão ruim, nada do pesadelo que ela esperava. A irmã parecia quase humana, chegando até a convidá-la para visitá-la em seu novo apartamento.

E Gary... Sorriu ao pensar no futuro cunhado. Não era nada do que ela havia imaginado. Era divertido e atraente, e, melhor ainda, a tratara como adulta. Sem reclamar e dar ordens. Isso era muito animador.

O casamento podia acabar sendo bem divertido. Tinham deixado Nadine convidar Mono e Lynn, e ela não se sentiria sobrando. Era bom não ter de escolher entre um e outro, porque Lynn costumava se zangar com facilidade e não falaria com ela por vários dias. Às vezes era difícil lidar com ela, mas ela era mimada demais em casa e esperava que todos a tratassem do mesmo modo.

Os olhos de Nadine foram se fechando, e um leve ronco escapou da sua boca. Ela tinha ido para a cama depois das cinco da madrugada. Alguns amigos continuaram a beber na margem do rio quando o bar fechou. O dia começava a clarear quando chegara em casa, sem muita firmeza no andar.

Ouviu uma voz chamar seu nome. Uma voz de homem, vagamente familiar.

– Nadine. Acorde, Nadine.

Suas pálpebras piscaram, se abriram, ela viu um homem que olhava para ela, depois voltou a fechar os olhos. Só podia ser um sonho – ou pesadelo, pensou com irritação, aborrecida porque sua linda tarde estava sendo perturbada por imagens do pai.

— Nadine! — a voz soou mais forte, insistente. Acordou de um salto. Não era sonho. *Ele* estava ali, olhando para ela. Um pesadelo vivo.

— O que você quer? — disse mal-humorada, levantando um pouco a parte superior do biquíni. Deveria ter trancado a porcaria do portão lateral. Não se esqueceria no futuro. O que poderia ser pior do que o pai chegando sorrateiramente?

— Onde está sua mãe? Quero falar com ela — disse ele com paciência.

— Para quê? Você só vai aborrecê-la. Ela não quer falar com você. Por que não enfia isso na sua cabeça dura? — respondeu ela com grosseria.

— Esse assunto é meu e dela, e não seja tão agressiva e mal-educada, Nadine. Mostre um pouquinho de respeito, por favor. E onde ela está? Preciso falar com ela. Ninguém atendeu quando toquei a campainha da porta.

— Isso quer dizer que ela não está em casa, pô.

O pai apertou os lábios, mas fingiu não notar a impertinência.

— Será que você pode ir lá dentro e abrir a porta para mim? Deixei o presente de casamento da Carol nos degraus da entrada — pediu ele.

— Você está louco, papai? A Carol não vai aceitar um presente *seu* de casamento. Ela odeia *você*.

— Faça o que estou dizendo, Nadine — disse Bill severamente.

— Pare de ser mandão — ela resmungou relutante, levantando-se da espreguiçadeira.

— Será que é fumaça aquilo que está saindo da janela? — Bill olhou horrorizado para a janela da cozinha, de onde subitamente brotou uma onda de fumaça.

— Ai, meu Deus — berrou Nadine. — Ela ateou fogo na porra da cozinha com as malditas guimbas. Eu tinha certeza de que ela faria isso um dia. Eu sabia. Você tem que dar um jeito nela, pai. Ela é uma ameaça para ela mesma.

Bill tirou o celular do bolso da camisa e discou 999.

— Preciso de um carro de bombeiros urgente — disse depressa, enquanto Nadine enfiava o jeans e saía para o jardim pelo portão lateral, pedindo socorro aos berros.

31

— Quem está fazendo esse berreiro todo? — Liz, que enchia de chá a xícara de Gary, interrompeu o gesto quando a gritaria quebrou o silêncio indolente de uma tarde de domingo.

— É a Nadine — Carol pulou do seu lugar em volta da mesa, no pátio de Liz, e correu para o portão lateral, imediatamente seguida pelos demais.

— Rápido, rápido, a cozinha está pegando fogo, há fumaça para todo lado. — Nadine, descabelada e descalça, gritava desesperada.

— Gary, faça alguma coisa depressa — exclamou Carol, em estado de choque, vendo um rolo de fumaça que se elevava para o céu.

— Liz, você tem uma mangueira? — Mike perguntou afobado.

— Está lá no galpão — respondeu ela.

— É a *minha* casa que está pegando fogo? — perguntou Nancy agitada.

— Não se preocupe, vai dar tudo certo. Graças a Deus não há ninguém lá dentro — assegurou Liz, passando-lhe o braço em torno do ombro para confortá-la.

— Você ia acabar incendiando a casa, mamãe. Eu falei daquelas guimbas que você não apaga direito — Nadine estava pálida de susto. — Veja só o que você fez.

— Deixe-a em paz, Nadine — disse Carol severa. Não era a hora de ver de quem era a culpa.

— Ah, é fácil falar. Eu tenho de morar com ela; ela vive fazendo coisas assim. Ninguém ouve o que eu digo — explodiu Nadine.

— Está bem, Nadine, fique calma. — Jessie tentou tranquilizar a menina enquanto Gary e Mike atravessavam a rua correndo com a mangueira para ver o que podiam fazer.

— Que diabos *ele* está fazendo aqui? — Carol parou abruptamente ao ver o pai.

— Ele trouxe um presente de casamento para você — falou Nadine, tentando recuperar a calma.

— Pois ele que enfie no rabo. Não quero nenhum presente daquele filho da mãe — falou Carol, furiosa. Vizinhos começavam a se reunir e, a distância, ouvia-se a sirene dos bombeiros.

Carol marchou até Bill, o queixo agressivamente empinado.

— Pegue o seu presente, cara, e enfie naquele lugar onde não bate sol. Eu não aceitaria dois tostões seus, como você se *atreve* a pensar que eu aceitaria?

Leve o presente para a sua mulherzinha e diga a ela para nunca mais chegar perto de mim.

Bill engoliu em seco, assustado com a agressividade da filha.

— Carol, não fale assim com seu pai — repreendeu Gary, igualmente chocado com a hostilidade da noiva. Não tinha noção de que a relação entre eles estivesse tão deteriorada. Carol raramente falava do pai.

— Não se meta, Gary, você não sabe de nada — Carol estava enlouquecida de raiva. Como o pai se atrevia a vir até Arklow com ares de benfeitor generoso? E mais furiosa ainda por Gary presenciar uma cena dessas. Já bastava ele ter visto a mãe dela de ressaca e longe do juízo perfeito. Tudo isso era doloroso demais. Temia que ele desistisse de se casar com ela. Nunca permitiria que ele soubesse a extensão de seus problemas de família; hoje ele presenciara todos eles, em sua mais completa glória.

— Do que você está falando, Carol? — quis saber Bill.

O medo levou amargura a sua língua quando viu o efeito que suas palavras causavam no pai. Pela reação dele, era evidente que ele não sabia da visitinha de Brona.

— Ah, então você não soube que sua amante foi me ver no trabalho para insistir que eu aceitasse entrar na igreja com você? — disse ela enojada.

— O quê? — Bill balbuciou.

— Foi sim. Ela acha que sou má com você. Expliquei a ela direitinho quem agiu mal com quem... *papai*. — Suas palavras destilavam desprezo. — Ela é uma vagabunda muito metida. Gostaria de saber se ela perdoaria tão facilmente se fosse *ela* a abandonada com o filho...

O ruído estridente da sirene e a chegada do carro de bombeiros interromperam o discurso. Momentos depois, com as mangueiras estendidas e ligadas ao registro de água, os bombeiros se puseram a trabalhar. Não demorou muito para apagarem o fogo, que não havia se alastrado, e na cozinha havia mais fumaça e danos causados pela água do que qualquer outra coisa.

— Alguém tem ideia de como isso começou? — o bombeiro chefe perguntou a Gary.

— Foi uma ponta de cigarro. Dela! — Nadine disse em voz truculenta, apontando o dedo para a mãe.

— Pelo amor de Deus, Nancy — explodiu Bill. — Veja o estado em que tudo ficou. Não espere que eu pague o conserto se o seu descuido de bêbada foi a causa de tudo. Estou cansado de pagar tudo, entra semana, sai semana, sem um agradecimento da parte de vocês. O que vocês pensam que eu sou? O banco de Monte Carlo? Vocês são um bando de aproveitadoras ingratas – ele rugiu, ferido e zangado.

Os espectadores prenderam a respiração, em parte excitados, em parte horrorizados. O drama alimentaria o falatório da vizinhança por meses a fio.

– Não ouse falar conosco dessa forma – e Nancy apontou para o marido um dedo trêmulo. – Como ousa vir até aqui e nos envergonhar...

– Ah, não – Bill deu uma risada amarga. – Para isso vocês não precisam de mim. Você e essa pirralha insolente – e apontou o dedo para Nadine – são capazes de fazer isso sem a minha ajuda.

Dirigindo-se a Carol, continuou. – Então você vai se casar? Desejo que seu casamento seja mais feliz do que foi o meu. Desejo que nunca tenha de enfrentar o que enfrentei. E espero que seus filhos lhe deem maiores alegrias do que os meus me deram depois, dirigindo-se aos vizinhos: – Caiam fora vocês todos, o show terminou. Seus enxeridos. – Deu meia-volta, caminhou até o carro, fez uma curva fechada e saiu pela rua cantando os pneus.

– Nancy, se pudermos ajudar em alguma coisa, é só gritar – a oferta solidária de ajuda de Johnny Kelleher, que morava na casa ao lado, quebrou o silêncio mortal.

– Obrigada, Johnny – disse Nancy com voz fraca.

– Sra. Logan, a senhora precisa tomar cuidado e ter certeza de que apagou completamente o cigarro antes de jogá-lo na lata de lixo. Também precisa verificar todos os cinzeiros à noite, ou pode não ter tanta sorte da próxima vez – aconselhou o bombeiro, enquanto os colegas enrolavam a mangueira.

O rosto de Nancy se contraiu e ela começou a soluçar ruidosamente. Nadine queria sumir de tanta vergonha.

– Venham para o outro lado da rua e vamos deixar os rapazes arrumar tudo – interferiu Liz, pegando Nancy pelo braço e levando a coitada para sua casa, fora do alcance dos olhares curiosos.

– Venha comigo, Gary, vamos ver o que podemos fazer para dar um jeito em tudo – sugeriu Mike.

– Eu ajudo – disse Johnny Kelleher. – A primeira coisa de que precisamos são vassouras para varrer os cacos de vidro. Vou buscar a minha.

– Eu vou até a cidade comprar umas chapas de vidro – deixe-me tirar as medidas – ofereceu outro vizinho.

– Por que você, Nadine e Jessie não vão para a casa de Liz tomar um chá enquanto adiantamos o trabalho? – disse Gary para Carol. Ela se sentia tão humilhada que mal podia olhá-lo nos olhos. – Pode ir, está tudo bem –

disse ele no tom mais carinhoso que já tinha usado com ela. Carol rompeu em lágrimas.

— Não chore, Carol, venha — você também, Nadine — disse Jessica, sentindo muita pena de ambas. Passou um braço em torno de Carol e, seguidas por Nadine, atravessaram a rua e foram para a casa de Liz.

— Que merda, companheiro, eu não sabia que o problema era tão sério — resmungou Gary, mais abalado do que deixava transparecer, para Mike.

— Isso vai passar — Mike não conseguiu coisa melhor para dizer, não encontrou outras palavras para se dirigir ao amigo. Era óbvio que Carol e ele jamais haviam discutido a amplitude do problema da família dela. Afinal, que tipo de comunicação era a deles? pensou enquanto procurava uma vassoura na caótica despensa de Nancy.

Mike não pode deixar de pensar: será que esse contratempo teria algum impacto no casamento que estava por vir? Será que Gary desistiria diante da visão da família Logan em ação?

Quando as coisas pareciam correr bem outra vez, tudo poderia mudar para pior se Gary achasse que os estranhos Logan eram demais para ele.

NO QUE É *que eu fui me meter?* pensava Gary infeliz, colocando em folhas de jornal os cacos de vidro que Mike havia varrido. Estava abalado com os acontecimentos da tarde. Ia se casar com uma família de doidos. Logo que ele percebeu o inconfundível clima de tensão que permeava aquela casa, ele havia tratado de se esforçar, numa tentativa de fazer com que a tarde transcorresse da forma mais rápida e tranquila possível. A mãe vivia no mundo da lua, e não neste planeta. Carol tinha dito que a mãe *bebia* um pouco quando o marido a deixou. Obviamente, ela ainda estava bebendo.

A irmã não passava de uma baranga ressentida — e por que não seria assim, se cenas desse tipo eram comuns em sua família? E o pai sem dúvida era problemático. Carol havia sido muito dura com ele, nunca tinha visto a namorada perder o controle desse jeito. Ela fazia questão de se manter calma. Sentira muita pena dela ao vê-la repreender o pai daquela forma. Gary não tinha percebido a extensão da mágoa que ela sentia pelo abandono do pai. Mesmo depois de tanto tempo, a ferida ainda estava aberta.

Ela não conseguia olhar para ele. Sentira-se muito envergonhada; ele nunca a vira tão vulnerável. E não queria pensar nela como uma pessoa vulnerável. Gostava da sua Carol, durona, controlada, inabalável. Mulheres vulneráveis precisavam de apoio emocional. Apoio emocional exigia muita dedicação, e ele não era bom nisso. Era esforço demais.

Desde que conhecera Carol, ela sempre mantivera a família a distância. Agora entendia por quê. Eram grande fonte de vergonha. Os vizinhos tinham tido um dia animado. Mas e a família dele, o que pensaria? Já havia apresentado Carol a sua mãe e aos irmãos, e eles tinham se encontrado umas poucas vezes, mas não cultivavam o hábito de se visitar. Ele também não mantinha muito contato com os parentes, mas eles sabiam, pelo menos, se comportar em público. Mas, diante do que presenciara nas últimas horas, Gary começava a se sentir apreensivo. Com certeza ia cancelar o projeto de sua mãe de convidar Nancy e Nadine para jantar, para que se conhecessem antes do casamento. Nancy provavelmente cairia com a cara na sopa. E outro pensamento o assaltou... Convidaria mesmo seus amigos, correndo o risco de um fiasco? Todos iriam rir dele. Gary começou a sentir sinais de uma dor de cabeça se aproximando. Era como um pesadelo.

Como seria o casamento? Agora entendia por que Jessica relutara tanto. Entendia por que ela hesitara em fazer uma cerimônia dupla.

Se ele se casasse com Carol, ficaria ligado para sempre à família dela. Que pensamento horrível. Gary soltou um gemido. Já era ruim o bastante ter de se casar. Isso completava a dose.

BILL PAROU NO acostamento perto do desvio de Arklow. Sentia o pulso acelerado. Respirou várias vezes, lentamente, chegando a imaginar que estava tendo um enfarto. Que cena lamentável. Que provação dolorosa. Carol gritando e recriminando-o, chamando-o dos piores nomes. E todos os vizinhos de olhos arregalados e se divertindo com a cena, enquanto a porcaria da casa pegava fogo. Casa cujas prestações ele pagara durante dez anos. Sua esposa agora estava livre do aluguel, mas, por causa da burrice dela, a casa poderia ter se transformado em cinzas. Se isso acontecesse, ela cairia imediatamente em cima dele, exigindo que pagasse uma moradia alternativa para ela e Nadine. Elas o viam como uma máquina de fornecer dinheiro. Ele era o trouxa que pagava sem reclamar, pensou amargamente, a cabeça apoiada ao encosto do assento.

Havia ainda a intervenção totalmente inesperada de Brona. Pelo menos ela tinha sido motivada pela lealdade, embora de forma meio desajeitada. Ela sempre tentara protegê-lo. Com seus protestos, tentara mostrar que elas abusavam dele. Ela nunca poderia imaginar quanto o havia ajudado saindo em sua defesa.

Mas era evidente que, o que quer que Carol tivesse lhe dito, isso a afastara dele. Ela tinha ficado mal-humorada, não era mais a companheira amorosa que ele tanto valorizava.

Teria de colocar as ideias em ordem e tentar descobrir o que a estava incomodando. Não lhe contaria o que havia se passado naquela tarde. Sobre algumas coisas era melhor não falar nada, principalmente quando a situação já estava tensa.

Sentindo-se encurralado, Bill ligou o motor e esperou uma brecha no trânsito pesado de fim de domingo.

— Ai, Liz, que vergonha. — Nancy chorava na privacidade do quarto da vizinha.

— Não fique assim, Nancy. Logo tudo será esquecido — consolou Liz.

— E justo na frente do namorado da Carol. O que ele vai pensar de nós? — e escondeu o rosto nas mãos.

— *Isso* foi chato, mas ele vai se recuperar. Se essa foi a pior coisa que já aconteceu com ele, ele é um sujeito de sorte — declarou Liz.

— A casa pegou fogo por minha culpa. E, para meu azar, o Bill tinha de estar lá. Eu não o via havia meses, e logo hoje ele resolveu aparecer. Viu como ele falou comigo? Ele me odeia, Liz. Não suporta me ver. E sabe de uma coisa? — ela enxugou os olhos com as costas das mãos. — Eu o amava tanto. Sinto falta de viver ao lado dele. Por que, Liz? Por que tudo isso tinha de acontecer?

— Escute aqui, Nancy — disse Liz com voz decidida, cansada de ouvir a mesma lenga-lenga por tanto tempo. — Você não acha que já está na hora de deixar tudo isso para trás? De começar vida nova? Esqueça-se dele. Por que viver se agarrando a alguém que não quer ser agarrado? Ele seguiu a vida dele, você tem de fazer o mesmo. De outro modo você nunca será feliz.

— É muito difícil, Liz — choramingou Nancy.

— Você quer viver assim o resto da vida? Olhe o seu estado, Nancy. Você está tremendo, fuma como uma chaminé e não se alimenta. Lembra-se de como você era vibrante e cheia de vida? — provocou Liz.

— Isso foi há muito tempo, nunca mais vou ser a mesma — disse Nancy lamentosa.

— A mesma pessoa, não, mas pode se tornar uma pessoa feliz e saudável. Comece outra vez. Corte o cigarro e a bebida — disse Liz com toda franqueza.

— Ah, Liz, eu não bebo tanto assim — protestou Nancy.

— Pare com isso, Nancy, você sabe que sim — insistiu Liz. — Por que você não estabelece uma meta até o dia do casamento? Caminhar, comer uma comida saudável, cortar o cigarro e fazer o possível para não beber? Se você quiser ajuda profissional, eu acompanho você – ofereceu Liz generosa. – Estou falando do AA.

– Não, não vai ser preciso – exclamou Nancy, horrorizada com a sugestão da outra.

– Ok, mas vamos fazer tudo para que Carol e Jessica tenham um dia inesquecível. O casamento mais bonito de todos. Elas merecem, você não acha? E *nós* também merecemos. Nós duas passamos por tempos difíceis.

– Eu gostaria de fazer isso – murmurou Nancy. – Gostaria muito. Você vai mesmo me ajudar?

– Ajudo sim, eu *prometo* – afirmou Liz. – Mas você vai ter de se esforçar. Vamos fazer assim: vamos entrar naquela igreja e vamos deixar nossas filhas orgulhosas de nós.

– Tudo bem – disse Nancy insegura. – Talvez este dia horrível tenha sido o começo de uma coisa boa. Nunca mais quero passar por isso.

– Ele vai me deixar. Não vai mais se casar comigo. Por que se casaria? – Carol estava acabada. Lágrimas escorriam por seu rosto, enterrado no ombro de Jessica.

– Pare de choradeira, Carol – disse Nadine incomodada.

– Deixe que ela ponha tudo para fora – disse Jessica tranquila. Do fundo do coração, sentia pena da amiga. Que tormento enfrentar uma coisa dessas. Ter uma briga de família era um coisa, tê-la em público, com os vizinhos olhando boquiabertos, e, pior ainda, ter como testemunha o futuro marido, era péssimo.

Jessie havia se sentido mal vendo Carol gritar ofensas para o pai. Não tinha percebido quanto Carol o odiava. Era muito perturbador presenciar um ódio assim, escancarado. Como tinha sorte por só ter conhecido amor, pensava apertando Carol contra o peito. Gostaria de tranquilizá-la e dizer que não havia dúvida de que Gary se casaria com ela e lhe daria apoio e consolo, mas não tinha certeza de que ele agiria assim. Isso era o pior.

Sem dizer uma palavra, acariciou as costas de Carol e tentou imaginar que outros desastres ainda poderiam acontecer. Se entrassem todos na igreja em setembro, isso seria um verdadeiro milagre.

— Vamos embora, Carol? sugeriu Gary, olhando para o relógio. Já passava das nove e ele estava exausto. Se saíssem agora, ainda teria tempo para uma cerveja antes de os bares fecharem. Ele bem que precisava de uma.

— Acho que vou dormir aqui, Gary — disse ela. Jessie também vai, e eu pego carona com ela amanhã de manhã.

— Tem certeza? — perguntou ele, metade aliviado, metade aborrecido. Se soubesse que ela ia ficar, teria partido uma hora mais cedo. Ele e Mike haviam limpado a cozinha o melhor possível, e ele cheirava a suor e fumaça. Mal podia esperar para tirar a roupa e entrar no chuveiro. Mal podia esperar a hora de sair daquela maldita casa destruída e deixar para trás Arklow. Ficaria feliz se nunca mais voltasse àquela cidade, pensou com raiva ao se levantar para sair.

Nancy estava na cama, totalmente dopada por dois Valium que havia tomado. Nadine tinha ido para a casa da melhor amiga, e ele e Carol estavam sentados num sofá roto, num silêncio constrangedor. Ela se levantou para acompanhá-lo até a porta. — Tudo bem entre nós? — perguntou ela, branda como ele nunca tinha visto.

O que ele podia dizer? Que não, que ele queria desistir? Não podia fazer isso. Ele a amava, ao que parecia, surpreso com a onda de ternura que sentiu ao vê-la de cabeça baixa.

— É claro que estamos bem — disse ele de repente. — E por que não estaríamos?

— Eu não o culparia se você quisesse romper o noivado depois de hoje — disse ela vacilante, incapaz de olhá-lo nos olhos.

— Não seja boba, Carol, essas coisas acontecem. Vá para a cama e durma bem esta noite, e eu vejo você amanhã — ele lhe deu um abraço e um beijo no alto da cabeça.

— Ok — disse ela esgotada.

— Diga a sua mãe e a Nadine que deixei um abraço e que as verei outras vezes — surpreendeu-se ao dizer isso, enquanto ela abria a porta.

Com o coração pesado, andou até o carro. Tivera a oportunidade de desistir. Ela mesma lhe dera a possibilidade, e ele simplesmente não pudera aceitar. Esperava não se arrepender pelo resto da vida.

Carol estava deitada, de olhos abertos, quando Nadine chegou cambaleando, totalmente bêbada. Podia ouvi-la esbarrar em tudo no quarto ao lado, mas não foi falar com ela; não tinha coragem. Um confronto era suficiente por hoje, pensou com tristeza, e continuou virando e revirando, tentando sentir-se confortável em sua antiga cama.

Gary reagira melhor do que ela esperava, tentava acalmar-se. Havia sido gentil com sua mãe e sua irmã, e tinha se mostrado mais carinhoso do que nunca com ela, especialmente ao dar boa-noite. Tinha o coração saindo pela boca ao mencionar a possibilidade de ele desmanchar o noivado. Estava mais do que preparada para ouvi-lo dizer que sim. Mas ele não dissera. No que dependesse dele, o noivado continuava de pé. Gary a havia apoiado. No momento, era só o que importava.

— Temos de conversar, Brona — disse Bill com voz cansada, jogando-se em sua poltrona favorita. Estava exausto. Pegara trânsito, em fila única, desde Avoca Handweavers até o trevo de Loughlinstown; obras na estrada, era só o que lhe faltava para irritá-lo de vez.

— Estou com dor de cabeça — disse a companheira com má vontade.

— O que a Carol disse que fez você mudar tanto em relação a mim? — perguntou ele, decidido a chegar ao fundo da questão.

— O que você está querendo dizer? — gaguejou Brona.

— Eu sei que você foi vê-la. Carol me disse muito claramente. Você tem sido fria comigo nas últimas semanas. Por quê? Eu quero saber. Eu mereço saber. Você me deve isso.

— Você não vai gostar de ouvir o que ela disse, Bill — disse Brona com voz triste.

— Por quê? Não pode ser pior do que o que ela me disse hoje — disse ele com ironia.

— Por que você as deixou, Bill? — ela não pôde se conter.

— Você sabe por que eu as deixei, Brona, eu lhe contei tudo — disse ele exasperado.

— Não, não. Eu sei por que você deixou a Nancy. Mas por que deixou as crianças? Por que não as levou com você?

— Mas como? Não podia tirá-las da mãe, da casa delas, da escola — argumentou ele, espantado com a reação de Brona.

— Mas as deixou com uma alcoólatra, Bill. Nancy não podia cuidar delas, elas tiveram de cuidar da mãe. E eram apenas crianças, pelo amor de Deus. Como foi mesmo que a Carol falou? Você as abandonou física, moral e espiritualmente, foi o que ela disse. Deixou para elas a obrigação de lidar com o alcoolismo da mãe. Abandonou-as totalmente, e ela não consegue perdoá-lo por isso. E eu também estou tendo dificuldade em fazê-lo; elas eram crianças. O que você queria que elas fizessem hoje? Recebê-lo de braços abertos? Caia na real, Bill – disse ela amarga, antes de cair no choro e sair correndo da sala.

O rosto dele empalideceu. Sentiu como se tivesse levado um pontapé no peito. Não havia onde se esconder. A fera negra da qual estivera fugindo todo esse tempo levantara a cabeça e o confrontava. Assolado pela culpa, enterrou a cabeça nas mãos e desejou estar morto.

– Que dia – sussurrou Jessica, encolhida nos braços de Mike. Ele ficara para dormir na casa da mãe dela. Tinham ido cedo para a cama, cansados pelo dia dramático.

– Esse ganhou de todos, com certeza – concordou Mike. – Logo quando tudo estava começando a dar certo. Que pena.

– Você acha que Gary vai continuar firme?

– Não sei. Ele estava muito abalado, nunca tinha visto Carol daquele jeito. Nenhum de nós tinha. E o fato de a Nancy estar naquele estado só piorou as coisas.

– Meu Deus, ela estava péssima. Mamãe disse que a Nancy vai tentar parar de beber para o casamento. Mamãe vai cuidar dela.

– A velha e boa Lizzie, ela tem um coração de ouro, e se existe alguém capaz de dar jeito na Nancy, esse alguém é a Liz – disse Mike afetuoso.

– Como será que vai ser o nosso casamento? – Jessie mordeu o lábio.

– Vai ser perfeito, Jessie. O melhor. Provavelmente o pior já passou. Nancy vai se preparar. Bill está fora da jogada. Nadine gostou do Gary e vai se comportar.

– Nem que a vaca tussa – duvidou Jessie.

– Pare com isso! Estou tentando ser otimista – disse Mike severamente.

– E eu estou sendo realista.

– E eu estou com tesão.

– Pelo amor de Deus – riu Jessica sentindo a ereção dele em contato com ela.

– Ah, o pior que pode acontecer é esta cama velha despencar – murmurou Mike beijando-a para valer.

Ela também o beijou e, para a surpresa de Mike, sentiu que o corpo dela reagia positivamente.

– Hummmm... – murmurou ele, sorrindo com os lábios de encontro aos dela. – É exatamente disso que nós precisamos, não acha? E não estou dizendo isso só porque estou a fim de uma transa.

– Eu sei – ela passou a perna por entre as pernas dele, enquanto sentia dedos que faziam coisas deliciosas por todo seu corpo.

– Eu amo você, e é só isso que importa – respondeu ele num sussurro. E, o mais silenciosamente possível, e com todo cuidado, fizeram amor com muita ternura. A lembrança das últimas horas recuou para as profundezas de suas mentes.

Depois, aninhados corpo contra corpo, sentiram-se confortados pela intimidade, um bálsamo contra as incertezas futuras.

32

– Temos dado sorte com o tempo este verão, não acha, Nancy? – comentou Liz descendo a ruazinha que dava para a Reserva de Vida Selvagem.

– Acho que é o melhor desde 1995 – ofegou Nancy, quase sem fôlego. Liz diminuiu um pouco o passo. Às vezes esquecia que Nancy era incapaz de acompanhar o seu ritmo. Havia um mês caminhavam juntas todas as tardes, e tinha de admitir que estava muito surpresa por Nancy ter aceitado a sugestão de começar vida nova.

Sentiu admiração pelos frágeis, porém determinados, esforços da vizinha para mudar de vida. Nancy havia diminuído o consumo de cigarros e tentava desesperadamente não beber tanto. Às vezes conseguia, outras vezes Liz percebia que a bebida levava a melhor, e Nancy ficava trêmula e de ressaca. Mas, mesmo assim, lá estava ela, pontualmente diante do portão de Liz às sete da noite, como se a caminhada fosse a tábua de salvação à qual precisava se agarrar resolutamente.

Naquele dia, Liz notou com prazer, Nancy tinha o rosto levemente rosado. Aquele tom cinzento, horrível, descorado, que lhe dava um aspecto envelhecido e abatido, aos poucos ia cedendo. Num sábado, Liz a havia convencido a irem juntas ao cabeleireiro. Nancy entrou no salão com cabelos escorridos, que lhe chegavam aos ombros, desbotados e entremeados por muitos fios brancos, e saiu de lá exibindo um corte curto, num tom louro-cereja, que a remoçava e realçava seus maxilares bem delineados e os olhos cor de avelã com lampejos dourados.

— Nem consigo acreditar que sou eu — murmurou, levando as mãos aos cabelos, como se tivesse medo de que, a qualquer momento, eles voltassem ao desmazelo anterior.

— É você, sim, a nova Nancy — Liz estava entusiasmada com a transformação. Desejava, de todo coração, que Nancy levasse adiante a decisão. Passaram na frente da piscina pública e, subitamente, Liz sentiu uma inspiração.

— Você devia nadar com Tara e eu. Fazemos isso duas vezes por semana. É muito revigorante.

— Faz anos que não nado — respondeu Nancy. — Nem sei mais se me lembro como é.

— Pois é como andar de bicicleta — riu Liz.

— É muito caro? Tenho que economizar cada tostão. Bill não me deu um centavo para reformar a cozinha. Se não fossem o seu Mike e o vizinho do lado, o Johnny, não sei o que eu teria feito. Acredita, Liz? Nem um centavo. Esse homem leva um vidão em Dublin, sem enfrentar problemas como eu, e isso acaba comigo, Liz. Não consigo entender.

Liz suspirou. Devia ter lembrado que, em algum momento, "o malvado do Bill" sempre aparecia nas conversas. Não havia uma única caminhada em que Nancy não começasse uma ladainha contra o marido afastado.

— Para iniciar sua vida nova, vamos fazer um pacto, Nancy. Não vamos falar do Bill durante nossos passeios. Vamos manter uma energia boa e positiva. Há muitos anos, antes de eu conhecer o Ray, quando um cara me deu o fora, Tara me deu um conselho — disse Liz em tom casual. — Toda vez que eu saía com a Tara, ficava dizendo "Por que aconteceu isso? Eu o amava. Nunca vou me esquecer dele. O que a outra tem que eu não tenho?" — Liz riu ao lembrar do fato. Eu quase deixei a Tara doida, então, um dia, ela me fez prometer que eu só pensaria nele e me lamentaria durante dez minutos, todas as manhãs. Eu só podia pensar nele durante esses dez minutos. No começo foi difícil, Nancy, mas eu fiquei firme. O mais engraçado foi que comecei a me sentir tão aliviada por não pensar nele que voltei a aproveitar a vida, então conheci Ray, e não havia comparação entre os dois. Ray era sincero, um homem de verdade, ao contrário do outro.

Liz suspirou, pensando em Ray. — Eu sinto muita falta dele. É muito atrevimento da minha parte falar para você se esquecer do Bill se eu não consigo me esquecer do Ray. — Subitamente, lágrimas escorreram por seu rosto.

— Poxa, Liz, coitada de você, para você é pior — exclamou Nancy, sacudida de sua introspecção pela dor da companheira. — Por que você haveria de querer esquecer? Ele foi o amor da sua vida, e você o dele.

— Eu sei — Liz enxugou os olhos. — Mas alguns livros espirituais que andei lendo dizem que é preciso se desprender para que a pessoa passe para o reino espiritual, e eu não consigo fazer isso. Sinto tanta falta dele.

— Claro que sente — Nancy passou de consolada a consoladora. — Por que não sentiria? Seu casamento era tão feliz. Eu costumava invejar vocês, eram tão companheiros.

— Talvez você pense mal de mim, mas eu invejo Mike e Jessica — confessou Liz. — Eles se divertem tanto, não aguentam ficar um longe do outro. Não sei o que você vai pensar, e Tara é a única pessoa a quem digo isso, mas eu sinto falta de sexo. Sinto falta da intimidade. Você também sente? — E olhou para Nancy, curiosa para saber o que ela teria a dizer. Tinham aproximadamente a mesma idade, estavam sozinhas, e agora se sentia à vontade para fazer uma pergunta tão íntima.

Nancy deu um sorriso encabulado. — Liz, eu nunca disse isso a ninguém, mas não entendo por que as pessoas se preocupam tanto com sexo. Eu nunca tive um orgasmo. Bill não era um amante muito carinhoso. Dava uns beijos indiferentes, apertava meu peito e achava que isso era suficiente como preliminares. Talvez ele não sentisse muita atração por mim. Talvez ele seja diferente com a mulher que está com ele. Eu me torturo com isso às vezes, imaginando os dois na cama.

— Não faça isso. Para que se torturar? — Liz afagou seu braço.

— Eu sei. Acho que sou uma pessoa muito desinteressante. Às vezes faço de conta que conheci um homem maravilhoso e que somos completamente felizes. Então o Bill reaparece e fica louco de ciúmes e diz que sempre me amou, e eu falo para ele dar o fora, e isso é muito satisfatório.

— Aposto que sim — riu Liz. — Quem sabe você pode encontrar um homem maravilhoso. Um dos meus livros, não consigo lembrar o título, mas, se você quiser, vou procurá-lo para você, diz que quando nos desligamos da energia do passado, abre-se uma porta e entra uma nova energia. Peça outro homem para você. Envie esse pensamento positivo para o Universo.

— Você está louca? Quem haveria de olhar para mim? — Nancy riu com ironia.

— Pare com isso, você está ótima e está se saindo muito bem. Você é uma mulher no auge. Nós duas somos.

— Você acha mesmo? — perguntou Nancy, contente.

– Tenho certeza – afirmou Liz categórica. – Mulheres de quarenta e poucos ainda são jovens, pelo amor de Deus.

– Posso arranjar um garotão no casamento – disse a outra rindo. – Mike deve ter alguns amigos simpáticos.

– É claro que tem. – Liz jogou uma pedra no mar.

– Ele e Jessica formam um casal feliz, não é mesmo? – Nancy aspirou a brisa perfumada da tarde, com cheiro de maresia. – Mais felizes do que a minha Carol e o namorado dela. Carol não sabe ser feliz depois de tudo que lhe aconteceu, eu acho. E eu não ajudei muito, estava bêbada durante boa parte da infância dela.

– Ela deveria falar sobre isso com um profissional. Talvez você consiga convencê-la, acho que seria muito bom para ela – disse Liz, com muito tato.

– Você deveria ser terapeuta, você é boa nisso – comentou Nancy em tom de aprovação.

– Você está brincando. Tem dias em que mal consigo sair da cama – ironizou Liz.

– Você disfarça muito bem, Liz, e jamais vou ter como agradecer tudo que você fez por mim. Não tem ideia de quanto me ajudou.

– Você mesma se ajudou, Nancy. E continue assim – incentivou Liz. As duas subiram nas pedras para escapar da maré que começava a avançar e foram para a reserva, alimentar os patos.

– Fica lindo em você, Carol – Amanda, sua parceira de tênis e madrinha de casamento disse tentando disfarçar o cansaço da voz. Faziam compras tarde da noite; era a terceira butique para noivas que visitavam. E, depois de semanas assistindo Carol experimentar e descartar vestidos de noiva, passara a mentir descaradamente. Se Carol resolvesse vestir um saco, Amanda estava pronta para dizer que era maravilhoso.

– Eu ainda acho mais bonito aquele que vimos na Marian Gale's – hesitou Carol.

– Eu sei, mas é caro demais. Este custa a metade do preço e fica lindo em você. É tão elegante.

– Quero que seja sexy, não elegante – retorquiu Carol.

– É sexy, além de elegante. – Amanda morreu de raiva de si mesma.

– Você não acha que é um pouco simples? – deu meia-volta e examinou no espelho as costas do vestido reto e simples, de cetim e renda, com drapeados em torno do decote e uma longa cauda branca que girava em torno dos seus pés.

— Não, impressão sua. Alguns dos que você experimentou eram um pouco *over*. Este tem um decote lindo e um modelo bonito. Ressalta suas formas.

— Você acha mesmo? — perguntou Carol ansiosa, virando-se para um lado e para outro, para ver melhor.

— Com toda certeza — disse Amanda veemente, sentindo que a vitória estava próxima e comemorando por ter acertado o ponto fraco da vaidade de Carol. — Gary certamente vai adorar — acrescentou, esperta. — Vai ficar louco para enfiar a mão nesse decote. A curva dos seus seios fica bem à vista. E eles são tão firmes. Muito sexy, Carol. Com certeza, de todos que vi até agora é o que ficou melhor em você.

— Tem certeza? Sei que a vendedora vai me dizer que está sensacional, mas ela diz isso porque quer vender. Acredite, já experimentei tantos que conheço todo o palavreado que elas usam.

— Olha, se você quiser podemos dar uma olhada em mais alguns vestidos — Amanda recuou um pouquinho. — Mas eu gostei mesmo deste que você está vestindo. Seus braços são muito bonitos e o bronzeado se destaca contra o branco.

— Jessie vai usar um vestido cor de creme, então não há perigo de os vestidos serem iguais... — A cortina da cabine se abriu e uma vendedora, com um enorme sorriso, estudou Carol com olhar aprovador.

— Ficou muito melhor do que o anterior. É um modelo muito classudo. Pense em Grace Kelly. Pense em Audrey Hepburn. Alison Doody e Yvonne Keating são as equivalentes modernas aqui na Irlanda, se você preferir nomes contemporâneos. — Tornou a examinar Carol; seus olhos se detinham em cada detalhe, dos pés à cabeça.

— Ainda vou pensar — disse Carol, novamente indecisa.

Amanda, atrás dela, revirou os olhos para o alto. A vendedora olhou para ela compreensiva e apressou-se a ajudar Carol a tirar o precioso modelo.

— Vamos tomar um drinque no clube. Combinei de me encontrar lá com a Jessie. — disse Carol, com ar cansado, acabando de tirar o vestido.

— Ok — concordou Amanda. Seus pés estavam latejando, e um drinque era tudo de que precisava. — E quer saber de uma coisa? Nem morta eu vou esperar por um ônibus. Vamos pegar um táxi, eu pago — acrescentou ela irritada ao perceber que Carol ia protestar. Já era um milagre não lhe pedirem para pagar seu vestido de madrinha. Carol era tão sovina às vezes, pensou

Amanda aborrecida, jogando-se em uma cadeira para esperar que a futura noiva se vestisse.

— Ei, Jessie, acho que encontrei uma casa para nós — disse Mike entusiasmado, a voz um tanto abafada pelo ruído do trânsito à sua volta. — Fique na linha, vou para uma rua menos movimentada.

— Onde é a casa... como ela é? — Jessica exultava de alegria.

— É em Kilcoole, a uns dois minutos da praia. Vi o anúncio na vitrine de uma corretora de imóveis um dia desses e fui dar uma olhada. É um chalezinho, não muito moderno, mas em perfeito estado, e acho que você vai gostar. Tem até um fogão da marca Aga, são ótimos — ele comentou entusiasmado.

— Ainda bem. Já que você vai fazer a comida, fico contente — provocou Jessica.

— Você pode vir amanhã à noite? Nos encontramos lá. Eu disse ao corretor que vamos ficar com ela. É boa demais e não podemos correr o risco de perdê-la.

— Você gostou tanto assim? — perguntou Jessica espantada.

— Gostei sim. Fica num local bonito, sossegado, mas a apenas cinco minutos a pé da cidade. Um ótimo lugar para quem tem que ir de carro para o trabalho, você não terá de ficar horas no carro. E eu poderei ir à praia a pé. Fica a apenas 40 km de Arklow. Tem também um jardim muito bonito...

— E o quarto? Que tal? — Jessica tinha suas prioridades.

— Confortável e aconchegante, do jeito que você gosta, e tem uma cama enorme de ferro.

— Estou louca para ver — Jessica deu um gritinho. — Vou aproveitar que me devem umas horas extras e vou sair do trabalho mais cedo na sexta-feira à tarde. À noite, na hora do rush, a N11 não é para qualquer um.

— Ótimo. Agora tenho de desligar. Nos falamos mais tarde — disse Mike, lamentando. — Amo você.

— Também amo você — disse Jessica muito feliz, levando o café para uma mesa vazia no bar. Era a melhor notícia dos últimos tempos. Talvez a sorte deles estivesse mudando. Já se passara um mês desde a tarde fatídica de domingo que a deixara nervosa e preocupada. Tinha ido com Carol falar com o gerente do The Four Winds e resolvido a questão da recepção, mas a outra noiva estava distante e infeliz, o que acabara com a animação. Depois daquela tarde, Carol só voltara para a casa da mãe em Arklom uma vez, para ajudar Mike e o vizinho a pintar a cozinha.

Carol era uma garota estranha; parecia se desligar da família sem esforço. Se Nancy fosse mãe de Jessica, ela morreria de preocupação. Mas talvez a amiga tivesse aprendido a se desligar para se proteger. Era fácil para ela, Jessica, julgar a outra, nunca havia passado por nada semelhante. Tudo que havia conhecido durante a infância fora amor.

Teve vergonha dos pensamentos maldosos que vinha tendo sobre a amiga ultimamente. Não só ultimamente, admitiu culpada. Isso vinha acontecendo desde que Carol sugerira o casamento duplo. Estava na hora de parar de vez com isso, disse a si mesma severamente.

Liz havia lhe contado que a mãe de Carol estava fazendo um esforço enorme para endireitar a vida. Seria ótimo para Nancy, se conseguisse, mas seria ótimo para os nervos de Jessie também. Uma Nancy sóbria seria uma preocupação a menos no casamento.

— Oi, Jessie — ouviu Carol chamando do outro lado do bar. Parecia exausta.

— Olá, você parece morta de cansaço.

— Estou mesmo — Carol acomodou-se em uma cadeira em frente a Jessica. — Amanda e eu estávamos olhando vestidos de noiva.

— E deram sorte?

— Não sei. Vi um que eu acho que gostei. Pena que vamos nos casar ao mesmo tempo. Eu adoraria ter a sua opinião.

— Se você quiser eu vou olhar — ofereceu Jessica.

— Muito obrigada, mas quero fazer uma surpresa, do mesmo modo que Tara quer me surpreender — retorquiu Carol.

— Se você gostou dele, compre — aconselhou Jessica, sem se importar com a indireta. — Foi assim que eu fiz. Assim você não tem de sair mais por aí se aborrecendo.

— Eu sei, mas é meu vestido de casamento. O vestido mais importante que vou usar na vida — gemeu Carol.

— Eu sei. Talvez eu tivesse feito a mesma coisa — admitiu Jessica. — Mas não tenho dinheiro suficiente para isso. Então disse para mim mesma que ia resolver logo e não olharia mais nada. Não se esqueça de que Mike ainda está começando no emprego e vamos ter de economizar muito depois de casados.

— Pobres, mas felizes. — Carol sorriu para ela.

— Isso mesmo. E você, tudo bem?

— Desde "o episódio", você quer dizer? – perguntou Carol, amarga.
— Teve notícias do seu pai?
— Nenhuma, nem quero.
— E como estão as coisas com o Gary? – Jessica arqueou a sobrancelha.
— Ele está mais quieto. Acho que a ficha está começando a cair. Casamento, assuntos de família. Há poucos dias ele tirou as medidas para o fraque. Foi um momento de pânico para ele, isso eu garanto. Passei o dia pensando que ele ia desistir, mas ele aguentou firme, ainda bem – suspirou Carol. – Nadine vem passar uma noite lá em casa. Vamos levá-la ao Temple Bar. Se sobrevivermos a isso, seremos capazes de sobreviver a tudo.
— Ele tem sido ótimo – confortou-a Jessica. – Naquele domingo ele foi sensacional. E se deu bem com Nadine e sua mãe.
— Eu sei. Vou ficar bem contente quando estivermos casados e sossegados.
— Por falar nisso, Mike acha que conseguiu uma casa para nós – disse Jessica satisfeita.
— Mulher de sorte – disse Carol, cheia de inveja. – Eu nem toco mais no assunto, Gary só dá conta de uma coisa de cada vez. Vamos morar por algum tempo no meu apartamento ou no dele. Depois que eu botar a aliança no dedo, vou começar a procurar uma casa e, se ele não gostar disso, ele que peça o divórcio.
— Eu é que não vou ter todo esse trabalho de ajudar você a procurar o vestido certo para ouvir você falar em divórcio – disse Amanda rindo e colocando um Club Orange diante de Carol. – Faltava isso para ela decidir, Jessie. – Amanda aproximou o polegar do indicador. – E ela acabou perdendo a coragem.
— Quando chegar o dia, vai ter valido a pena – Jessica assegurou a ela, satisfeita por ter sido poupada do trauma de ajudar Carol a escolher um vestido de noiva. Entretanto, tudo estava ficando mais emocionante, e Jessica estava doida para conhecer a casa de que Mike havia gostado tanto. Talvez no fim de semana eles já tivessem a própria casa.

— Oi, olá! O que você está fazendo aqui? – Katie sorriu ao ver um rosto familiar, embora inesperado, no Pronto-Socorro.
— Estou precisando muito de uma garota do interior que goste de olhar as estrelas e de festas da roça – brincou o homem.
— Está me convidando para sair?

— Isso mesmo. Você topa?

— Por que não? – concordou Katie alegremente. – Meu plantão acaba às dez.

— Vou ficar esperando.

— Por que não pedimos à sua mãe para ficar com Ben e vamos jantar fora? – sugeriu Bill.

— Não estou a fim de sair – respondeu Brona com frieza.

— Pelo amor de Deus, Brona, me dê uma chance – disse Bill desesperado.

— Por quê? Por que eu haveria de dar? Você só se importa com você mesmo. Você e seus traumas. No momento estou no meio de um trauma, portanto *me* dê uma chance – respondeu Brona cheia de raiva.

— Olha, nós precisamos pelo menos conversar...

— Quer dizer, você fala e eu escuto. De jeito nenhum, Bill. Quando eu estiver disposta a falar, eu falo, mas no momento estou tão decepcionada com você que não quero conversar.

Completamente farto, Bill bateu a porta e saiu para o quintal. Ela estava decepcionada com ele. Isso era muito doloroso. Sempre gostara do respeito que ela tinha por ele. O pior de tudo é que entendia como ela se sentia. Droga, ele era uma decepção para ele mesmo, pensou melancólico, tirando o cortador de grama do galpão. Não conseguia se olhar no espelho. Estava devorado por sentimentos de culpa que o esmagavam. Se Brona fizesse ideia de quanto ele se sentia culpado, tinha certeza de que ela não ficaria esfregando isso no seu nariz.

Mulheres eram as criaturas mais incômodas que jamais haviam existido. Ele devia saber disso. Tudo o que suas mulheres lhe haviam dado era aborrecimento. Pobre Ben, tão inocente, mal sabia dos desgostos que o esperavam quando crescesse.

Gary erguia furiosamente os pesos na academia e gemia sob o peso das barras. Vinha passando muito tempo ali, tentando dissipar as nuvens de incerteza que o assaltavam ultimamente. Era o nervosismo que antecede o casamento. Todo homem passa por isso, disse para si mesmo ao encerrar a série de pesos e caminhar para a bicicleta ergométrica.

Ele e Carol pisavam em ovos em sua relação, e isso o deixava nervoso. Chegava a preferir que tivessem uma briga daquelas para acabar com a situação. Limpou o suor da testa. O dia tinha sido muito quente e a academia estava abafada. Viu que havia uma esteira vaga e decidiu correr um pouco em vez de pedalar. Subiu na esteira e marcou a programação para subida íngreme, para se exercitar bastante. Já era quase agosto e em dois meses seria um homem casado. Esse pensamento o assustava.

Quase perdera a compostura no dia em que experimentara o fraque. Fora preciso fazer ajustes, e teve de ficar de pé como um idiota enquanto tiravam suas medidas e o enchiam de alfinetes, como se fosse um manequim. O hotel já estava reservado, o menu escolhido, a banda contratada. Estava ficando sério demais.

O pai de Carol não havia feito nenhum contato desde o escândalo e, como dizia sua futura esposa, o assunto estava encerrado e tudo correndo normalmente. Isto é, tão normal quanto possível naquela família estranha, pensou desanimado. Nadine viria fazer uma visita a Carol na semana seguinte. Queria sair para beber e ir a uma boate, o que deixava Carol aflita. Carol era tão séria em relação à bebida. Agora ele entendia por quê, mas um dia desses ele encheria a cara e tomaria um porre. Havia conquistado esse direito, decidiu. Aumentou a velocidade e começou a correr para valer.

NANCY ESTAVA SENTADA em uma espreguiçadeira em seu canto favorito do jardim, bem lá no fundo, de frente para o oeste, onde os raios do sol poente a banhavam com uma luz benevolente, dourada, cálida.

A grama precisava ser aparada e os arbustos, de uma poda, observou. Era uma vergonha. O jardim tinha tudo para ser lindo, porém, ela deixara de cuidar dele, repreendeu-se, olhando para seu jardim maltratado, tão negligenciado.

Que estranho. Durante anos sentara-se nesse mesmo lugar e nunca havia notado como estava abandonado e descuidado. Nas últimas semanas especialmente, começara a ver as coisas com mais clareza. A casa desmazelada precisava desesperadamente de uma reforma e uma nova decoração. O jardim necessitava de atenção e de cuidados. Já não os via através de olhos turvados pela bebida, compreendeu, e sentiu-se tomada por novo ânimo.

O peso insuportável da depressão, que a acompanhara por tanto tempo, parecia mais fácil de suportar. Sentia-se mais forte, mais saudável. Havia diminuído o cigarro, de cerca de quarenta para vinte por dia. Ainda bebia, mas apenas alguns goles. Não aos tragos, como se fosse limonada. Ainda precisava da segurança de saber que tinha uma garrafa na bolsa ou ao lado da cama, caso sentisse falta. Mas aos poucos ia perdendo o hábito, e só havia recaído três vezes desde aquela tarde lancinante.

Sentiu um calafrio ao pensar nisso. Ver todos aqueles vizinhos e, pior, o noivo de Carol, ouvindo os gritos e insultos de Bill. Sua vontade tinha sido enterrar-se em um buraco no chão. Fora uma das piores experiências de sua vida. Provavelmente o fundo do poço. Quando Liz lhe lançara uma tábua de salvação, sentira medo de não ter força de vontade suficiente para continuar se agarrando a ela. Mas até agora vinha conseguindo e, aos poucos, ia ficando mais fácil.

Liz era uma pessoa maravilhosa, pensou cheia de gratidão. Sempre lhe parecera tão firme e otimista. As lágrimas que havia derramado e seu sofrimento palpável com a perda do marido haviam surpreendido Nancy. Julgando pela aparência seria difícil imaginar que ainda sofria tanto, depois de tanto tempo.

Liz havia deixado de lado os próprios problemas para ajudá-la, e o mínimo que podia fazer era se esforçar para continuar no caminho certo, pelo menos até o casamento. E depois disso também, decidiu Nancy. Liz estava certa, ela ainda *podia* recomeçar. Bill Logan jamais tornaria a vê-la naquele estado. Ninguém veria.

Em paz consigo mesma como havia muito não sentia, Nancy ergueu o rosto para o sol vespertino e sentiu que toda a tensão aos poucos abandonava seu corpo.

NADINE PASSOU MANTEIGA numa fatia de pão e pegou uma fatia de queijo Cheddar. Estava com fome. De pé, junto à pia da cozinha, tomando um copo de leite e comendo seu lanche, via a mãe sentada no fundo do quintal. Havia muito tempo ela não fazia isso e agora virara um hábito. Era mesmo espantoso, refletia Nadine. O cabelo, que Liz a convencera a cortar, fazia uma grande diferença, era como olhar para uma nova mulher. Até morar com ela estava diferente. Ela saía para caminhar com Liz todas as noites. Fumava menos e bebia menos.

Nancy ainda bebia, Nadine não podia negar, mas não como antes. Os olhos dela estavam límpidos, falava de modo coerente, e não naquela voz arrastada de bêbada à qual Nadine estava acostumada.

Era um dos melhores verões dos últimos tempos, e não só quanto ao clima. Sua mãe não estava em frangalhos. Nadine havia conseguido um emprego de meio expediente num posto de gasolina, e o salário não era ruim. Tinha agora um aparelho de som de última geração, cortesia do pai. Carol afirmava que não o queria, e Bill não viera pegá-lo de volta, então Nadine se tornara sua proprietária.

E na semana seguinte passaria uma noite em Dublin. Até Lynn a invejava por isso. A amiga não tinha parentes em Dublin e não lhe davam permissão para passar a noite lá desacompanhada. Nadine adoraria voltar para casa com coisas para contar sobre pubs e boates que Lynn talvez não tivesse a chance de conhecer antes de se formar.

Será que conseguiria convencer Carol a deixar Lynn passar uma outra noite lá? Seria o máximo. Elas se divertiriam tanto.

Nadine lavou o copo sob a torneira e sorriu. Um mês atrás ela estava arrasada, envergonhada pela atitude de seus pais e da irmã diante dos vizinhos. Surpreendentemente, tudo parecia ter sido apenas um sonho ruim.

33

O TRÂNSITO ESTAVA terrível, mas pelo menos já estava saindo da N11, suspirou Jessica aliviada, sinalizando que pretendia virar à esquerda em Delgany. Tomou a sinuosa estrada rural, admirando as casas imponentes à esquerda e à direita. Era uma região rica do país, com um charme todo seu, a léguas de distância da frenética luta pela vida que ia ficando para trás. Aos poucos foi relaxando. Continuou dirigindo até o desvio para Kilcoole e sentiu-se tomada por certa tontura despreocupada. Estaria com Mike em pouco tempo. Sentia demais sua falta.

Muitas vezes olhava para os casais que conhecia e ficava pensando por que eles teriam permitido que a intimidade da relação se perdesse – a satisfação de estar na companhia um do outro, o prazer das pequenas coisas realizadas em conjunto, como assistir ao noticiário, fazer um jantar ou passear de mãos dadas. Tinha a esperança de que essas pequenas coisas continuassem sendo importantes para ela e Mike, e que a intimidade não minasse o relacionamento. Tudo dependia do esforço do casal, lembrando-se do encanto que, mesmo depois de vinte anos de união, Ray e Liz sentiam um pelo outro. Alguns casais têm essa sorte, seus pais faziam parte desse grupo, e esperava que Mike e ela também.

Continuou pela estrada estreita olhando com prazer a vista panorâmica da costa, sempre à sua esquerda. O mar era tão azul quanto o do Mediterrâneo. Se viesse a morar ali, poderia ir a pé de casa até a praia e, no verão, observar o brilho do sol sobre a água e, no inverno, o turbilhão das ondas quebrando na areia. Sentia o cheiro salgado da brisa e desejava muito que esse fosse seu novo lar.

Passou sobre o primeiro quebra-molas do vilarejo e reduziu a velocidade. Precisaria lembrar-se dos quebra-molas se fosse morar ali, pensou fazendo uma careta, ao quicar sobre outro. Havia atravessado Kilcoole tantas vezes e nunca imaginara que um dia moraria ali. À sua direita via-se a igreja que ficara famosa devido à série de TV *Glenroe*, filmada no local. Passou diante do hortifruti, com suas coloridas bancas de verduras, e notou o supermercado Spar, à sua direita. Ali faria suas compras, pensou alegre. Seguiu as instruções de Mike, virou à esquerda diante do pub amarelo, passou um conjunto habitacional bem conservado e, cerca de oitocentos metros depois, chegou a um caminho estreito que levava a um chalé. Só pode ser este, pensou Jessica encantada ao notar as paredes externas recém-caiadas, as janelas de correr com pintura nova e o jardim florido.

Tudo exatamente como ele havia descrito. Procurou o telefone na bolsa e digitou o número de Mike.

– Onde você está? Já cheguei – disse ela com voz excitada.

– Estou entrando em Newcastle, não vou demorar. O corretor me entregou a chave; ele não pode ir e vamos ter a casa só para nós.

– Iupiiii... – gritou ela, animadíssima. – Que jeito bom de começar o fim de semana.

Dez minutos depois o Volvo vermelho de Mike entrou chacoalhando na estradinha. Jessica lançou-se em seus braços. Beijaram-se ávidos, tocando o rosto um do outro como se estivessem separados havia meses.

– Senti sua falta – ela se afastou quase sem fôlego.

– Também senti. Gostou? – ele se voltou para o chalé.

– É lindo. Vamos logo, vamos dar uma olhada.

– É bem pequeno – avisou ele. – Pequeno, mas bem dividido.

De mãos dadas, caminharam até a porta e Mike colocou a chave na fechadura. Impulsivamente, pegou-a no colo. – Sinto que esta vai ser nossa casa, então tenho de carregá-la pela porta.

Beijou-a antes de levá-la até um pequeno hall com piso de madeira, com portas fora de moda, pintadas de creme, à esquerda e à direita. Mike carregou-a até a porta mais ao fundo, que dava para a cozinha, e abriu-a com o pé.

— Nossa! — exclamou ela impressionada ao ver a cozinha bem-arrumada, tendo o grande fogão Aga como atração principal. Armários embutidos, nas cores verde e creme, cobriam as paredes, e uma grande janela dava para um jardim cercado de árvores e com uma horta abandonada.

— Podemos ter nosso próprio canteiro de repolhos e batatas — disse Mike animado. — Vamos ter produtos orgânicos.

— Vamos ser iguais a Tom e Barbara, do seriado *The Good Life*. — Jessica se aconchegou a ele.

— Para ficar parecida com a Barbara, você tem que perder uns seis quilos ou mais — brincou Mike, colocando-a no chão.

— Seu bobo! — Jessica cutucou-lhe o braço e começou a prestar atenção à cozinha. Era bem planejada, com uma geladeira duplex e um micro-ondas. Numa pequena área de serviço, que dava para o quintal, havia uma máquina de lavar roupa e uma secadora. Uma passagem em arco levava a uma sala de jantar aconchegante, com uma mesa em tom creme e cadeiras.

Depois foram ver a sala de estar, uma sala clara, ensolarada, com uma lareira revestida de azulejos à moda antiga, piso de madeira e dois sofás fofos, em tom terracota, feitos para afundar neles. Sobre uma mesinha baixa no centro da sala, um trio de velas da cor creme.

— Foi reformado para alugar — explicou Mike quando ela comentou como era moderno o interior, desmentindo a aparência externa antiquada.

O quarto, do outro lado do hall, tinha uma grande cama de latão dourado, duas mesas de cabeceira e um armário embutido, cujas portas, de cor creme, imitavam muito bem a velha porta aferrolhada do quarto. Um toque sutil, que completava o ambiente do chalé, e Jessica estava deslumbrada.

— Mike, eu adorei. Imagine como vai ficar com a cama arrumada e os lençóis?

— E imagine nós dois brincando nela, desarrumados e descobertos?

— Siiiim... — disse ela com os olhos brilhando.

— E temos um quarto de hóspedes — disse Mike alegre, levando-a para o pequeno quarto ao lado, no qual havia uma cama de casal com duas mesas de cabeceira, e uma cômoda de pinho.

O banheiro era coberto até o teto com azulejos verde-claro e branco, e a banheira era nova.

Perfeito.

— Vamos ficar com ele? O aluguel custa mil por mês.

– Claro que sim, Mike.

– Ótimo. Vou devolver a chave e confirmar com o corretor que ele já tem, com certeza, dois novos inquilinos – declarou Mike, envolvendo Jessica em seus braços e beijando-a ardentemente.

LIZ ARRUMARA A mesa do pátio para o chá. Peito de frango recheado com *cream cheese* e enrolado em bacon assava no forno. A salada Caesar estava pronta, e uma garrafa de vinho esfriava na geladeira. Jessie e Mike haviam telefonado dizendo que estavam a caminho, e seu coração se alegrara ao som da voz feliz da filha.

Enquanto esperava, sentou-se no computador, conectou-se e abriu os e-mails.

– Mas isto é ótimo – murmurou ao ler um e-mail, com palavras inspiradoras que Tara havia enviado. Eram palavras tão carinhosas, tão doces, que sentiu um nó na garganta enquanto rolava o texto na tela, até as confortadoras palavras finais. Repasse-a aos seus amigos, dizia a mensagem, e começou a pensar em todos os amigos que a haviam ajudado, cuja vida gostaria de enriquecer enviando-lhes o presente que acabara de receber. Isso a ocupou por dez minutos, então pensou em Nancy. A mensagem seria muito útil para ela, decidiu, e clicou na tecla imprimir. A impressora despertou com um ruído, Liz pegou as folhas que saíam e leu mais uma vez o e-mail. O título era: *A entrevista com Deus*. Era um poema, e Liz tornou a lê-lo lentamente, saboreando cada palavra.

O POEMA
A ENTREVISTA COM DEUS

Sonhei que tinha uma entrevista com Deus.
– Você gostaria de me entrevistar? – Deus me perguntou.
– Se o Senhor tiver tempo para isso – respondi.
Deus sorriu: – Meu tempo se chama eternidade.
Que perguntas você gostaria de me fazer?
– O que mais o surpreende na humanidade?
Deus respondeu:
– O fato de se entediarem na infância,
De terem tanta pressa de se tornar adultos
Para depois desejarem ser crianças outra vez.

O fato de perderem a saúde tentando enriquecer...
E então perderem todo o dinheiro para recuperar a saúde.
E me surpreendo com o fato de viverem pensando ansiosamente no futuro,
A ponto de esquecerem o presente,
De modo que não vivem nem um, nem outro,
Nem no presente, nem no futuro.
O fato de viverem como se nunca fossem morrer,
E de morrerem como se nunca houvessem vivido.
A mão de Deus pegou minha mão
E ficamos em silêncio por alguns momentos.
Então perguntei:
— Pai, quais são algumas das lições
que Senhor deseja que seus filhos aprendam?
— Que não podem obrigar ninguém a amá-los.
A única coisa que podem fazer
é permitir que os amem.
Que aprendam que não é bom
comparar-se aos outros.
Que aprendam a perdoar
praticando o perdão.
Que aprendam que leva apenas alguns segundos
para ferir profundamente aqueles a quem se ama,
e que pode levar anos para curar as feridas.
Que aprendam que rico
não é aquele que possui mais,
e sim aquele que precisa de menos.
Que existem pessoas
que os amam profundamente,
mas simplesmente ainda não aprenderam
a expressar ou a mostrar seus sentimentos.
Que duas pessoas podem
olhar para uma mesma coisa
e vê-la de maneira diferente.
Que aprendam que não é suficiente
perdoar uns aos outros
mas que têm de perdoar a si mesmos.
— Muito obrigado por me dar sua atenção — disse eu humildemente.

> *– Há mais alguma coisa*
> *que o Senhor deseja que seus filhos aprendam?*
> *Deus sorriu e disse:*
> *– Saibam simplesmente que estou aqui... sempre.*
>
> AUTOR DESCONHECIDO.

Lágrimas corriam pelo rosto de Liz enquanto lia a última linha, mas não eram lágrimas de tristeza. Era como se sua solidão fosse compartilhada, e ela já não estivesse sozinha.

Continuou sentada, olhando pela janela, apreciando a luz do sol que salpicava o pátio passando por entre as folhas do bordo japonês, um presente de aniversário que havia ganhado de Jessica fazia alguns anos.

Hoje era um bom dia, disse a si mesma. Viveria o presente, como dizia o poema, e o aproveitaria ao máximo.

ESPERO QUE NÃO tenha ficado aborrecida por não termos feito nosso passeio ontem à noite, Nancy – disse Liz enquanto desciam animadamente a rua em direção à cidade.

– De maneira alguma – você tinha de receber Mike e Jessica. De todo modo, cuidei um pouco do jardim dos fundos e, para ser sincera, foi muito bom, apesar do meu pobre traseiro ter ficado todo dolorido de tanto me abaixar nos canteiros. Quero que tudo esteja mais bem tratado quando Carol e Gary vierem aqui outra vez. Contratei um homem para cortar a grama para mim e, daqui em diante, eu mesma vou poder fazer isso.

– Gosto de cortar a grama – comentou Liz. – É uma tarefa cujos resultados são visíveis, se é que você me entende. Sempre tenho a impressão de que realizei algo satisfatório quando corto a grama do quintal. Triste, eu sei, mas é assim que penso.

– Não acho que seja triste, eu também me sinto assim às vezes. – No fundo, Nancy estava contente por viver uma situação semelhante à da amiga. Carol havia prometido visitá-la em breve e estava ansiosa para ver a reação da filha ao seu novo regime de saúde e boa forma física.

Fora nadar com Liz e Tara uma manhã, durante a semana, e depois foram tomar um café com salsicha e bacon na confeitaria Anne's, algo que não fazia havia anos. O programa tinha sido ótimo.

No início tinha ficado nervosa e sem jeito com Tara, que não conhecia bem. Mas a irmã de Liz logo a havia deixado à vontade com seu humor debochado e sua atitude ousada. Quando percebeu, já estava rindo com prazer dos comentários espirituosos dela e, lá no fundo, perguntava se era mesmo ela, a reclusa, nervosa, trêmula Nancy Logan quem estava ali sentada num local público, comendo, tagarelando e rindo, e divertindo-se à beça. Às vezes sentia vontade de se beliscar.

Havia dias ruins também, mas cada vez mais conseguia enfrentá-los melhor, não permitindo que a apatia e a depressão tomassem conta dela como antes. Agora percebia que fazia isso por hábito, mas hábitos podem ser alterados e, atualmente, sua reação era sair para o jardim quando a depressão ameaçava dominá-la. O verão, quente, tão bonito, tinha sem dúvida sido seu aliado, pensava com gratidão.

Logo que começara a sair para caminhar com Liz, era taciturna, tinha dificuldade em falar; agora apreciava as conversas com a vizinha e tomava todo cuidado para não falar de Bill ou sentir pena de si mesma.

Devia estar começando a dar certo, refletiu Nancy. Percebia que já não pensava nele com a mesma frequência, nem sentia tanta pena de si mesma, como tinha sido seu hábito. Liz era uma inspiração. Era uma dessas pessoas verdadeiramente bondosas que existem no mundo, e Nancy achava que tinha sorte por poder contar com a amizade dela.

— Imprimi isto para você, é um e-mail que a Tara me mandou. Achei que você poderia gostar, eu gostei muito. — Liz tirou um cartão do bolso de trás do jeans e entregou a Nancy. — Até amanhã.

— Até amanhã, Liz, obrigada pelo passeio — disse Nancy num tom de voz quase despreocupado. Estava doida por uma xícara de chá, um cigarro e para ler o livro maravilhoso que Liz havia lhe emprestado. O título era *O jogo da vida*, livro espiritual que estava fazendo Nancy encarar a vida de um modo totalmente diferente. O livro falava sobre a importância de pensar positivamente, sobre não julgar as pessoas e tentar ver o que havia de bom em cada ser humano. Ainda lhe faltava muito para poder enxergar algo de bom em Bill, pensou com ironia, mas era um começo.

Preparou o chá, pegou o livro, o cartão e os cigarros e foi para o jardim. Essa era realmente sua hora favorita do dia, uma hora abençoada, que lhe acalmava a alma, tendo por companhia apenas o canto dos pássaros. Nadine estava trabalhando e provavelmente não chegaria tão cedo, mas Nancy não a criticava. Esperava que sua própria mudança refletisse na filha caçula, que se sentiria mais feliz ao voltar para casa. Nadine andava bem menos agressiva ultimamente e tinha elogiado a mãe várias vezes pelo novo corte de cabelo. Um dia até fizera as unhas dela.

Tinha sido muito bom, algo entre mãe e filha, e Nancy gostaria que acontecesse mais vezes.

Sentou-se, recostou-se na espreguiçadeira, sorveu um gole de chá e acendeu um cigarro. Sentindo-se grata, tragou a fumaça profundamente. Um dia desses pararia de fumar, mas ainda não. Ainda precisava de muletas.

Abriu o cartão que Liz havia lhe dado e sorriu ao ver VOCÊ ESTÁ INDO MUITO BEM e a imagem do largo sorriso do Gato de *Alice no País das Maravilhas*. Liz havia escrito: *Só quero dizer que você está ótima, e gosto muito dos nossos passeios. Leia e aproveite isto. Eu aproveitei. Com todo carinho, beijos, Liz.*

De dentro caiu uma folha de papel; Nancy desdobrou e leu lentamente. Ao chegar à última linha, sentiu um grande nó na garganta. Depois foi como se o grande nó de tristeza que existia dentro dela se desatasse devagar e ela chorou com abandono, como se toda a tristeza do passado saísse pelos poros.

Nancy chorou por um longo tempo. Chorou por si mesma, chorou por Carol e Nadine, e chorou por Bill e pela vida que poderiam ter levado. Tremia após a torrente de tristeza, e seu primeiro pensamento, assim que parou de soluçar, foi entrar em casa e tomar uma dose maciça de bebida. Isso a acalmaria e confortaria. Acendeu mais um cigarro. Sabia que, se entrasse para tomar aquele drinque, um ou dois goles não seriam suficientes. Teria de ser um copo cheio. E estaria de volta às bebedeiras num piscar de olhos.

Nancy respirou fundo algumas vezes e pegou o poema, que havia escorregado de suas mãos. Tornou a lê-lo e concentrou-se na última linha.

"Saibam simplesmente que estou aqui... sempre."

— Deus! Não permita que eu beba, por favor, *por favor* não permita que eu beba — orou em voz alta. — Fique ao meu lado e faça com que eu aprenda a perdoar e a deixar de lado o ressentimento.

Pegou o livrinho que Liz lhe havia dado e, segurando-o nas mãos como a amiga havia ensinado, pediu uma mensagem de conforto. Com o polegar enfiado entre duas páginas, abriu-o lentamente.

O que leu foi *Diante dos olhos de Deus todo Homem é perfeito, criado à sua imagem e semelhança*. Por uma fração de segundos, ela lembrou de si mesma como uma jovem radiante e despreocupada, que jogava tênis antes que os golpes da vida fizessem um estrago. Naquela época não fumava nem bebia e, mesmo sabendo que jamais recuperaria a juventude, ainda assim poderia ser saudável e despreocupada. O desejo de beber ainda era forte, mas concentrou-se na imagem de como tinha sido um dia e, gradualmente, uma espécie de serenidade tomou conta dela. Nancy adormeceu com o rosto voltado para o sol vespertino e sonhou que uma luz muito bela a inundava.

34

— Jessie, recebi um telefonema do corretor de imóveis. A proprietária da casa mudou de ideia de repente e preferiu alugá-la para um parente, então vamos ter de recomeçar a busca. Ligo depois – a mensagem de Mike parava por aí, e Jessica desejou que não tivesse ligado o celular até depois do almoço. Passara quase toda a manhã no estúdio e tinha desligado o telefone, sem imaginar que acabaria ouvindo um recado tão desanimador. Olhou para o quiche com salada em seu prato e subitamente perdeu a fome. Estava sentada no vasto refeitório da Central de Rádio e o zum-zum-zum das conversas, os risos, o ruído de talheres se chocando se desvaneceram à medida que uma decepção, tão forte que quase podia sentir o gosto, tomava conta dela.

Tinha se sentido em casa naquele chalé. Era muito limpo e bem mobiliado, em comparação com os outros dois lugares que haviam visitado. Isso era desanimador.

— Já volto, preciso telefonar para o Mike — ela pediu licença e caminhou por entre as mesas lotadas até a paz relativa lá de fora. Triste, discou o número de Mike.

— O que aconteceu? Eles nos aprovaram como inquilinos. O depósito ia ser feito amanhã – perguntou ela ao ouvir a voz dele.

— Eu sei. Foi uma sacanagem. — Mike parecia estar tão desanimado quanto ela. — Parece que uma sobrinha que estava indo para a Austrália mudou de ideia e vai alugar o chalé. E não temos como competir com alguém da família.

— Pois eu acho muito errado da parte da proprietária. Ela tinha concordado em alugar para nós – lamentou Jessica.

— Nós teríamos uma chance se ela já tivesse recebido o depósito. De qualquer forma, não adianta chorar pelo leite derramado; temos de continuar procurando — disse Mike estoico.

— Eu sei. Mas estou chateada. Gostei tanto do chalé.

— Eu também. Bom, tenho de ir. Telefono mais tarde, ok?

— Tá bom. Tchau — Jessica guardou o celular no bolso e voltou para o refeitório.

— Qual é o problema? — perguntou sua amiga Judy quando ela voltou para a mesa.

— Ah, a casa que nós tínhamos em vista e de que gostamos tanto não deu certo. Então voltamos à caçada — e suspirou profundamente. — Eu gostei *muito* da casa, Judy, era linda.

— Vai aparecer outra — consolou-a Judy.

— Tem de ser logo, o tempo está passando — respondeu Jessica desanimada. — O lugar era bom para nós, assim como a casa. Encurtava o caminho pela metade para eu vir trabalhar.

— É difícil encontrar casas para alugar no campo, talvez você tenha de pensar num lugar como Bray — observou Judy. — E que tal Greystones? Há uma linha de trem para lá.

— É, pode ser uma ideia — animou-se Jessica. — Vou procurar na internet e ver as ofertas. Boa ideia, dona Judy. Muito boa.

— Então trate de almoçar e pare com essa cara de quem acaba de levar uma palmada — ordenou Judy animando-a.

Jessica riu. Judy era uma das pessoas mais brincalhonas que conhecia. Greystones não era muito longe de Kilcoole e ficava à beira-mar. Um pouco mais além de Wicklow do que seria bom para Mike, mas bem melhor do que a viagem até Bray.

Mais duas colegas se juntaram a elas na mesa e, com esforço, Jessica mandou seus problemas habitacionais para o fundo da mente e prestou atenção às fofocas e aos assuntos do dia.

De dentro do ônibus, Nadine olhava o trânsito da cidade. Por causa da grande antena que estava acostumada a ver na televisão, percebeu que passavam diante do estúdio da central de rádio RTE. Sabia que Jessica trabalhava ali. Devia ser um lugar muito animado e glamoroso para se trabalhar, pensou com inveja enquanto seguiam pela autoestrada Stillorgan. Não sabia ao certo o que pretendia fazer quando se formasse. Só queria ir o mais longe possível de Arklow. Sentiu uma ponta de culpa. Nancy havia lhe dado cinquenta euros, recomendando-lhe que se divertisse. Tinha até lhe dado um abraço meio sem jeito, o que deixou Nadine encabulada e ao mesmo tempo contente. A mãe vinha fazendo um esforço tremendo para endireitar a vida, ela reconhecia. Nadine sabia que Carol achava Liz mandona, mas Nadine gostava dela. Era ótimo vê-la caminhar e fazer natação com Nancy, e dando--lhe livros para ler.

Sua mãe se comportava cada vez mais como uma pessoa normal, fazia compras na mercearia, mantinha a casa arrumada e cuidava do jardim. Parecia muito mais feliz. Nadine já não receava voltar para casa como acontecia antes do incêndio. Nancy ainda tomava uns drinques, mas nada que se comparasse à quantidade anterior, que a deixava quase em estado de coma.

Ver o pai gritando com a mãe naquela tarde horrível de domingo fizera mal a Nadine. Quando viu Nancy se desmanchar em lágrimas na frente de todo mundo, sentiu vontade de pular no pescoço dele. Como morava com Nancy, entendia a frustração do pai e a raiva que ele sentia da mãe, mas ele não devia ter armado um escândalo diante dos vizinhos. Nadine ficou aterrorizada ao pensar que a mãe tomaria o maior de todos os porres, mas o mais estranho era que ela nunca mais ficara bêbada. Era como se tivesse chegado ao fundo do poço, de onde só era possível levantar-se. Fosse qual fosse o motivo, Nadine estava muito contente. Tudo em casa estava diferente, e melhor; agora era sua vez de ir a Dublin comprar roupas e conhecer as boates. Mal podia esperar.

CAROL DESCEU CORRENDO os degraus do Centro Cívico, feliz por estar ao ar livre. O dia havia sido puxado. Metade da equipe estava de férias, e o trabalho se acumulava. Tinha trocado a roupa pelo moletom de corrida e ficou aliviada ao começar a correr. Precisava clarear a mente. Ia se encontrar com Nadine em algum ponto do cais. Tinha dito à irmã para ir caminhando ao longo do cais, em direção ao norte, até que se encontrassem. O sol brilhava sobre as águas cinza do rio Liffey, que corria entre os muros do cais. A maré estava um pouco mais alta do que o normal, e os barcos balouçavam como rolhas, amarrados ao ancoradouro. Abrindo caminho entre a multidão que se dirigia para casa, Carol aspirou o cheiro forte de maresia. Encarava a visita da irmã com certa dose de apreensão. Não conhecia Nadine muito bem. Não tinham muita coisa em comum, e seus encontros nos últimos anos não haviam sido amistosos, devido à vida social desregrada de Nadine.

Tinha falado com a irmã na véspera, para combinar tudo, e Nadine estava radiante de alegria. Estava louca para ir às compras. Seus objetivos eram o Top Shop e a Miss Selfridge na rua Jarvis, e River Island, Warehouse, Hairylegs e a No Name, todas recomendadas por suas amigas. Ela queria conhecer todas essas lojas, informou a Carol. Depois iriam até o apartamento, trocariam de roupa, se encontrariam com Gary e iriam ao Temple Bar. Carol torcia para que tudo saísse conforme o combinado.

Esperou impaciente que a luz verde acendesse na ponte O'Connell. Era impossível correr em meio a tanta gente. Tentou imaginar em que ponto do cais estaria Nadine. Passeou os olhos pela multidão que caminhava pela ponte, mas não avistou a irmã. Então atravessou e dobrou à direita no cais Eden. Foi aí que a viu, caminhando decidida e olhando para os lados, à sua procura. O coração de Carol amoleceu ao vê-la saltitante, com o walkman ao ouvido. Era só uma menina, apesar da aparência durona, lembrou Carol. Acenou para atrair a atenção dela e foi recompensada com um sorriso de reconhecimento. Nadine baixou os fones do ouvido para o pescoço. – Oi, Carol – ela cumprimentou um tanto desconfiada.

– Oi, Nadine. – Carol se pôs a caminhar ao lado da irmã, ignorando certa tensão. – Como vão as coisas? Fez boa viagem?

– O trânsito estava um horror – Nadine encolheu os ombros. – Podemos primeiro comer alguma coisa? Estou morta de fome.

– Claro. Vamos ao shopping center Jervis Street para fazer um lanche, depois você pode ir direto para o Top Shop e a Miss Selfridge.

– Legal. – Nadine não conseguia esconder a alegria.

De pé junto ao balcão, comeu um imenso sanduíche com bacon, alface e tomate, tomou uma coca-cola e pediu uma sobremesa melequenta. – Estava muito bom, Carol, obrigada. Podemos fazer compras agora? – pediu impaciente.

– Podemos sim. O que você está pensando em usar no casamento?

– Não vou ser obrigada a usar um vestido, vou?

– Você não está querendo usar jeans, está? – perguntou Carol, espantada.

– Não posso?

– Não – disse Carol com toda firmeza.

– Ok – Nadine fez cara feia.

– Vamos ver o que há nas lojas – sugeriu Carol com voz alegre. Não valia a pena começar uma briga.

Os olhos de Nadine brilharam ao entrar na Miss Selfridge, aos empurrões, por entre a multidão que fazia compras à noite.

– Olhe só! Olhe para essas blusas. São muito legais – disse ela entusiasmada, apontando umas camisetas minúsculas, curtas e caídas nos ombros.

Ai, meu Deus, pensou Carol desanimada enquanto Nadine andava em alvoroço por entre as prateleiras, exclamando "ohs" e "ahs", pondo as camisetas na frente do próprio corpo.

– Você vai ter de usar algo um pouco mais formal – explicou, enquanto Nadine pegava uma bata cor-de-rosa. – Que tal isto aqui? E mostrou um coletezinho preto e uma blusa prateada de chifon com mangas bufantes. – Você pode usar isso com uma calça preta.

Nadine olhou para a roupa com ar azedo. – É arrumadinho demais. – E fez uma careta.

– Ok – Carol cedeu.

Duas horas depois estava exausta. Tinha andado para cima e para baixo pela rua Henry; Nadine havia experimentado dúzias de roupas, comprado dois jeans, três camisetas, dois pares de sapatos, mas nenhuma roupa que servisse para o casamento.

– Tem certeza de não posso ir de jeans?

– Ah, tem dó, Nadine, é o meu casamento – disse Carol irritada.

– Ok – disse Nadine de cara feia. – Se você quer que eu compre aquele conjunto da Miss Selfridge, eu compro, mas você vai ter de me dar mais dinheiro. Já gastei quase todo o meu, e quero guardar um pouco para esta noite.

– Não sou o Banco da Inglaterra, Nadine – disse Carol, zangada, percebendo que estava sendo manipulada.

– Mas eu não tenho dinheiro para comprar o que você quer que eu use – declarou Nadine com a cara mais limpa do mundo.

– Ah, tá bom vai – concordou Carol de má vontade e refizeram a caminhada até o shopping Jervis Street.

Até Nadine teve de concordar que o conjunto ficava muito bem nela. A blusa de chifon era elegante, e Carol sugeriu que fossem até a M & S comprar uma bijuteria prateada que combinasse.

Depois de muito hesitar, Nadine escolheu um par de brincos de pingentes com pedras, e um colar combinando com os brincos.

– Perfeito – disse Carol, tentando disfarçar um bocejo. Estava morta de cansaço. Temple Bar era o último lugar do mundo ao qual queria ir. Caminharam até o ponto de ônibus, carregadas de sacolas.

— Foi legal demais, Carol. Quando você tiver a sua casa eu vou poder passar o fim de semana aqui. Posso até arranjar um emprego de verão em Dublin e passar o verão todo — anunciou Nadine animadíssima, entrando no ônibus.

Carol não pôde acreditar no que ouvia. Isso não estava nos seus planos, de maneira alguma.

— Isso nós resolvemos depois — murmurou, desejando que houvesse um lugar vago. Mas não havia e tiveram de ir em pé até Phibsboro.

— É aqui que você mora? E tem um McDonald's pertinho — Nadine olhava tudo em volta depois que saltaram do ônibus. — Posso ir até a banca de revistas comprar um chocolate? Quer um também?

— Não, obrigada. Deixe as sacolas comigo, eu espero. — Carol sentou-se numa mureta e ficou olhando a irmã ir até a Miss Mary's. Os hábitos alimentares de Nadine eram terríveis. Ela certamente não ficaria nada feliz depois de morar uma ou duas semanas com Carol num regime de alimentação saudável, pensou com um brilho divertido no olhar. Mesmo tendo ficado sem um tostão, as compras tinham sido um sucesso. Estava aliviada porque a irmã usaria uma roupa apresentável, e Nadine estava entusiasmada com as roupas novas. Agora só faltava sair com ela à noite e poderia mandá-la de volta para casa, feliz em saber que havia proporcionado à irmã um passeio memorável em Dublin.

Nadine já tinha comido metade do chocolate quando voltou para junto da irmã, pegou sua sacola de compras e seguiu Carol, depois de ultrapassarem Dalymount até a ruazinha onde ficava o apartamento.

— Nossa, é muito bonito — aprovou Nadine, indo de cômodo em cômodo. — Você tem sorte por ter um apartamento todo seu e ser dona do seu nariz.

— Pois estude muito, consiga um bom emprego e poderá ter o mesmo — aconselhou Carol, servindo-se de um copo de leite. — Quer também?

— Eca! — Nadine torceu o nariz. — Você não tem Bacardi Breezers ou Smirnoff Ice?

— De modo algum! — disse Carol rindo. — Quer um suco de laranja?

— É, pode ser. — Nadine se jogou no sofá. — A que horas o Gary vai chegar?

— A qualquer momento. Por que não vai tomar um banho?

— Ok — concordou Nadine. — Vou usar meu jeans novo e a frente única cor-de-rosa.

E foi praticamente dançando que ela entrou no banheiro. Carol arrumou as sacolas, que estavam jogadas no meio da sala. Decidiu que ia usar um jeans branco e uma blusa preta que deixava os ombros à mostra, e tentou pensar em uma boate onde ninguém pediria o RG de Nadine. Por mais sofisticada que a irmã pensasse que era, ela ainda era menor de idade. Poderiam ir à Turk's Head e descer para a boate depois de uns drinques, ou então ir ao Chez Tony, onde não eram muito severos na entrada.

Gary não telefonara desde a hora do almoço, o que era estranho. Havia dito que voltaria a ligar enquanto elas estivessem fazendo compras, para saber a que horas estariam em casa. Carol olhou o relógio. Eram nove e meia; ligaria para saber onde ele estava. Discou o número de casa, mas ninguém atendeu. Ótimo, pensou ela, deve estar a caminho. Ligou para o celular, mas o telefone estava fora de área ou desligado. Isso era atípico de Gary, que sempre mantinha o telefone ligado. Ficou um pouco preocupada e olhou pela janela, em busca de um sinal do familiar Passat prateado.

— Acabei. Posso dar uma olhada nas suas maquiagens para ver o que você tem? — Nadine apareceu, enrolada em uma toalha de banho.

— Fique à vontade. Estão lá no banheiro — disse ela distraída.

— Muito obrigada, Carol, estou me divertindo demais — assegurou Nadine.

— Que bom. — Carol sorriu, olhando novamente pela janela. Decidiu que seria melhor tomar banho logo. Estariam as duas prontas quando Gary chegasse.

— MAIS UMA CERVEJA?

— Tudo bem, por que não? — concordou Gary, olhando o relógio. Já passava das dez, sabia que Carol e Nadine deviam estar esperando por ele, mas tinha sido desviado por um amigo e saído para tomar um drinque rápido, que havia se transformado em vários.

Por que Carol não podia sair sozinha com a irmã? Poderia ter convidado Jessie e feito um programa só de mulheres. Ele não era babá, pensou irritado, e verificou se o celular estava mesmo desligado. Não queria saber de Carol reclamando pelo telefone. Ia ser uma briga daquelas se ele não aparecesse hoje, mas deixaria para se preocupar com isso no dia seguinte; o que interessava no momento eram os muitos canecos de cerveja que poderia beber, divertindo-se em boa companhia. Havia muito tempo não tomava um porre desse, merecia uma noite de folga, disse a si mesmo.

— Acho que ele não vem, tenho quase certeza que não — disse Nadine decepcionada.

— Deve ter acontecido alguma coisa — disse Carol com a cara fechada. Faltavam dez minutos para as onze e estava furiosa. Que filho da mãe Gary estava sendo, humilhando-a diante da irmã e ainda por cima desapontando a garota. Fazer uma coisa dessas logo agora que ele vinha se portando tão bem, como um ser humano decente, pensou desgostosa.

— Ele deveria ligar pelo menos para você e dizer onde está — resmungou Nadine. — Provavelmente você nem quer mais sair. Vou ter de inventar alguma mentira para contar aos outros quando chegar em casa.

— Nada disso, vamos sair nós duas. Quem sabe eu ligo para a Jessie e pergunto se ela quer vir também. — Carol tentava ignorar a tremenda decepção e o fato de que não podia confiar em Gary.

Pegou o celular e ligou para Jessica.

— Oi, onde você está? Nadine está se divertindo?

— Já fez todas as compras. Mas ainda estamos em casa. Vamos sair agora e eu queria saber se você quer vir conosco.

— Não, acho que não, Carol, estou quebrada por causa do jogo. Dec e Anita acabaram conosco.

— Ah, tudo bem. — Carol não conseguiu disfarçar a decepção. Seria um alívio ter Jessie para ouvi-la reclamar daquele bosta do Gary.

— Qual é o problema? — Jessie a conhecia muito bem.

— Nada — disfarçou Carol, sabendo que Nadine estava na sala.

— Gary — disse Jessica sucinta.

— Isso — Carol foi igualmente sucinta.

— Ele não chegou?

— É isso mesmo.

— Me dê vinte minutos — suspirou Jessica.

— Obrigada, você é uma amigona — disse Carol com gratidão. Não estava com disposição para fazer cara de feliz e fingir que estava se divertindo. Seria mais fácil com o apoio de Jessica.

Jessica chegou meia hora depois. Cumprimentou a jovem — Oi, Nadine, você está ótima — e pensou consigo mesma que a garota já não se parecia tanto com uma piranha.

— Me diverti muito, comprei um monte de roupas — confidenciou Nadine. — Vamos a uma boate?

— Vou levar você ao Chez Tony e ver se conseguimos ir para a boate no subsolo. Não vale a pena tentar nenhuma outra, é muito difícil entrar sem carteira de identidade — disse Carol, firme.

— Ah, eu queria tanto ir ao Firecraker ou ao Spirit. Me disseram que são o máximo — declarou Nadine.

— Esquece, colega — Jessie sorriu para ela. Nesses aí você não entra sem a identidade. Mas tudo bem, o Chez Tony é legal e a música é ótima — ela garantiu. — Vamos de táxi, Ok?

— Preciso fazer xixi — Nadine deu um pulo e saiu correndo para o banheiro, toda animada.

— Onde está o Gary? — cochichou Jessica.

— Não sei. O celular dele está desligado, que filho da mãe. Estou de saco cheio dele, Jessie. Por que ele faz essas coisas comigo? Será que não percebe que me magoa? E, pior, será que não se importa com isso? Isso é muito triste. Por quê, Jessie, por quê? — Carol também falou aos cochichos.

— Não sei, talvez ele esteja se sentindo pressionado — Jessica encolheu o ombro sem saber o que dizer.

— Estamos todos sob pressão — retorquiu Carol.

— Estou pronta — anunciou Nadine.

— Ótimo, vamos indo — disse Jessica alegre, tentando levantar o astral ao ver as lágrimas no rosto de Carol.

Carol fez um esforço para se recompor. Naquele momento, odiava o noivo.

NADINE ESTAVA TOTALMENTE à vontade. Tomou um gole do seu coquetel de vodca e acendeu um cigarro.

— O que você está fazendo? — reclamou Carol. — Pelo amor de Deus, Nadine, cigarro faz muito mal. Você vai ter câncer de pulmão. É isso que você quer?

— Pare com isso, Carol, deixe de ser careta. Não dá para ficar num lugar destes bebendo Club Orange. Por que você é tão certinha? Viemos fazer um programa noturno, não viemos? — disse ela virando-se para Jessica.

— Vou ficar em cima do muro, Nadine. Um dos meus lemas é: "Nunca tomar partido em briga de irmãs".

— Pelo menos você está tomando um drinque de verdade. O primeiro de muitos, eu espero.

— Pare com isso, Nadine. Em primeiro lugar, você não poderia nem estar bebendo — rosnou Carol.

— Calma, pelo amor de Deus. Eu sei beber — gabou-se Nadine.

— Olhe aqui, se você quer acabar igual à mamãe, continue assim. Mas eu não tenho a menor intenção de seguir o mesmo caminho, Ok? — Carol disse com raiva.

— Nem eu — protestou Nadine agitada. — Você não devia ter dito uma coisa dessas. Não foram um ou dois drinques que fizeram ela virar uma alcoólatra.

— Parem de brigar ou eu vou embora para casa — alertou Jessica.

Nadine tomou um gole da bebida. Que chato sair com duas coroas. Queria que Lynn estivesse ali para curtir a noite com ela. O Temple Bar estava animadíssimo. Havia restaurantes, bares e boates para todo lado, podia-se sentir a energia do lugar. Era ali que gostaria de passar todas as noites da semana.

GARY SE ATRAPALHOU com as chaves. Estava totalmente bêbado. Devia ter bebido uns doze pints, ou mais, e tudo que queria era cair na cama. A luzinha vermelha da secretária eletrônica piscava. Carol, com certeza. Que bronca levaria, gemeu cambaleando para o quarto. Isso era problema para o dia seguinte, pensou confuso, antes de desabar na cama e apagar num estupor alcoólico.

NADINE ESTAVA NO ônibus voltando para Arklow. Jessica lhe dera uma carona até a rodoviária Bus Aras, o que fora muito gentil da parte dela. Devia ser ótimo ter o próprio carro, como Jessie. Como isso lhe daria mais liberdade. Suspirou e remexeu-se na poltrona em busca da posição mais confortável. Tinha passado um dia ótimo sozinha, fazendo compras, e seus pés doíam. Mas fora fantástico. Tinha adorado Dublin e curtido muito a noite com Carol; na verdade, tinha sido uma ótima noite até Gary dar o bolo e Carol ficar toda tensa e nervosa.

Ele não tinha agido corretamente. Nadine fez cara feia. Estava muito zangada com ele. Tinha ouvido Carol chorar no quarto depois que chegaram em casa. Era tão desagradável quanto ter de se preocupar com a mãe, pensou frustrada. Ele tinha estragado a noite dela e, com toda certeza, a de Carol também. E tinha de pagar por isso.

— Estou na lista negra? perguntou Gary, com ar penitente, no dia seguinte, perto da hora do almoço.

— Dê o fora, não quero falar com você – disse Carol friamente e desligou. Depois disso ele não havia voltado a ligar.

Carol saiu para correr, na esperança de sentir o alívio das tensões que a corrida sempre lhe proporcionava. Tinha levado Nadine ao McDonald's, a pedido da irmã, quando lhe perguntara onde queria comer antes de pegar o ônibus de volta. Carol tinha pedido uma refeição light, frango e salada, enquanto Nadine se empanturrou com Big Mac e fritas. Jessica se oferecera para levar Nadine de carro até a rodoviária, e Carol sentira-se aliviada ao se despedir da irmã. Poderia, pelo menos, ser infeliz em paz, pensava melancólica enquanto corria para o parque Phoenix. Aumentou o ritmo, forçando-se ao máximo, fazendo de tudo para não pensar em Gary, o que estragaria sua corrida. O parque, um espaço imenso formado por gramados e verdes prados, representava um refúgio às ruas encardidas e agitadas da cidade.

Estava exausta ao chegar, ainda correndo, à rua onde morava, duas horas depois. Um Passat prateado e conhecido estava estacionado na frente do prédio. Isso queria dizer que Gary estava lá, esperando por ela. Ele tinha a cópia da chave. Ela entrou e enxugou o suor do rosto.

— Oi, menina, eu sinto muito — e fez aquele ar de garotinho culpado. Ele era tão bobo que pensava que umas míseras rosas resolveriam tudo. E mais boba ainda era ela, por pensar que ele mudaria algum dia. Ele não tinha a menor intenção de mudar. Era egocêntrico demais. Por quanto tempo ela ainda tentaria se enganar?

— Vou para o chuveiro. Não precisa se dar ao trabalho de sentar para me esperar porque não estou a fim de falar com você. Você é um filho da mãe egoísta; pode até olhar para minha família com um ar superior, mas não tem motivos para se sentir superior, Gary Davis. Se você pensa que uma dúzia de rosas vai fazer eu me sentir melhor, você é mais superficial até do que *eu* sei que você é. — Carol deu meia volta nos calcanhares e marchou para o banheiro.

Gary ouviu o ruído do chuveiro jorrando. Ligou a TV e zapeou os canais. Como sermão, até que não tinha sido dos piores, concluiu. Pelo menos ela não tinha mandado ele embora. Isso queria dizer que as coisas ainda podiam se ajeitar. Acomodou-se para assistir à sinuca, contente por ter se safado.

— Ela é louca de casar com ele. Nunca vai ser feliz. — Jessica mergulhou a costelinha no molho e comeu com prazer.

— Me passa um desses bolinhos wonton. — Katie tomou um gole de cerveja.

— E sabe, quando eu contei para ela que tínhamos perdido a casa, ela disse "Que pena!" e continuou se queixando daquela droga de relacionamento que tem com o Gary.

Katie riu e pegou uma porção de satay de frango do prato de comida tailandesa. — Você ainda se surpreende? O que você esperava? De todo modo, eu também sinto muito você ter perdido a casa, mas uma parte de mim fica contente porque isso significa que ainda vai ficar mais um tempo por aqui. Vou sentir muito a sua falta, Jessie.

— Então não vamos pensar nisso. Tome um bolinho de frango — ofereceu Jessica. — Vai dar um jeito em você.

— Você me conhece tão bem — riu Katie. Estava de dieta havia um mês e era um enorme prazer escapar um pouco.

— Isso é muito relaxante. — Jessica se esticou preguiçosa. — Francamente, tive de servir de juiz entre as duas ontem à noite. Elas são bem diferentes. Carol é tão exigente e não aceitaria uma bebida ou um cigarro, nem que a vida dela dependesse disso; a outra enche a cara de coquetel de vodca e fuma feito uma chaminé. Você devia tê-la visto na pista de dança. Pensei que a Carol ia ter um troço. Ela é que serviria para o Gary.

— Ééé... — Katie balançou a cabeça. — Ele é o tipo de *bon-vivant* que nunca vai mudar por causa de mulher alguma. Mas pense bem. Carol queria ficar noiva. Ela está noiva. Carol queria um casamento duplo. Ela vai ter um casamento duplo. Não fique com pena dela. Ele pode até pensar que domina o relacionamento, mas, até agora, foi Carol quem ditou as regras. E vou dizer uma coisa — embora Gary nem desconfie, é Carol Logan quem manda naquele relacionamento, e sempre vai mandar — disse Katie com sabedoria, espetando um camarão com o garfo.

— Eu ainda tenho certo medo de que ele não apareça na igreja — disse Jessica franzindo a testa. — Já pensou se isso acontecer?

— Nem pense numa coisa dessas. — Katie ofereceu uma torrada de gergelim.

— Não consigo evitar, Katie, é exatamente o tipo de coisa que ele é capaz de fazer.

— Eu sei — concordou a amiga. — O que nos resta é esperar para ver.

35

— Vocês soltaram pum ou só agitaram as bolhas da jacuzzi mesmo? — perguntou Katie e um riso incontrolável tomou conta do grupo que relaxava na água. Era o dia seguinte à noite da despedida de solteiro de Jessica e Carol. A turma tinha decidido pernoitar em Kilkenny. Elas se hospedaram no Kytler's Inn, jantaram e beberam bastante e depois seguiram para uma boate. Lá pela madrugada, cambalearam de volta ao hotel e estavam relaxando na jacuzzi, depois de nadar um pouco na piscina.

Carol, que tinha sido convencida a tomar umas doses de vodca na noite anterior e alguns revigorantes copos de vinho durante o almoço, estava com uma ressaca descomunal, já que não estava acostumada a tanto álcool. Estava muito quieta, mas as outras continuavam animadíssimas.

— É difícil acreditar que o verão acabou e que já estamos em setembro — disse Denise Hogan, voluptuosamente deitada na água.

— Nem me fale — Jessica concordou com a cabeça. — Isso é assustador. — As últimas semanas tinham sido caóticas, e aquilo era exatamente do que precisava.

— Eu nunca pensaria num casamento duplo — declarou Orla Sinclair. — Teria medo de brigar com o outro casal e nunca mais voltar a falar com eles. Vocês duas deram tão certo que estão até fazendo uma dupla despedida de solteira.

Jessica e Carol olharam uma para a outra. — Tivemos nossos momentos difíceis — murmurou Jessica.

— Tudo funciona, desde que Jessica faça tudo como quer — disse Carol secamente.

Jessica olhou para ela espantada, de boca aberta. — Isso não foi legal nem muito justo, Carol — ela exclamou.

— Mas é verdade — disse Carol, amuada. — Você escolheu a igreja, o hotel, a maior parte do menu e as flores...

— Calma, meninas, isso é só nervosismo pré-casamento — apressou-se a dizer Orla, desejando ter ficado de boca fechada.

— Pare com isso, Carol! Você teve todas as oportunidades de organizar o próprio casamento, do jeito que quisesse, se não estava gostando do que eu programei. Cansei de dizer isso, portanto não venha de novo com esse papo furado — exclamou Jessica, indignada. — Não esqueça que você desmanchou seu noivado, depois ficou noiva outra vez e veio se intrometer no nosso casamento. Minha mãe ficou *uma fera*. – A bebida tinha soltado sua língua e Jessica estava botando para fora tudo o que sentia, sem se importar com as consequências.

– Sua mãe é uma vaca mandona...

Carol não terminou a frase. Jessie levantou-se de um pulo da jacuzzi, esticou-se e deu um tapa na cara de Carol.

– Não ouse falar da minha mãe desse jeito! Como você tem coragem de fazer isso, minha mãe foi sempre tão boa para você e para sua mãe. Se dependesse da sua mãe, o único lugar a que chegaríamos seria o botequim para beber mais um pouco.

– Meu Deus! – murmurou Katie, horrorizada.

– Sua *piranha*! – berrou Carol. – Que golpe baixo! Como você *ousa* falar assim da minha mãe? Ela teve uma vida difícil, a culpa não é dela. Vai ser um casamento de merda e estou arrependida por ter concordado em participar.

– *Concordar*? Foi *você* quem quis assim. Ou acha que algum dia eu ia querer dividir o meu casamento com um casal como vocês? – rugiu Jessica.

– Parem com isso, meninas! Isso é conversa de bêbado – disse Amanda, desesperada.

– Não! Não paro, não. Foi ela, e não eu, quem quis um casamento duplo. Tudo o que eu queria era me casar com Mike, ter uma dia lindo e inesquecível, e sou obrigada a dividir esse dia com essa neurótica que tem medo de não se casar nunca se não fizer isso no mesmo dia que eu e Mike. Não é justo, e eu estou de saco cheio.

Jessica caiu no choro e saiu da jacuzzi. Soluçando, pegou o roupão e fugiu correndo da sala da piscina.

– Jesus, Maria e José, viu a merda que você fez? – Katie se dirigiu furibunda a Carol.

– Cala a boca, Katie Johnson, isso não é da sua conta. Você nem consegue arranjar um homem – provocou Carol.

– Ah, isso é o que você acha. Você chama aquilo de homem! Você arranjou um homem de verdade e não soube aproveitar. Sean Ryan escapou de uma boa – disse Katie com sarcasmo e saiu da piscina para consolar a prima.

Um silêncio pasmo se abateu sobre o grupo.

– Parece que a festa acabou – declarou Carol friamente, saindo da banheira e pisando nos ladrilhos. – Vou para o meu quarto.

– Nossa, você mexeu num vespeiro, Orla – disse Carrie com um riso nervoso.

— Pobre Jessie, nunca a vi perder a esportiva desse jeito — disse Gina Dixon, compreensiva. — Ela deve estar mesmo de saco cheio.

— Eu detestaria um casamento duplo — um casamento separado já é estressante o suficiente — declarou Orla. — Vocês acham que elas vão fazer as pazes?

— Ah, foi só uma briguinha — Carrie mexeu os dedos dos pés e bocejou.

— Não sei. As mães foram insultadas. Isso é artilharia pesada.

— Nunca pensei que Jessica fosse capaz de uma coisa dessas — Gina fez um muxoxo. — Aquela história de botequim passou da conta.

— Mas a Carol também foi agressiva. Ouviram o que ela disse sobre a Katie não conseguir arranjar homem? Ela é uma piranha metida a besta. Detesto isso. — Carrie franziu a testa. — Katie está temporariamente sem ninguém e não por escolha própria. Carol botou o dedo na ferida.

— Bom, acho melhor entrarmos no chuveiro, depois vamos para o bar recuperar forças para a viagem de volta. Acho que vai estar friozinho — sugeriu Orla. As outras apoiaram.

— As futuras noivas podem estar brigadas, mas isso não impede que a gente se divirta — disse Gina com uma risada; estava achando tudo hilário.

— Acho melhor ver se a Carol está bem — disse Amanda com voz lúgubre. — Afinal de contas *eu* sou a madrinha dela e Katie foi cuidar da Jessica.

— É um duelo na madrugada. Os protagonistas sempre têm seus padrinhos. Será que isso quer dizer que você não pode falar com a Jessie e a Katie? — riu Orla.

— Rá, rá, rá, muito engraçado. Quero uma vodca dupla; acho que vou precisar — gemeu Amanda.

— Não ligue para aquela vaca desagradável — consolou Katie, passando a mão nas costas de Jessica. — Ela exagerou.

— Você ouviu o que ela disse? — Jessica sentou-se irritada. — Ela disse que *concordou* com um casamento duplo, como se Mike e eu tivéssemos implorado de joelhos para que ela se casasse junto conosco. E como ela ousa chamar minha mãe de mandona?

Katie disfarçou um sorriso. Mandona não era uma descrição exagerada da tia Liz.

— A despedida de solteiro estava correndo tão bem até que ela resolveu abrir a boca. Eu estava me divertindo tanto — Jessica deu um soluço.

— Eu também — concordou Katie.

— Coitadas das meninas, elas devem estar horrorizadas — disse Jessica preocupada.

— Não esquente, isso não tira pedaço de ninguém — declarou Katie. — Aposto que elas estão no bar.

— Carol não sabe beber — não devíamos ter insistido. Veja só o que aconteceu — disse Jessica chorosa. — Como vamos nos casar na mesma cerimônia se não estamos falando uma com a outra?

— Tudo vai se ajeitar, você vai ver — afirmou Katie, carinhosa.

— Katie, nós estamos falando da Carol — lamentou-se Jessica.

Katie mordeu o lábio. — Tem razão — reconheceu. — Ela é do tipo que guarda rancor depois de uma briga.

— Ai, meu Deus! — Jessica escondeu o rosto nas mãos. Uma briga com Carol era a pior coisa que podia acontecer.

— As mulheres estão de mal porque brigaram — anunciou Gary irritado ao voltar para a mesa que ocupava com Mike. Estavam no Gravediggers, tomando umas cervejas e assistindo a um jogo de futebol antes de ir a Heuston pegar as meninas, que chegariam de trem.

— Brigaram por quê? — gemeu Mike.

— Não me pergunte. Carol estava aos berros no telefone. Vê se pode! Ligar para mim no pub, logo quando estou tentando me concentrar no jogo.

— Isso é péssimo — riu Mike. — Está ficando bem difícil aturar essa tensão pré-casamento. Outro dia Jessica estava reclamando porque uma prima dela mandou um presente e, quando Jessica foi dobrar o papel de embrulho, caiu um cartão que alguém tinha escrito para a prima. Era um presente dado à outra. É claro que Jessie ficou ofendida e queria desconvidar a prima. Parece que é gente cheia da grana.

— Claro que são, repassando presentes desse jeito. Deixe pra lá; vamos aproveitar nossas últimas horas de paz e tranquilidade. Quando elas chegarem, aí é que essa história de casamento vai começar de verdade. Daqui a duas semanas, meu caro, nós dois vamos estar de aliança no dedo e coleiras no pescoço.

— Onde está a Carol? — perguntou Katie. Aguardavam no saguão do hotel os táxis para ir à estação.

Amanda lançou um olhar compreensivo a Jessica. — Ela pegou um táxi sozinha. Quer que a deixem em paz.

— Está se achando a Greta Garbo — respondeu Katie, nem um pouco compreensiva. — Vamos logo, os táxis chegaram. Vamos ter de nos apertar, já que a madame Logan ficou com um táxi só para ela.

— Ah, deixa a menina em paz, Katie. Ela estava abalada — respondeu Amanda lealmente.

— A Jessie também está abalada e não está se comportando como estrela.

— Parem com isso vocês duas, já basta as noivas estarem brigadas. Não queremos que as madrinhas briguem também. Vocês duas têm de segurar as pontas até que elas cheguem em paz ao altar — comandou Gina severa enquanto se amontoavam nos táxis.

Sentada no banco traseiro do táxi, Carol evitou deliberadamente os esforços do motorista para dar início a uma conversa. Estava louca de raiva. Jessica Kennedy era uma piranha daquelas, e por pouco não tinha dito para ela enfiar no rabo seu casamento brega, barato e provinciano e sumir da sua frente.

Mas já era tarde, tarde demais, tudo estava arranjado. Convites enviados, as flores e os bolos encomendados, lugares marcados, os vestidos comprados, luas de mel reservadas e pagas. Além do mais, pensou desanimada, tinha sido uma luta desgraçada para conseguir que Gary chegasse até ali. Se ela dissesse para ele que ia cancelar o casamento, jamais teria outra chance. Estava entre a cruz e a espada. Olhou pela janela de cara amarrada. O taxista, prudente, havia desistido de conversar e se encarregava apenas de dirigir.

Carol decidiu que tinha duas opções. Cancelar tudo e desistir para sempre de arrastar Gary até o altar, ou engolir a raiva e o orgulho, como sempre, e seguir em frente. Um pensamento lhe passou pela cabeça, provocando um arrepio de medo. Talvez Jessica desistisse. Nunca vira a amiga tão furiosa. Na verdade, fora tudo muito chocante, refletiu, lembrando-se das palavras da amiga.

— Meu Deus, que confusão — murmurou.

— Perdão, você disse alguma coisa? — perguntou, esperançoso, o taxista.

— Estou falando sozinha — resmungou Carol, num tom tão ameaçador que ele se recolheu ao silêncio.

— O que aconteceu? — Mike perguntou impassível quando Jessica entrou no carro e sentou ao seu lado.

– Ah, a Carol me ofendeu, eu tive de responder à altura e acabamos numa troca de ofensas. Aí ela foi embora sozinha e não quis sentar conosco no trem. Você viu como ela se retirou da plataforma. Estou de saco cheio – Jessica explodiu. – Ela teve a coragem de dizer que minha mãe é mandona e que lamentava ter *concordado* com um casamento duplo, como se eu a tivesse *convidado*. Depois me acusou de tomar todas as decisões. Fui completamente humilhada, Mike – e explodiu em lágrimas de frustração.

– Não chore, Jessie – disse Mike irritado, olhando para Katie no banco de trás do carro. Ela revirou os olhos.

– Vou chorar, sim, minha despedida de solteira estava ótima até ela abrir sua enorme boca – soluçou Jessie.

Os lábios de Mike se cerraram até formar uma linha estreita. Ele ligou o carro com uma expressão séria no rosto que não lhe era habitual. Que belo começo para as comemorações do casamento. Noivas em guerra. Era só o que faltava.

– Se você vai ficar de cara amarrada a noite toda, acho melhor eu ir para o pub – disse Gary irritado, sentado na sala do apartamento de Carol, folheando um jornal velho. – Para começo de conversa, nunca entendi por que você quis um casamento duplo; tudo o que você e Jessie fazem ultimamente é brigar. Vou tirar água do joelho, decida logo o que você quer fazer – e dirigiu-se para o banheiro.

Carol estava louca de raiva. Não podia contar todos os detalhes da briga. Seria uma desculpa perfeita para ele cancelar o casamento. Estava até surpresa por ele não ter sugerido isso. O melhor que podia fazer era representar o papel de "tudo bem" e seguir em frente.

– Mas não está tudo bem – resmungou. – Cansei deles, cansei dele. – Fixou os olhos na janela, profundamente infeliz e fervendo de ressentimento.

Isso não era jeito de se preparar para o seu casamento. Deveria estar feliz e animada. Mas era tudo o que não estava.

– O que nós vamos fazer? – Gary se aproximou e abraçou-a.

– Vamos para a cama – murmurou ela, aconchegando-se a ele, desesperada por um pouco de consolo e por um toque amoroso.

– Excelente ideia – aprovou Gary, apertando-a contra seu corpo. À medida que ele a beijava e acariciava, Carol foi relaxando. Em duas semanas o casamento já teria acontecido, e nunca mais teria de olhar para Jessica Kennedy se não quisesse. E isso parecia ótimo naquele exato momento.

36

Dentro do carro, Mike olhou o relógio. Esperaria mais vinte minutos. Se ela não chegasse teria de falar com ela pelo telefone, mas preferia falar cara a cara. O que tinha a dizer faria mais efeito dessa forma.

Baixava o crepúsculo sobre a cidade, do lado do poente o céu se cobria de tons laranja e rosa. Torcia para que tivessem sorte com o tempo no dia do casamento. O verão tinha sido fantástico, e um veranico de outono ainda mais bonito retardara o frio. O entardecer mais breve era o único sinal da mudança de estação.

Pelo espelho retrovisor percebeu um movimento. Tinha adivinhado certo. Depois de tanto tempo, conhecia Carol muito bem. Viu-a correndo em passos cadenciados em direção ao apartamento, olhar fixo à frente, sem desviar para a esquerda ou para a direita. Nem percebeu sua presença ao passar por ele correndo.

Quando ela diminuiu o passo para entrar em casa, ele desceu do carro e chamou. – Oi, Carol, posso dar uma palavrinha com você?

– Ah. Olá Mike – disse ela, surpresa, olhando-o desconfiada. – O que houve?

– Podemos entrar? – sugeriu ele. Não queria uma discussão na porta de casa.

Relutante, ela enfiou a chave na fechadura e ele entrou atrás dela. O novo apartamento era muito diferente do cortiço onde ela morava anteriormente. Carol era tão estranha. Podia muito bem pagar para morar em um lugar decente, mas sua insegurança era tanta que tinha preferido economizar boa parte do salário, em vez de ter qualidade de vida. Provavelmente era porque o pai tinha abandonado a família. O dinheiro havia encolhido.

Mike mordeu a bochecha. Quando decidiu falar com ela, estava disposto a brigar, mas agora já não se sentia tão inclinado a fazer isso. Era sempre assim com Carol. As pessoas toda vez lhe davam um desconto. Jessica teve de enfrentar a morte do pai, um trauma enorme na vida de qualquer pessoa. Mas não passava a vida querendo que todo mundo pagasse por suas perdas, como Carol fazia. Sentiu-se mais decidido quando Carol lhe dirigiu um olhar raivoso ao entrarem no apartamento, e a porta se fechou.

– Na certa foi a Jessica que mandou você aqui.

– Não. Para falar a verdade, ela nem sabe que estou aqui. E eu gostaria muito que você não contasse a ela. Isto é entre mim e você. – Mike pigarreou. – Olhe, Carol, não quero provocar uma briga, já tivemos brigas de sobra, mas existem algumas regras básicas que você tem de respeitar. Vamos todos nos casar em menos de quinze dias. E você sabe muito bem que a ideia do casamento duplo partiu de você...

— Mas vocês concordaram — interrompeu ela mal-humorada.

— Seja honesta, Carol. Lá no fundo você sabe muito bem que a Jessie não queria, nem quer, um casamento duplo. Ela queria que tivéssemos esse dia só para nós. Você se aproveitou do fato de ela ter um coração mole. Isso é típico de você.

Ela ia interrompê-lo outra vez, mas ele ergueu a mão e falou com firmeza. — Deixe-me terminar, Carol. Jessie é a pior inimiga dela mesma. Se ela fosse mais durona, você não levaria Gary ao altar tão cedo, e acho que você sabe disso muito bem. Quando ela ainda estava em dúvida se concordava ou não com o casamento duplo, por causa da Liz, você disse que a Liz podia organizar tudo como quisesse. Depois voltou atrás e começou a fazer exigências. Ok, isso é justo, é o seu casamento também, mas você passou da conta quando insultou a Liz na frente de Jessie...

— Jessie insultou a *minha* mãe — disse Carol com raiva.

— Depois de você ter insultado a dela — disse Mike com calma. — Mas não é disso que vim falar. O caso é que a Jessie se sacrificou por você. Sei que a palavra "sacrifício" é um pouco forte, mas para ela foi isso mesmo, um sacrifício. E você *nunca* reconheceu isso. Os meses antes do casamento foram complicados. Primeiro você ia casar, depois desistiu; aí surgiram problemas por causa do fraque, sem falar nos seus problemas de família. Jessie e Liz já têm muitos problemas para enfrentar, principalmente no plano emocional por causa da morte de Ray. Não precisam encarar também os problemas que você jogou nas costas delas. Portanto, pare com isso, Carol. Vamos ser justos. Seja lá qual foi a briga que vocês tiveram, deixe para lá e dê você o primeiro passo. É o mínimo que você pode fazer, porque Jessie e eu vamos ter o dia mais feliz de nossas vidas, e seus problemas não vão nos impedir. Resolva os seus problemas e passe por cima do que for preciso, porque, se você não fizer isso, vai perder a sua melhor amiga — ameaçou Mike.

Uma vez começado, tinha de botar tudo em pratos limpos. Ainda bem que tinha feito isso. Jessie merecia isso dele. Só depois de verbalizar tudo tinha percebido de verdade o tamanho do sacrifício que sua noiva havia feito e como Carol não estava nem um pouco grata. Havia muito tempo ela vinha merecendo ouvir essas coisas, e ele não se arrependia de nada do que tinha dito, decidiu Mike, encarando-a com firmeza. Foi ela quem baixou primeiro o olhar.

— Você tem razão em muita coisa — murmurou ela.

— Eu não, quem tem razão é a Jessie — corrigiu ele friamente.

— Ok — ela sussurrou.

— Então eu já vou indo. — Mike caminhou para a porta. Naquele exato momento, não se importaria a mínima se jamais voltasse a ver Carol.

Sentou no carro e deu a partida no motor; não tinha ideia do que ela pretendia fazer. Será que as verdades que havia dito seriam suficientes para Carol telefonar para Jessica e se desculpar? Ou, melhor ainda, será que ficaria tão furiosa que diria para eles se danarem com o casamento, permitindo que tivessem um só para eles?

Suspirou ao passar por Dalymount. Tinha feito o que deveria ter feito havia muito tempo, tinha enfrentado Carol e sua tirania. Talvez fosse pouco e tarde demais.

Dentro do peito, o coração de Carol batia disparado. Sentia-se mal. Confrontos sempre lhe provocavam náuseas. Mike tinha sido horrível por lhe dizer essas coisas. Que cara de pau! Será que ele não se enxergava?

Jogou-se no sofá e abraçou os joelhos. O pior de tudo é que, lá no fundo, tinha de admitir quanto havia de verdade nas palavras dele. Não podia fugir da verdade, mas não pretendia admiti-la para ninguém, nunca... nem mesmo para Gary. Mike tinha razão. Sempre soubera que Jessie não queria um casamento duplo. Desde aquela primeira noite, no bar Oval, quando ela havia tocado no assunto pela primeira vez, a amiga sempre fora contra a ideia. Só depois de algumas sessões de "tenha pena de mim" por parte de Carol é que Jessica havia cedido.

Quem mandou ela ser tão tímida? pensou, fazendo pouco caso. Por que não teve coragem de dizer a verdade? Jessica não sabia dizer não. Será que a culpa disso também era *dela*?, pensou Carol ressentida. Por que botavam nela a culpa de *tudo*? Como gostaria de dizer ao casalzinho para se danar com seu casamento brega. Mordeu o lábio. Se uma palavrinha sequer sobre tudo isso chegasse aos ouvidos de Gary, ele daria o fora tão rápido que mal veriam sua sombra. Será que Mike acreditava mesmo que ela estava doida para dividir seu casamento com eles, mais Katie, Liz e Tara de quebra? Nem um pouquinho. Se jamais os visse outra vez, não daria a mínima.

Que atrevimento o dele, pensar que ela telefonaria para pedir desculpas a Jessie.

Mas, se não telefonasse, Mike poderia falar com Gary, e seria o fim de tudo. Esse pensamento insidioso não saía de sua cabeça. Gemeu. A cabeça latejava; ainda estava intoxicada por toda a bebida que havia ingerido no fim de semana. Nunca mais, ela jurou, a caminho da cozinha para beber um copo d'água.

Não podia contar a Gary o que havia acabado de acontecer. Não podia contar a Jessie, como costumava fazer, já que Jessie era a causa de tudo. De repente percebeu que não tinha ninguém com quem falar, ninguém em quem pudesse confiar. Uma lembrança lhe veio à memória. Sean, com os braços em volta dela, confortando-a enquanto ela lhe confiava suas dores e sofrimentos. Tinha-o deixado ir, e em troca de quê? Em troca de um homem que jamais a defenderia, como Mike acabara de defender Jessica. Um homem que não se casaria com ela, a não ser forçado. Um homem no qual não podia confiar. Um homem que jamais a deixava segura.

Não era tarde demais. Podia desistir do casamento. Sean se mostrara muito interessado nela. Pelo menos tinha sido bondoso, e sempre seria se ficassem juntos outra vez. Tinha pouca experiência da bondade masculina. Por que fugira quando essa bondade estivera ao alcance da mão? Por que tinha preferido Gary e seu jeito despreocupado, que não merecia confiança, em lugar da inegável lealdade de Sean? Por que era tão burra?

Num impulso pegou a agenda, procurou o número do telefone dele e discou. Ouviu a voz, grave e reconfortante com um sotaque atraente do oeste.

– Sean? Oi, sou eu, Carol. Será que posso me encontrar com você? – falou sem pensar. – Acho que cometi um erro. Podemos conversar?

Houve um silêncio do outro lado da linha, e então ele disse, um tanto sem jeito: – Carol, não quero magoar você, mas estou namorando. E gosto muito dela. Não acho que ficaria bem encontrar você.

– Ah – disse ela, o coração pesado como chumbo.

– Talvez você esteja nervosa por causa do casamento – disse ele gentil.

– É, deve ser. Você deve estar certo – engoliu em seco. – Esqueça este telefonema. Tchau. – E desligou sem nem esperar pela resposta. Estava completamente humilhada. O que havia dado nela para fazer esse papel de boba? Lágrimas arderam em seus olhos. Ele havia se recuperado bem depressa. Mas os homens são assim mesmo. Não se pode confiar neles.

— Olá, Katie. A Jessie já chegou? — Mike apareceu com a cabeça pela porta da sala.

— Ainda não. Ela ia fazer uma reportagem externa, esqueceu? Mas não deve demorar.

— É mesmo, esqueci. Vou ligar já para o celular dela, para saber onde ela está — disse Mike, constrangido. — Katie, não sei se eu devia ter feito o que fiz — disse ele devagar, jogando-se no sofá ao lado dela.

— O que foi que você fez? — perguntou Katie assustada, virando-se para ele.

— Fui falar com a Carol e estou chegando de lá.

— O quê? — Katie olhou para ele espantada. — E?

— Quando vi quanto a Jessie ficou aborrecida depois daquele fim de semana, fiquei louco de raiva. Hoje fui até a casa da Carol e lhe disse umas verdades. Disse que ela era incapaz de ser grata pelo sacrifício que a Jessie tinha feito para que ela pudesse ter a droga de casamento duplo que queria. Resumindo, soltei os cachorros. Talvez eu tenha passado da conta. Falei coisas pesadas — ele passou a mão pelo queixo com a barba por fazer.

— Mike, conhecendo a Carol como eu conheço, por mais que você tenha sido duro não deve ter sido mais do que ela merece. Mas fez muito bem. Aquela garota estava precisando ouvir umas boas. Sei que ela tem problemas, mas todos nós temos e não descontamos nos amigos. Ela sequestrou seu casamento; está na hora de alguém dar um basta. Portanto, não se sinta culpado por ter posto tudo em pratos limpos. Ela merece. E sabe de uma coisa? — continuou Katie, irônica. — Não vai fazer a menor diferença. Essa é a natureza dela, infelizmente. Eu, eu, eu.

— Você acha que devo contar à Jessie?

— Talvez daqui a uns seis meses, para ela saber que você é um cavalheiro como Sir Galahad, mas agora não. Ela já tem coisas demais para resolver e, além disso, sente-se um pouco culpada por ter falado mal da mãe de Carol — aconselhou Katie. — Pense bem: dentro de duas semanas vocês vão estar no País de Gales, transando como doidos, sem se preocupar com nada. Agarre-se a esse pensamento e vai ficar tudo bem.

— Você é uma amigona, Katie, muito obrigado. — Mike se inclinou no sofá e abraçou Katie. — Você está com uma cara ótima. Vai sair com alguém?

— Pode crer. Jessie chegou. Bico calado.

— Oi, Mike, oi Katie. — Jessie cumprimentou com ar cansado e chutou os sapatos para longe. — Estou exausta. Imagine. Esta é a última noite em que durmo aqui. É um pouco triste, não é?

— Mais triste para mim do que para você — disse Katie. — Depois do casamento, a Eileen Kelly, lá do meu trabalho, vem morar aqui.

— Você não está com uma cara nem um pouco triste, está ótima. Mais um encontro? Quem *é* esse cara com quem você está saindo?

— É isso aí. E quando você vai nos apresentar? Preciso conhecer o sujeito para saber se ele serve para você — implicou Mike. — Ele vai ao casamento?

A campainha tocou.

— Bem na hora — Katie deu um pulo, sorrindo felliz.

— Convide-o para o casamento — insistiu Jessie.

— Acho que não — sorriu Katie. — Já volto.

Momentos depois, entrou na sala seguida por Sean Ryan.

— Ah, meu Deus — Jessica ficou de boca aberta. — Sua danada. Imagine só, não me contou nada.

— Olá, Jessie. Como vão as coisas, Mike? — Sean parecia um pouco sem jeito.

— Oi, companheiro, que bom ver você — exclamou Mike, feliz por Katie. — Então vocês estão finalmente juntos.

— O que você quer dizer com isso? — perguntou Katie.

— Sempre achei que vocês dois eram perfeitos um para o outro — disse Mike displicente.

— É engraçado como essas coisas acontecem — Katie sorriu para Sean, os olhos brilhando de felicidade.

— Acho que você tem de vir ao casamento — disse Jessica num impulso.

— Acho que não, Jessie. Se fossem apenas você e o Mike, eu gostaria muito de ir, mas meu último encontro com o Gary não foi dos mais amigáveis. Poderia causar mal-estar — disse Sean diplomático.

— Que pena — disse Jessica aborrecida.

— Quando vocês voltarem da lua de mel nós podemos sair para jantar e nos divertir — prometeu Sean.

— Vamos sair juntos muitas vezes. E você e a Katie podem passar uns dias na nossa casa em Greystones — disse Mike, encantado com o rumo inesperado dos acontecimentos.

— Pois é, a Katie me contou que vocês vão morar lá, em um apartamento. Lugar bonito — aprovou Sean.

— Ficamos sabendo na sexta-feira — fomos lá, demos uma olhada e decidimos na hora. Eu me mudei enquanto ela estava em Kilkenny. — Mike sorriu para Jessica.

— Não era o que a gente preferia, e o apartamento não é tão moderno quanto o chalé que tínhamos adorado, mas vai servir bem por algum tempo – explicou Jessica.

— Eu acho que vai ser bom, e pelo menos é perto do mar – disse Katie trançando a mão na de Sean.

— Vamos passar ótimos fins de semana lá, nós quatro, não é, Jessie? – Mike colocou o braço sobre o ombro dela.

Ela se aconchegou a ele. – Claro que vamos – concordou.

— Olha, Katie e eu íamos sair para jantar. Que tal eu telefonar para o restaurante e mudar a reserva para quatro, e vocês vêm conosco? – Sean olhou para Katie. – Concorda?

— Claro, venham, sim – ela insistiu. – Vamos fazer com que a última noite de vocês em Dublin seja inesquecível.

Jessica e Mike olharam um para o outro e riram.

— Por que não? – concordou Mike. – Vista seus trapos mais bonitos, mulher. E eu vou tomar um banho rápido e fazer a barba.

— E nós vamos abrir uma garrafa de vinho enquanto esperamos – propôs Katie, feliz com a mudança de planos.

— Que boa notícia essa da Katie com o Sean – disse Jessica deitando ao lado de Mike.

— Foram feitos um para o outro – ele bocejou, abraçando-a e colando seu corpo ao dela.

— Foi uma noite ótima, não foi? Eu me diverti muito. Ele é muito engraçado – Jessica acariciou o braço dele. – A companhia deles é relaxante.

— Hummm... comparado a outro casal que eu conheço – comentou Mike venenoso.

— É uma pena que ele não possa ir ao casamento. Carol certamente vai ficar furiosa quando souber que a Katie está namorando Sean – murmurou Jessica.

— Azar. Ela teve uma chance, vai ter de se conformar – retrucou Mike. Agora durma, vamos ter um dia movimentado amanhã. Acho que vamos precisar de um mamute para nos ajudar a transportar nossas coisas.

— Pare de exagerar – disse Jessica sonolenta, mas não foi ouvida por Mike, que já havia pegado no sono.

Na cama, Sean lamentava ter recusado o convite de Katie para dormir lá. A tentação tinha sido forte, mas preferiu que estivessem sozinhos em casa na primeira vez em que dormissem juntos. A noite tinha sido muito divertida. Os quatro haviam se entendido muito bem e riram bastante.

Katie tinha feito um relato dos fatos que haviam precedido o casamento e ficou claro que Mike e Jessica precisavam relaxar um pouco. E era isso que tinha acontecido, com a ajuda de muita cerveja e muito vinho. Sean riu no escuro.

Voltou a pensar em Carol. O telefonema dela tinha sido um verdadeiro choque, totalmente inesperado. Pensou se não deveria ter ido conversar com ela. Se estivesse namorando outra pessoa, e não Katie, talvez tivesse ido. Mas, nas atuais circunstâncias, ficava um pouco complicado. Principalmente porque Katie não queria que Carol ficasse sabendo deles antes do casamento.

– Só para facilitar a vida – foi o que ela disse quando ele perguntou por quê.

Se Carol achava que tinha cometido um erro, deveria desistir antes que fosse tarde demais. Talvez ele pudesse mandar uma mensagem de texto para dizer isso. Uma atitude covarde, quem sabe, mas preferia não se envolver. Katie não gostaria.

Sorriu ao pensar em Katie. Era tão divertida e descomplicada, diferente da pobre Carol assim como a água do vinho. Com Katie não havia dúvidas, e ele gostava disso. Mas Carol parecera triste e solitária. Não podia se encontrar com ela às escondidas de Katie, que ficaria furiosa se descobrisse – e Carol, com certeza, faria com que ela soubesse em algum momento. O melhor era mandar uma mensagem de texto ou telefonar. Faria isso logo de manhã, para se livrar do assunto.

Preocupado, Sean ficou um tempão revirando-se e remexendo na cama, até que finalmente adormeceu.

37

– Lar, doce lar – declarou Mike enquanto Jessica dobrava o último saco de plástico preto. A nova morada era o andar superior de uma casa grande, de tijolos vermelhos, em estilo georgiano, com uma vista panorâmica do mar e da costa. A sala de estar era ampla e arejada, decorada em tons creme e amarelo-ouro, com grandes janelas de correr que deixavam o sol inundar o quarto.

Um grande sofá de chintz, duas poltronas e uma mesinha baixa completavam a decoração.

No quarto da frente, que haviam escolhido para eles, uma cama de casal com cabeceira de pinho, um armário também de pinho, uma penteadeira, e, para alegria de Jessica, um banco embutido sob a janela de correr. Podia imaginar-se encolhida ali com um livro, no inverno, vendo a neblina vinda do mar, ou, num dia quente e ensolarado de verão, observando o brilho do sol sobre a água cor de turquesa.

Ambos gostavam de Greystones e do ambiente rústico de balneário, com seus restaurantes e lojas. E, embora ambos tivessem de fazer uma viagem diária, isso não era suficiente para assustá-los. Jessica poderia ir de trem para a cidade, se quisesse, uma opção que pretendia utilizar, principalmente às sextas-feiras.

Jessica terminou de arrumar seus livros nas prateleiras, em nichos de ambos os lados da lareira, e esse pequeno toque pessoal a fez sentir-se mais em casa.

– Vou arranjar dois abajures de cerâmica para a sala de estar, para não termos que usar aquele lustre horroroso. E um par de abajures amarelos deixaria nosso quarto bem mais aconchegante. Posso procurar uma colcha e almofadas amarelas e azuis para forrar a cama – ia planejando feliz ao entrar no quarto. – Pena que a cozinha seja tão básica...

– Mas você não tem de se preocupar com isso – provocou Mike – já que sou eu que vou cozinhar.

– Provavelmente você vai chegar em casa antes de mim quase todos os dias, você não vai enfrentar tanto trânsito quanto eu – retorquiu Jessica. – Vou *precisar* ser bem alimentada.

– E vai ser, não se preocupe – Mike colocou as raquetes de tênis dos dois em cima do armário.

– Foi uma pena, não foi, não conseguirmos o chalé – lamentou Jessica, olhando o armário que, a essa altura, estava quase estourando. – Havia tanto espaço lá.

– Aqui temos mais espaço do que teríamos naquela casa geminada em Bray ou no apartamento que vimos em Loughlinstown – argumentou Mike.

– Com certeza é o melhor que vimos depois daquela casa – concordou Jessica, arrumando sua roupa íntima na gaveta superior da cômoda. – E Greystones é um lugar lindo. Aquele café bonitinho na rua principal faz sopas e pães excelentes.

— E poderemos passear à beira-mar e talvez caminhar nas colinas. Vai ser ótimo, vamos nos acostumar logo. — Mike puxou-a para a cama e beijou-a.

— Não estamos com tempo para essas coisas. — Jessica empurrou-o minutos depois, ofegante.

— Ah, vamos lá, vamos batizar a cama para nos sentir totalmente em casa — Mike enfiou a mão por baixo da camiseta dela e começou a acariciar-lhe os seios.

— Ah, Mike, isso não é justo — murmurou Jessica. — Você sabe que não consigo resistir quando você me provoca.

— Então não resista — disse ele com voz rouca, silenciando-a com um beijo e traçando de leve um caminho com as mãos por entre as coxas dela, fazendo-a suspirar de desejo.

— Mike, Mike — ela sussurrou, desafivelando o cinto dele. — Não pare.

— Agora eu não quero levantar — disse uma Jessica sonolenta meia hora mais tarde, aconchegada a ele. Tinha começado a chover. O tempo bom havia terminado, e viam, através das grandes janelas de correr, que o mar, ao longe, era como estanho agitado e borbulhante. A chuva batia com força na vidraça, e lá fora o vento assoviava e gemia.

— Podíamos tirar um cochilo e depois sair para jantar — sugeriu Mike. — Afinal, é nosso primeiro dia na casa nova, e não há melhor maneira de passá-lo do que esta, agarradinhos, fazendo amor. Já guardamos tudo, o que mais você pretendia fazer?

— Nós íamos à casa da mamãe apanhar os presentes de casamento que estão lá — Jessica deu um enorme bocejo.

— A gente vai no fim de semana — sugeriu ele.

— Tá bom, estou mesmo exausta. — Jessica se aconchegou mais um pouco e, em poucos segundos, pegou no sono.

DENTRO DO CARRO, Sean olhava fixamente para o telefone celular. Tinha de telefonar para Carol e passara o dia adiando. Ele lhe devia ao menos esse gesto de amizade. Tinha se livrado dela na véspera de maneira pouco atenciosa, pensou culpado.

Suspirou fundo, procurou as "mensagens recebidas" e encontrou o número dela. Pressionou a opção "ligar" e esperou, com alguma esperança de que caísse na caixa postal, e um recado resolveria a questão.

— Alô — disse ela em tom enérgico.

— Carol? Oi, é o Sean. Queria saber como você está. Pensei em você ontem à noite, e, se você acha mesmo que cometeu um erro, não vá em frente. Seria melhor desistir agora do que ter de fazê-lo mais tarde. E seria menos doloroso — aconselhou, esperando que sua voz não traísse o nervosismo.

Seguiu-se um silêncio forçado.

— Estou ótima, Sean. Acho que era o nervosismo pré-casamento, como você disse. Desculpe ter incomodado você — disse ela com uma voz fria como gelo.

— Ah, não foi nenhum incômodo, Carol. Fico contente por você saber que pode contar comigo — disse ele tranquilo.

— Olha, tenho de sair, vou provar meu vestido de noiva. Obrigada por telefonar. Tchau. — E desligou sem esperar a resposta.

Sean ficou olhando para o telefone. — Não foi uma boa, meu chapa — murmurou. Mas por que se sentia tão culpado? Por que se sentia como se estivesse em falta com ela? *Ela* havia terminado com *ele*, ora bolas. Aborrecido, ligou o carro e pegou o caminho de casa.

— CARA METIDO A superior — resmungou Carol, colocando o telefone na bolsa. Quem esse tal de Sean Ryan pensava que era para ligar com o pretexto de estar preocupado com ela? Se já estava namorando outra ele tinha se esquecido dela rapidinho. Não precisava da sua solidariedade ou de seus conselhos. Para ela, ele podia desaparecer para sempre. Nunca mais voltaria a falar com o policial Sean Ryan.

— Veja, querida, aqui está seu vestido de noiva. Acho que você emagreceu um pouco depois que o comprou, o que não é surpresa, já que isso acontece com a maioria das noivas, com tanta coisa para providenciar — disse a assistente do departamento de noivas, puxando a cortina do provador e pendurando o vestido de Carol num cabide.

Movimentando-se em torno de Carol, a assistente esticava e arrumava o vestido para que caísse em ondas elegantes em torno dos pés da cliente. — Talvez seja preciso apertar um pouco na cintura. Está um pouco folgado — murmurou a moça, recuando um pouco para examinar em detalhe a futura noiva. — Hummm... vou buscar uns alfinetes.

Carol sentiu-se aliviada ali sozinha, olhando sua imagem no espelho, maravilhada ao se ver tão diferente, vestida com o modelo exclusivo de cetim branco, que se ajustava ao seu corpo esguio, de uma maneira sutilmente sexy que a encantava. Um arrepio involuntário de exaltação percorreu seu corpo. Ia se casar, coisa que sempre desejara. Em menos de duas semanas nunca mais teria de se preocupar com namoros. Ela e Gary teriam uma boa vida juntos; comprariam uma casa bonita. Ela tinha o suficiente para dar a entrada. Seria uma casa chique e elegante, muito diferente daquela onde havia crescido. Mais tarde, pararia de trabalhar para ter filhos, e seriam as crianças mais amadas, ela jurava. Nunca sofreriam o que ela havia sofrido. Teriam certeza de ser amadas pelo pai e pela mãe. Nunca teriam de economizar cada centavo como acontecera com ela. Pegou o véu e colocou-o na cabeça, arrumando suas muitas dobras. Estava maravilhosa, decidiu, e seu coração ficou mais aliviado. Gary ficaria embasbacado, e isso valia o dinheiro gasto. Não entraria na igreja com um vestido feito em casa, refletiu maldosa, pensando em Jessie.

Suspirou. Talvez fosse bom telefonar para Jessie e torcer para que ela não estivesse mais com raiva. Depois da repreensão humilhante de Mike, não fazia muita questão de manter contato com a amiga. Mas não queria se arriscar a ter de enfrentar de novo a ira de Mike.

Vinte minutos depois ela saiu da loja para noivas, feliz porque o vestido estava perfeito. Ainda bem que decidira pelo modelo de cetim que Amanda achara que caía muito bem nela. A madrinha havia escolhido um vestido de frente única lilás-claro, que combinava muito bem com sua pele morena e bronzeada e com seus cabelos pretos na altura do ombro. Ela ficava muito bem com o vestido, mas, o que era ainda mais importante, Amanda não lhe faria sombra. Todos os olhares se voltariam para ela, Carol, com toda certeza. Melhor acertar a situação com Jessica, decidiu, procurando o telefone na bolsa.

Vamos nos encontrar e conversar?

Digitou a mensagem de texto, que lhe pareceu a melhor maneira de entrar em contato. Agora era com Jessie, dependia do que ela decidisse. Mike não poderia acusar Carol de não tomar a iniciativa. Salvou a mensagem antes de enviar, para o caso de precisar de uma prova.

— CAROL ME MANDOU uma mensagem de texto — Jessica informou ao noivo enquanto se deliciavam com a comida chinesa que haviam encomendado. Tinham decidido não sair para jantar e estavam comodamente instalados no sofá da nova sala de estar, espalhando generosamente molho de ameixas nas panquecas e recheando-as com cebolinhas e pato crocante.

Mike tomou um gole de cerveja. – E o que foi que ela disse? – perguntou displicente, satisfeito por dentro com o desenrolar dos acontecimentos. Havia passado o dia todo esperando que Carol ligasse para Jessie. E estava preparado, caso ela não ligasse, para telefonar avisando que o casamento duplo estava fora de questão.

– Ela quer conversar. – Jessica mordiscou um chip de camarão enquanto preparava outra leva de panquecas de pato.

– Que bom! – disse ele sucintamente. – Resolvam a briga de vocês e esqueçam, vamos fazer desse casamento uma ocasião festiva.

– Sim, senhor – disse Jessica irônica. – Mas se eu for me encontrar com ela amanhã depois do trabalho, isso quer dizer que vou chegar tarde em casa.

– Mas vai valer a pena, não acha? – Mike pegou um bolinho de frango.

– É, você tem razão. Mas depois da festa do casamento não me importo a mínima com o que ela disser e fizer. – Jessica começou a digitar uma resposta.

Graças a Deus – pensou Mike cheio de gratidão, esperando, meio sem esperança, que esse fosse o último obstáculo e que entrariam todos na igreja em relativa harmonia.

– CAROL ME LIGOU dizendo que tinha cometido um erro. Queria me ver – contou Sean a Katie enquanto esperavam a comida no Eddie Rocket's.

– O quê?! – Katie mal podia acreditar. – Não acredito. O que foi que você disse? – perguntou com ar duvidoso.

– Eu disse que estava namorando uma pessoa de quem gosto de verdade e que não seria adequado me encontrar com ela – disse ele com calma.

– E você quer se encontrar com ela? – perguntou Katie olhando-o diretamente.

– Não, não quero, Katie, pelo menos não nesse sentido que você está falando. Eu só queria saber se ela está bem. Ela parecia estar muito infeliz.

– Nem vem com esse papinho – disse Katie de cara feia.

– Isso não vai acontecer, não se preocupe – ele se apressou a tranquilizá-la. Liguei para ela hoje para dizer que, se ela estava em dúvida, o melhor seria cancelar o casamento.

– E ela ouviu você?

– Que nada. Me disse friamente que ia experimentar o vestido de noiva, depois disse tchau e desligou. E quer saber de uma coisa? – Pegou a mão de Katie e acariciou-a de leve. – Eu me senti culpado, Katie. Por que me senti assim? Afinal de contas, foi ela quem me deu o fora.

Katie riu da expressão perplexa no rosto bronzeado dele.

– Sean, meu bem, você foi devidamente "carolizado". Não se preocupe, acontece com todo mundo. Para falar a verdade – ela olhou o relógio – neste exato momento Jessie está prestes a passar pelo mesmo. Fazer com que as pessoas se sintam culpadas é a especialidade da nossa querida Carol.

JESSICA ESTACIONOU DIANTE do parque Merlyn e atravessou correndo os trilhos do trem Dart, bem no momento em que a luz vermelha ia se acender, avisando que a barreira ia baixar. Tinha esperança de que o trem estivesse indo para a cidade, e não para Bray. Entrou correndo na estação Sydney Parade e comprou sua passagem exatamente quando o trem chegou fazendo barulho. Que sorte, pensou satisfeita, espremendo-se para entrar no trem lotado.

Ela e Carol tinham combinado de se encontrar perto de uma estação do Dart, para que ela não ficasse presa no trânsito se tentasse vir direto da Central de Rádio para a cidade. Tinham escolhido Clontarf. Tudo havia sido combinado via mensagens de texto. Teria de pedir desculpas a Carol por ter ofendido a mãe dela, pensou desanimada. Tinha ido longe demais e se envergonhava disso. Fora um golpe baixo. Mas Carol tinha muita coisa para se desculpar também. As duas haviam errado.

O trem entrou em Lansdowne Road e uma mulher sentada perto de onde estava Jessica desceu. Jessica sentou-se aliviada; estava cansada. Estava trabalhando demais para resolver tudo antes de sair de licença-casamento. Passara a tarde toda atrás de pessoas cujos números de inscrição na Previdência não constavam de seus recibos para pagamento dos cachês. Um verdadeiro pé no saco. O sistema anterior era bem mais simples. Alguns deles ficavam muito irritados ao ser indagados sobre assuntos tão pessoais e tivera de ser diplomática.

O trem entrou na estação da rua Pearse e, por alguns instantes, uma brisa bem-vinda varreu o vagão quando as portas se abriram e muita gente saltou do trem. Foi um alívio temporário. Várias pessoas entraram para substituir as que haviam saltado e, à medida que o vagão se enchia em poucos segundos, misturavam-se diversos odores: suor e chulé, perfume, mau hálito e o cheiro dos velhos forros dos assentos. Uma criança pequena caiu sentada no seu colo, e ela se sentiu culpada; ofereceu seu lugar à mãe, que ficou muito agradecida, e se posicionou de pé novamente, enquanto o trem balançava ao longo dos trilhos sinuosos.

Ficou aliviada quando as portas se fecharam na estação da rua Amiens e o trem acelerou em direção a Clontarf. Ao ver o sol brilhar sobre o mar e os carros engarrafados na avenida Alfie Byrne, espremeu-se por entre a multidão para chegar até a porta. Era bem possível que Carol estivesse neste mesmo trem, pensou ao pisar na plataforma e sentir-se refrescada pela brisa.

Observou os passageiros que saltavam e passavam por ela correndo para descer a escada, mas não havia sinal de Carol. Haviam marcado de se encontrar no Bar Code, o espaçoso e arejado restaurante anexo à Academia de Ginástica e Centro de Lazer Westside, a poucos minutos de distância da estação. O tempo tinha melhorado durante o dia, e uma brisa marinha refrescante que soprava da baía tirou seus cabelos do rosto. Respirou fundo. Ficaria muito feliz quando esse tormento chegasse ao final. Queria ir logo para junto de Mike na nova casa.

Carol já estava sentada em uma mesa reservada quando Jessica entrou no restaurante fresco, espaçoso e difusamente iluminado.

– Olá – cumprimentou cautelosa, sem saber ao certo como seria recebida, e sentou-se.

– Olá. – Carol estava igualmente desconfiada. – Pedi este lugar para termos mais privacidade – disse ela sem jeito.

– Boa ideia – murmurou Jessica enquanto o garçom se aproximava com os menus.

– Bebidas, moças?

– É uma pena que eu tenha vindo de carro. Deveria ter tomado o trem em Greystones de manhã, e não em Sydney Parade. Não foi boa ideia – comentou Jessie depois de pedir um vinho branco e uma água com gás.

– É tão prático para você poder usar o Dart – disse Carol, que remexia os talheres e ia ficando à vontade aos poucos.

– Sinto muito pelo que eu disse sobre sua mãe – Jessica entrou direto no assunto.

– Foi muito ofensivo – disse Carol em voz calma.

– Eu sei. E sinto muito. Eu passei da conta – repetiu Jessica.

– Eu também sinto muito. Acho que eu também disse o que não devia – reconheceu a amiga, para alívio de Jessica. Por alguns instantes, parecera que só um dos lados se desculparia.

– Vamos esquecer tudo isso, não acha? – disse Jessica calorosa. – Vamos comer e aproveitar o jantar, já que a próxima refeição que vamos fazer juntas será nosso jantar de casamento. – Carol sorriu.

– Difícil de acreditar, não é? – murmurou Carol. – Você já resolveu tudo?

– Mais ou menos – suspirou Jessica. – Acho melhor fazermos logo o pedido, o garçom está rondando.

Jessica pediu o patê como entrada e pernil de carneiro como prato principal, e Carol escolheu bolo de peixe com salada Caesar.

– E que tal é morar junto? – perguntou Carol depois que o garçom anotou os pedidos.

– Tudo ótimo até agora – riu Jessica. – Ontem passamos a tarde toda na cama. Tirei um dia de folga para fazer a mudança. Gary já está morando com você?

– Vai se mudar no fim de semana. Eu te garanto, Jessie, ele não sabe o que o espera depois que estivermos casados. Vou dar entrada na compra de uma casa própria tão depressa que ele vai ficar tonto. Acredita que ele ainda pretende ir à Oktoberfest? Pois vai ter outra coisa...

Jessica recostou-se no assento com um suspiro de alívio enquanto Carol falava sem parar. Tudo tinha voltado ao normal.

Carol entrou no prédio, satisfeita com o rumo que as coisas haviam tomado. Jessie tinha sido a primeira a se desculpar, isso era o mais importante. O jantar com ela tinha sido agradável, e ela tinha sido muito solidária na questão do plano irrealista e egoísta de Gary de ir à Oktoberfest em Munique. Tudo como nos velhos tempos, ela desfiando suas queixas, e Jessie garantindo que tudo daria certo.

No hall do prédio havia duas contas, e uma carta com uma letra vagamente familiar. Apanhou-as e foi para casa. Chutou os sapatos, foi até a cozinha, pegou um copo de leite e abriu o envelope. Era uma carta da mãe, percebeu surpresa, ao ver a assinatura. A troco de que Nancy teria escrito?

Querida Carol
Ultimamente tenho pensado muito em nós, como família, e quero que você saiba que, se quiser que seu pai entre com você na igreja, eu não faço objeção. Liz me deu alguns livros maravilhosos para ler e eles me ajudaram a mudar um pouco de atitude. Perdoar não é fácil, mas não é impossível. Liz tem sido tão boa para

mim, e me deu este belo poema que envio junto e acho que você vai gostar. Espero que goste tanto quanto eu gostei, e que seja útil.

Sua mãe que te ama. Beijos

O poema estava em uma folha separada e, à medida que Carol ia lendo, seus lábios se cerravam de raiva. Como Liz Kennedy *ousava* interferir nos assuntos de sua família? Como ela ousava achar que cabia a Carol e Nancy perdoar Bill, e dar a Nancy um poema meloso a respeito de Deus e do perdão? Ela era mesmo muito atrevida. Era algo que não permitiria àquela vaca metida, Carol espumava de raiva, rasgando o poema em pedacinhos, que jogou na lata de lixo.

Sua mãe só podia estar louca se pensava, mesmo por um segundo, que ela admitiria a ideia de ser levada ao altar por Bill.

Liz já tinha interferido demais em sua vida. Com raiva, Carol jogou o copo na pia. Estava cansada dos Kennedy. Depois do casamento não permitiria que eles voltassem a se meter em sua vida, nunca mais.

Bill,
Quero que saiba que se você quiser levar Carol ao altar na próxima quarta-feira, deixo a você e a ela a decisão. Não pretendo interferir. Prefiro que você não venha a minha casa. O casamento será na igreja Kilbride, às duas horas da tarde.
Nancy

Bill não podia acreditar ao ler a primeira carta, no alto da pilha da correspondência que Brona havia deixado para ele na mesa do hall.

– Alguma coisa interessante? – perguntou a companheira, que preparava uma salada para acompanhar o salmão grelhado. Ao longo da última semana ela havia abrandado um pouco o mau humor, e a situação já não era tão tensa entre eles.

– Não, nada de interessante, só contas e pedidos de contribuições para instituições de caridade – mentiu, enfiando a carta no bolso. Não queria pôr em risco a paz frágil que reinava entre eles mencionando sua outra família ou o controverso casamento.

Nancy havia oferecido um *enorme* ramo de oliveira, pensou ele, ficando animado. Teria ela discutido o assunto com Carol? Provavelmente sim, ou não faria uma proposta dessas. Seria possível que sua filha desejasse sua presença no casamento e que ele a levasse até o altar? Será que devia telefonar para ela no trabalho para combinar tudo? pensava ele.

Mas Carol não gostava que lhe telefonassem no trabalho; ela tinha dito isso sem meias palavras. Mandaria seu melhor terno para o tintureiro e tiraria um dia de folga no trabalho; diria a Brona que viajaria para um torneio de golfe e estaria na igreja de Kilbride à espera de sua filha mais velha.

Finalmente, depois de tanto tempo, havia uma luz no fim do túnel. Tudo daria certo, pensou Bill alegre, levantando Ben em seus braços e fazendo-lhe cócegas.

O Casamento

38

PELO MENOS o sol estava brilhando, pensou Carol sonolenta, esticando-se no sofá estreito em que dormira sua última noite de solteira. Esse quartinho pequeno, modesto, onde passara a infância, não lhe trazia boas lembranças, e não tinha dormido bem.

Tampouco se sentia bem, pensou admirada. Normalmente ela era saudável como um touro, mas nos últimos dois dias estava enjoada e indisposta. Um vírus andava atacando o pessoal do trabalho; que azar danado ser atingida logo no dia do casamento.

Arrastou-se para fora da cama e olhou pela janela do quarto. Notou surpresa que o quintal estava muito bem cuidado. Grama aparada, canteiros sem ervas daninhas e até um canteiro de marias-sem-vergonha crescendo exuberantes no canto em que Nancy gostava de sentar.

Quanto a Nancy... não seria exagero dizer que sua mãe era outra mulher. Seus olhos estavam límpidos e sua aparência era saudável. As mãos não tremiam e ela estava cheia de energia, como Carol jamais vira. Era como se tivesse decidido esquecer o passado e começado a caminhar corajosa para a frente, embora o fizesse com alguma vacilação. Tinha até cozinhado na noite anterior, para quando Carol chegasse em casa – e, para não magoá-la, Carol tinha se forçado a comer, embora se sentisse mal. Gary não tinha ficado muito tempo depois que tiraram as malas do carro. Beijou-a no rosto e foi fazer o *check-in* no hotel. Ainda tinha de enfrentar Nadine, depois de tê-la decepcionado naquela noite, e não fazia a menor questão de ficar por ali.

Ela, Jessica e Mike haviam ido até o hotel mais tarde, para decidir a distribuição dos lugares nas mesas e se encontraram com ele no bar, para tomar um drinque. Com isso, encerrava-se em paz uma semana estressante. Jessie e ela haviam chegado à conclusão de que não havia mais nada a fazer, então o melhor era se divertirem. Carol não falara muito com Mike; aliás, tinha sido fria com ele. Ainda se ressentia daquela noite em que ele a tinha colocado contra a parede.

— Mamãe preparou chá com torradas, quer um pouco? — Nadine enfiou a cabeça pela porta. — Nossa, parece que você não está passando bem — constatou. — Encheu a cara ontem à noite?

— Não, não enchi — exclamou Carol, indignada. — Só bebi água com gás. Acho que peguei uma virose de vez ou outra coisa do gênero.

— Melhor uma virose de vez do que uma gravidez — riu Nadine.

— Gravidez? Do que você está falando? — Carol olhou perplexa para a irmã caçula, tentando adivinhar o que ela queria dizer com isso.

— Um filho! Gravidez! — explicou Nadine com toda paciência.

Foi como se o mundo desabasse sobre ela. Grávida! Não podia, de forma alguma, estar grávida. Ou podia? Sentou-se na cama, em estado de choque.

— Parece que você viu assombração. Eu estava brincando — disse Nadine irritada.

Carol passou a língua pelo lábio. Naquela noite, quando fizera sexo com Gary depois da briga em Kilkenny, ele quisera fazer amor mais uma vez. Na primeira, haviam usado a única camisinha que ele tinha e, mesmo ele tendo saído fora antes do orgasmo, ela sentira, instintivamente, que ele não fora rápido o suficiente. Com o trauma da discussão com Mike, mais o desastroso telefonema para Sean, além do vaivém constante da última semana, tinha se esquecido do assunto, até Nadine se sair com essa brincadeira sem graça.

Havia duas opções a considerar, raciocinou. Ou ela estava com uma virose ou estava grávida. Se estivesse com uma virose, tomaria um comprimido para acalmar o estômago. Se estivesse grávida, não havia nada a fazer. Tinha de saber... e logo.

— Você não está grávida, está? — perguntou Nadine hesitante, ao ver a expressão no rosto de Carol.

— Não sei. — Carol sentia a boca tão seca que tinha dificuldade em falar.

— Mas você não toma pílula? – perguntou Nadine, perplexa. – Eu tomo.
– O quê? – Carol ficou chocada.
– Ah, Carol, não saio dormindo com qualquer um, mas, quando a gente está bêbada, coisas acontecem. Já dormi com o Mono.
– Mas Nadine, você ainda é muito *nova* – exclamou Carol consternada.
– Mas não estou grávida – retrucou Nadine seca.
– Quer me fazer um favor? – disse Carol com voz trêmula. – Pode ir à farmácia comprar uma caixa de comprimidos para o estômago e um teste de gravidez?
– Vou à farmácia lá do centro. Não quero a dona da farmácia aqui da rua comentando com todas as amigas que eu fui lá comprar um teste de gravidez.
– Tem razão – disse Carol, desanimada, tirando da bolsa uma nota de cinquenta euros. – Você pode ir agora?
– Ok. Fique calma. Vou pedir ao Mono para me levar de bicicleta.
– Use capacete – recomendou Carol.
– Claro que sim – disse Nadine fazendo uma careta. – Está pensando que sou idiota?
– Eu sou – disse Carol cobrindo o rosto com as mãos.
– Ei, ei, vai dar tudo certo – disse Nadine desajeitada, passando a mão nas costas da irmã. – Deve ser um vírus. Vou buscar logo esse teste para tirar você dessa aflição.
– Obrigada, Nadine, agradeço muito. Nem uma palavra para a mamãe.
Nadine lançou-lhe um olhar de piedade e revirou os olhos. – Até parece... disse ela irritada, saindo apressada do quarto.
Carol ficou olhando a irmã se afastar. Esse dia, pelo qual esperara tanto, com tanta expectativa, começava com um pesadelo.

— Mono, não faça perguntas, venha aqui imediatamente. É uma emergência – sussurrou Nadine ao celular. – Espero você lá fora daqui a cinco minutos. Enfiou uma camiseta, vestiu um jeans e passou a escova no cabelo. Seu estômago dava nós. Pobre Carol, pobre dela. Que coisa, descobrir no dia do casamento que está grávida. Seria tão grave assim? Nunca tinha visto a irmã tão insegura. Isso deixava Nadine insegura. Preferia a Carol mandona, no comando de tudo – concluiu.
– Tenho de ir com o Mono resolver um negócio, mas já volto – gritou para a mãe que tomava o café da manhã na cozinha.

— Tome um chá — insistiu Nancy, notando quanto a filha parecia indisposta.

— Vou tomar apenas o chá, não estou com fome — murmurou Carol.

— Está nervosa? Sei como é. Eu também não estou com fome — confessou Nancy. Para falar a verdade, ela não estava sentindo um friozinho gostoso no estômago — estava sentindo um vendaval e ainda tinha dormido pouco. Estava tão nervosa que tinha até tomado dois goles de vodca — É... você andou falando com seu pai? — arriscou perguntar ao passar a jarra de leite para Carol.

— Não — foi a curta resposta de Carol.

Então ele não vai ao casamento, deduziu Nancy. Mas Bill não poderia culpá-la por não presenciar o casamento da filha; tinha feito a sua parte enviando aquela carta. Depois disso, o assunto era entre ele e Carol.

— Gostei muito da sua roupa, e esse cabelo fica bem em você. — Carol sentou-se na beira da mesa.

— Eu também gosto, foi Liz quem me ajudou a escolher. Fomos àquela butique numa ruazinha lateral, em Gorey, em frente ao supermercado, depois de ir a todas as outras na rua principal. Comprei o terninho lá. E ela comprou um conjunto lindo de saia e blazer em Wicklow. Ficou ótimo. — Nancy enfiou a mão no bolso do penhoar e tirou um envelope.

— Não sei usar a internet para entrar na sua lista de presentes, então aqui está um dinheiro para você comprar o que quiser. E... é... Carol, eu sinto muito não ter sido uma boa mãe para você quando...

— Tudo bem, mãe — Carol se apressou a interromper, evidentemente pouco à vontade com o rumo da conversa.

— Bom... certo. Vou tomar um banho. — Nancy achou que a filha a tratara com frieza, mas fez o possível para não pensar nisso. Queria apenas se desculpar por ter sido uma mãe tão ruim. Mas Carol não estava interessada.

Entre elas não havia uma relação profunda, pensou Nancy com tristeza, ao contrário de Liz e Jessie, que eram muito unidas. Mas a culpa não era de Carol, era sua. Sentiu um nó na garganta. Estava muito triste hoje. Carol estava se casando e começando uma vida nova com Gary, e Nancy sabia que o vínculo com a casa materna, que se afrouxara cada vez mais com o passar dos anos, seria, para todos os efeitos, totalmente rompido. Carol e Gary não eram um casal do tipo que viria tomar o chá da tarde.

Nancy foi para o quarto e sentou na borda da cama. Iria com Liz, dentro de uma hora mais ou menos, ao salão, para arrumar o cabelo. Do jeito que estava se sentindo, gostaria de poder voltar para a cama, ficar lá e fingir que o dia não estava acontecendo.

Abriu a gaveta da mesinha de cabeceira. Só por hoje, precisava de ajuda para atravessar o dia. Amanhã ela se comportaria bem, garantiu a si mesma, enquanto abria a garrafa de vodca e tomava um grande gole.

GARY ENCHEU o prato de bacon, salsicha, pastel, batatas fritas e dois ovos. Já que havia pagado, melhor aproveitar, refletiu sorrindo para a jovem garçonete estrangeira que enchia sua xícara de café. Sua família deveria chegar lá pelo meio-dia, e não sabia o que fazer para passar o tempo.

Hoje era o Dia D, pensou irônico, passando a salsicha e as batatas na gema mole dos ovos, depois cobrindo tudo com molho vermelho. Agora que o dia havia chegado, sentia-se surpreendentemente calmo. Não valia a pena se afobar. Já havia levado suas coisas do apartamento em Christ Church para o apartamento de Carol, em Phibsboro. Embora seu apartamento fosse novo e moderno, era do tamanho de um ovo e não era suficientemente grande para os dois. O de Carol tinha cômodos amplos e mais espaço para guardar tudo, embora ficasse numa casa velha de tijolos vermelhos.

Esperava que ela não continuasse insistindo em comprar uma casa. Uma casa significava estar realmente casado... na verdade, preso em uma armadilha. Gelava só de pensar. Além disso, pretendia mesmo ir à Oktoberfest com os amigos e precisaria de uma boa grana. Quando se tinha um financiamento para pagar, não dava nem para pensar em gastar com outras coisas. Um financiamento não estava nos seus planos por muito tempo ainda.

Decidiu que malhar um pouco na academia lhe faria bem. Iria até o Centro de Lazer e Esportes perto da praia, levantar uns pesos e voltar para almoçar com a família quando eles chegassem.

Gary comeu o café da manhã com prazer, aproveitando ao máximo suas últimas horas como solteiro.

MIKE POLIU PELA última vez as alianças de casamento, depois colocou-as de volta no estojo de veludo azul. Tony, seu irmão e padrinho de casamento, tinha passado a noite com ele em Greystones e, na noite anterior, eles haviam saído para tomar umas cervejas. Aproveitando ao máximo a noite e a manhã sem a esposa, Tony tomara uns drinques a mais, e lamentava e repreendia a si mesmo sob o chuveiro. Mike riu enquanto colocava o bacon na grelha e virava a salsicha.

Agora que o dia do casamento tinha chegado, sentia-se surpreendentemente apreensivo. Não por estar se casando com Jessie, algo que realmente desejava. Ele apenas torcia para que tudo corresse bem, principalmente com a família de Carol, que fora fria com ele na noite anterior. Sabia que seria preciso tempo para que ela esquecesse que ele lhe dera um ultimato. Infelizmente Carol costumava guardar ressentimentos. Mas, assim mesmo, Mike achava que tinha valido a pena enfrentá-la, para que Jessica pudesse ter o dia mais lindo de sua vida.

Seria especialmente difícil para ela e Liz caminharem juntas até o altar, e também na hora de fazer os votos. A ausência de Ray seria sentida com muita tristeza. Mas não havia nada a fazer a respeito disso, e teriam de seguir com a cerimônia da melhor maneira possível. A única coisa que podia desejar era que tudo corresse de maneira tranquila.

— Nossa, mamãe, as flores estão lindas — exclamou Jessica ao ver os jarros de gladíolos vermelhos e brancos, que se destacavam em meio às folhagens e às florezinhas brancas de gipsófila. Acabava de chegar à igreja, onde Tara e Liz se dedicavam à limpeza, depois de uma maratona fazendo os arranjos de flores.

— E as rosas estão deslumbrantes, Carol vai ficar satisfeita.

— Também acho — disse Tara torcendo o nariz. — Será que ela não podia fazer um esforço e vir ver como ficou?

— Ela não está passando bem, acha que pegou uma virose — Jessica se apressou em informar. — Falei com ela pelo celular.

— Ui! Melhor ela não passar para os outros. — Tara não estava muito convencida.

— Não diga isso, Tara. Carol nunca fica doente, é extremamente saudável. Fiquei com pena dela — protestou Jessica.

— Deve ser por causa do nervosismo — disse Liz, bondosa.

— Eu sei, também estou com enjoo.

— Pois pare com isso imediatamente — ordenou Tara. — Não podemos perder tempo com nervosismo. Vamos logo, Liz, temos hora marcada no cabeleireiro e precisamos passar para pegar a Nancy. Me dê esses baldes para eu guardar no carro.

E desceu a nave da igreja balançando energicamente os baldes e as tesouras de poda.

— Ela daria um excelente sargento — comentou Liz, parando para observar sua obra.

Mexeu e remexeu até ficar completamente satisfeita e sorriu para a filha. — Posso não saber costurar, mas sei fazer um bom arranjo de flores.

— Está deslumbrante, mamãe. Mal posso acreditar que dentro de algumas horas vamos desfilar por esta nave. Adoro esta igreja. — Jessica olhou à sua volta para os bancos marcados pelo uso, polidos, salpicados pelas cores do sol matinal que os vitrais filtravam num arco-íris. O altar simples, forrado de linho alvíssimo e decorado com os arranjos de Liz, estava lindo. O odor de cera de lustrar móveis permeava o ar, e o silêncio só era quebrado pelo canto dos pássaros. Era um lugar de paz.

Seria tudo perfeito se seu pai pudesse entrar na igreja com ela, pensou com tristeza. Liz e ela olharam uma para a outra, e Liz percebeu imediatamente no que a filha estava pensando. Jessica viu os olhos da mãe se encherem de lágrimas e sentiu um nó na garganta.

— Não chore, mamãe — sussurrou abraçando-a.

— Desculpe, não pude evitar. Ele ficaria tão orgulhoso de você, Jessie. Eu sinto orgulho de você — disse Liz com voz entrecortada, as lágrimas se derramando. Abraçaram-se com força, dando vazão à tristeza. Nem ouviram Tara chegar à porta para ver por que elas estavam demorando. Tara entendeu imediatamente e se encheu de compaixão. Discretamente, foi para o pórtico da igreja, deixando-as a sós — desejando, do fundo do coração, que a situação fosse diferente.

— Deixa comigo, eu seguro — ordenou Nadine, tirando o tubo branco da mão de Carol, que tremia. — Conte até sessenta.

— Não consigo. Depressa, deixe-me ver. — Carol deu um pulo da beirada da banheira. Nadine a obrigou a sentar outra vez.

— Calma, Carol. Que diferença vai fazer? Você vai se casar hoje. Se você estiver grávida, será de quanto tempo?

— Quase duas semanas — disse Carol lamentosamente.

— Só isso? Bem, então não vai haver problema, caso você esteja com medo das fofocas. O bebê pode nascer duas semanas adiantado.

— Não é isso, Nadine. É que nós não temos uma casa. Na verdade, Gary não queria se casar tão cedo. E não quer ter filhos, a não ser daqui a muito tempo. Ele vai ficar furioso.

Ele que se foda! Nadine cerrou os lábios quando viu duas listrinhas azuis se tornarem mais nítidas e inconfundíveis no visor.

— Estou grávida, não é? — disse Carol com voz débil, ao ver a expressão no rosto da irmã. Sem dizer palavra, Nadine entregou-lhe o tubo. — Ai, meu Deus, talvez o resultado esteja errado — murmurou Carol angustiada.

— Por via das dúvidas, comprei dois — admitiu Nadine, tirando outro kit da bolsa. — Consegue fazer xixi de novo?

— Consigo, passei a manhã bebendo água — resmungou Carol.

O segundo teste deu tão positivo quanto o primeiro. — Olha, nem pense no assunto. Enfrente o dia de hoje o melhor que puder e deixe para se preocupar daqui a duas semanas — aconselhou Nadine, sentindo-se absolutamente impotente. Quanto mais ela ouvia sobre Gary, menos gostava dele. Queria ver a irmã feliz. O fato de Carol se casar significaria uma pessoa a menos para ela se preocupar, ou assim ela esperava. Nadine sentiu palpitações no estômago. O casamento de Carol não terminaria como num conto de fadas — pelo contrário, pensou desconsolada, tentando entender por que Deus sempre arranjava um problema para sua família. Ele bem que podia dar uma folga, pelo menos uma vez.

Não estava preparada para ter um bebê. Nada estava acontecendo de acordo com os planos. Como podia ter sido tão descuidada e burra? Gary ficaria uma fera. Não diria nada a ele até voltarem da lua de mel. Poderia dizer que havia engravidado durante a viagem, pensou Carol desanimada, vestindo um moletom de corrida. Precisava, e muito, sair para correr. Isso acalmaria sua cabeça, que parecia um trem em disparada. Calçou o tênis, amarrou o cadarço e caminhou para a porta.

— Aonde você vai? — perguntou Nadine preocupada, ao vê-la abrir a porta da frente.

— Só vou dar uma corrida. Não tenha medo, não vou fazer nenhuma bobagem — sussurou Carol, comovida com a preocupação da irmã. Nadine tinha se mostrado muito eficiente hoje, reconheceu, sorrindo de leve para a irmã. — Preciso pensar um pouco.

— Não se esqueça que Amanda vai chegar daqui a pouco e temos de ir ao cabeleireiro — lembrou Nadine.

— Temos tempo. Ainda não são nem dez e meia, volto em vinte minutos — prometeu, surpresa com o interesse de Nadine. — Que pena que você não vai ser minha madrinha — disse num impulso.

Nadine corou de prazer. – Não sou boa nessas coisas – balbuciou desajeitada. – Mas obrigada assim mesmo.

– Esse bebê só vai ter uma tia, e essa tia vai ser você. Gary só tem irmãos. Vou contar muito com você, Nadine – disse Carol com veemência e pegou o caminho da praia sem olhar para a expressão no rosto da irmã

O que faria quando não pudesse mais correr?, pensou em pânico. Correr era prejudicial ao bebê? Quando teria de parar? Gary começaria a olhar para outras mulheres quando seu corpo ficasse grande e pesado? Esses pensamentos a atormentavam. Carol engoliu em seco. Estava com medo, de verdade.

– Não quero que contem comigo – gemeu Nadine, vendo Carol correr rua abaixo. Estava cansada de ter pessoas dependendo dela. Para variar, queria o direito de se preocupar consigo mesma. Pelo menos a mãe estava bebendo menos; como se sentiria Nancy sendo avó?

Por falar nisso, por onde andava a mãe? Não a via desde antes de sair para comprar o teste de gravidez. Não valia a pena contar que Carol estava grávida e estragar o dia dela. Carol lhe diria, quando e onde quisesse, pensou irritada.

– Mãe, cadê você? Liz vai chegar a qualquer momento. Acabei de ver as duas irmãs chegando em casa de volta da igreja – gritou Nadine.

Nancy surgiu na porta do quarto, trôpega e com os olhos vermelhos. – Estou quase pronta – disse ela com voz enrolada.

– Ai, mamãe! – Nadine não podia acreditar. – Que merda, mãe, por que você fez uma coisa dessas? Você é uma imbecil. Logo agora, quando Carol precisa mais de você – ela berrou e desatou a chorar.

39

– Liz, mamãe está bêbada e não podemos deixar Carol vê-la desse jeito. E eu não sei o que fazer – disse Nadine de chofre, desesperada, entrando como um tufão pela porta da cozinha de Liz. – E a amiga de Carol, Amanda, vai chegar a qualquer momento e não quero que ela saiba que minha mãe é alcoólatra. Nenhum amigo de Carol sabe disso – e rebentou numa choradeira de raiva e frustração.

— Ah, não, Nadine! — Liz não pôde disfarçar a decepção. — Ela estava indo tão bem.

— O que eu vou fazer, Liz?

— Vou até lá com você. Venha. Não chore — disse Liz com voz firme, tentando disfarçar a preocupação.

— Quer que eu vá também? — perguntou Tara.

— Não. Ponha água na chaleira para ferver e faça café bem forte — recomendou Liz. — Pare de se preocupar, Jessie, vai dar tudo certo — disse consolando a filha, muda de espanto.

— Eu sabia, eu tinha certeza — praguejou Jessie enquanto Liz saía com Nadine pela porta dos fundos.

— Não deve ser nada sério, querida — disse Tara tentando animá-la e enchendo a chaleira. — Não entre em pânico — se existe alguém capaz de fazer a Nancy ficar sóbria, esse alguém é a Liz. E vou dizer uma coisa: já estou ficando com um pouquinho de pena da pobre Nancy.

Jessica riu um riso nervoso. — Tomara que você esteja certa.

— Com certeza estou. Eu sempre estou certa. Acredite em mim — disse Tara confiante, desejando acreditar, ela mesma, no que estava dizendo.

— Ela está muito mal? — Liz perguntou a Nadine enquanto se apressavam pela rua.

— Não está totalmente de porre, mas está bem bêbada — disse Nadine com ar derrotado.

— Ânimo, Nadine, vamos dar um jeito nela. Ainda temos muito tempo — consolou Liz.

— E não é só isso — Nadine deixou escapar, totalmente desnorteada. — Carol acaba de descobrir que está grávida; ela saiu para correr e tenho medo de ela não voltar.

— Ai, meu Deus — murmurou Liz. — Você está tendo um dia difícil, não é, meu bem? — disse ela compreensiva, fechando a porta lateral atrás de si. Nadine começou a soluçar.

— Estou cansada de todos eles, Liz. As preocupações ficam todas para mim, não é justo. — E chorou, desanimada. — Logo agora, quando eu pensei que tudo estava dando certo. Eu devia ter imaginado.

— Pobrezinha de você — Liz envolveu nos braços a adolescente aos prantos e afagou-lhe as costas carinhosamente.

Nadine apoiou a cabeça no ombro de Liz e anos de sofrimento reprimido, raiva e tristeza jorraram de dentro dela. Fazia tanto tempo que não a abraçavam e consolavam que nem conseguia se lembrar de algum dia, na infância, em que sua mãe a tivesse abraçado como Liz estava fazendo.

– Sabe, depois do casamento, acho que você e eu deveríamos nos informar sobre o AA. A culpa não é sua, minha linda, entenda isso. Você não tem de tomar conta da família, tem de cuidar apenas de você. Agora vamos lá, vamos dar um jeito na sua mãe e tudo vai entrar nos eixos. Ok?

– Ok. – Nadine engoliu, tentando se recompor. – Não diga nada sobre Carol, tá bom? – ela soluçou.

– Nem uma palavra – prometeu Liz. – Não se preocupe.

Liz foi até a cozinha e encontrou Nancy tentando acender um cigarro em uma guimba. Sua mão tremia.

– Oi, Liz. – Nancy tentou se endireitar.

– Ah, Nancy, olhe só o seu estado. Quanto você bebeu? – perguntou Liz.

– Só uma gotinha. – Nancy deu uma risadinha.

– Não tem graça alguma e você estava indo tão bem. Já para o chuveiro, imediatamente. – ordenou Liz, puxando a outra pelo braço e conduzindo-a para o banheiro.

– Pare com isso, Liz, não quero tomar banho – protestou Nancy com voz de bêbada.

– Nadine, vá buscar umas toalhas e um moletom para sua mãe – ordenou Liz.

– Tá bom. – Nadine se afastou correndo, feliz por ter alguém para tomar conta de tudo, envergonhada e, ao mesmo tempo, aliviada por ter confiado em Liz.

Liz, em melhor forma física e muito mais forte do que Nancy, não teve dificuldade em enfiar a outra embaixo do chuveiro, depois de tirar o penhoar, mas não a camisola, de Nancy.

Nancy gritou quando a água fria jorrou em sua cabeça, mas Liz se manteve firme, mesmo ficando um pouco molhada ela também. Segurou Nancy sob o chuveiro por alguns minutos, antes de ligar a água quente e recuar.

– Tire a camisola e tome banho, Nancy – ordenou num tom que não admitia contestação e entregou um sabonete à vizinha.

Cinco minutos depois ela abriu a porta do boxe e entregou a toalha de banho trazida por Nadine. – Vista-se logo – ela disse rispidamente.

O tom severo atingiu Nancy. – Desculpe, Liz. Simplesmente perdi a coragem – murmurou, envergonhada.

— Então trate de encontrá-la — Liz abrandou o tom. — Ande logo, antes que Carol volte para casa. É melhor ela não ver você nesse estado.

— Aonde ela foi? — perguntou Nancy perplexa, tentando se concentrar.

— Foi correr. Ande logo, Nancy, temos de fazer você ficar sóbria e depois vamos ao cabeleireiro.

Liz também estava precisando de um banho — estava completamente ensopada.

— Acabe de se vestir, preciso falar com Nadine — mandou Liz, saindo do banheiro. Nadine andava de um lado para outro, ansiosa.

— Nadine, quando eu levar sua mãe para minha casa, procure a garrafa que ela estava bebendo e jogue fora, sim?

— Pode deixar — disse Nadine, mais calma.

— Ela já está bem melhor, pare de se preocupar. — Liz sorriu gentilmente para ela. — Essas coisas acontecem no caminho da recuperação. Hoje é um dia importante, a pressão foi demais, e sua mãe estava indo muito bem.

— Acho que sim — suspirou a adolescente.

Dez minutos depois, Nancy estava sentada na cozinha de Liz, tomando uma caneca de café preto bem forte. Liz estava no chuveiro e Tara fazia mais café.

— Beba isso, Nancy, e coma esses sanduíches que fiz para você. Eles vão absorver o álcool e, além disso, não faz bem sair por aí de estômago vazio — disse Tara calmamente, tentando aliviar o constrangimento da outra.

— Decepcionei todo mundo — resmungou Nancy.

— Não, não decepcionou — disse Tara, decidida. — Não pense mais nisso e comece o resto do dia com o pé direito. Está bem?

— Sim — concordou Nancy, envergonhada e desgostosa.

— NANCY ESTÁ DE porre! — Jessica cochichou ao abrir a porta para Katie.

— Que merda! — gemeu Katie.

— Não vá lá na cozinha. Tara está dando um jeito de ela ficar sóbria. Vamos lá para o quarto

— Tá bom. E a Carol? Está arrasada?

— Não sei. A pobre da Nadine estava se acabando de chorar.

— Coitada da menina — disse Katie solidária e seguiu Jessica até o quarto.

— Pelo menos o dia está lindo. Você já está com tudo pronto?

— Tudo estava indo bem até isso acontecer — disse Jessica arrasada.

— Ela está muito bêbada? — Katie fez uma careta.

— Não sei — preferi ficar longe da cozinha. Tive medo de dar um soco no nariz dela — disse Jessica com raiva.

— Calma, respire fundo. — Katie se jogou na cama. — Vou dizer uma coisa. Vou comer à vontade pelo resto da semana depois do casamento. Vou achar ótimo se nunca mais encontrar uma ricota ou queijo cottage pela frente.

— Você está ótima — elogiou Jessica. — O vestido vai ficar lindo em você.

— Pena que o Sean não vai ver. Queria que ele me visse linda de morrer — lamentou Katie. — O bom é que perdi uns cinco quilos — quando chegar a hora H não vou precisar me preocupar em esconder os pneuzinhos.

— E quando vai ser isso? — perguntou Jessica interessadíssima.

— Quanto mais cedo, melhor. Só não quis parecer fácil demais, depois que a Carol ficou dizendo que eu não tinha um homem. — Katie franziu a testa. — Ele é lindo. Sou doida por ele e acho que já esperei demais. Carol foi uma idiota perdendo um cara desses.

— Eu sei. Não há comparação entre ele e Gary — disse Jessica sarcástica.

Katie olhou o relógio.

— Acho melhor ir andando — disse ela, relutante. — Temos de pegar Carol e Amanda?

— Temos, sim. Acho melhor ir logo. Como será que está a Nancy?

— Esqueça a Nancy; mamãe e Liz estão cuidando disso. Pense em você mesma. Vamos buscar as meninas. — Katie saltou da cama e deu um abraço confortante na prima

— MAMÃE JÁ FOI para o cabeleireiro? — Carol entrou na cozinha e enxugou a testa com uma toalha. A corrida havia acalmado a tensão e sentia-se fisicamente, embora não mentalmente, melhor.

— Foi sim — mentiu Nadine.

— Amanda telefonou, está em Rathnew e não deve demorar. Melhor eu entrar no chuveiro.

— Boa ideia — disse Nadine cansada. Estava arrasada. Tinha encontrado uma garrafa de vodca pela metade e a escondera no fundo do seu armário. Precisava tomar um banho e ir ao salão arrumar o cabelo com as outras.

Arrumou a cozinha, pois não queria que Amanda pensasse que a casa era uma bagunça. Desde que fora a Dublin esperava pelo casamento com grande expectativa, mas, até agora, estava tudo dando errado. Carol estava grávida;

Nancy, bêbada; ela, Nadine, tinha brigado com Lynn por causa do dinheiro que havia emprestado à amiga semanas atrás, e que ela ainda não tinha devolvido. Queria ter algum para comprar um presente de casamento a Carol.

Já explicara mil vezes a Lynn que precisava do dinheiro, mas a outra ignorava seu pedido. Nadine estava muito chateada com isso. Lynn tinha um padrão de vida muito melhor do que o dela. Concluiu que a amiga não passava de uma aproveitadora e enviou um SMS dizendo-lhe para sumir e não se dar ao trabalho de ir ao casamento. Lynn nem respondeu. Que irritante. Não havia nada pior do que ser ignorada.

Sabia que Carol tinha feito uma lista de presentes, mas Nadine não tinha cartão de crédito, e, embora houvesse um cyber café na rua principal, ela nem tentara abrir o site. Em vez disso, foi a uma joalheria e comprou para a irmã um relógio Waterford Crystal, lindo.

Decidiu que aquele era o momento certo para entregar o presente, enquanto estavam sozinhas em casa. Esperou até ouvir Carol sair do chuveiro e bateu na porta.

– Aqui está seu presente de casamento – disse seca, colocando o embrulho nas mãos da irmã.

– Poxa! Muito obrigada, Nadine, eu não esperava. Você não precisava fazer isso. – Carol estava perplexa.

– Sou sua *irmã* – disse Nadine, indignada. – É claro que eu ia te dar um presente.

– Posso abrir? – perguntou Carol sentando na beira da cama.

– Claro. Espero que você goste.

– Nossa, Nadine, é lindo. Muito obrigada – disse Carol visivelmente comovida ao olhar o relógio, de design delicado, sobre um forro de veludo azul. – Vou cuidar muito bem dele – disse ela em voz baixa, estendendo os braços para abraçar a irmã. Nadine conseguiu retribuir o abraço; não estava acostumada a abraços, mas, por um momento, sentiu uma ligação profunda com a irmã, como jamais havia sentido. E gostou.

BILL SE OLHOU pela última vez no espelho e ficou satisfeito com a imagem refletida. Estava muito elegante, pensou, empurrando com a unha um fiapo sobre o terno cinza-chumbo de lã fina, recém-chegado do tintureiro. O cabelo estava bem cortado; tinha comprado uma camisa branca nova e uma gravata bordô de bom gosto.

Planejava fazer tudo com calma, parar para almoçar no Chester Beatty's, em Ashford, e chegar à igreja por volta de uma e quarenta e cinco. O fato de Nancy ter concordado com a sua presença na igreja o deixava confiante. Pelo menos as mágoas do passado seriam esquecidas e tinha de dar crédito à mulher por isso. Faria questão de agradecer sinceramente, decidiu magnânimo, conferindo a carteira para garantir que tinha dinheiro suficiente para a viagem.

Sentia-se mal por fazer tudo às escondidas de Brona, mas não queria perturbar a trégua incerta que reinava entre eles. Um dia, talvez, ele pudesse contar a ela os felizes acontecimentos desse dia.

Nervoso, mas prevendo o melhor, Bill Logan saiu de casa e iniciou a viagem que o levaria até o casamento da filha.

40

— Ela arrumou muito bem seu cabelo, Jessie. A rosa ficou linda – disse Amanda entusiasmada. – E gostei muito do seu cabelo puxado para o lado, Carol.

— Espero que esse troço fique no lugar, me dá vontade de botar a mão o tempo todo...

— *Não faça isso*! – Amanda, Katie, Carol e Nadine disseram em uníssono.

Jessie riu. – Prometo que não vou fazer isso.

— Estamos todas muito elegantes, não estamos? – declarou Katie, encantada com suas reluzentes tranças cor de cobre. – Nadine, você está o máximo. Mono vai ficar impressionado.

Nadine enrubesceu. Não estava acostumada a receber elogios. – Parem com isso – disse ela, encabulada, mas contente. Seu cabelo era liso e brilhante, e terminava atrás numa trancinha que tinha sido aparada e ajeitada. Muito sofisticado, pensou, secretamente feliz. Era uma pena que Lynn não fosse ao casamento ver como ela estava elegante com a nova aparência.

— Meu Deus, que cara bonito – declarou Amanda ao ultrapassarem um ciclista que seguia pela estrada secundária de Arklow para Dublin. O rapaz estava com a camisa amarrada na cintura e bebia água direto da garrafa, enquanto pedalava furiosamente. Parecia ser estrangeiro. De cor clara, bronzeado, musculoso, o peito cabeludo, era um belo espécime de macho, e todas o devoraram com olhos, sem pudor. Ele sorriu e acenou, exibindo dentes brancos e regulares.

— Nossa, ele é lindo! Gostaria que estivesse em cima de mim, e não da bicicleta — suspirou Amanda, enquanto as outras gargalhavam. — Adoro peitos cabeludos.

— Sean tem peito cabeludo — disse Katie sonhadora, pois a visão do ciclista ágil e sarado a fizera pensar no namorado.

— *Sean Ryan*? — perguntou Carol, sentada no banco da frente. — O meu Sean?

— Hum... bom — Katie gaguejou. Por que tinha que ser tão linguaruda, pensou, tensa ao notar o olhar horrorizado de Jessie no retrovisor.

— Você está namorando o Sean? — Carol virou-se para ela. Katie compreendeu a expressão "olhar assassino"; foi exatamente isso o que viu no rosto dela.

— Acontece que estou — Katie concluiu que seria melhor dizer logo a verdade. Carol ia acabar sabendo um dia, não adiantaria mentir.

— Nunca pensei que você fosse ficar com as minhas sobras. Pode ficar com ele à vontade — disse Carol friamente e um silêncio nervoso tomou conta do carro.

— A que horas vão chegar os maquiadores? — disse Amanda em seguida, ao ver o rosto de Katie ficar vermelho de raiva.

— Não vão demorar — respondeu Jessica, pisando no acelerador, sem se preocupar com multas por excesso de velocidade.

Katie afundou no assento, roxa de raiva. Carol Logan era uma piranha da pior espécie. Uma sem-vergonha. Se não fosse o dia do casamento de Jessie, tomaria satisfações, pensou com ódio. Como ela *ousava* se referir a Sean naqueles termos? Que atrevimento. Depois do casamento nunca mais ia querer ver aquela cachorra.

Carol cerrou o punho no colo e foi tomada por ondas de humilhação e náusea. Aquele Sean filho da mãe estava namorando aquela vaca idiota! Que mau gosto. Como é que ele podia? Que raiva dele. Por que, meu Deus, por que tinha dado aquele telefonema degradante, humilhante? Sentiu ódio de si mesma. Provavelmente os dois riam pelas costas dela. Sentiu a bílis chegar à garganta.

— Pare... pare o carro, vou vomitar — pediu Carol, enquanto gotas de suor inundavam sua testa.

Jessie entrou no acostamento e pisou no freio, recebendo uma buzinada furiosa do motorista de trás. Carol se atirou para fora do carro e dobrou-se sobre a valeta, com ânsias de vômito. Relutando, Jessie saiu para ajudá-la. Não queria pegar a virose de Carol.

— Você está bem? – perguntou, oferecendo um lenço de papel.

— Não, Jessie, eu não estou bem. Eu estou grávida! – respondeu Carol e se desmanchou em lágrimas.

— Bem-feito para ela, a cretina. – Katie continuava com raiva, sentada, de roupão, olhando a esteticista fazer a maquiagem de Jessica.

— Não fale assim. Ela está em estado de choque. Imagine só, descobrir no dia do casamento que está grávida – retrucou Jessica. Ainda estava atordoada com a notícia dada pela amiga. – Tinha de acontecer justo com a Carol? Logo ela, que era paranoica com esse negócio de gravidez. Não consigo acreditar. Sinto muito por ela, de verdade.

— Jessie, me desculpe, você pode dizer o que quiser, mas *eu* nunca vou ter pena de Carol Logan e me arrependo de não ter convidado Sean para o casamento para esfregar isso na cara dela. Como ela ousa se referir a ele como "as sobras" dela?

— Esquece isso, está bem? – gemeu Jessica.

— Se ela se referisse assim ao Mike, você esqueceria? – perguntou Katie.

— Bom, até agora o dia foi uma droga – reclamou Jessica. – Ver vocês duas brigando era só o que me faltava.

— Desculpe. – Katie teve a ciência de se sentir envergonhada. – Pelo menos a Nancy está sóbria outra vez – murmurou, procurando algo positivo para dizer.

— Sim, mas por quanto tempo? – suspirou Jessie, entregando-se ao desânimo.

— Ela vai ficar bem – declarou Katie, soando mais convicta do que realmente estava. – Pense bem, dentro de poucas horas você será a Sra. Keating e não vai dar a mínima para tudo isso. E seu vestido está de enlouquecer.

— Está lindo mesmo, não é? Jessica se animou ao olhar para o conjunto creme-dourado pendurado na porta. – Tara acertou a mão.

— Estou doida para ver o modelo exclusivo da Carol – disse Katie maldosa. – Ela faz pouco de roupas feitas por costureiras, "de fabricação doméstica", como ela diz com desprezo.

– Não dá para você se esquecer um pouco da Carol? – rosnou Jessie.
– Desculpe, desculpe, não falo mais nela – disse Katie, irritada.
– Sei, sei. E Papai Noel existe – foi a resposta irônica.

– Só vou ao banheiro, Nadine – disse Nancy zangada. – Quer parar de me seguir? Não era para você estar lá com as garotas, para fazer sua maquiagem?

– A esteticista ainda não terminou de fazer a da Amanda – respondeu Nadine de cara feia.

– Não vou beber, se é isso que te preocupa. Prometi à Liz.

– Tem certeza? – perguntou Nadine, duvidando.

– Tenho, sim, Nadine – disse Nancy calmamente.

– Eu tirei a garrafa da sua mesinha de cabeceira – confessou Nadine. – Só para você não sentir tentação.

– Isso foi muito gentil da sua parte, Nadine. E sinto muito por você ter sido obrigada a fazer isso – disse Nancy, infeliz.

– Olhe. Pegue essas balas de hortelã. Se você se sentir trêmula e quiser beber, chupe uma – sugeriu Nadine agitada, tirando um pacote do bolso de trás do jeans.

– Ótima ideia, Nadine. Muito obrigada. – Nancy pegou as balas. – Vou guardar na bolsa. Agora vá se arrumar, o carro vai chegar daqui a quarenta e cinco minutos.

– Ok – concordou a filha e foi se juntar a Carol e Amanda. Nancy mordeu o lábio olhando o pacote de balas. Pobre Nadine, madura demais para a idade, graças a ela e a Bill. A culpa voltou a se apoderar dela. Tinha decepcionado todo mundo hoje. E a garrafa não estava mais na gaveta, tudo que tinha eram balas de hortelã, pensou com ironia.

Então teve uma ideia: foi até o quarto e sentou na cama. Seu livrinho espiritual estava na mesinha de cabeceira. Pegou-o, fechou os olhos e disse apenas "me ajude". Abriu uma página lentamente e leu as palavras diante dela. *Entrego esse fardo a Cristo e me liberto.*

Nancy tornou a ler, só para garantir.

Que mensagem perfeita, pensou assombrada. Pela primeira vez na vida, sentiu que não estava sozinha e que um Ser Divino cuidava dela. Sentada, quieta, repetindo as palavras, permitindo que penetrassem, sentiu que o nó no estômago se afrouxava e que a latejante dor de cabeça começava a desaparecer, enquanto uma onda de calma baixava sobre ela.

— Como você está se sentindo? – perguntou Amanda, preocupada. O que menos queria no mundo era caminhar pela nave atrás de uma noiva vomitando.

— Como você se sentiria? – disse Carol, tristonha.

— Eu sei – Amanda franziu a testa. – Fisicamente, eu quero dizer. Seu estômago, como está?!

— Depois que vomitei eu me senti melhor – Carol encolheu o ombro.

— Quer um gole de conhaque com vinho do Porto? – sugeriu a madrinha.

— Só para garantir?

— Vamos ver como eu fico. Não seria politicamente correto chegar ao altar com bafo de álcool.

— Você não seria a primeira – ironizou Amanda, entrando em seu vestido lilás.

— Será que meu peito aumentou? – murmurou Carol enfiando o vestido, cuidadosamente, pela cabeça.

— Deixa disso, Carol, são só duas semanas – Amanda riu da ideia de Carol.

— Acho que foi de tanto pensar em ter peitos grandes. Eu sempre quis ter peitos maiores. – Carol conseguiu dar um sorriso apagado. – Não conte nada à turma do clube, promete?

— Não se preocupe, eu seria incapaz de fazer isso. Todo mundo vai pensar que você engravidou na lua de mel – assegurou Amanda, ajudando-a a arrumar as dobras do vestido sobre os quadris.

— Gary provavelmente vai se divorciar de mim quando descobrir.

— Com certeza não vai. Deixe de ser dramática – repreendeu Amanda arrumando o decote em torno do colo de Carol. – Com certeza ele não vai se divorciar depois de ver você – disse ela, cheia de admiração ao recuar para observar a amiga. – Olhe para você – ela insistiu.

Carol olhou sua imagem no espelho. Estava linda, reconheceu sem falsa modéstia. O vestido esculpia seu corpo de maneira clássica, sensual, quase no estilo grego. Se Sean Ryan a visse, nem olharia para Katie Johnson outra vez, pensou desafiadora, levantando os ombros e erguendo o queixo. Caminharia pela nave de cabeça erguida. Gary Davis não sabia o sujeito de sorte que era.

Bill pagou o almoço, deu uma gorjeta à garçonete e saiu do Chester Beatty's feliz por ainda ter tanto tempo. Enquanto esperava para atravessar a rua até o local onde havia estacionado, diante da farmácia, notou que o trânsito estava intenso. O dia estava lindo. Observou o sol com os olhos semicerrados. Era difícil acreditar que estavam na última semana de setembro. O verão tinha sido infernal, e o calor fazia duvidar que já estivessem chegando ao final do ano. A igreja Kilbride era um cenário lindo para um casamento num belo dia de outono como o daquele, pensou ele, acomodando-se atrás do volante.

Acreditava, com todo otimismo, que a hostilidade de Carol cairia por terra quando o visse. Afinal, o sangue falaria mais alto. Quase eufórico, deu a partida no motor e juntou-se ao tráfego.

– Não consigo lembrar o caminho para a porcaria da igreja. Sei que deveríamos ter virado à direita na altura de um pub – disse Gary mal-humorado, percorrendo uma estrada campestre sinuosa, sem qualquer sinal de igreja, à direita ou à esquerda.

– Tem certeza de que era no Jack White's? – perguntou seu irmão Simon, irritado. – Pergunte para aquele velho ali.

– Não vou perguntar – resmungou Gary.

– Fique quieto – Simon reclamou e baixou a janela. – Com licença, o senhor pode me informar se estamos no caminho certo para a igreja Kilbride? – gritou Simon para o velho que passeava com um cachorro do outro lado da estrada.

– Não, vocês estão na estrada para Brittas Bay; voltem e dobrem à direita no pub Lil Doyle's – instruiu o senhor.

– Muito obrigado. – Simon fez o retorno com alguma dificuldade. – Seu incompetente.

– Eu sabia que tinha alguma coisa que ver com um pub. Bem que eu gostaria de estar nele. Não encha minha paciência. Eu vou me casar.

– Coitado de você! – disse Simon rindo, dirigindo a toda em direção à N11.

– Papai já chegou com o carro – gritou Katie quando o Vento bordô de Peter virou na entrada de automóveis.

– Bem a tempo para um taça rápida de champanhe – anunciou Tara, estourando a rolha de uma garrafa de Moët.

– Boa ideia, mamãe – aprovou Katie, pegando algumas flutes no armário de bebidas de Liz. Estava muito sexy, num vestido voluptuoso e colante em tom de rubi, com babados tipo rabo de peixe. Transpirava glamour.

Jessica riu quando as bolhas de champanhe fizeram cócegas em seu nariz. Todo o nervosismo havia desaparecido. Estava animada e feliz, louca para ver Mike, e sentia-se linda e especial em seu vestido de noiva.

— Olhe nossas meninas, Tara — disse Liz orgulhosa, num conjunto chique e elegante de vestido e blazer creme e azul-marinho.

— Pare com isso, Liz, ou vamos ficar sentimentais — disse Tara severa. — Vamos cair no choro e nossa maquiagem vai borrar.

Todos riram e tomaram champanhe, felizes por ter, enfim, chegado o momento esperado, depois de todos os aborrecimentos das últimas semanas.

O fotógrafo chegou e começou a trabalhar, e os vinte minutos seguintes se passaram com o grupo fazendo as poses que ele pedia, enquanto Tara fazia piadas que provocavam o riso geral, para desespero do fotógrafo.

— Avise-me assim que você vir a Jessica saindo de casa — pediu Carol, falando com o canto da boca, enquanto posava com Nancy no jardim dos fundos da casa. O irmão de Gary, Vince, tirava uma foto atrás da outra, conferindo os resultados em sua câmera digital.

— Venha tirar uma foto com sua mãe e sua irmã — ele convidou Nadine.

— Detesto tirar fotos — protestou Nadine.

— Eu também, mas venha — Carol estendeu a mão.

— Ah, tá bom — concordou Nadine de má vontade. — Mas não vou tirar mais na igreja e no hotel.

— Ok. — Carol não insistiu. Estava terrivelmente nervosa. Queria saber se Gary já estava na igreja. Imagine se ele desse o fora e a deixasse esperando no altar. Ela morreria. *Pare com isso! Acalme-se!* Respirou fundo, tentando se recompor, desejando que o tumulto interior não transparecesse no rosto.

Tia Freda e tio Packie chegaram para levar Nancy à igreja, e Carol adorou ver o lampejo de surpresa e admiração nos olhos da velhota. Freda e Packie se achavam os líderes da alta sociedade de Arklow. Sempre haviam olhado para os Logan com ar superior. Mostraria que ela era tão importante quanto eles, pensou amarga, lembrando-se de como os parentes haviam deixado Nancy enfrentar tudo sozinha quando Bill abandonou a família.

Apesar de estarem em boa situação financeira, tinham ignorado a lista de presentes e comprado um conjunto de edredons encomendado em um catálogo. Eram mesquinhos e pão-duros, sempre tinham sido.

— Você não se importa de entrar na igreja sozinha? Se quiser, peço ao Packie para entrar com você — murmurou Nancy.

— Com aquele velho bigodudo e pão-duro? Não, muito obrigada — Carol respondeu num sussurro. — Você está muito bonita, mamãe — disse ela um pouco encabulada. O conjunto cinza de Nancy, uma calça comprida com uma bata preta, caía elegantemente no corpo esbelto da mãe.

— Obrigada, Carol. Você também está linda. Linda mesmo. — O rosto de Nancy se iluminou num raro sorriso. E Carol teve diante de si um lampejo do que fora Nancy antes que a depressão, o estresse e a bebida fizessem seu estrago.

Num impulso, curvou-se e beijou o rosto da mãe. — Encontro você na igreja — disse ela apertando a mão da mãe.

— Temos de ir — disse Freda autoritária. — Queremos encontrar um bom lugar para estacionar. — Não sei por que não escolheram a igreja Templerainey, que tem um estacionamento decente.

— O funeral do pai de Jessica partiu daquela igreja, e ela tem lembranças tristes — disse Nancy com frieza. Freda se surpreendeu com o tom da irmã. Não estava acostumada a ver Nancy discutir com ela.

— Mamãe, você quer vir na limusine conosco? Tem lugar sobrando — perguntou Carol, lançando um olhar de desprezo para a tia.

— Não. Eu irei muito bem com Freda e Packie, mas obrigada. Aproveitem vocês três. — Nancy deu uma piscadinha.

— Mamãe, não se esqueça da bolsa — lembrou Nadine, entregando-lhe a carteira elegante que Nancy havia esquecido na sala.

— Ah, muito obrigada, Nadine. Aproveite seu passeio de limusine.

— Vou aproveitar, sim — ah, mamãe, comprei outro pacote de balas de hortelã para você. Está na bolsa — cochichou Nadine.

— Elas ajudam muito — murmurou Nancy, sentindo uma onda de ternura pela filha caçula. — Obrigada, meu bem, não sei o que eu teria feito sem você.

Nadine ficou olhando para a mãe, que atravessava o portão lateral atrás da tia e do tio, e rezou para que, contra todas as expectativas, ela conseguisse atravessar ao menos esse dia sem beber. Nancy estava tão chique. Tão chique quanto Liz. Seria ótimo se fosse assim para sempre.

Carol estava posando para uma foto com Amanda quando Nadine, pela porta entreaberta, percebeu um movimento do outro lado da rua.

— Olhem lá a Jessie. Nooossa, ela está deslumbrante! — exclamou Nadine, esquecendo seu desprezo por casamentos, noivas e afins.

Amanda e Carol correram para dentro de casa e olharam ansiosamente pela janela da frente.

— Foi a *tia* dela quem fez o vestido? — exclamou Amanda, surpresa. — Impressionante.

Carol não conseguia acreditar na visão do outro lado da rua. O vestido de noiva creme de Jessie parecia tão caro e exclusivo quanto o dela, ou talvez mais.

— O vestido da Jessica é muito bonito — comentou Amanda.

— Hum, ela está parecendo a Jennifer Lopez! — Carol torceu o nariz. — Meu Deus, a limusine chegou — exclamou ela, com toda a segurança recuperada ao ver o enorme carro branco subindo a rua. Muito sofisticado em comparação com o modesto Vento bordô do pai de Katie. *Ela* faria a entrada mais triunfal, pensou Carol, contente com essa pequena vitória.

— Que carro alinhado, que piranha pretensiosa — ridicularizou Katie ao ver a limusine branca estacionar do outro lado da rua.

— Chega disso. Se é isso que a Carol quer, deixe. É o casamento dela.

— Não estou nem aí se ela for para a igreja montada numa vassoura — retorquiu Katie bufando.

Jessie entrou no carro ao lado dela. — Implicante.

— Não consigo evitar — riu Katie. — Ela é demais para mim.

— Tudo bem, meninas? Está tudo aí? — O pai de Katie sentou-se no banco do motorista e olhou para trás.

— Acho que sim — disse Jessica.

— Então acenem para os vizinhos e pé na estrada. — Peter deu uma risadinha e ligou o motor.

Jessica abriu um largo sorriso para os vizinhos que estavam reunidos para vê-la sair. Será que Mike já estava na igreja?, pensou ela. Ela havia prometido não se atrasar e estava decidida a manter a promessa. Mal podia esperar pelo momento de caminhar pela nave até ele. Tinha certeza de que mulher nenhuma no mundo tinha tanta sorte quanto ela.

— Mamãe e papai estão aqui perto de nós, em Ashford. Eu disse a eles para esperarem, e nós os encontraríamos — disse Mike para o irmão ao contornarem Cullenmore Bends e pegarem o novo trecho de estrada que ele conhecia tão bem. Ele estava tenso. Era estranho não fazer contato com Jessie. Já tinha pegado o telefone várias vezes para ligar para ela, mas lembrava que não podia.

Afrouxou o nó da gravata e engoliu em seco. A viagem para Kilbride parecia não ter fim. Se algo tivesse dado errado, Jessie teria ligado para ele, portanto ele supunha que tudo estava bem.

— Relaxe. Aproveite o passeio. Muito antes do que você imagina será sua hora de pronunciar os votos — brincou o irmão.

— Obrigado, eu já tinha me esquecido — gemeu Mike, tirando do bolso o papel onde havia escrito os votos e lendo-os pela enésima vez.

O celular tocou, havia uma mensagem:

Até daqui a pouco. Amo você.
Beijos

Sentiu um alívio no coração. A mensagem era de Jessie. Estava tudo bem e ele estava louco para vê-la.

— Estamos chegando — anunciou alegremente o padrinho cinco minutos depois, quando o Lil Doyle's surgiu diante deles. Seus pais estavam no carro logo atrás.

— Tem um coitado ali com um pneu furado — comentou Mike ao ver um carro passar aos solavancos sobre a linha pintada no meio da estrada e entrar no estacionamento do pub.

— Não diga nada que comece com P — advertiu o irmão. — Lembra o dia do meu casamento? Me atrasei meia hora por causa de uma palavra com P e achei que a Val ia acabar comigo. Estamos muito atrasados?

— Estamos com tempo de sobra, a igreja fica logo depois daquela curva. Mike esticou o corpo, feliz por ter chegado, enfim, à igreja.

— Que droga — gritou Bill, frustrado, tentado manter o carro sob controle para entrar no estacionamento do Lil Doyle's. Uma porcaria de pneu furado era a última coisa que queria. Pulou para fora do carro, tirou o paletó, arregaçou as mangas e foi pegar o macaco no porta-malas.

Debaixo de um sol forte, lutando para retirar as porcas, sentiu a transpiração escorrer pelas costas. Queria muito chegar à igreja antes de Nancy e Carol.

— Concentração — resmungou, bufando com o esforço necessário para soltar a última porca. Viu um carro bordô, com fitas brancas tremulando ao vento, virar à direita no entroncamento. Seria Carol ou Jessica? Impossível saber. — Por quê? — murmurou ele quando finalmente conseguiu afrouxar a porca que faltava e tirar a roda do eixo. Seria um desastre chegar à igreja depois que Carol já estivesse no altar.

— Você está maravilhosa, Nancy, essa cor ficou linda em você. Que bom que você comprou essa. — Liz abraçou calorosamente a amiga. — Você está bem?
— Nada mau — murmurou Nancy. — Desculpe-me pelo que me aconteceu hoje.
— Esqueça. Você está aqui, está ótima. Vai ser um dia feliz. — Liz sorriu.
— Coitada da Nadine, ela me disse que confiscou minha garrafa de vodca — disse Nancy tristonha. — Ela me disse para comer balas de hortelã, se eu sentisse vontade de beber. Já chupei metade do pacote.
— Se for muito difícil para você, fale comigo e darei um jeito de ajudar — disse Liz com sinceridade.
— Você já me ajudou demais — assegurou Nancy. — Abri meu livrinho e encontrei uma mensagem incrível sobre entregar os problemas nas mãos de Deus.
— É uma ótima mensagem. Várias vezes topei com ela quando estava afundada em desespero, sentindo saudade de Ray. — Liz balançou a cabeça.
— Hoje deve estar sendo um dia difícil — disse Nancy compreensiva.
— Estou fazendo o possível para que não seja — admitiu Liz. — É difícil para você também. Mas é um dia tão especial para as meninas que elas não vão querer mães choronas.
— Não, você tem razão. Vamos lá dar um alô para nossos futuros genros — disse Nancy, pegando decidida o braço da amiga e atravessando a nave ao lado dela.

— Você sentiu algum cheiro de bebida? — perguntou Freda ironicamente ao marido, cutucando-o nas costelas.
— Senti cheiro de hortelã, mas não diria que ela andou mamando a garrafa. Ela está ótima — respondeu Packie.

— Aquele conjunto dela me pareceu um pouco caro. E onde elas arranjaram dinheiro para a limusine? E aquele vestido de noiva também custou uma nota – disse Freda em tom rabugento. – Nancy a havia surpreendido com sua elegância e parecia muito calma e controlada, diferente do desastre nervoso e trêmulo que ela conhecia tão bem. Viu a irmã mais nova atravessando a nave e rindo de alguma coisa que Liz Kennedy havia dito.

— Ela vai beber antes do final da noite. Acredite no que estou dizendo – disse ela venenosa, virando-se para olhar os modelitos dos demais convidados.

— Jessie chegou. – Tara atravessou a nave até onde estava a irmã, que conversava com algumas amigas da filha.

— Desculpem, meninas, tenho de acompanhar minha filha ao altar – disse Liz com um sorriso.

Foi até a porta da igreja, onde Jessica posava para uma foto com Katie.

— Excelente – disse Frank, o fotógrafo. – Liz, vá para lá e seduza a câmera.

Liz, Jessica e Katie deram uma gargalhada. E Frank disparou a câmera, adorando a atitude delas. Seria uma foto alegre, que traria boas memórias no futuro.

Cinco minutos depois, a limusine de Carol surgiu no caminho.

— Nossa, Carol, como você está linda – exclamou Jessica calorosa quando a amiga se junto a ela no pórtico.

— Você também – disse Carol invejosa, olhando o decote da amiga. – Esse corpete é maravilhoso. – E ignorou Katie.

— Está se sentindo bem? – perguntou Jessie, enquanto Amanda arrumava o véu longo e ondulante da outra.

— Estou, sim. Não me sinto tão enjoada. Já está passando. Acho que é por isso que chamam de enjoos matinais – disse Carol desanimada.

— Você sempre quis ter um filho – consolou-a Jessie.

— Eu sei, mas não exatamente assim. Não vou dizer nada até depois da lua de mel.

— Boa ideia – concordou Jessica e as duas posaram para uma foto. – Nadine, você está o máximo. O Mono está lá dentro, no lado da igreja reservado para os convidados de vocês, num banco do meio.

— Obrigada, Jessie. Seu vestido é muito legal. – Nadine não conseguia disfarçar quanto estava impressionada. Achou mais bonito que o de Carol, mas jamais diria uma coisa dessas.

— Vá até a porta e olhe para ver se Gary já chegou – cochichou Carol, com certo medo de que seu noivo não tivesse vindo. Nadine fez o que ela pediu e olhou por toda a nave, até encontrá-lo. Ergueu o polegar para a irmã.

Carol relaxou um pouco. – Obrigada, Nadine. Você já vai entrar?

— Vou, sim, e divirta-se, Carol – disse ela carinhosa, dando um tapinha amistoso no braço da irmã.

— Você também e obrigada pela ajuda. – Sorriram uma para a outra, depois Nadine caminhou pela nave, fazendo estalar o salto alto do sapato, e deixou Carol para sua entrada solo.

— Você está bem, Jessie? – Liz sorriu para a filha.

— Estou, sim. Você viu o Mike? – perguntou ansiosa.

— Vi, e ele está um gato – tranquilizou Liz e acenou com a cabeça para Tara, que fez sinal para o organista.

O som do órgão inundou a igreja e Jessie sentiu o coração bater no peito.

— Comece com o pé direito – cochichou Liz, apertando a mão da filha, e as duas iniciaram a caminhada para o altar.

Jessica percebeu que Mike virava lentamente a cabeça, para olhar para ela. Viu seus olhos se arregalarem de espanto e prazer e não pôde disfarçar sua alegria enquanto o rosto dela se iluminava num imenso sorriso.

— Você está radiante – cochichou ele ao se inclinar para beijá-la.

— É assim que eu me sinto – ela cochichou também, com vontade de enlaçá-lo e nunca mais parar de abraçá-lo.

Gary ergueu o polegar e ficaram à espera de Carol.

Carol respirou fundo pela última vez, enquanto Amanda ajustava o véu sobre seu rosto. – Pronta? – disse ela com voz decidida.

— Mais pronta do que nunca – assegurou para Amanda, se e virou surpresa ao ouvir um carro derrapar e frear em frente ao portão da igreja. Um homem saltou lá de dentro.

— Carol, Carol, cheguei bem na hora – disse Bill, ofegante, correndo pela entrada.

Carol não acreditou. Depois de tudo o que ela havia dito, Bill não dera atenção ao seu desejo. Por que continuava a tratá-la como se seus sentimentos não tivessem a menor importância? A fúria explodiu dentro dela.

— Que merda você veio fazer aqui? – berrou. – Como você *ousa* estragar o dia do meu casamento, seu filho da mãe arrogante? – Ela tremia de raiva.

Amanda, em estado de choque, olhava para os dois. Que raios estava acontecendo?

Um "Oooh" nervoso de horror atravessou os convidados, que se viravam para olhar a porta, de onde vinha o som de vozes alteradas.

— Não! — Nancy levou a mão à boca.

Jessica olhou perplexa para Mike quando os palavrões de Carol chegaram ao altar. Seus olhos se encheram de lágrimas.

— Pelo amor de Deus! — Katie exclamou, enojada.

Gary, envergonhado, olhava para as próprias mãos.

Freda e Packie trocavam olhares de triunfo.

Nadine levantou num salto e correu pela nave. Fechou as portas com raiva e encarou o pai.

— Por que você está aqui? Ninguém quer a sua presença. Por que não ouve o que ela está dizendo? – gritou. — Por que não faz a vontade dela?

— Ela é minha filha. Quero fazer as pazes com ela – explicou Bill inseguro. Não conseguia acreditar na reação de Carol.

— Sabe de uma coisa, pai? Você não tem nada que ver com o que está acontecendo aqui. E ela não quer você aqui. Nenhum de nós quer. Agora nos deixe em *paz*! – Nadine gritou. — Ande logo. Suma.

Atordoado, Bill voltou para o portão. Como podia ter interpretado tudo tão mal? Se Nancy era capaz de esquecer o passado, por que elas não eram?

— Você está bem, Carol? – perguntou Nadine à irmã, que tremia como uma folha.

— Você pode me arrumar um copo d'água? – ela sussurrou, arrasada.

— Tem uma garrafa na limusine – disse Amanda. Sentia-se mal por tudo o que tinha presenciado. – Vou buscar.

Amanda pegou uma garrafa de água sem gás e entregou para Carol, que tomou alguns goles.

— Bom, vamos servir de fofoca, como sempre – ela disse para Nadine, tremendo.

— E daí? – disse corajosa a irmã. – Aposto que Freda e o Packie estão se mijando de rir; eles são uns chatos, tínhamos de animá-los um pouco. Ande, tome mais um gole, arrume o seu véu e vamos atravessar aquela nave de cabeça erguida.

— Você é um espanto, Nadine. E uma irmã maravilhosa – disse Carol.

— Você também. Vamos. Vou levar você até o altar, não vou deixar você fazer isso sozinha.

Nadine deu o braço a Carol. – Abra a porta, Amanda, lá vamos nós. – Carol conseguiu dar um sorriso fraco quando sua madrinha abriu a porta principal para ela, e a *Marcha Nupcial* soou com toda a pompa.

41

ELA VIU O rosto vermelho de Packie e seus olhinhos pequenos e redondos fulminando-a. Viu a mãe, pálida e preocupada, sentada na beirada do banco. Sentiu o braço de Nadine entrelaçado ao seu, e isso lhe deu coragem.

Carol parou ao lado de onde a mãe estava sentada. – Você está bem, mamãe? Era o papai; eu não o queria aqui – murmurou, consciente de que todos os olhos na igreja estavam pousados nela.

– Você decide o que quiser, Carol. *Você* está bem? – Nancy estava muito agitada.

– Estou ótima, mamãe. Sinceramente.

– Quer uma bala de hortelã? – ofereceu Nadine e Nancy involuntariamente sorriu diante da ingenuidade da filha caçula. Ah, se fosse simples assim.

– Quero, sim – ela respondeu. – Agora andem, não deixem todo mundo esperando.

– Você está bem, Carol? – perguntou Jessie quando ela tomou seu lugar no altar.

– É bom ver você, Carol. – Mike estendeu-lhe a mão.

Foi um gesto carinhoso e ela aceitou a mão estendida. Mike era boa pessoa. Estava apenas protegendo Jessie quando a repreendera. Seria mesquinho guardar ressentimento.

– Obrigada, Nadine. – Virou-se para a irmã e sorriu para ela, depois entregou o buquê a Amanda.

Finalmente virou-se para Gary.

– Alô – murmurou ela, um tanto apreensiva quanto à reação dele.

Os olhos dele pareciam de aço. – Que coisa – ele resmungou. – Você realmente deu um vexame.

Foi como se ele lhe desse um tapa na cara. Sua mãe, Nadine, Amanda, Jessie e Mike, todos tinham sido solidários com ela. Mas aquele de quem ela mais precisava havia negado ajuda e a julgava severamente. Magoada, ela virou o rosto e olhou para a frente.

— Podemos começar? — sugeriu o padre, enquanto o solista começava a cantar "Perhaps Love".

O folheto na mão de Carol tremia, e as palavras se misturavam em um borrão. Ouvia Mike e Jessie respondendo às palavras do padre com fervorosa sinceridade. A cerimônia tinha um significado importante para eles. O coração e a alma dos dois estavam presentes.

Gary não tinha se interessado pela cerimônia. Quanto mais curta, melhor, ele havia dito.

Sentado ao lado dela, rígido, ele nem se esforçava em participar.

A culpa era dela, reconheceu com toda sinceridade. Ela havia insistido e insistido até ele aceitar o casamento duplo. Lá no fundo, Carol tinha certeza de que Gary não estaria ali se pudesse escolher. Talvez ele até a amasse, daquele jeito estranho, mas não era o tipo de amor carinhoso, enriquecedor, como o que ela via entre Jessie e Mike ou outros casais amigos.

E naquele dia, quando ela mais precisara de uma prova do amor e do companheirismo dele, ele havia se afastado e dito palavras de censura.

A MÃO ESQUERDA de Jessie tremeu ligeiramente quando ela a estendeu para que Mike colocasse a aliança no dedo. Ele sorriu para ela, os olhos azuis cheios de amor. Como se, naquele momento, não existisse mais ninguém no mundo. A música, tosses, as pessoas se mexendo nos bancos, todos os ruídos deixavam de existir enquanto Mike pronunciava seus votos. Lenta e ternamente, ele colocou a aliança no dedo dela.

A seguir foi a vez de Jessica, que repetiu as palavras do padre em voz clara e tranquila, levando lágrimas aos olhos de Liz. Jessie beijou a aliança antes de colocá-la no dedo dele, e ambos sorriram um para o outro, encantados, quando o padre os declarou marido e mulher. A congregação aplaudiu e, sem esperar pela permissão do padre, Mike enlaçou Jessica nos braços e a beijou. Um dia que ela jamais esqueceria, por várias razões, mas esta seria a lembrança que guardaria no coração.

CAROL ENGOLIU EM seco diante do abraço de Mike e Jessie. Era sua vez agora. O tão desejado momento estava para acontecer. Virou-se para Gary. Não havia felicidade em seu rosto, nenhuma expectativa. Apenas uma resignação sombria. Ele nem se esforçava para parecer feliz. Qualquer beijo entre eles seria apenas um gesto.

Era isso mesmo que ela queria? Queria tanto se casar a ponto de ficar com um homem que não estava nem um pouco interessado? Como numa cena em câmera lenta, viu o padre se virar e caminhar para eles. *Você não vai querer ser mãe solteira,* pensou ela num último recurso, colocando a mão na mão de Gary. *Você não vai querer ser uma esposa infeliz pelo resto da vida.* O pensamento era nítido e genuíno.

– Carol e Gary, estamos aqui reunidos, na presença de Deus, para...

– Não! – ela gritou sem pensar, retirando a mão da mão do noivo.

O padre olhou para ela perplexo.

– Não, não vou continuar. Não quero me casar com ele – disse ela com determinação. Ouviu o som engasgado produzido pelas pessoas atrás dela, horrorizadas. Não se importou. Se ela se casasse com Gary, nunca mais poderia se encarar no espelho. Estaria se conformando com pouco e merecia muito mais do que isso.

– Pelo amor de Deus, Carol, isto é ridículo! – Gary explodiu – Para começar, você arma um escândalo na porta e agora inventa uma loucura dessas. Que raio de brincadeira é essa? – perguntou ele, furioso.

– Não é brincadeira, Gary – disse ela, cansada. – Eu simplesmente não estou disposta a continuar com isso. Você não quer se casar. Você não quer se comprometer de verdade. Você ainda quer viver sua vida de solteiro. Eu a devolvo a você. Aproveite.

Então voltou-se para Jessica e Mike, que assistiam a tudo atordoados.

– Sinto muito, de verdade – desculpou-se. – Atrapalhei o momento mais importante do casamento de vocês. Mas, pelo menos, vocês dois sabem que seus votos têm um significado verdadeiro. Acreditem, isso é o mais importante.

Com toda dignidade, dirigiu-se aos convidados chocados e disse tranquilamente: – Vou me retirar. Por favor, aproveitem o resto do casamento de Jessie e Mike, e deem a eles todo o amor e todo o apoio que merecem. Sinto muito pelo transtorno que causei.

O silêncio tomou conta da igreja enquanto ela caminhava decidida pela nave, seguida por uma Amanda totalmente abalada, que jurava para si mesma que nunca, *nunca mais,* aceitaria um convite para ser madrinha de casamento.

Nancy levantou e virou-se para sair. Liz correu até ela.

– Quer que eu vá com você? – ofereceu.

— Não, Liz, fique com sua filha, eu vou cuidar das minhas — respondeu ela com firmeza.

— Talvez tenha sido a melhor solução. Ela teve muita coragem — murmurou Liz.

— Para falar a verdade, eu acho que você está certa. Amanhã nós conversamos — concordou Nancy, beijando o rosto de Liz. — Agora volte para um casamento normal e aproveite bastante.

Nadine veio para perto delas.

— Vamos, mamãe, a Carol precisa de nós — disse ela lançando um olhar desafiador sobre os presentes. Seus olhos encontraram os de Gary, e ela caminhou até o altar.

— Você não passa de um convencido, que bom que ela ficou livre de você — disse com raiva e depois foi depressa para junto da mãe.

Roxo de vergonha, Gary dirigiu-se à própria família. — Vamos dar o fora daqui — ordenou, ríspido. À sua direita havia uma porta lateral que o salvou da humilhação de atravessar a nave principal. Sua família e seus convidados o seguiram encabulados.

Jessica e Mike observaram a partida. Jessica tremia como uma vara.

— Padre, posso dizer algumas palavras? — pediu Mike com calma.

— Claro — concordou o padre embasbacado.

— Desculpem o transtorno. Não deixem que isso estrague o dia, porque Jessie e eu não vamos estragar o nosso. Acompanhem conosco o resto da cerimônia do nosso casamento, depois nos encontramos todos no hotel.

— Muito bem — disse o padre, e os convidados que haviam ficado aplaudiram calorosamente.

Mike passou o braço em torno de Jessica e ambos ficaram de frente para o padre.

— Oremos pelos recém-casados — ele convidou e, com suspiros audíveis de alívio, a congregação se ajoelhou, e uma oração sincera brotou do coração de todos.

— Sinto muito, mamãe, eu simplesmente não pude continuar com aquela farsa. Dentro da limusine, a caminho de casa, Carol olhou para a mãe, insegura quanto à resposta que ouviria.

— Estou muito orgulhosa de você, Carol. É preciso ter muita coragem para fazer o que você fez, e não se arrependa disso um minuto sequer — foi a resposta inesperada de Nancy.

— Obrigada, mamãe. — Os lábios de Carol tremiam. A resposta da mãe a tocara profundamente.

— Sim, foi muita coragem — concordou Nadine. — Ainda mais considerando que você está grávida.

— Você está *grávida*? — Nancy não pôde esconder o choque.

— Desculpe-me, Carol. — Nadine colocou a mão na boca. — Saiu sem querer.

— Sim, mamãe, estou — disse Carol, resignada.

Nancy calou-se por um minuto. — Bem, Carol, se é essa a situação, sinto ainda mais orgulho de você. E, quer saber de uma coisa, acho que você fez a coisa certa.

— Apoiado, apoiado — intrometeu-se Amanda. — Melhor cortar o mal pela raiz agora do que passar o resto da vida se arrependendo.

— Espero que eu ainda pense assim daqui a nove meses — disse Carol, ainda insegura.

— Vamos ajudar você. — Nancy afagou a mão da filha.

— Estou com fome — exclamou Nadine. — Deve ser por causa da agitação.

— Ainda bem que você gostou do agito — Carol sorriu para a irmã caçula. — Eu bem que preferiria não passar por tanta confusão. Mas, para ser sincera, eu também estou com um pouco de fome. Muita fome, para dizer a verdade. Que estranho.

— Já está com desejos? — implicou Amanda.

— Podíamos pedir ao motorista para nos deixar em Ashford para comer alguma coisa. Depois vamos de táxi para casa — disse Nancy cautelosa.

— Com estas roupas? — disse Carol, surpresa com a proposta da mãe.

— E por que não? Você pode tirar o véu. Sabe o que vamos fazer, Carol? *Comemorar* por você ter escapado dessa. — Nancy aprumou-se no banco e olhou para as outras.

— Eu também gostaria de comer alguma coisa. Acho ótima a sua ideia, sra. Logan — declarou Amanda de bom humor.

Carol olhou espantada para as companheiras de viagem. Estavam sendo tão legais e solidárias. Sentiu que se livrava de um peso. — Tudo bem, então — disse, e sem perder tempo bateu no vidro do motorista. — Pode fazer o favor de nos deixar em Ashford?

— Como a senhora quiser — disse o motorista, que nunca havia feito um trabalho como aquele. Estava tirando um ótimo cochilo e, no minuto seguinte, a noiva, a madrinha, a mãe da noiva e a irmã tinham saído da igreja e pedido que as levasse para casa. Agora queriam ir para Ashford. Isso não era da sua conta. Podiam ir para Timbuktu, desde que o pagassem.

Vinte minutos mais tarde as quatro estavam sentadas diante de uma mesa de pinho no pequeno restaurante italiano, consultando o menu.

– Nancy ergueu seu copo de água mineral. – A Carol – disse solidariamente.

– E a todos que a acompanham – Nadine riu afetuosamente fazendo tinir seu copo contra o da irmã.

– À família e aos amigos – Carol ergueu seu copo. Embora tivesse sido o dia mais traumático de sua vida, sentia que havia retirado um peso das costas, um peso que a mantivera curvada por muito, muito tempo.

Começava a fazer planos. Ia dar entrada numa casa e conseguir um financiamento, essa era sua prioridade. E teria um quarto de hóspedes para duas pessoas muito importantes: sua mãe e Nadine. Podia ter perdido o noivo, mas tinha encontrado sua família. Esse era o ponto mais positivo de todos.

GARY TIROU O fraque, juntou suas coisas e levou para o carro de Vincent. Estava em estado de choque. Havia sido literalmente abandonado no altar por Carol. Tinha sido exposto ao ridículo diante da família e dos amigos. Ela o havia deixado. E dessa vez era para valer.

Estava zangado, aliviado e chateado. Queria dar logo o fora dali e nunca mais pisar naquele lugar. Voltou para a recepção e pediu a conta. Pena que a festa do casamento já tinha sido paga, pensou mesquinho, estendendo o cartão de crédito. Carol bem que podia lhe devolver tudo que gastara com o casamento.

De repente, um pensamento o assaltou. Não podia continuar no apartamento com ela. Para completar tinha virado um sem-teto. Que saco ter de sair procurando apartamento, depois de abrir mão de um lugar excelente em Christ Church.

– Pronto para partir? – perguntou Vince. – Todo mundo já foi.

– Sim, vamos dar o fora daqui, vamos para Dublin encher a cara.

– Conte comigo para o que der e vier, Gary. – Vince deu-lhe um tapinha nas costas. – Quer saber de uma coisa? Você teve sorte escapando dessa. Ela era meio neurótica, para dizer o mínimo, com aquela mania de comida saudável e nada de bebida. Ela não era o seu tipo, meu chapa, nem um pouquinho o seu tipo.

– Tem toda razão – rosnou Gary, perguntando-se por que sentia uma ponta de solidão.

— Bom, com certeza não foi um daqueles casamentos chatos, tradicionais – comentou Mike alegremente, ensaboando as costas de Jessie. Tomavam um banho de chuveiro e depois encontrariam os outros para um café da manhã na madrugada. Tinham passado a noite acordados.

— A recepção foi *ótima*; fico com pena por Carol e Gary terem perdido a festa. A banda foi demais. Jessie bocejou e engasgou com um monte de bolhas de sabão.

— Estou contente por ela não ter se casado com ele. Eu realmente a admiro, mesmo ela tendo estragado o nosso dia – Mike enxaguou o cabelo.

— Também fico contente. Ele nunca tratou Carol direito; não a respeitava nem um pouco. Nunca pensei que ela tivesse tanta coragem. Com certeza vimos uma Carol diferente. – Jessie esticou o braço para fora do boxe e pegou uma toalha, enquanto Mike desligava o jato de água quente.

— E uma Nadine diferente, e uma Nancy diferente. – Mike enrolou a toalha na cintura e começou a secar a esposa.

— Parece que elas ficaram mais unidas, não é? São uma família outra vez. Mesmo sem querer, Bill e Gary fizeram um favor a elas – observou Jessie.

Mike sorriu. – Ei, esposa, vamos esquecer a Carol, o Gary e todo mundo e vamos pensar só em nós dois – murmurou, cobrindo-lhe os seios com as mãos.

— Tudo que o senhor quiser, marido – riu Jessica, abaixando a toalha que cobria a cintura de Mike. – Tudo que o senhor quiser...

42

Nove meses depois

Nancy sentiu o celular vibrar dentro do bolso. Pegou-o discretamente e abriu a mensagem de Carol.

— Com licença, acho que preciso ir – ela disse. Sorriu para as pessoas sentadas em círculo. – Oi, meu nome é Nancy e sou uma alcoólatra. E minha filha está em trabalho de parto... – Todos os presentes à reunião do AA bateram palmas e desejaram boa sorte. Nancy pegou o casaco e a bolsa e correu para a porta.

Ela estava hospedada na casa de Carol fazia uma semana esperando o nascimento do neto e havia chegado a hora. Correu até o ponto do ônibus, sentindo arrepios de emoção.

Era difícil acreditar que já haviam se passado quase nove meses desde aquele dia louco que mudara tudo, pondo um ponto final no relacionamento de Carol e Gary.

Muita coisa tinha acontecido. Na verdade, fora um período muito positivo para todas elas, reconheceu. Com a ajuda de Liz, Nancy finalmente admitira que tinha um problema e foi à primeira reunião do AA.

Era uma luta difícil, e estava aprendendo muito sobre si mesma, mas estava perseverando. Nadine também frequentava o AA e estava bem menos arrogante e agressiva. Os problemas de Carol haviam unido todas, e Nancy sentia enorme alegria ao ver que a união entre as filhas crescia e ficava mais forte.

O ônibus apareceu, e ela procurou na bolsa o dinheiro exato da passagem. Às vezes tinha de se beliscar para ter certeza de que era ela mesma pegando ônibus em Dublin, indo a reuniões do AA na cidade, fazendo compras, comendo em cafés e restaurantes e – resumindo: vivendo uma vida "normal".

Se dezoito meses atrás alguém tivesse lhe dito que sua vida mudaria tão radicalmente, ela teria dito que essa pessoa estava louca. Mas *tinha* mudado, sim, desde aquele domingo terrível em que tocara fogo na cozinha e Bill a ofendera diante dos vizinhos. Tinha sido o fundo do poço, o momento decisivo. Ouvindo tantas histórias em suas reuniões do AA, passara a acreditar que muitas vezes é preciso cair de joelhos para decidir mudar de vida.

Sentia-se realmente feliz por ter mudado a sua. Nancy entrou no ônibus, pagou a passagem, aliviada por não ter esperado muito tempo. Quanto mais cedo levasse Carol para o hospital Rotunda, melhor. Colocou uma bala de hortelã na boca. Estava viciada.

— Carol entrou em trabalho de parto. — Katie bocejou quase a ponto de deslocar a mandíbula. Jessie havia dado a notícia por uma mensagem de texto. Aconchegou-se a Sean na grande cama de casal. Ambos estavam no turno da noite, o que significava que podiam tomar o café da manhã juntos antes de despencar na cama, mortos de cansaço. Era comum seus horários não coincidirem, por isso as últimas semanas tinham sido um verdadeiro presente, pois podiam passar mais tempo juntos. Katie estava feliz como nunca.

— Bom, pelo que você me conta parece que a família deu apoio a ela, e isso é bom. — Sean sorriu para Katie e puxou-a para perto. — Acha que devemos fazer uma visita?

— Você pirou, Sean! — Katie exclamou, indignada. Desde que Jessie saíra da casa das duas, pouco ou nada tinha que ver com Carol, e era assim que preferia.

— Você precisa ver a cara que fez... Calma, querida. — Sean riu. — Não custa nada ser gentil com a garota, ela passou por um período difícil.

— Escute aqui, mocinho, se você quiser ir, vá. Eu não vou. Não depois de ela ter insultado você. — Katie estava furiosa.

— Que eu me lembre, ela nunca me insultou. — Sean olhou surpreso para Katie.

— Eu nunca te contei, mas ela foi uma filha da mãe. — Katie ficou roxa ao lembrar como Carol ofendera seu amado.

— Por quê? O que foi que ela disse? — Sean apoiou-se no cotovelo e enrolou no dedo um cacho de cabelo ruivo, sorrindo para ela e achando graça na indignação.

— Ela disse que você não passava das "sobras" dela. Que eu podia ficar com as sobras. Que cara de pau. — Para Katie, o tempo não apagara o insulto.

Sean assoviou. — Típico da Carol. — Ele riu para Katie, com um brilho nos olhos azuis. — E pensar que ela superou tudo — implicou.

— Pois é. Não pude dar o troco, era o dia do casamento e já havia problemas demais — lamentou Katie.

— Tudo bem. — Sean se inclinou para beijá-la devagar. — Você sabe que ela e eu só demos uns beijinhos — disse ele, tranquilizando-a.

— Eu beijo melhor? — perguntou Katie.

— Muito melhor. Sem sombra de dúvida. Seu beijo é o melhor beijo do mundo — afirmou Sean.

— Você vai visitá-la?

— Acho que não. Não quero ser assassinado na minha cama. É melhor não mexer com uma escorpiana ruiva, como já descobri à minha própria custa — murmurou ele, acariciando a orelha dela.

— Rapaz sensato — suspirou Katie com prazer. — Esta escorpiana é toda sua...

Carol enxugou o chão da cozinha, contente porque a bolsa havia rompido na cozinha azulejada, e não na sala ou no quarto. O jato de água quente tinha sido uma sensação muito estranha. Seu coração deu um salto de medo e arrebatamento. O bebê estava pronto para chegar. Quem diria que a noite em que fora concebido seria a última em que ela e Gary dormiriam juntos? Quanta ironia, pensou, olhando para o quintal ensolarado que, graças a Nancy, estava repleto de vasos com petúnias de cores variadas, marias-sem-vergonha, goivos e gerânios.

Há um ano ela morava em um apartamento em Phibsboro e vivia angustiada, imaginando se Gary algum dia se casaria com ela. Agora era proprietária de uma bonita casinha, no topo de uma colina em Glasnevin, com vista para o Jardim Botânico e para o rio Tolka e com um pequeno Fiat usado estacionado à porta. Tinha feito um curso de atualização no volante e comprado um carro. Pensou com orgulho em quantas coisas havia realizado depois que deixara Gary e percebera que teria de seguir em frente.

Não tinha sido fácil voltar ao apartamento dias depois do casamento dramático. Não sabia se Gary estaria lá ou não. Ao abrir a porta, sentira enjoos ao perceber, chocada, que as coisas dele não estavam mais lá. Ele deixara um bilhete sucinto, do qual ainda se lembrava:

Carol,
Espero ser reembolsado pelas despesas que tive com o casamento.
Gary.

Se não estivesse grávida, teria pago. Afinal de contas, seria justo; ela havia cancelado o casamento, literalmente no último segundo. Mas raciocinou que precisava de cada centavo – tinha de pensar no bebê. Furiosa com a atitude mesquinha dele, ela havia telefonado.

– O que você quer? – A voz malcriada fez crescer sua determinação.

– Gary, eu estou grávida. Estou procurando uma casa para nosso filho. Se sobrar algum dinheiro, terei muito prazer em dá-lo para você – ela respondeu num rompante.

– Você está *grávida*?!

Pelo silêncio que se seguiu ela pôde avaliar o choque de Gary. Depois ele proferiu o maior dos insultos. – Tem certeza de que o filho é meu? – foi a pergunta sórdida.

Enojada, ela desligou. Era muita baixeza, até para o Gary. Naquele momento ela teve certeza de que estava sozinha e de que ele não participaria da vida do filho. Ciente do que teria que enfrentar, seguiu adiante.

Felizmente os bancos de crédito estavam concedendo empréstimos com facilidade, e as taxas de juros estavam baixas. Ela logo conseguiu um financiamento e, lá pelo Natal, já estava na casa nova. Não se importou com o fato de o local ainda estar em obras. Ela, Nadine e Nancy haviam passado um Natal alegre, comprando coisinhas para a casa, Mike e Jessie tinham passado um fim de semana com ela, e, pela primeira vez na vida, deu o real valor à amizade de Jessie, que a animou e gostou da casa. Fora ótimo tê-los como hóspedes e sentiram-se como nos velhos tempos, quando iam juntos tomar um drinque no clube de tênis.

As pessoas a surpreenderam com seu carinho. Os amigos do clube de tênis fizeram uma vaquinha e, no dia da inauguração da casa, deram-lhe um vale-presente de uma loja de artigos para o lar. O valor era suficiente para comprar artigos para cozinha e banheiro, e roupa de cama para os dois sofás do quarto de hóspedes. O apoio deles fora muito importante. Mesmo quando já não podia mais jogar tênis, continuou indo ao clube uma ou duas vezes por semana para assistir aos jogos e manter contato. Gary não jogava mais lá e era um alívio saber que não corria o risco de topar com ele. Ouvira dizer que ele tinha alugado uma casa em Smithfield e estava namorando uma advogada. Carol não estava mais interessada; não olhava mais para trás. Gary era o passado e ela estava interessada no futuro. Um futuro que ela mesma sentia ser capaz de construir.

Adorava colocar a chave na fechadura da casa que era sua, o que lhe dava uma sensação de segurança e orgulho. Tinha conseguido tudo sozinha. Não precisava de Bill, nem precisava de Gary; estava comprovado. Se algum dia voltasse a ter um relacionamento com um homem, e ela esperava que sim, não seria por necessidade. O próximo relacionamento seria entre iguais.

Mas a melhor consequência daqueles dias turbulentos do ano anterior tinha sido ver que, quando precisou delas, Nancy e Nadine haviam ficado ao seu lado.

Ouviu a mãe que girava a chave na fechadura e correu para recebê-la.

– Você está pronta, podemos ir? – Os olhos de Nancy brilhavam de ansiedade. Estava entusiasmada com o nascimento do primeiro neto. Carol ficava feliz com isso.

— Tudo pronto. Já peguei a mala. Olhou para a mãe. — Estou com medo, mãe — confessou ao sentir uma contração.

— Respire fundo como lhe ensinaram no curso. Vai dar tudo certo — tome o que eles mandarem, não precisa ser corajosa. — Nancy a reconfortou com um abraço.

— Ai, como dói – gritou Carol, indignada, quando dores a repuxaram como ganchos.

Nancy riu. — Claro que dói. Vou chamar um táxi.

Na manhã seguinte, às sete horas, depois de um longo e exaustivo trabalho de parto, Carol pôde enfim segurar nos braços a filha recém-nascida. Tinha um topete de cabelo preto e muita força nas mãozinhas. Era linda, e Carol sentiu que uma forte onda de amor e felicidade tomava conta de cada célula do seu corpo. Essa criança linda compensava todas as mágoas, sofrimentos e dores que havia tido. Ali estava a perfeição, pensou ao beijar o rosto, coberto de penugem, da filha.

— Vamos levá-la agora, para você poder descansar — disse a enfermeira, enérgica.

— Deixa eu ficar com ela só mais uns minutos — precisamos criar um vínculo — implorou Carol.

— O vínculo entre vocês já é forte o suficiente — riu a enfermeira, compreensiva — mas tudo bem, mais dez minutos.

Este era o momento mais importante de sua vida, e queria que durasse o máximo possível.

43

Um ano depois do casamento

Era difícil acreditar que um ano já havia se passado desde que Carol o abandonara no altar. Gary deslizou para fora da cama, fazendo o possível para não acordar a jovem despenteada que dormia esparramada ao seu lado.

Por que será que esse dia o incomodava tanto?, pensou melancólico. Há uma semana vinha temendo esse dia. Afinal de contas, para todos os efeitos, era um dia como qualquer outro.

O que o incomodava e o fazia sentir como um vilão era saber que tinha uma filha. Sabia que havia sido um canalha. Tinha passado da conta ao perguntar a Carol se o bebê era dele. A culpa fora do choque, ao ouvir que ela estava grávida. No fundo, sabia que a criança era sua. Carol tinha ficado menstruada uma semana antes de ir para Kilkenny, lembrava-se até de tê-la ouvido dizer que era muito bom a menstruação ter acabado antes da despedida de solteira. Só podia ter acontecido na noite em que dormiram juntos, quando ela estava aborrecida por causa da briga com Jessica. Que ironia: Carol havia mantido distância por tanto tempo com medo de engravidar e tinha sido pega poucos dias antes do casamento. Se ela tinha descoberto justamente no dia do casamento, admirara a coragem dela ao abandoná-lo.

Um amigo do clube de tênis havia lhe contado que ele já era pai. Carol não tinha entrado em contato. Não sabia se devia ficar triste ou contente com isso. Estava livre, tinha uma ótima vida social, estava namorando uma mulher sensacional que não queria compromissos. Havia sorte maior do que essa? Sua vida estava diferente do que havia sido um ano atrás, quando fizera aquela interminável viagem até a igreja, vestido como um palhaço enfeitado, querendo estar a quilômetros dali e sentindo-se encurralado. Tinha sido bom pôr um fim a esse capítulo. Não valia a pena ficar preso ao passado.

Não queria ter de pagar pensão, nem ter direito a visitas e todas as responsabilidades da paternidade. Às vezes, quando via um bebê, tentava imaginar como seria a sua filha. Mas não perdia muito tempo pensando nisso, não passava de bobagem sentimental. E ele não tinha nada de sentimental. No entanto, sentia saudades de Carol. Sentia falta daquele jeito de atormentá-lo para ser saudável. Sentia falta dos torneios de tênis, em que nenhum dos dois cedia um único ponto. Sentia falta de saber que, embora ela fingisse que não, era louca por ele.

Sua nova namorada adorava festas, boates e bebida tanto quanto ele, mas às vezes ele se cansava de fazer sempre as mesmas coisas. Era preciso reconhecer que ele nunca ficava entediado ao lado de Carol.

Gary suspirou fundo e foi até a cozinha beber um copo d'água. Levava a vida que pedira a Deus, refletiu com alguma tristeza. Por que logo nesse dia, entre tantos outros, tinha a terrível sensação de que isso não bastava?

— PAPAI, POR QUE você está triste? — a vozinha perguntou ansiosa.

— Não estou triste, Ben. Por que você acha que estou? — Bill, distraído em seus pensamentos, voltou a si.

– Porque você está com cara de triste – disse o filho, observador.

Os dois assistiam a um desenho animado na TV, enquanto Brona tomava banho.

– Não quero ir para a creche hoje – anunciou Ben, folheando seu livro de dinossauros.

– E por que não? – perguntou o pai, limpando restos de sucrilhos do queixo do menino.

– Porque não – suspirou Ben.

– Eu também não quero trabalhar – declarou Bill, beijando a testa do filho.

– Não podemos ficar em casa, só eu e você, e passar um dia de homens, como mamãe gosta que a gente faça?

– Sábado – disse Bill.

– Ah, papai. Hoje não é sábado? – Ben desanimou.

– Não. – Essa declaração foi seguida por suspiros profundos e Bill sentiu uma pontada de tristeza ao ver a carinha desanimada do filho.

Ele também estava desanimado. Fazia um ano que Carol e Nadine tinham fechado sem hesitar a porta na sua cara e tivera de aceitar a dura realidade: não fazia parte da vida delas. Não queriam saber dele, e ele não via possibilidade alguma de mudança futura. Sua única esperança era que com o tempo Carol ficasse mais tolerante com ele, agora que também tinha uma filha.

Nancy havia telefonado para o seu trabalho para dar a notícia, pois achava que ele deveria saber que já era avô. A conversa fora difícil no início, mas pelo menos não havia animosidade entre eles. Ele ligara para ela seis semanas depois, para pedir notícias, e tinham mantido uma conversa civilizada. Ela contou que estava no AA e ele ficou contente. Era um grande passo e um sinal de coragem.

Um pensamento o assaltou. O último ano tinha sido um desastre absoluto; hoje precisava fazer algo para espantar as más lembranças.

– Você tem razão, companheiro. Vamos ter um dia só para os homens – disse ele impulsivamente.

– Isso mesmo, papai. – Ben lançou-se sobre ele alegremente.

– O que está acontecendo? – indagou Brona. – Você ainda nem calçou os sapatos dele, vamos nos atrasar – reclamou.

– Está tudo bem, Brona. Vou tirar um dia de folga. Vamos ter um dia de meninos hoje.

– O quê? Que ideia é essa? – Brona estava perplexa.

— Só quero passar um tempo me divertindo com meu filho e tenho horas extras sobrando. Vou aproveitar para descontar algumas.

— E eu? — Ela fez beicinho.

— Quer jantar no Wong's hoje? — ele convidou.

— Claro que quero! — Ela se animou. — Nos vemos mais tarde e divirtam-se. — Ela o beijou no rosto, fez um cafuné em Ben e seguiu para a porta, fazendo barulho com os saltos dos sapatos sobre o piso de madeira, sob o olhar de Bill. Pelo menos haviam voltado às boas. Ele não tinha contado o que havia acontecido no casamento de Carol, e ela nunca mais tinha falado nas filhas dele. Melhor deixar assim.

— Vamos a Dollymount depois que eu tomar café — Bill sugeriu ao filho.

— Legal, pai! — exclamou o menininho e Bill disfarçou um sorriso. Divertia-se muito com as expressões que o filho aprendia na creche.

Duas horas depois estavam na praia fazendo castelos de areia. Ben dava gritos de alegria quando as ondas molhavam suas galochas.

O dia estava morno e soprava uma brisa. Felizmente era vento do Sul, que os protegia do frio do outono. Observando o filho que brincava alegre, despreocupado, pensou em como estaria a neta. Num impulso, tirou o celular do bolso do agasalho e procurou na agenda o número de Nancy.

— Alô — disse ela animada.

— Sou eu — ele disse encabulado.

— Eu sei, vi seu nome no visor. — Aconteceu alguma coisa?

— Não. Só queria saber como estão todos. Como vai o bebê?

— É uma gracinha. Acabei de dar a papinha dela.

— Ah, sei. A Carol está em Wicklow?

— Não. Ela, Amanda e Nadine tiraram o dia para cuidar da beleza e almoçar num spa em Clontarf, e estou de babá.

— Então você está em Glasnevin?

— Estou, sim. Hoje faz um ano do dia do casamento e Carol queria fazer alguma coisa positiva. Então eu disse que viria tomar conta da minha netinha — contou Nancy alegre.

— Eu gostaria tanto de vê-la. — E só depois percebeu o que havia dito.

Houve um silêncio do outro lado da linha. Então Nancy perguntou: — Você está no trabalho?

— Não — ele respondeu. — Estou de folga, na praia, com o Ben.

— Eu pretendia dar um passeio no Jardim Botânico — disse Nancy com cautela.

— Ben adora o Jardim Botânico — disse Bill, cada vez mais animado.

— Bom, poderia acontecer de a gente se encontrar por acaso. Mas não conte para a Carol, Bill, ela jamais me perdoaria por fazer isso sem ela saber — avisou Nancy.

— Combinado. Brona também não gostaria muito de saber. Vai ficar só entre nós.

— Sabe onde fica o quiosque à direita do portão? Espero você lá. Daqui a meia hora, que tal?

— Nancy, muito obrigado — disse ele com toda sinceridade.

— Não tem problema, Bill. Eu gostaria que você a conhecesse. Até daqui a pouco.

Bill mal podia acreditar. Ele não era mais um desastre total. Ele e Nancy tinham voltado a se falar, e ele ia conhecer a neta. Era melhor do que nada.

— Vamos lá, Charlotte, você tem que ficar linda — Nancy falou carinhosa enquanto vestia na netinha um conjunto confortável de calça e blusa creme e lilás. O bebê balbuciou uns ruídos, com a boquinha em forma de botão de rosa abrindo-se num grande sorriso.

— Você está linda, fofinha — declarou Nancy contente. Estava na melhor fase de sua vida. Era como se a neta representasse uma segunda chance. Nunca se sentira tão satisfeita. Pelo tom do ex-marido percebera quanto ele esperava por essa oportunidade e quase sentia pena dele. As filhas haviam lhe dado as costas, e isso era difícil. Nunca teria, como ela, a alegria de conviver com Charlotte, e isso era uma perda.

Não sentia mais qualquer mágoa. O AA tinha ajudado Nancy a se livrar disso e aceitar que era a responsável por suas atitudes. Ela havia infernizado a vida dele e estava na hora de consertar as coisas. Sua relação com Bill só podia ser resolvida por ela mesma. Assim como a relação de Nadine e Carol com ele era assunto delas.

— Agora dê um beijo na vovó — ela pediu, esfregando o rosto na neta antes de acomodá-la no carrinho. O dia estava lindo, dava para ver claramente o Monte Dublin. As árvores do Jardim Botânico, a distância, exibiam os primeiros tons dourados do outono. Era um lugar lindo, um refúgio ao tumulto da cidade.

Nancy saiu apressada, gozando o prazer de sentir a brisa em seu rosto.

— Cadê ela? — perguntava Bill, olhando em volta à procura de Nancy.

— Estou aqui. — Bill se virou e tornou a olhar. Aquela mulher, esbelta, saudável, de cabelos louros e curtos, usando um elegante conjunto de calça comprida, não podia ser Nancy. Mas ela sorria para ele e empurrava um carrinho.

Era ela. Mas não a reconhecia. Na última vez em que a vira, desmazelada e pálida, ela tremia por causa da bebida. Esta Nancy parecia vinte anos mais jovem.

— Você está ótima... — ele gaguejou.

Nancy riu. — Não fique com essa cara chocada. Ande, venha ver sua neta. — Nancy levantou a capota do carrinho e ele se debruçou para olhar.

— Meu Deus! — ele exclamou e sentiu um nó na garganta. — É a Carol em miniatura.

— Não é mesmo? — sorriu Nancy. — Igualzinha a ela. Vamos dar um passeio com o seu rapazinho — ele está querendo beber água no bebedouro logo ali. Ele é muito bonito.

— É mesmo — disse Bill, mais comovido do que poderia ter imaginado, ao ver a neta.

Caminharam por uma hora e ela mostrou a casa de Carol, do outro lado do rio. Mais tarde, tomaram um café no salão de chá.

— Vou dizer que encontrei uma antiga colega de trabalho, porque o Ben certamente vai comentar alguma coisa e é... a Brona...

— Tudo bem, Bill, diga o que achar melhor. Eu não preciso dizer nada, pelo menos até a Charlotte começar a falar.

— Então quer dizer que podemos nos encontrar outras vezes? — perguntou ansioso.

— Não vejo por que não, quando eu estiver de babá — disse Nancy encolhendo o ombro. — Desde que fique só entre nós. Não quero magoar a Carol de maneira alguma.

— Claro que não. Vai ser como você quiser — concordou Bill, acariciando com uma mão Ben, que havia adormecido em seu colo, e com a outra segurando a mãozinha da neta.

Nancy sorriu. — Graças a Deus nós nos reconciliamos.

— Graças a Deus e a você, Nancy — disse Bill em voz baixa, inclinando-se sobre a mesa para dar um beijo no rosto da mulher.

– Que vida boa, não é mesmo? – perguntou Carol, cheirando a lavanda e rosas, estendida sobre um roupão macio, enquanto recebia uma massagem relaxante. Amanda tinha ido à pedicure, e Nadine e ela descansavam enquanto aguardavam os próximos tratamentos de beleza.

– Obrigada por me convidar – disse Nadine com um bocejo. Não estava acostumada a esses cuidados e achava deliciosamente cansativo.

– Eu queria compartilhar este dia com você. Neste mesmo dia, um ano atrás, eu estava muito infeliz e você me salvou. Te agradeço muito por tudo que fez por mim – disse Carol serena.

Nadine corou. – Pare com isso! Eu não fiz nada.

– Não, Nadine. Você me defendeu e ficou ao meu lado e tem sido muito boa para o bebê. Não sei o que eu faria sem sua ajuda.

– Ela é linda, não é? Mal posso esperar o dia de ir morar com vocês quando entrar para a faculdade no ano que vem – disse Nadine animada. – Tomara que eu consiga fazer aquele curso na Universidade de Dublin.

– Continue se esforçando. Você está indo muito bem – incentivou Carol.

– Você se arrepende de não ter casado com ele? – perguntou Nadine inesperadamente.

Carol franziu a testa, pensando. Ao acordar hoje, ainda deitada e olhando para Charlotte no berço, lembrou de como se sentia um ano atrás. Totalmente estressada, enjoada, temerosa e infeliz. Como se fosse outra pessoa.

Agora, embora ainda magoada pela maneira como fora tratada por Gary, havia assumido sua parcela de culpa no fracasso do relacionamento. A amargura era suavizada pelo autoconhecimento e pela aceitação do próprio comportamento. Isso acontecera graças ao bebê, reconhecia. Sozinha, talvez tivesse permitido que a amargura a destruísse. Mas todas as suas energias estavam concentradas na filha e não perdia tempo lamentando o passado.

Seria um exercício fútil e vão. Sua mãe havia desperdiçado anos de vida em ressentimentos; Carol não queria cometer o mesmo erro. Era Gary quem saíra perdendo. Não via todas as manhãs o sorriso inocente e desdentado de Charlotte. Não sentia o cheirinho doce de talco que ela tinha depois do banho. Não sabia como era senti-la adormecida, aconchegada ao seu ombro. Não tinha nada disso.

Não, não sentia falta do sofrimento. Não sentia falta da insegurança. Não sentia falta do ressentimento e da irritação que permeavam o relacionamento deles.

Carol sorriu para a irmã. – Se me arrependo de não ter casado com ele? – repetiu lentamente. – Não, Nadine, não me arrependo – ela disse. – Nem um pouquinho.

– Por que temos de acordar tão cedo? E por que eu tenho de ir com a Katie? – perguntou Jessie, sonolenta. – E cadê meu cartão e meu presente? Esqueceu do nosso aniversário de casamento?

– Não, não esqueci – disse Mike indignado. – Vai ganhar seu presente mais tarde e, se tiver um para mim, guarde-o para depois também. Agora vá acordar a Katie e saiam logo, temos pouco tempo – ordenou Mike.

– Me fala o que está acontecendo ou não levanto da cama – disse ela irritada.

Em resposta, Mike fez com que ela rolasse sobre o colchão e a tirou da cama.

– Ei, moço! – Ela protestou, em parte divertida, em parte aborrecida com ele.

– Sério, Jessie, confie em mim – disse ele, sério. – É uma surpresa e não vou dizer mais nada.

– Está bem – resmungou ela.

– Katie, me diz o que está acontecendo – ela implorou à prima, esparramada na cama de casal do quarto de hóspedes.

– Não posso. Jurei segredo – resmungou Katie, irritada. – Lamento ter concordado, é cedo demais para uma pessoa civilizada acordar. Vá fazer um café e coloque um pouco de bacon na grelha.

Cada vez mais animada, Jessica fez o que ela mandou. O que Mike teria organizado para seu primeiro aniversário de casamento? Ele tinha dito apenas que ela deveria tirar dois dias de folga e que Katie dormiria lá, e ela deveria fazer tudo que a prima mandasse.

Uma hora mais tarde, depois de um farto sanduíche de bacon com maionese, as duas estavam na estrada, no carro de Katie, viajando para o sul.

– Me conta – Jessica implorou pela enésima vez.

– Jessie, por favor não pergunte. Prometi ao Mike – disse Katie severa.

– Tá bom, então – disse ela, irritada, no momento em que passavam em alta velocidade por Glen of the Downs.

– Por que nós vamos ao cabeleireiro? – ela perguntou, uma hora depois, quando Katie a levou para dentro do salão de beleza em Arklow.

— Por causa do jantar de hoje. Agora *não* diga mais nada – respondeu Katie, piscando para o cabeleireiro.

Uma hora e meia depois, Katie estacionou diante da casa de Liz. A mãe de Jessie cumprimentou a filha com um abraço de urso. Vestia um penhoar, mas tinha feito o cabelo e a maquiagem. Seus olhos brilhavam com um ar de molecagem.

— O que está acontecendo? – Jessie perguntou.

— Ela chegou? – perguntou Katie.

— Está na sala da frente – disse Liz misteriosa.

Tara apareceu, vinda da cozinha, toda arrumada.

— Melhor ir logo, não temos muito tempo – ela declarou.

— Será que ninguém vai me contar o que está acontecendo? – exigiu Jessie quando a empurraram para a sala de estar.

— Hei, Jessie, sente-se aqui de deixe-me colocar isto em você – convidou Jenny, a esteticista do salão de beleza, balançando nas mãos um avental.

— Isso é loucura. Aonde é que nós vamos? – murmurou Jessie

— Almoçar – disse Tara lacônica.

— Pensei que você tinha falado em jantar – disse Jessie para Katie, que ria para ela.

— Almoço e jantar – disse a prima com ar distraído.

As três brincavam e riam tanto que isso a deixava maluca.

Depois de um tempo, com a maquiagem já feita, disseram a Jessie para botar água para ferver e preparar chá para todos, enquanto a esteticista fazia a maquiagem de Katie.

Depois do chá com quiches feitos em casa, Katie pegou-a pelo braço. – Pronto. Agora vamos trocar de roupa.

— Mas eu não trouxe roupa para trocar – lamentou Jessie.

— Já está tudo resolvido – Katie acalmou-a. – Seu vestido, Cinderela, está em cima da cama. Abriu a porta do quarto de Jessie, que quase perdeu a fala quando viu seu vestido de noiva estendido sobre a cama. Ao lado, o vestido de babados e rabo de peixe, cor de rubi, de Katie.

— O que está acontecendo? – gaguejou.

— Você vai se casar – riu Katie, com Liz e Tara.

— Mas eu já sou casada, faz exatamente um ano que me casei.

— Bom, você vai se casar de novo, do jeito certo, sem dramas nem tragédias. Um casamento íntimo, só para nós – declarou Tara exultante. – Mike e Katie combinaram tudo. – O padre Henry vai oficiar a renovação dos votos de casamento.

— E o Sean vai também — riu Katie. — E se você não tomar cuidado, posso acabar sugerindo um casamento duplo — ela implicou, exibindo seu anel com um diamante solitário. Ela e Sean haviam ficado noivos em agosto.

— Ai, meu Deus! *Ai, meu Deus!* — Jessica estava totalmente transtornada. Lágrimas brilharam em seus olhos.

— Não chore! — gritaram todas. — Cuidado com o rímel.

Jessie riu e chorou ao mesmo tempo. Imagine, Mike planejando tudo isso sem que ela soubesse. Não era de admirar que fosse louca por ele, refletiu, tirando o jeans e a camiseta. Casar novamente, sem dramas. Que delícia.

Tonta de felicidade, ficou quieta enquanto Liz e Tara enfiavam a saia cor de champanhe por cima de sua cabeça e, em seguida, o corpete bordado de contas. Diante dela, Katie repuxava o vestido sobre os quadris.

— Ainda cabe, graças a Deus — anunciou triunfalmente. — Nunca mais vou comer alface na minha vida. Da próxima vez que for renovar seus votos, não conte comigo.

— Desculpe, meu bem. Logo você vai ter de emagrecer e vai ser para seu próprio casamento — replicou Jessica. E, pela primeira vez, teve o prazer de ver a prima sem resposta.

Dez minutos depois, Katie anunciou: — Papai já chegou com o carro. E Jessie teve uma estranha sensação de *déjà vu*. Isso estava acontecendo ou era um sonho?

Ainda se beliscava ao se ver na porta da igreja Kilbride e ouvir o organista tocar a *Marcha Nupcial*. Liz, usando o encantador conjunto creme e azul-marinho que vestira um ano antes, voltou-se sorrindo para a filha.

— Comece com o pé direito — murmurou, como da outra vez.

Como se vivesse um sonho, Jessie caminhou lentamente pela nave da igreja, de braços dados com a mãe. A família de Mike estava presente, além de Sean, que sorria para Katie, duas amigas do trabalho e alguns parentes. E, esperando por ela, com um sorriso de felicidade perfeita, Mike, em seu elegante terno cinza.

— Olá — ele sorriu para ela. — Você está radiante.

— É assim que eu me sinto. — Jessica sorriu para ele, estendeu a mão e beijou o marido com todo seu amor.

Agradecimentos

*Espera em Deus, pois ainda o louvarei,
a ele, meu auxílio e Deus meu. (Salmo 42: 11)*

Com toda minha gratidão,

A Jesus, Nossa Senhora, São José, Mãe Meera, Santo Antônio, São Miguel e a todos os anjos, santos e guias pela alegria da minha escrita.

A minha adorável família, incluindo tias, tios e primos, que me dão carinho e apoio. Vocês não têm ideia de como isso é importante. Temos muita sorte de contar uns com os outros.

A Mary e Yvonne... que *exigiram* um agradecimento. Espero que isto esteja bom, e amo vocês duas.

A todos os meus queridos e amados amigos, que são uma bênção na minha vida. Gostaria de agradecer especialmente a Anne Barry e Anita Notaro, que se revelaram amigas verdadeiras quando eu mais precisei. Mil vezes obrigada pelas visitas, por se encarregarem das compras e de encher o freezer quando eu estava presa no gesso. E a Deirdre Purcell pelas férias perfeitas.

A Ali O'Shaughnessy, pelo que foi dito acima e por ter-se oferecido para trazer o meu carro para o NTC, além da revisão do manuscrito.

A Tony Kavanagh, que também fez uma revisão diligente e me mandou textos e e-mails hilários. Seu café da manhã é o melhor de todos!

A Aidan Storey, que me ensinou a entregar tudo nas mãos de Deus. É muito bom ser sua amiga.

A Sarah, Felicity e Susannah, minhas agentes e amigas queridas.

A Jean, Leanne e Nicola, que fizeram de uma ida ao cabeleireiro um verdadeiro prazer.

A Francesca Liversidge, editora incentivadora e amiga muito querida.

A todos no Transworld, que dão 100% de si e mais um pouco. Agradeço de verdade o esforço e o apoio que dão a mim e a meus romances.

A Gill, Simon, Geoff, Eamonn, Gary e Jean, que tanto fizeram para que *Two for Joy* fosse um sucesso. Foi sensacional. Muito obrigada.

A Declan Heeney... Dec, o que eu posso dizer? Você é o maior. (Você está no livro!)

A meus colegas no HHI, que também fazem parte da lista de amigos muito queridos.

Ao professor Ciaran Bolger, que me deu esperança.

A Betty O'Kane, enfermeira-chefe assistente, a John Byrne, a Maria Meehan e a todos do hospital Bon Secours, em Glasnevin, por sua bondade incansável.

A Cathy Delmar, do Bridal Corner, em Prospect Avenue, que me deu tantas informações sobre trajes de casamento.

Caro leitor, espero que você tenha gostado deste livro. Que o Amor, a Luz e a Bênção o iluminem.

Este livro foi composto em Garamond
para a Editora Planeta do Brasil
em janeiro de 2011